LUZIFER
VERLAG

ROBERT E. DUNN

DEAD MAN'S BADGE

STERBEN IN LANSDALE

THRILLER

LUZIFER
VERLAG

Deutsche Erstausgabe
Originaltitel: DEAD MAN'S BADGE

Umschlag: Michael Schubert | Luzifer-Verlag
Übersetzung: Philipp Seedorf
Lektorat: Johannes Laumann
Printed in Germany

Dieses Buch wurde nach Dudenempfehlung (Stand 2019) lektoriert.

ISBN: 978-3-95835-422-7

Bibliografische Information der Deutschen Nationalbibliothek:
Die Deutsche Nationalbibliothek verzeichnet diese Publikation in der Deutschen Nationalbibliografie; detaillierte bibliografische Daten sind im Internet über http://dnb.d-nb.de abrufbar.

1

Nichts ist leicht – nicht einmal das Sterben. Zumindest war es das nicht für mich.

Die halbe Stunde, in der ich beim blendenden Licht der Scheinwerfer in der Kälte der Wüstennacht mein eigenes Grab schaufelte, war buchstäblich die schwerste Arbeit meines Lebens.

Wenn in einem Film ein Mann sein eigenes Grab schaufelt, macht er ein perfektes, rechteckiges Loch. Er gräbt tief. In Wahrheit kratzt man eine ungleichmäßige Kuhle in den Boden, die man in Zentimetern und nicht in Metern misst. Selbstgegrabene Gräber sind immer flach. Im Film sind diese Männer stets wild entschlossen. Entweder fügen sie sich in ihr Schicksal oder planen zuversichtlich ihre Flucht. In der Realität schreien, weinen, bitten und betteln sie. Es wird immer verhandelt.

Die Hoffnung – diese Schlampe. Sie lässt einen weitergraben, sie ist der einzige Grund.

Wir schaufelten zu dritt nebeneinander und für uns war das Verhandeln vorbei. Anfangs hatten wir zu viert gegraben. Einer hatte es nicht ausgehalten. Die beiden Männer, die mit Waffen auf uns zielten, der ruhige und der andere, der über alles lachte, nannten den vierten Mann *maricón*.

In Ost-Texas, wo ich aufgewachsen bin, hätten wir *Schwuchtel* gesagt.

Ich hab die Beleidigung häufig gebraucht. Als ich hörte, wie die beiden gehässigen Killer einen anderen Mann so herablassend beleidigten, schämte ich mich dafür, kein besserer Mensch gewesen zu sein.

Als sie ihn erschossen, kauerte er im Staub und heulte wie ein Kind. Er bettelte, nicht um sein eigenes Leben, sondern darum, wieder in den Armen seiner Mutter zu sein. Ein solcher Mann zu sein – ein *maricón* –, hatte nichts mit den Tränen zu tun. Sie flossen, weil man ihn zur Belustigung zusammengeschlagen und in seiner Verzweiflung verspottet hatte.

Manchmal, wenn die Schlampe Hoffnung uns verlässt, können nur Tränen das Loch füllen. Ich sah nicht auf ihn herab, weil er weinte. In diesem Augenblick war ich überzeugt, ich würde bald dasselbe tun.

»Trabajar más rápido; no quiero perder toda la noche matando estos hijos de puta«, sagte der Mann, der mir am nächsten stand. »Mach schneller, ich will nicht die ganze Nacht damit verbringen, irgendwelche Arschlöcher umzulegen«, oder so ähnlich. Er hatte offenbar wenig Spaß an seinem Job. Sein Partner schien es nicht eilig zu haben.

Ich auch nicht.

»¿Quién va a enterrarel el maricóne?«, fragte der zweite Typ. Er wollte wissen, wer den Man begraben sollte, den sie schon umgebracht hatten.

»Haga que el Yankee haga un agujero más profundo. Pueden compartir«, antwortete derjenige, der seine Waffe auf mich gerichtet hielt. Ich war der Yankee. Dafür hatte ich keine perfekte Übersetzung parat, aber ich wusste, ich würde wohl ein größeres Loch graben und mit ihm teilen müssen.

Die Schaufel, die ich benutzte, war alt und der Griff abgebrochen. Er hatte ein zersplittertes Ende, das sich in die Haut grub. Mit jeder Ladung Erde wurden meine Finger entweder in Spalten im Holz eingeklemmt oder die Handfläche von Splittern zerstochen. Das trockene Holz war von meinem Blut rot verschmiert.

Aus irgendeinem Grund verfluchte ich das Werkzeug und nicht die Männer, die Waffen auf mich richteten. Ich hörte einst einen Prediger sagen, dass wir alle in der Mitte einer Leiter geboren werden. Wir klettern vom ersten Atemzug an. Jede Wahl ist entweder eine Sprosse hinauf oder hinab. Damit war ich einen Fußbreit über einer kaputten Schaufel und zwei Schritte von einem Loch im Boden entfernt am Fuße meiner eigenen persönlichen Leiter angekommen. Da gab es nicht viel dran zu rütteln. Gute Menschen endeten selten so wie ich. Das Leben hält eine Menge Entscheidungen für uns bereit, die uns immer zum selben Ort führen. Der einzige Unterschied zwischen den verschiedenen Leben war, wie man sich am Ende dieser Entscheidungen fühlte. Ich fühlte mich ziemlich beschissen.

Ich legte die Hand an das Ende der Schaufel und rammte das rostige, stumpfe Blatt in den Boden. Als sie auftraf, brach ein Stück des kaputten Stiels ab. Ein langer Splitter bohrte sich in meine Hand.

»Scheiße!« Ich presste die Wunde gegen den Mund. Der zweite Bastard lachte. Ich lutschte den salzigen Geschmack von Schweiß und Blut zusammen mit einem fünf Zentimeter langen Splitter Hickory heraus. Das Holzstück war schon vor meine Geburt tot und Teil des Schaufelgriffs gewesen.

»Sigue cavando«, sagte der Typ, der mir am nächsten stand. Er lachte nicht. Die beiden anderen schaufelnden Männern erledigten ihre Aufgabe sehr langsam. Sich Zeit zu lassen, war eine Form des Widerstands. Die Hoffnung auf eine kleine Verschnaufpause und vielleicht eine Fluchtmöglichkeit.

Sie bekamen nicht die Chance dazu.

Wieder bohrte ich die Spitze der Schaufel in den Boden meines Grabes. Sie drang nicht mehr als einige Zentimeter in den harten Grund. Ich ließ den Griff los und zog einen weiteren Splitter aus der Handfläche. Die alte Schaufel kippte um. Ich hob sie auf und stach verärgert erneut in die Erde. Das Ergebnis war dasselbe. Ich ließ Verzweiflung, Wut und Schmerz an dem verrosteten Werkzeug aus, rammte es wieder und wieder in den Boden und schrie: »Leck mich am Arsch, du beschissenes, stumpfes Dreckstück.« Dann trat ich dagegen und wirbelte eine Wolke Staub und Erde auf. Die Schaufel fügte sich leichter in ihr Schicksal als ich. Sie flog ein Stück und blieb liegen, zeigte dabei mit meinem Blut auf irgendeinen Punkt zwischen Venus und dem Horizont. Alle sahen mich an, selbst die anderen Grabenden. »Ihr könnt mich auch mal!«, schrie ich sie an, Schaufelnde und Killer zugleich. Ich trat aus dem flachen Loch.

Der eine Scherzkeks hielt seine Waffe auf die anderen beiden Männer gerichtet, die ebenfalls aufgehört hatten, zu graben. Der Kerl, der näher bei mir stand, der Ernste, zielte auf meine Brust. Er sagte kein Wort. Das musste er auch nicht. Wir verstanden beide, was Sache war.

Und etwas anderes wurde mir ebenfalls klar. Sollte er sich bereit erklären, das Loch zu graben, wäre ich schon tot.

Ein Schritt nach hinten und ich drehte mich von ihm weg. Ein weiterer Schritt und ich war am Rande des Lichtscheins der abgeblendeten Scheinwerfer des Chevy. Die Mündung der Pistole, Kaliber .40, war noch warm vom tödlichen Schuss auf den weinenden Mann, als sie gegen meine Schädelbasis gedrückt wurde.

»Deine Schaufel wartet, mein Freund«, sagte der ernsthafte Mann. Seine Stimme war eine Mischung aus Honig und Kieselsteinen. »Komm schon. Nicht trödeln, bring's hinter dich. Dann kannst du dich ausruhen.«

Ich öffnete langsam und bedächtig den Hosenschlitz. Meine Blase fühlte sich zum Platzen voll an, bevor der Strahl kam. Alles wirkt lauter, wenn man dem Tode nahe ist. Als die Pisse sich in den Staub Mexikos ergoss, klang es, als würde ein Pferd einen trockenen Eimer füllen. Hinter mir lachten die Killer. Ihre überraschte Heiterkeit hörte sich an wie Krähen, die von einem frischen Kadaver empor flatterten. Ich musste erbärmlich oder dämlich gewirkt haben – oder beides zugleich –, weil ich mir lieber das Hirn wegpusten ließ, als in mein eigenes Grab zu pinkeln.

Der Lauf der Pistole löste sich von meinem Kopf und ich drehte mich um.

Als er merkte, dass ich immer noch pisste, vollführte mein Möchtegernmörder einen ulkigen kleinen Rückwärtstanz. Er richtete die Waffe auf den Boden. Seine Augen folgten dem Strahl, da er nicht vollgepisst werden wollte. Er scheiterte. Als mein Urin sein Bein traf, sprang er höher. Sein lachender Kumpel machte sich fast nass vor Gekicher. Ich hob eine Hand und schubste ihn.

Ich hatte nicht über diesen letzten Akt des Widerstandes hinausgeplant. Als ich ihn schubste, war es nicht besonders fest. Ich wollte nur, dass er zu Boden ging und am eigenen Leib spürte, was er anderen antat, bevor ich starb. Es fühlte sich gut an. Sogar noch besser, als er weiter rückwärts stolperte, die Knarre nach oben riss und in den Himmel feuerte. Als die Waffe losging, verschluckte sich der zweite Kerl fast an seinem Lachen und erschoss die Männer vor sich. Die beiden Totengräber stürzten zu Boden wie Marionetten, denen Gott die Fäden gekappt hat, während sich das schartige Ende meines Schaufelstiels dem Mann durch die Brust bohrte, den ich angepisst hatte.

Menschen, die nie wirkliche Gewalt erlebt haben, fragen sich oft, was einem durch den Kopf geht, wenn die Lage eskaliert und die kalte Nacht von glühenden, winzigen, stahlummantelten Kometen durchstreift wird. Wenn man Glück hat und Erfahrung mit so etwas, geht einem gar nichts durch den Kopf. Man reagiert einfach. Man bewegt sich.

Und das tat ich.

Der Ernste war tot. Die anderen beiden Schaufler waren tot. Der Grinsekeks richtete die Waffe auf mich und ich duckte mich zur Seite weg, verringerte den Abstand. Er schoss vorbei und dann schlug der Schlagbolzen des Revolvers auf eine leere Kammer. Fünf hatte er für die Männer in den Gräbern verbraucht und mich mit der letzten verfehlt.

Ich rannte erneut durch mein eigenes Grab und auf der anderen Seite wieder raus, um eine weitere Schaufel zu schnappen. Einer der Männer, die gerade umgebracht worden waren, hatte sie fallen lassen. Ich schwöre, als ich sie aufhob, spürte ich immer noch die Wärme seiner Finger am Griff. Grinsekeks hob die Hände, um das Gesicht zu schützen, als ich ausholte. Er hätte sich nicht die Mühe machen brauchen. Ich schwang tief, zielte mit dem Blatt der Schaufel auf die Kniescheibe. Seine Schreie waren so laut wie die Schüsse vorher. Eine Sekunde später war alles ruhig. Wenigstens hatte er aufgehört zu lachen.

Als ich auf das Werkzeug gelehnt dastand, plapperte er los. Zuerst: »Bitte«. Dann sagte er das Schlimmste, was er hätte sagen können: »Longview.« Mein Name. Longview Moody – ein dämlicher Name, den mir ein Idiot gegeben hatte. Ihn aus dem Mund dieses dauerkichernden Trottels zu hören, machte ihn mir noch verhasster.

»Longview«, sagte er wieder mit flehentlich erhobenen Händen.

»Was?«, entgegnete ich – nicht sicher, ob ich wissen wollte, was er meinte oder nur zur Klarstellung fragte. Ich war diesen Kerlen nahezu wortlos übergeben worden. Vielleicht hatte man ihnen gesagt, wer ich war, aber wieso? Für die war ich nicht mehr als ein Stück Fleisch, das man loswerden musste.

Er zeigte ungefähr auf seinen Schritt und sagte: »Dienstmarke.« Mit zwei Fingern griff er in die Hosentasche.

Ich nickte und lächelte. Was sollte mich das schon kümmern? Mexikanische Cops konnte man sich für einen Appel und ein Ei an der Grenze kaufen. Die wirklich korrupten gab es im Dutzend billiger. Ich ließ ihn danach greifen und dachte darüber nach, welche Enttäuschung es wohl für ihn wäre, wenn ich ihm zeigte, dass mir seine Marke scheißegal war. Wahrscheinlich war sie ihm genauso egal, bis er sich dahinter verstecken musste. Menschen wie ich – Gangster also – sind ehrlicher, als man denkt. Wir wollen, dass unsere Cops anständig sind. Scheiße, niemand mag einen Heuchler, und es gibt keine größere Heuchelei, als einen korrupten Bullen.

Grinsekeks fummelte die Marke aus der Tasche und hielt sie hoch. Es war eine goldfarbene Dienstmarke mit einem blauen »US« in der Mitte, wie ein schlechter Witz. Außen herum standen die Worte »Drug Enforcement Agency – Special Agent. DEA« – der hielt mir eine DEA-Marke unter die Nase.

Ich drehte mich um, spuckte auf den staubigen Boden und wartete, was wohl als Nächstes käme. Es war mühsam, zu atmen, und mir grummelte der Magen. Was sollte ich tun? Was *wollte* ich tun? Der Kerl hätte mich mit einem Lächeln kaltgemacht. Ich konnte ihn genauso gut hier zum Sterben in der Wüste zurücklassen, aber so grausam bin ich nicht.

Ich bin viel schlimmer.

Ich hob die Schaufel und brach ihm das andere Bein. Als er nach dem zu Boden gefallenen Revolver griff, auch wenn er leer war, zerquetschte ich seine Finger unter dem Stiefelabsatz und kickte die Waffe weg. Er wand sich im Staub wie ein Fisch auf dem Trockenen, der hoffte, das nächste Zucken würde ihn wieder ins Wasser befördern. Dabei rollte er in das mittlere Grab, zu einem der Männer, die er getötet hatte.

Das Lachen war ihm vergangen. Seine Schreie passten irgendwie besser zur Nacht. Und zu meiner Stimmung, das ist mal sicher. Er rollte auf den Bauch und versuchte sich aus dem flachen Grab wieder herauszuziehen. Ein Teil der Erde, die er dabei aufwühlte, fiel ihm in den Mund, aber er schrie weiter. Sie landete in seinem Gesicht und den Haaren, bedeckte ihn mit dem Staub, zu dem er wohl bald zurückkehren würde.

Ich trat in das Grab und steckte die Hand in seine hintere Hosentasche. Sie war ausgebeult und ich dachte, es könnten die Autoschlüssel sein. Es war eine Handvoll loser Patronen. Ich warf sie in die Dunkelheit, bis auf eine. Ich griff nach dem Revolver und der Dienstmarke. Die Marke steckte ich ein, und nachdem ich die Trommel der Waffe geleert hatte, lud ich sie mit der einen verbliebenen Kugel.

Dann merkte ich, dass der Komiker aufgehört hatte zu schreien und mich von seinem Grab aus ansah.

»Das kannst du nicht tun«, sagte er. Seine Stimme war so schwach wie die Behauptung, die er geäußert hatte. Er wusste sehr wohl, dass ich es konnte.

»Eigentlich bin ich hier fertig.« Ich hielt den Revolver hoch, damit er ihn sehen konnte. »Den Rest musst du schon selber machen.« Damit ließ ich die Waffe fallen.

»Das kann ich nicht.«

»Sicher kannst du das. Wenn du es nur wirklich willst.«

»Hab doch Mitleid.«

Ich sah ihn finster an und dachte sogar einen Moment darüber nach – einen Moment länger als er es verdient hatte – und sagte: »Nein.«

Er bettelte weiter. Ich ignorierte ihn, während ich den Boden nach der Automatik, Kaliber .40, absuchte, die man mir an den Kopf gehalten hatte. Sie lag in dem Loch, das mein Grab hatte werden sollen. Ich durchsuchte die Taschen des Mannes, der den Schaufelstiel in der Brust stecken hatte. Er besaß ein Ersatzmagazin, aber keinen Autoschlüssel. Ich verschwendete ein paar Minuten damit, danach zu suchen, bevor mir einfiel, im Chevy nachzusehen. Der Schlüssel steckte im Zündschloss, daran ein Ring mit ein paar anderen, von denen ich nicht wusste, wofür sie waren, und einem kleinen Plastik-Jesus. Der Wagen sprang sofort an. *Danke, Jesus.*

Als ich zurücksetzte und den Weg entlangfuhr, der wer weiß wohin führte, sah ich, wie der Komiker aus dem Grab kroch. Er versuchte so schnell wie möglich an die Waffe zu kommen, die ich im Staub hatte liegenlassen. Ich fragte mich, ob er auch das Heulen des Kojoten gehört hatte.

Der inoffizielle Friedhof lag tief in der Wüste. Nach 20 Minuten auf der staubigen Schotterpiste, fragte ich mich, ob ich genug Sprit hatte, um wieder in die Vereinigten Staaten zu kommen. Das führte zu einer weiteren Frage. Wollte ich wirklich dahin? Ich hatte in Juarez Kohle abgeliefert, als sie mich geschnappt hatten. Eine Menge Leute wissen vielleicht nicht, dass es schwerer sein kann, Geld zu transportieren als Drogen. Es war meine Spezialität. Ursprünglich habe ich es nur gestohlen, später transportiert. Es stellte sich raus, dass man sehr viel besser Geld machen kann, wenn man auf die Kohle aufpasst, statt sie zu stehlen. Ich habe gesagt *besser*, nicht *mehr*. Die Wahrheit ist, dass eine Menge Kerle, die klauen, einen gewissen Teil ihres Lebens im Knast sitzen. 100.000 wären für den durchschnittlichen Berufskriminellen eine Menge Geld. Und es hört sich auch nach einer Menge an, bis man die Kosten berücksichtigt. Wenn man für ein Familienunternehmen arbeitet, sacken die schon mal einen fetten Brocken ein. Selbst Verbrechen wird besteuert. Die Anwälte wollen auch noch ihren Teil. Und dann ist da der Preis, auf den es tatsächlich ankommt – Gefängnis. Nehmen wir mal an, man hat keine Knarre benutzt und kriegt nur 15 Jahre; zehn davon sitzt man ab für seine 100.000. In irgendeinem beschissenen Großraumbüro hätte man mit legaler Arbeit mehr verdient. Aber wenn Kriminelle clever genug wären, ihr Leben auf die Reihe zu kriegen, würden die Anwälte verhungern.

Der Weg war mehr Trampelpfad als Straße und ich fuhr schneller, als jemand mit gesundem Menschenverstand es getan hätte. Gleichzeitig versuchte ich zu rekonstruieren, wie ich eigentlich hier gelandet war. Ich war zur richtigen Zeit am richtigen Ort aufgetaucht. Kein Cent hatte gefehlt. Ich hatte keine Spuren hinterlassen. Alles hätte prima laufen sollen. Trotzdem war irgendjemand angepisst gewesen.

Der Schlag war aus dem Nichts gekommen. Ein kräftiger Hieb mit einem Pistolengriff auf den Hinterkopf, der mich zu Boden gehen ließ. Ich hatte Sternchen gesehen und alle Geräusche schienen lange Zeit nur wie durch eine dicke Wand an mein Ohr zu dringen. Ich glaube nicht, dass ich wirklich bewusstlos wurde. Nicht, dass es was geändert hätte. Eine Sekunde, nachdem das Feuerwerk im Kopf hochgegangen war, schlug ich auf dem Boden auf. Bevor ich es mir da aber bequem machen konnte, wurden meine Hände hinter dem Rücken gefesselt. Danach hatte ich mich eine Weile auf dem Boden gewunden, auf dem nach Hund stinkenden Teppich, bis man mir einen Sack über den Kopf gezogen hatte. Hände hatten mich an den Fußknöcheln gepackt. Ich war über den Teppich gezerrt und dann von zwei Männern hochgehoben worden. Sie hatten mich nach draußen getragen und in den hinteren Fußraum des Wagens geworfen. Ich glaube, die beiden anderen Männer waren schon im Kofferraum verstaut gewesen, also konnte ich mich eigentlich nicht über den Reisekomfort beklagen.

Das alles wieder in meinem Kopf ablaufen zu lassen, half mir aber nicht, das *Warum* zu verstehen. Genauso wenig wie das *Wo*. Im Wagen hatte kaum jemand etwas gesagt und mein Kopf steckte in einem Sack. Ich hatte keine Ahnung, wie viel Zeit vergangen war. Ich hätte an jedem beliebigen Ort im Umkreis von ein paar hundert Meilen um Juarez sein können, wo die Geldübergabe stattgefunden hatte.

Irgendetwas bewegte sich in den schaukelnden Scheinwerfern des Chevy. Pechschwarz flatterten sie wie finstere Engel empor, die aus einer Wunde im Erdboden entkommen – Vögel. Sie hatten sich am Kadaver eines Gürteltiers gelabt. Ich steuerte vorsichtig um das tote Tier herum. Im Rückspiegel sah ich, wie die flatternden, schwarzen Schatten hinter dem Wagen wieder landeten.

Was war wohl mit Matias? Er war mein Kontakt. Beinahe drei Jahre lang hatte ich Cash aus verschiedenen Gegenden der USA zu Matias in eine von drei mexikanischen Städten gebracht, entweder Juarez, Nogales oder Mexicali. Ich machte die Übergabe, bekam mein Geld und ein neues, nicht registriertes Handy. Matias rief mich auf dem Wegwerfhandy an, wenn es was abzuholen gab. Bis zu diesem Anruf wusste ich nicht, wo ich etwas abholen sollte oder zu welchem der drei Übergabeorte ich fahren würde. Es war ein gutes System. Zumindest so lange, bis ich einen unerwarteten Schlag auf den Kopf bekam und in die Wüste gefahren wurde, um dort zu sterben.

In dieser Nacht hatte sich – von dem Moment an, als ich in dem Haus ankam, in dem die Übergabe stattfinden sollte – alles irgendwie falsch angefühlt. Normalerweise empfing mich immer Matias mit einem breiten Grinsen und einem Bier. Er war ein knallharter Typ, der jeden sofort aufschlitzen würde, der versuchte, ihn übers Ohr zu hauen. Abgesehen davon war er ein netter Kerl. Ich hab nie versucht, zu bescheißen oder etwas von dem Geld abzuzweigen. Er behandelte mich wie einen Freund.

Aber an diesem Tag waren Matias, sein Grinsen und das Bier durch einen dünnen Mann im Anzug und einen dunklen Raum voller Schlägertypen ersetzt worden. Matias hatte nie einen Haufen Männer fürs Grobe gebraucht. Er hatte lieber selbst angepackt. Und er hatte auch nichts für theatralisches Halbdunkel übriggehabt. Dieser andere Kerl war offenbar jemand, der eher im Hintergrund die Fäden zog. Er war groß und schlank, hatte scharfe Gesichtszüge und sein Auftreten ließ die Temperatur im Raum gefühlt um zwei Grad fallen. Besonders gut konnte ich ihn allerdings nicht erkennen. Als er zwischen mich und ein erleuchtetes Fenster trat, sah ich eine lange Nase und kantige Gesichtszüge.

Der dünne Mann hatte durch den Lichtstreifen gegriffen, der in eines der Fenster fiel, um das Geld von mir entgegenzunehmen. Seine Hände hatten wie Klauen gewirkt. Dürre Finger mit langen, gelben Nägeln. Auf der Haut direkt hinter den Fingernägeln trug er Tätowierungen – Totenschädel. Sechs Finger, vier an einer und zwei an der anderen Hand, waren auf diese Weise tätowiert. Sie wirkten ungewöhnlich – keine schlichten Totenköpfe, sondern sorgfältig ausgearbeitete, verzierte Schädel, typisch für den *Dia de los Muertos*. Sie sahen alle unterschiedlich aus. Alle farbenfroh, originell und ein wenig furchterregend. Ich konnte nicht anders, als sie für eine schönere Version einer Kerbe im Pistolengriff zu halten.

Er hatte das Geld genommen und es in der Hand gewogen, als könne er nur durch das Gewicht den Wert bestimmen. Nach einem kurzen Moment, in dem er zu überlegen schien, warf er das Geld auf einen Kaffeetisch vor einer alten Couch. Mit dem Geld hat es so seine Bewandtnis. Selbst die abgebrühtesten Schweinehunde behandeln es entweder mit Ehrfurcht oder mit bewusster Geringschätzung. Selten wird ein Bündel Scheine, das mindestens eine Million Dollar wert ist, nachlässig behandelt – außer eine lausige Million ist für denjenigen bedeutungslos. Er warf es beiläufig auf den Tisch, auf dem bereits mit Folie umwickelte Ziegel aus Kokain und Gras lagen.

In dem Augenblick wurde mir klar, dass Matias tot war.

Wissen kann eine schreckliche Sache sein. Bis zu diesem Zeitpunkt konnte ich immer noch *glauben*. Es war egal, was – ich konnte glauben, was ich wollte. Sobald ich es *wusste*, war der Glaube tot. All die Türen, die in verschiedene Gänge führten, und dem Glauben offenstanden, wurden zugeschlagen. Nur eine Tür blieb.

Der Mann hatte gesagt: »*Hacerle Desaparecer.*« Lasst ihn verschwinden.

Diese Tür hatte sich mit einem Feuerwerk in meinem Kopf geöffnet.

Der Weg, auf dem ich fuhr, wurde endlich breiter und ebener. Er brachte mich zur Rückseite einer Müllkippe, die mit Reifen, alten Kühlschränken und Unrat gefüllt war, durch den sich Kojoten wühlten, und Ratten, die groß genug waren, keine Angst vor den Kojoten zu haben. Augen leuchteten rot und grün, als das Scheinwerferlicht auf sie traf. Auf der anderen Seite der Müllkippe war eine Kreuzung. Ein weiterer unbefestigter Weg, auf dem man sich bestens die Ölwanne aufreißen konnte. Ich bremste den Wagen ab und ließ den Motor laufen, während ich überlegte, in welche Richtung ich fahren sollte.

Einen Weg wählen zu wollen war aber nur ein Vorwand. Ich kam langsam, doch unerbittlich von meinem Adrenalinrausch runter. Plötzlich war mir kalt und ich schwitzte. Die Hände zitterten und der Magen fühlte sich an, als sei er mit Schlangen gefüllt. In solchen Momenten ist es ganz normal, sich zu fragen: *Wie bin ich eigentlich hier gelandet?* Normal, aber idiotisch, zumindest für mich. Ich wusste es. Ich glaube, die meisten von uns wissen es, aber ich hatte keinerlei Zweifel.

Ein grünes Augenpaar beobachtete den Wagen. Sie blieben am Rand der Straße, knapp außerhalb des Lichtkegels der Scheinwerfer. Ich schaltete die Heizung ein. Dabei fiel mir der Haufen Habseligkeiten auf dem Boden der Beifahrerseite auf. Vier Geldbeutel, loses Kleingeld, Papierfetzen und ein Taschenmesser. Ich schnappte mir mein Portemonnaie und durchsuchte die anderen nach Geld. Ein paar Dollar – nicht unbedingt der Betrag, für den ich diesen Job gemacht hatte.

Die Pistole Kaliber .40 lag noch immer auf dem Sitz, auf den ich sie zusammen mit dem Ersatzmagazin geworfen hatte. Ich begutachtete sie. Das geladene Magazin glitt sanft heraus und der Schlitten ließ sich ebenso leichtgängig zurückziehen, um die Patrone aus dem Lauf auszuwerfen. Die Waffe war gepflegt, sauber und geölt. Ich hätte sie wohl behalten, wenn es nicht eine typische Zuhälterknarre gewesen wäre. Die Mexikaner standen auf so was – vernickelt, der Griff mit falschem Perlmutt belegt. Die hier hatte neben diesen Mätzchen ein kleines Extra: Sieben Kerben, auf der Rückseite in den Stahl des Griffes gefeilt. Das waren sicher keine Kratzer. Sie waren sorgfältig ausgefeilt und entgratet. Die Kerben hatte derselbe Mann angebracht, der die Waffe saubergehalten hatte. Es verschaffte mir zumindest ein wenig Befriedigung, dass dieser Mann mit einem rostigen und schlecht gepflegten Gartenwerkzeug getötet worden war. Ich zählte die Patronen in beiden Magazinen und steckte die aus dem Patronenlager in das Magazin zurück. Drei fehlten. Eine hatte den weinenden Mann getötet und zwei waren in den Himmel gefeuert worden.

Als alles wieder zusammengefügt war, blickte ich zum ersten Mal seit einer geraumen Weile hoch. Ich wurde von mehreren Augenpaaren beobachtet. Die Tiere waren nähergekommen. Sie kreisten mich ein, offenbar mutiger geworden, während ich bewegungslos dagesessen hatte. Wären sie nicht gewesen, hätte ich vielleicht den Motor ausgemacht und gewartet, bis es hell wurde. Stattdessen trat ich aufs Gas und drehte das Lenkrad nach rechts. Ein paar Minuten später wurde ich von einem Lichtstreif am Horizont belohnt. Scheinwerfer auf einer befestigten Straße. Ich fuhr auf den Asphalt und bog erneut nach rechts ab.

Nach kurzer Zeit erreichte ich den Highway 2, in der Nähe einer Stadt namens Barreales. Von dort waren es etwa 20 Minuten bis nach Juarez, dem nächsten Grenzübergang. Ich wollte nur so schnell wie möglich wieder auf die amerikanische Seite der Grenze, aber …

Während ich weiterfuhr und die Nachwirkungen des Schreckens und der Wut dieser Nacht langsam verflogen, fielen mir weitere Gründe ein, wieso ich in Juarez einen Zwischenstopp einlegen sollte. Der Himmel war noch in das Dunkel der Nacht gehüllt und mit Sternen gesprenkelt, als ich mich der Stadtgrenze näherte. Ich parkte den Wagen und der Horizont wurde im Osten langsam von der Sonne in zartes Pink verwandelt. Ich musste mich beeilen.

Das Haus, in dem die Übergabe stattgefunden hatte, war von meinem Parkplatz nur sechs Türen entfernt. Ich schlich mich steifbeinig staksend durch die Schatten, um die verbliebene Distanz zu überbrücken. Ich setzte auf Arroganz – auf deren, nicht auf meine. Ein Haus wie dieses, gefüllt mit Cash und Drogen, wäre in Amerika von Security-Kameras und Wachen umgeben. In einer armen Gegend in Mexiko verließ man sich in den Häusern der Kartelle auf Mundpropaganda. Jeder im Viertel wusste, was hinter der abblätternden blauen

Farbe und den verrammelten Fenstern vor sich ging. Die Polizei wusste es. Selbst Reporter wussten es. Alle wussten es. Und sie wussten alle auch genau, was passierte, wenn man darüber redete. Man musste nicht einmal darüber reden. Es genügte, nur einen falschen Blick auf das Haus zu werfen, und es dauerte nicht lange, bis Poster von einem überall herumhingen, auf denen *»Vermisst«* stand. Man verschwand. Und wenn man jemals gefunden wurde, dann nur, weil die Leiche als Warnung dienen sollte. Manchmal war der Torso eine Botschaft und der Kopf eine andere und so weiter.

Der Punkt ist, niemand wagt sich in ein Kartellhaus; man müsste verrückt sein, das zu tun – mehr als verrückt. Selbst die Verrücktesten unter uns haben einen Selbsterhaltungstrieb. Ich war nicht verrückt. Aber ich war so gut wie tot, als man den Sack über meinen Kopf gestülpt hatte. Dem Tod von der Schippe zu springen, verändert die Perspektive aufs Leben ganz gewaltig, das kann ich euch sagen. Danach besteht für viele das Leben aus blauem Himmel, Regenbogen und Cocktails am Strand. Ich war aber nicht wie die meisten Menschen und ich war mächtig angepisst. Mit einem wütenden, toten Mann legt man sich besser nicht an.

Ich kam bis zur Tür, ohne dass irgendein Alarm ausgelöst wurde. Damit ließ ich die normale Welt hinter mir. Alles andere stand in den Sternen – sobald ich diese Tür durchquert hatte. Ohne Zögern trat ich ein.

Ich musste sie nicht eintreten oder aus allen Rohren feuernd hineinstürmen. Ich versuchte es erst einmal mit dem Türknauf. Die Tür öffnete sich problemlos, aber nicht lautlos. Sie quietschte. Nachdem sie sich nicht mehr bewegte und halb offen stand, wartete ich einen Moment. Niemand schrie oder sah nach, woher das Geräusch gekommen war. Ich schlich mich rein. Ein fast unsichtbarer Schatten glitt über die Tür, als ich vorbeiging. Ich warf einen Blick über meine Schulter auf den Horizont im Osten. Er verfärbte sich langsam von zartem Pink zu flammendem Rot.

In dem dunklen Raum lagen Flaschen und Männer verstreut. Den dürren Mann mit den Schädeln auf den Fingern sah ich nirgends. Er war vermutlich nicht allzu weit entfernt, denn das Bündel Geldscheine, das ich am Abend geliefert hatte – gefühlt vor einer Ewigkeit – lag auf der Couch. Ebenfalls auf der Couch, eingerahmt im fahlen Licht, das durch die Tür fiel, schlief ein Mann, den ich nie vorher gesehen hatte und der eine Schrotflinte in den Armen hielt. Er war das Klischeebild eines Mexikaners – enge Jeans und Cowboystiefel mit langen Spitzen. Um die Hüften trug er einen verzierten Gürtel mit einer riesigen, gold-silbernen Schnalle im Rodeo-Stil. Die obere Hälfte des Gesichts war von einem Cowboyhut aus Stroh bedeckt. Im offenstehenden Mund sah man einen Goldzahn. Ich verspürte schon allein deswegen den Drang, ihn zu erschießen, weil er die übrigen Mexikaner schlecht dastehen ließ.

Ich beherrschte mich und griff stattdessen nach dem Bündel Geldscheine. Im Film wäre er aufgewacht und das Klick-Klack der durchladenden Schrotflinte hätte mich gewarnt. Aber das Leben ist kein Film. Daran erinnert mich schon mein ständiges Scheitern, der Held zu sein oder das Mädchen abzukriegen. Typen wie dieser, Söldner des Kartells, die einen zehn Pfund schweren Block aus Hundert-Dollarnoten bewachen, schlafen nicht mit einer ungeladenen Waffe. Was mich warnte, war die plötzliche Stille, als er aufhörte durch den Mund zu atmen. Ich musste mich nicht länger zurückhalten. Er hob die Schrotflinte – oder versuchte es, ohne weit zu kommen. Ich hatte die Pistole bereits auf ihn gerichtet, als ich mich dem Geld genähert hatte. Mein Schuss drang durch den Hut, der immer noch sein Gesicht bedeckte.

Betrunkene, überraschte Männer versuchten so schnell wie möglich auf die Beine zu kommen und nach ihren Waffen zu greifen. Ich handelte erneut, ohne zu zögern. Ich drehte mich von dem Toten weg und feuerte auf die anderen Männer. Meine einzige Chance bestand darin, sie schneller umzulegen, als sie brauchten, ganz wach zu werden. Zuerst schoss ich dem Mann in dem Sessel eine Kugel durchs Herz, ehe er überhaupt aufgestanden war. Dann widmete ich mich den Kerlen, die auf dem versifften, nach Hund stinkenden Teppich gelegen hatten. Drei Männer. Drei Schüsse. Das Mündungsfeuer und der Lärm der Pistole waren in dem dunklen Raum wie ein tobendes Gewitter aus Blei.

Ich hatte mich getäuscht. Es waren vier Männer auf dem Boden. Ich hatte einen übersehen, der hinter dem Sessel geschlafen hatte. Er feuerte einen Schuss ab, der die Haare an meinem Ohr streifte. Ich wirbelte herum, ließ mich auf die Knie fallen und schoss. Drei Kugeln streckten ihn nieder. Als ich auf dem Boden war, blieb ich erst einmal dort. Männer hasteten schreiend aus den Schlafzimmern, wie wütende Ameisen, in deren Nest man getreten war. Sie rannten und feuerten. Es war Deckungsfeuer; sie zielten nicht, sondern hofften nur, den Gegner in die Deckung zu zwingen, bis sie ein Ziel ausgemacht hatten. Ich hatte den Kopf bereits unten, ließ die Pistole fallen, schnappte mir die Schrotflinte, richtete sie auf den Flur und zielte tief. Zwei Schüsse der großkalibrigen Schrotmunition rissen dem ersten Mann den linken Fuß ab und das Gesicht, als er gestürzt war. Die Männer nach ihm wurden in Schienbein und Knie getroffen. Ich erledigte sie, während sie ihre verstümmelten Gliedmaßen umklammerten.

Als ich mich wieder aufrichtete, hielt ich die Pistole im Anschlag und schussbereit. Der letzte Mann wartete. Sobald er mich im Gegenlicht des heller werdenden Himmels sah, das durch die Tür fiel, feuerte er sein Magazin leer. Es war eine dieser riesigen Handkanonen, Kaliber .50, mit sieben Patronen im Magazin und einer im Lauf. Die Geschosse konnten einen Motorblock durchschlagen oder in meinem Fall eine Ziegelmauer und waren hinterher immer noch tödlich. Aber wenn man nicht gerade Arnold Schwarzenegger hieß, trafen sie nie die Person, auf die man zielte. Sie waren zu schwer und zu langsam und der Rückstoß haute rein wie Newtons drittes Gesetz auf Anabolika. Ich ließ ihn seine Ladung verschießen und feuerte ihm dann eine Kugel durch die Augenbraue.

Zurückhaltung ist nicht die Stärke eines Drogenkartells. Im Haus herrschte Stille, und ich war mir sicher, außer mir war niemand mehr am Leben. Ich vergewisserte mich dennoch, überprüfte einen Raum nach dem anderen. Dann kontrollierte ich, ob alle tatsächlich tot waren. Und danach gönnte ich mir ein wenig Spaß. Ich nahm ein Hemd, das auf dem Boden lag, und benutzte es, um keine Fingerabdrücke auf den Waffen zu hinterlassen, als ich mit jeder einzelnen, die ich finden konnte, in die Wände, die Decke, den Boden und in die Leichen feuerte. Sobald mir die falsche Fährte ausreichend vorkam, zog ich die DEA-Dienstmarke aus der Tasche und ließ sie fallen. Ich nahm das Cash und ein Bündel Gras mit.

Die aufgehende Sonne hatte alles in Licht und Farbe gehüllt, bis ich das Haus verließ. Ein Streifen Rot am bleiernen Horizont, der sich auf den Unterseiten der Wolken orangefarben widerspiegelte. Mein Schatten war dunkel, deutlicher geworden, wie von einer neuen Art Realität erfüllt, als ich ging.

Ich sah niemanden, der mich beobachtete. Keine Gesichter in Fenstern oder Gaffer auf den Terrassen. Das hieß nicht, dass niemand hier war. In Juarez war man sehr vorsichtig oder man hatte nicht lange zu leben.

2

Nur das Haus zu verlassen, war nicht genug. Ich musste so schnell wie möglich das Land verlassen. Der Wagen, den ich nach Mexiko gefahren hatte, war nicht mehr da. Ich hatte immer noch den Chevy. Das Problem war, dass er nicht über die versteckten Fächer verfügte wie mein eigener Wagen. Die wären zwar auch nicht perfekt gewesen, um damit in die USA zu fahren, aber besser als nichts. Normalerweise brachte ich Geld in den Süden. Ich schmuggelte keine Drogen und war selten bewaffnet. Weder in der einen, noch der anderen Richtung erregte ich viel Aufmerksamkeit. Ein heruntergekommen aussehender Amerikaner in einem Chevy mit mexikanischen Kennzeichen zog Blicke auf sich. Mit dem Cash im Wagen würde man lange und ganz genau hinsehen – in einem kleinen, stickigen Raum unter zu grellem Licht. Deswegen hatte ich das Gras mitgenommen.

An einer 24-Stunden-Tankstelle kaufte ich ein Sandwich, eine Flasche Wasser und ein Glas mit eingelegten Gurken. Als ich zum Auto zurückging, nahm ich die Flasche mit Fensterreiniger, die an der Zapfsäule hing. Eine Minute später hatte ich das Sandwich gegessen und begab mich an die Arbeit.

Zuerst leerte ich den Fensterreiniger aus der Sprühflasche und füllte sie zur Hälfte mit Wasser. Danach öffnete ich die Packung mit dem trockenen und gepressten Gras. Ich riss zwei große Stücke ab und zerdrückte sie auf dem Betonboden, um die Öle freizusetzen. Das hatte ich aus Kochsendungen gelernt. Das zerkleinerte Häufchen kratzte ich zusammen und füllte es in die Sprühflasche. Anschließend schüttelte ich die Gras-Wasser-Mischung und wusch die Hände mit Essigwasser aus dem Gurkenglas. Ich hatte noch Hunger und aß ein Gürkchen. Dann stieg ich wieder in den Chevy.

Die Sonne war aufgegangen. Ein weiterer Tag brach an, für mich und ein paar Tausend Tagelöhner und Hilfsarbeiter, die in der Schlange standen, um die Grenze zu den USA zu überqueren. Ich fuhr nicht direkt über die Grenze, sondern langsam hin und her und besprühte jeden Wagen, der an mir vorbeikam mit dem mit Marihuana versetzten Wasser. Als der Verkehr immer dichter wurde, reihte ich mich ein. Nach etwa einer halben Stunde war der Chevy rund ein Dutzend Wagen vom Übergang entfernt und der Verkehr zum Erliegen gekommen. Die Hunde schlugen bei den Autos an, die ich eingesprüht hatte. Sie wurden herausgewunken und gründlich durchsucht.

Eine Menge Leute saßen nicht in ihren Fahrzeugen, sondern trieben sich zwischen Straßenhändlern und Bettlern herum. Niemand interessierte es, als ich ausstieg und durch die stehenden Autos schlenderte, wobei ich alles in meiner Nähe unauffällig, aber gründlich einsprühte. Die Schlangen setzten sich wieder in Bewegung. Ich schraubte den Verschluss ab und warf die Flasche hinten auf einen Pick-up-Truck.

Die Hunde drehten durch und schlugen bei den eingesprühten Wagen an. Grenzbeamte hatten fast 20 Autos anhalten lassen, die gründlich durchsucht wurden. Das musste frustrierend sein. Zumindest hoffte ich das.

Der Wagen, auf den ich die Flasche geworfen hatte, rief gewaltige Aufregung hervor. Er war so groß, man hätte darauf eine Riesenmenge Drogen verstecken können. Es half, dass die wütenden Landschaftsgärtner gerade lautstark genug protestierten, um die nervösen Zöllner felsenfest von ihrer Schuld zu überzeugen.

Bei einem solchen Chaos wird der Gringo, der auf dem Heimweg ist, nur mal kurz aus dem Augenwinkel angesehen. Zum Glück machten sie sich nicht einmal die Mühe, unter die Sitze zu sehen, als der Hund den Essig an meinen Händen roch und dann schnell das Interesse verlor.

»Was für ein Problem gibt es dieses Mal?« Mein Halbbruder hatte die Frage gestellt. Er war ein Jahr älter als ich und wir hatten verschiedene Mütter. Der Mann, der mir den Namen Longview gab, hatte seinen ersten Sohn Paris genannt.

Unser Vater hieß Buick. Namen waren anscheinend ein Familienfluch.

Paris und ich kamen nach Buick und sahen uns für Halbbrüder erstaunlich ähnlich. Paris war ein wenig schlanker und gepflegter. Seine Haare dunkler und kürzer. Meine waren von der Sonne ausgebleicht und hingen bis auf den Hemdkragen.

Paris hatte ein Zuhause gehabt, einen Vater, der fast immer da war, und er hatte den Namen Tindall geerbt. Ich bekam von Buick nur das Gesicht, das ich mir auch noch teilen musste.

Der alte Mann war in vielerlei Hinsicht ein Bastard. Wenn man mal von der Tatsache absah, dass ich der buchstäbliche Bastard in der Familie war. Meine Mutter war mit uns in den Osten der Trinity Bay in die Nähe von Houston gezogen, um näher bei Buick zu wohnen. Er zeigte uns seine Wertschätzung, indem er die Miete bezahlte und für ein wenig Essen auf dem Tisch sorgte. Abhängigkeit war die Falle, die meine Mutter entweder nicht verstand oder die sie nicht infrage stellte. Armut kann wie eine Kloschüssel sein: Glatte Wände und eine starke Strömung, die einen nach unten zieht. An der Stelle befanden wir uns, in der Mitte des Wirbels, während Buick zusah, wie wir uns im Kreise drehten. Wir waren gar nicht das schmutzige, kleine Geheimnis, das man sich vorstellte. Das hieß, wir waren überhaupt nicht geheim.

Buick Tindall war ein Texas Ranger. Paris Tindall war ein Texas Ranger. Longview Moody war ein Berufskrimineller mit einer gewalttätigen Vergangenheit. Manchmal kann ich fast so etwas wie ein Muster in meinem Leben erkennen. *Ein* Muster gab es definitiv: Wenn ich Ärger bekomme, rufe ich den einen Polizisten an, dem ich trauen kann.

»Die haben mich reingelegt«, sagte ich ihm und hielt das Telefon ans andere Ohr. Das rechte fühlte sich noch komisch an, wegen der Kugel, die nahe genug vorbeigeschossen war, um die kleinen Härchen zu streifen.

»Wo bist du?«, fragte er. Paris klang nicht erfreut, mich zu hören. Ich konnte es ihm nicht verübeln.

»Ich bin in einem Motel in El Paso. Ich muss erst mal schlafen, bevor ich nach Hause fahre.«

»Ich weiß nicht, wie ich dir im Moment helfen kann. Bei mir hat sich einiges getan. Ich hab einen neuen Job.«

»Einen neuen Job? Was?« Das war schwer zu glauben. Paris liebte es, Ranger zu sein, und so sehr ich es auch hasste, es zuzugeben: Er war einer von den guten. In unsere Familie fiel der Apfel weit vom Stamm und rollte dann einen Hügel hinunter.

»Ich werde der neue Polizeichef von Lansdale.«

»Was du nicht sagst.«

Lansdale, Texas, war eine Sackgasse am Ende einer kaum befahrenen Landstraße, gelegen in einer Einbuchtung im Grenzverlauf. Erinnert sich jemand an die Serie *Weg in die Wildnis*? Der Ort Lonesome Dove war das, was Lansdale werden wollte, als es durch die Gnade eines sterbenden Pferdes gegründet wurde, das seinen Reiter 1897 hier stranden ließ. Es war gewachsen, aber nicht auf gesunde Weise; eine größere Hölle ist nicht unbedingt eine bessere Hölle.

»Wieso?«

»Eben so.« Paris war schon immer gut mit Worten. »Was ist mit dir? Brauchst du Geld?« Es gab einen Grund, wieso ich ihm stets verzieh. Mein Bruder hatte nie was für meine Art zu leben übriggehabt. Er war sogar oft regelrecht verurteilend und schroff deswegen. Aber das hielt ihn nie davon ab, seine Hilfe anzubieten.

»Nein. Ich muss dir was sagen …«

»Ich muss los«, sagte er. »Wir treffen uns bei dir.«

Er hängte auf.

»Verdammt«, sagte ich in die tote Leitung. Dann: »Scheiß drauf.« Ich ging schlafen.

Meine Träume spielten in einer Unterwelt. Dunkelheit umgab und erfüllte mich. Ein organischer, verrotteter Geschmack füllte meinen Mund. Es war nicht wie der trockene Staub des Wüstenbodens. Was in meinem Mund fiel, als ich zu schreien versuchte, war feucht und fruchtbar. Es war wie die Erde, aus der Waldboden besteht, alte Blätter und nagende Würmer. Dann kamen die Blitze. Nicht als Blitzschläge, sondern Spritzer aus Licht. Explosionen wie Mündungsfeuer aus Elektrizität begleitet von bellendem Donnerhall. Einige klein. Oder weit entfernt. Ich war nicht sicher. Der Knall kam jedes Mal unvermittelt. Manche der Entladungen waren größere, aufeinanderfolgende Lichtblitze und Druckwellen, wie eine Schrotflinte, die man in einem Sarg abfeuert.

Ich wünschte, ich hätte einen Sarg.

Als ich aufwachte, war die Sonne beinahe verschwunden und durch Gewitterwolken und Sturm ersetzt worden. Lichtblitze zeigten in Richtung Süden, klagten mich an und betrogen mich zugleich. Ich versuchte noch mal, Paris anzurufen. Der Anrufbeantworter ging ran. Es war sinnlos, ihm eine Nachricht zu hinterlassen.

Bevor ich aufbrach, duschte ich. Der zweite Versuch, das Gefühl des Grabes abzuwaschen, seitdem ich in das kleine Motel gekommen war. Ich ließ den Schlüssel auf dem verschwitzten Bett und trat hinaus in den Regen. Eine dritte Dusche.

»Wovor laufen Sie denn weg? Gefängnis?«, fragte die Kassiererin. Ich sah mich um, ob sie jemand anderes meinte. Tat sie nicht. »Was meinen Sie?« Ich versuchte, nicht zu besorgt zu klingen. Ich war vom Hotel direkt zu einem Truck-Stop gefahren. Einer von den großen mit Duschen und stapelweise Truckermützen zum Verkauf. Hier gab es auch Stiefel und sie hatten ein Regal mit Jeans. Ich kaufte neue Hosen; ein sauberes Hemd – mit perlmuttfarbenen Druckknöpfen; und ein Prepaid-Handy.

Die Frau, auf deren Namensschild *Rochelle* stand, zeigte auf das, was ich auf den Tresen gelegt hatte. Wenn man meinen kleinen Stapel an Waren so ansah, hätte man ihn nur dann noch verdächtiger wirken lassen können, wenn ich eine Flasche Whisky und einen neuen Revolver hinzugefügt hätte.

»Oh«, sagte ich und lachte ein kleines *Schon-verstanden*-Lachen. »Ja, könnte man so sehen.« Dann lehnte ich mich über den Tresen zu ihr, gerade weit genug, um ihr in den Ausschnitt zu sehen und zu riechen, welche Hautcreme sie benutzte. »Meine Frau hat mich rausgeworfen.«

Sie errötete ein wenig. Ich war mir nicht sicher, ob es wegen dem war, was ich gesagt hatte oder was ich in ihrer Vorstellung eben dachte. Sie war hübsch, da konnte man auf Gedanken kommen. Ich wünschte mir, dass ich nicht direkt weiter

Richtung Heimat müsste und dass ich nicht die letzte Nacht hinter mir gehabt hätte.

»Das ist eine Schande«, sagte sie und meinte es auch so. »Das macht 64,87. Wo kommen Sie denn unter?«

Es war eine unverfängliche Frage. Ich war so aufgekratzt, dass ich vielleicht mehr hineinlas, als sie gemeint hatte. »Wissen Sie, Rochelle … Sie duften besser als ein Blumenstrauß.« Ich sah ihr wieder ins Gesicht. »Ich bin noch eine Weile unterwegs, aber dabei werde ich an Sie denken.« Ich zog zwei Hunderter aus der Rolle Scheine, die ich dabeihatte. »Nehmen Sie das und machen Sie sich einen schönen Abend. Vielleicht denken Sie ja an mich.«

Ich zog mich im Duschraum um. Als ich mit meinen neuen Sachen wieder ging, warf Rochelle mir eine Kusshand hinterher. Ich fühlte mich fast wie ein Mensch. Fast. Ich war etwa eine Stunde von El Paso entfernt, als ich zu weinen begann. Ich mag es nicht, aber es geschieht nach einem Kampf. Es ist mir in der Army passiert, und heute immer noch. Man sollte es nicht für Schwäche halten. Es ist nicht einmal die Schuld. Vielleicht ist es nur der Stress, aber es ist Teil meiner Routine. Wie traurig ist es, dass ich Routine habe, wenn es darum geht, mit dem Tod und dem Töten fertig zu werden?

Als es vorbei war und das neue Telefon geladen, fuhr ich rechts ran und richtete es ein, dann rief ich erneut Paris an.

»Was?«, fragte er und hörte sich noch gehetzter und genervter an, sobald er wusste, wer anrief.

»Ich bin es«, sagte ich.

»Ich dachte, du fährst zu dir?«

»Mache ich auch«, sagte ich in meinem besten *Nur-die-Fakten*-Tonfall. »Ich war in El Paso, wenn du dich erinnerst.«

»Was hast du da gemacht?«

»Das willst du nicht wissen.«

»Will ich das von Berufs wegen nicht wissen?«, fragte er.

Ich hasste diesen selbstgefälligen Tonfall, der sich in seine Stimme stahl. Das war keine Überraschung. Er und ich hatten schon vor langer Zeit aufgehört, einander zu überraschen. Der schwierigste Teil unserer Beziehung war wohl die völlige gegenseitige Vorhersagbarkeit.

»Das willst du egal aus welcher Warte nicht wissen«, sagte ich. »Und bevor du noch mal fragst, ich brauche kein Geld.«

»Da bin ich ja froh.« Er klang ungläubig.

Ich fragte mich, ob Paris es genoss, seinem Bruder ein paar Almosen hinzuwerfen, wenn ich in Schwierigkeiten war. Ich hakte nicht weiter nach. »Was ist denn mit dieser hochoffiziellen Sache? Wieso nimmst du den Job an?«

»Es gibt ein paar Dinge, die ich erledigen muss. Ich hab ja als Ranger höchstens die kleinen Löcher im Boot gestopft. In Lansdale kann ich vielleicht ein paar große Fische an Land ziehen.«

»Was für große Fische?«

Er antwortete nicht und das billige Telefon rauschte, wenn niemand etwas sagte.

»Paris?«

»Wovor rennst du diesmal weg?« Er hatte immer so eine Art, direkt zur Sache zu kommen.

Dieses Mal war ich derjenige, der sich um die Antwort drückte.

»Du kannst aufhören«, sagte er. »Mit Wegrennen. Mit allem.«

»Und was tun?«

»Mir helfen.«

»Ich kann kein Cop werden. Vergiss mal die Situationskomik dabei. Ich hab eine Akte.«

»Menschen mit vielen Strafzetteln haben eine Akte. Du bist ein Krimineller mit einem Bein im Knast.«

»Ist das der Fachbegriff?« Ich fuhr an einem langsamen SUV vorbei und blieb auf der linken Spur, um ein paar Laster zu überholen.

»Du hast doch in *Angola* eingesessen. Das könnte nützlich sein.«

»Da bin ich ja froh, dass ich dir behilflich sein kann.«

»Das kann dir selbst auch helfen«, sagte er. »Auf lange Sicht.«

»Sehr lange Sicht.« Ich hoffte, es war mir gelungen, möglichst verbittert zu klingen.

»Ich hab neulich mit Dad gesprochen«, sagte er. Der Themenwechsel kam unvermittelt und mir fiel nichts dazu ein. Ich steuerte kurz vor einem Lkw auf die rechte Spur. Er hupte nicht, aber ich konnte im Spiegel sehen, wie er mir den Stinkefinger zeigte.

Seltsam ist das mit uns Jungs aus dem Süden. Wir werden vielleicht über 90, aber reden über unseren Vater immer noch als Dad, wenn wir ihn nicht gerade Hurensohn nennen.

»Willst du denn nicht mal wissen, wie es ihm geht?«

Hatte er wirklich die Nerven, mich das zu fragen?

Ich ignorierte die Frage und das Urteil, das darin mitschwang. Stattdessen sagte ich ihm: »Ich hab gestern Nacht im guten alten Mexiko etwa ein Dutzend Männer umgelegt.« Das war direkt und schockierend, das wusste ich. Ich wusste auch, dass er mit der Vorstellung und dem Wissen klarkommen musste, was für ein Mann ich war. Es war mir egal. Es war reiner Eigennutz, ihm die Realität meines Lebens vor Augen zu führen, mit der unmissverständlichen Anschuldigung, dass ich vielleicht da sein könnte, wo er jetzt war, wenn unser Dad mir auch ein Vater gewesen wäre. Das kümmerte mich genauso wenig. Aber ich sagte: »Tut mir leid.«

»Mir auch«, meinte er. Ich konnte hören, dass es ehrlich gemeint war. »Willst du reden …«

»Nein.«

»Kapiert. Bist du okay?«

Die Frage war nicht das, was ich erwartet hatte. Ich musste darüber nachdenken.

»Bist du noch da?«, fragte er nach einem langen Moment verrauschter Stille. Dann: »Geht es dir gut?« Seine Stimme klang diesmal anders. Die Frage war auch anders gestellt. »Bist du okay?«, hieß: »Bist du verletzt?« Aber »Geht es dir gut?« bedeutete nicht dasselbe.

»Ich weiß nicht.« Wie sehr das zutraf, wurde mir erst klar, als ich es aussprach.

»Soll ich ...?«

»Nein«, sagte ich schnell. Dann: »Also erzähl' mir von der Sache in Lansdale. Wie kann ich dir helfen?«

»Willst du das denn?«

»Ich weiß nicht. Wenn ich es kann. Du sagst mir ja nicht, worum es geht.«

»Kann ich nicht.«

»Verdammte Scheiße«, stieß ich hervor und ließ mir meine Verärgerung anmerken. »Ich hab dir ja auch eben erzählt, dass ...«

»Long«, sagte er ruhig, aber betont. »Du hast mir gar nichts erzählt. Du hast was gesagt und dann hast du gemeint, ich will es lieber nicht wissen. Vielleicht will ich es ja doch wissen; vielleicht auch nicht. Aber diese ... diese Sache, die da bei mir läuft. Ich weiß nicht ... ich *weiß* einfach nicht. Also kann ich es dir nicht sagen. Aber es ist wichtig.«

Das war mein Bruder. Für ihn hatten die Dinge noch einen Wert. Er hatte ein Gewissen und Verantwortungsgefühl, das bedeutete ihm was. Menschen wie ich können das zur Seite schieben. Deswegen konnte ich ihm vertrauen und brauchte ihn. Ich hatte allerdings noch nie das Gefühl gehabt, dass er mich brauchte.

»Kann man damit Geld verdienen?«, wollte ich wissen.

»Zweifelhaft«, sagte er unumwunden.

»Verbirgst du etwas?«

»Könnte sein.«

»Wie kann ein Typ wie ich dir helfen? Und ich meine *Wie*, nicht *Was*.«

»Sagen wir einfach, ich hab da eine Menge Spielraum.«

»Das kauf' ich dir nicht ab«, sagte ich und dachte nach. »Solche Städte wollen einen Polizeichef mit ordentlich gebügeltem Hemd, der sich mit den Rotariern und dem Lions Club zum Brunch trifft. Ein Stadtrat gibt einem doch keinen Spielraum.«

»Ich bin nicht vom Stadtrat eingestellt worden. Mich hat das Justizministerium auf den Plan gerufen.«

»Du gehst da als Bundesbeamter rein? Das heißt, jemand hat ordentlich Dreck am Stecken. Und das bedeutet Aufmerksamkeit. Da willst du mich nicht dabei haben.«

»Du könntest mir helfen.«

»Wie?«

»Kann ich im Moment nicht sagen.«

»Kannst du nicht?«, fragte ich und ließ mir anmerken, dass ich ihm nicht glaubte.

»Ich will nicht. Es gibt ein paar Sachen, bei denen du mir helfen kannst.«

»Ein paar Sachen, bei denen dir dein Bruder mit der dicken Strafakte in deinem Job als Bundesagent – der sich als Polizeichef ausgibt – helfen kann. Hört sich an, als steckst du bereits in Schwierigkeiten.«

»Vielleicht.«

»Du marschierst da also einfach rein und übernimmst den Job?«

»Mehr oder weniger.«

»Na dann viel Glück.«

»Wir können drüber reden, wenn du da bist«, sagte er. »Wann wird das sein?«

Ich konnte ihn mir lebhaft vorstellen, wie er auf die Uhr sah. Er war ein erwachsener Mann, ein Cop, und trug immer noch eine Star-Trek-Armbanduhr.

»Ich weiß nicht. Dauert mindestens acht oder neun Stunden, wenn ich durchfahre. Und ich bezweifle, dass ich das schaffe.«

»Müde?«

»Erschöpft.«

»Also nicht einfach nur müde«, sagte er. Ich wusste, was er vorhatte – er wollte, dass ich ihm mehr über die letzte Nacht erzählte.

»Du hast recht. Es ist mehr als Müdigkeit.« Dabei beließ ich es und am anderen Ende der Leitung blieb es still.

Als er endlich etwas sagte, überraschte er mich erneut. »Geheimnisse zu haben, ist nicht gut, kleiner Bruder.«

»Deine Bibelsprüche kannst du jemand anderem andrehen«, sagte ich.

»Wir unterhalten uns, wenn du da bist.« Es schien es ernst zu meinen. Mir kam es so vor, als wüsste ich gar nicht recht, worüber wir geredet hatten. »Ich erwarte dich.«

»Okay.«

»Ich freue mich schon, dich mal wieder zu sehen«, sagte er. Und erneut klang er, als meinte er es ernst, und das war merkwürdig. Er legte auf, bevor ich noch etwas sagen konnte.

Ich ließ das Handy fallen und trat gleichzeitig aufs Gas.

Eine komische Unterhaltung. Ich dachte darüber nach und kam zu dem Schluss, dass beide Anrufe seltsam gewesen waren. Beim ersten Mal war es mir nicht aufgefallen, so müde und ausgelaugt hatte ich mich gefühlt. Es war mehr die Stimmung. Keiner von uns hatte etwas Falsches gesagt. Es hatte sich nur nicht richtig angefühlt. Paris und ich hatten immer eine Art gehabt, frei von der Leber weg zu reden, zu fluchen und zu lachen, ohne wirklich offen zu sein. Typisches Männerverhalten und so ein Ding unter Halbbrüdern. Aber nicht förderlich für echte Kommunikation. Zwischen den Zeilen zu lesen wird zur Gewohnheit in manchen Beziehungen. Aber aus irgendeinem Grund schien Paris seine Zeilen in einer anderen Sprache zu schreiben.

Von unterwegs konnte ich da gar nichts machen. Also drehte ich das Radio an und verkniff mir das Grübeln.

Nach weiteren vier Stunden fuhr ich Schlangenlinien und konnte die Augen kaum mehr offenhalten. Ich stoppte auf einem Rastplatz und versuchte im Auto zu schlafen. Eine Weile klappte das. Aber irgendwann war der Lärm zu viel. Der Regen war nach Norden gezogen und der Himmel klarte erst auf, als die Sonne am Horizont versank und die Nacht hereinbrach. Eine Gruppe Biker fuhr auf den Rastplatz. Sie ließen die Motoren aufheulen und schrien sich irgendetwas zu.

Nachdem ich eine weitere Stunde gefahren war, zog es mir wieder die Augen zu. Ich hielt auf dem kiesbedeckten Parkplatz einer einstöckigen Bar in einem Klinkerbau. Er war lang und gedrungen, zappenduster, abgesehen vom Glühen des neonroten Bierschriftzugs, in dessen Schein ich hoffentlich das ewige Leben verbringe.

Es waren ein paar Typen vom Militär in Uniform drin, die an der Bar Burger aßen. Ich setzte mich an einen Tisch und wählte, genau wie die anderen, den großen Burger. Manche der Jungs suchten nach dem Ausscheiden wieder Kontakt zum Militär. Einige von uns nicht.

Ich war ein guter Soldat gewesen. Um die Wahrheit zu sagen, war es idiotisch gewesen, dass ich ausgeschieden bin, aber das Gras sieht auf anderen Weiden immer ein wenig grüner aus, wenn man es von Afghanistan aus betrachtet. Zumindest von den Landesteilen aus, die ich zu Gesicht bekam. Ich war erst ein Jahr draußen, als ich für zwei im Knast *Angola* einfuhr. Mir kam die Army wie Urlaub vor – eine Auszeit von dem Leben, an dem ich fleißig gearbeitet hatte, seitdem ich mit 13 anfing, nur Unfug zu treiben. In der Army machte ich den Highschoolabschluss und las das erste Mal Bücher ohne Bilder drin. Dort lernte ich auch zu töten. Vielleicht war es doch nicht so verschieden von dem Leben, das ich schließlich führte.

Eine der Frauen, die die Tische abräumten, steckte ein paar Münzen in die Jukebox und drückte mehrere Knöpfe. Bevor sie sich umdrehte, hörte man ein Surren und das Geräusch einer Platte, die auf den Teller fiel. Die Jukebox war noch mit echten Singles bestückt. Erinnerungen an eine verlorene Zeit mit 45 Umdrehungen pro Minute. Ich aß meinen Burger auf, wischte das letzte Bisschen Ketchup und Mayo mit den restlichen Pommes auf und hörte mir an, wie Conway Twitty »I See the Want in Your Eyes« sang. Obwohl ich erschöpft war und eine lange Fahrt vor mir hatte, bestellte ich ein Bier. Der nächste Song war ebenfalls ein Oldie und hieß »Country Bumpkin«. Bevor er vorbei war, hatte ich das halbe Bier getrunken und heulte wieder. Ich verbarg das Gesicht in den Händen und stützte die Ellbogen auf den Tisch. Es war egal, ob ich leise war oder nicht. Ich war nicht der Erste, der in diesem Laden in sein Bier geheult hatte. Ich versuchte wenigstens nicht zu schluchzen. Es wurde schlimmer, als B. J. Thomas »(Hey Won't You Play) Another Somebody Done Somebody Wrong Song« sang. Ich war nach einer Weile der einzige Kunde in der Kneipe. Die Kellnerin sah mich aus der Ferne mit traurigem Blick an. Ich schaffte es nicht, den Laden zu verlassen, bis die Jukebox »Convoy« anstimmte. Zum Glück hatte ich noch eine weite Strecke vor mir.

Im glitzernden Niemandsland der Dunkelheit und des Sternenlichts zwischen Nacht und frühem Morgen näherte ich mich meinem Zuhause. Die richtige Zeit, ein Grab auszuheben. So sah ich es zumindest. Ich verließ den Highway und fuhr auf der Suche nach einer geeigneten Stelle eine Weile herum. Nicht weit von dem Trailerpark entfernt, in dem mein Zuhause auf mich wartete, fand ich sie.

Zuerst hielt ich beim Schnapsladen und kaufte zwei Sixpacks Bier, irgendein billiges. Außerdem ein Einwegfeuerzeug und eine rote Tasche mit dem riesigen Label einer Biermarke darauf. Ich steckte die Kohle und die Waffe in die Tasche. Als Nächstes hielt ich an einer Tankstelle, kaufte einen Benzinkanister und füllte ihn.

Mit diesen Einkäufen fuhr ich in ein Industriegebiet, das ich vorher ausgewählt hatte. Ich parkte im Schatten, etwa 20 Meter von einem Grüppchen Teenager entfernt. Sie hingen da nur so rum, knallten leere Flaschen auf den Boden und rauchten neben ein paar Laderampen. Die Kids warfen mir durchdringende Blicke zu, als ich ausstieg. Ich ging mit meiner großen roten Tasche davon, ließ dabei die Autotür offen und den Motor laufen. Bier, Benzin und Feuerzeug waren auf dem Sitz. Ich rechnete damit, dass etwa im Morgengrauen der Chevy, weit von meinem Trailer entfernt, bis auf die Felgen niedergebrannt sein würde.

»Paris«, sagte ich, als ich die Tür aufmachte. Ich rief nicht, war aber auch nicht leise. Ich ging davon aus, dass er schlief, aber man schleicht sich nicht einfach an einen bewaffneten Mann heran. Alle Lichter waren aus. Ich wollte nichts lieber, als direkt in mein Schlafzimmer und erschöpft ins Bett sinken. Nur der Gedanke, ich könnte dabei auf Paris landen, hielt mich davon ab. Da er mir nicht geantwortet hatte, vermutete ich, dass er nicht auf dem Sofa lag.

Ich legte den Schalter für die Deckenlampe um. Von den zwei Glühbirnen funktionierte nur eine. Sie flackerte dreimal, bevor sie dauerhaft brannte. Der Lampenschirm war kaputt. Die ganze Konstruktion hing nur an den Stromkabeln von der Decke. Erst als das Flackern aufhörte, kam ich auf die Idee, mal nach unten zu sehen. Paris lag auf dem Boden, seine Hand nur Zentimeter von meiner Stiefelspitze entfernt.

Er war tot. Es gab keine Hoffnung, es war sinnlos, sich zu bücken, um den Hals nach einem Puls zu befühlen. Dazu war zu viel Blut auf dem Boden.

3

Als ich den Chevy seinem Schicksal überlassen hatte, behielt ich zwei Dinge: das Geld und die Pistole. In diesem Moment war ich dankbar, die Waffe zu haben. Ich zog sie aus dem Beutel und schlich durch den dunklen Trailer. Es war verschwendete Mühe. Ich war allein mit der Leiche meines Halbbruders.

Nichts war gestohlen worden. Abgesehen von der kaputten Lampe und dem Teppich, hatte niemand etwas angerührt. Bei der Gewalt war es nur um den Mord gegangen.

Irgendjemand war überraschend durch die Tür gestürmt. Sie hatten Paris erledigt, sichergestellt, dass er nicht wieder aufstand, und waren dann verschwunden. Es hatte wohl weniger als eine Minute gedauert. Ich war mir nicht sicher, aber vermutlich hatte der dünne Mann mit den Cartoonschädeln auf den Fingern sein Geld zurückgewollt.

Ich dachte an das Timing. Das letzte Mal hatte ich mit Paris vor zehn Stunden gesprochen. Die Killer des Kartells konnten leicht vor mir hier gewesen sein. Sie brauchten nicht einmal von El Paso herfahren. Ein Anruf hätte genügt, um eine lokale Gang anzuheuern. Genauso wahrscheinlich war, dass sie schon Leute in Houston hatten, die im Wohnwagen warteten, bis ich nach Hause kam.

Mir wurde leicht schwindlig von den keuchenden Atemzügen, seitdem ich Paris auf dem Boden gesehen hatte. Ich lief Gefahr, zu hyperventilieren. Für einen Moment kämpfte ich darum, den Atem zu kontrollieren und das Karussell im Kopf zu stoppen.

Paris.

Ich hatte mir nie so sehr gewünscht, mit ihm reden zu können.

Es blieb keine Zeit, darüber nachzudenken, was ich wollte. Keine Zeit für Trauer. Eine Frage baumelte wie ein Damoklesschwert über meinem Kopf. *Würden sie zurückkommen?* Wenn man uns beide nicht kannte und nur hier war, um den durchschnittlich großen Typen mit rotbraunen Haaren zu töten, der in einem Trailer lebte, glaubte man vielleicht, der Job sei erledigt. Jemand, der mich schon mal gesehen hatte, bemerkte aber möglicherweise seinen Fehler und wartete vor der Tür, bis das richtige Ziel zurückkam.

Ich drehte mich um, knallte die Tür zu und verschloss sie dann. Ich kniete mich neben Paris. Er hatte Jeans an, aber kein Hemd. Das bedeute, er hatte keine Dienstmarke getragen, als sie durch die Tür kamen. Seine Taschen waren leer. Hatten sie nach dem Ausweis gesucht und ihn mitgenommen?

Ich musste es wissen, bevor ich mich hier aus dem Staub machte.

Mein Schlafzimmer war ein einziges Durcheinander. Wenig überraschend. Es war schon so, als ich gegangen war. Neben dem Bett war ein kleines Eck auf dem Nachttisch freigeräumt. Paris hatte die Bierdosen in den Müll geworfen und sein Handy eingesteckt, um es zu laden. Sein Geldbeutel war unter dem Telefon. Hätte jemand danach gesucht, hätten sie ihn hinterher nicht wieder ordentlich unter das Handy gelegt. Ich öffnete ihn. Er hatte einen Einschub zum Ausklappen, in dem seine Texas-Ranger-Dienstmarke und der Ausweis vom Department of Public Safety steckten. Ein offener Briefumschlag ohne Anschrift lag in der Schublade des Nachtkästchens. Ich warf einen Blick hinein und sah, dass auf den

Papieren *US Justizministerium* stand. Paris' Pistole lag ebenfalls in der Schublade. Es war eine Automatik vom Typ Colt 1911, Kaliber .45, aus dem Zweiten Weltkrieg in einem maßgefertigten Lederholster mit einem Gürtelclip. Ein Geschenk von Buick.

Paris war nicht das Ziel gewesen. Ich war es. Ich konnte ihm nicht mehr helfen. Vielleicht konnte ich seinen Tod nutzen, um selbst am Leben zu bleiben. Für diesen Gedanken hasste ich mich. Aber ich musste der Wahrheit ins Auge sehen.

Ich ließ die Unterlagen aus dem großen Umschlag fallen und steckte sein Handy, das Ladegerät und den Geldbeutel hinein. Die 45er klipste ich an den Gürtel. Als ich wieder im Wohnzimmer war, verstaute ich das Paket in einer Einkaufstüte. Erneut durchwühlte ich Paris' Taschen. Dieses Mal suchte ich nach seinen Schlüsseln. Ich fand sie und steckte den Bund in meine Jeans.

Was ich als Nächstes tat, fiel mir schwerer. Ich hob die Leiche an den Schultern und schleppte Paris den Flur entlang, wobei die Füße Blutspuren auf dem Teppich hinterließen. Das hätte ich nicht machen müssen. Ich wollte ihn nur nicht hier auf dem dreckigen Boden liegenlassen. Vieles von dem, was passiert war, hatte ich nicht gewollt. Also musste ich wenigstens diese Kleinigkeit tun.

Ich legte Paris in mein Bett und deckte ihn zu. Dabei war ich so behutsam wie möglich. Meinen eigenen Geldbeutel steckte ich in seine Tasche. Das war zwar ein erbärmlicher Trick, aber es sollte nicht für immer sein. Höchstens ein paar Wochen. Mein neues Hemd mit den Druckknöpfen war blutig und ruiniert. Ich zog es aus und nahm ein frisches aus dem Schrank. Damit hatte ich fertig gepackt. Das Bargeld würde reichen, um mich tausend Jahre lang einzukleiden. Ich glaubte nicht, dass ich so lange brauchen würde.

Auf den Nachttisch stellte ich eine Kerze. Es war eine dieser Duftkerzen, die eine Frau in der vergeblichen Hoffnung mitgebracht hatte, den Männergestank aus dem billigen gemieteten Trailer zu vertreiben. Die Kerze hatte länger durchgehalten als sie. Ich zündete sie an und stellte sie neben Paris.

»Auf Wiedersehen«, sagte ich zu ihm und blieb kurz an der Tür stehen.

Ich zog den Küchenherd vor, rückte ihn hin und her, bis der Schlauch sich von der Gasleitung löste. Es war nur ein kleiner Riss, kein großes Leck. Ich überlegte einen Moment, es noch zu vergrößern, aber meine Energie verließ mich langsam. Außerdem: Wenn sie meinetwegen zurückkommen wollten, wären sie schon aufgekreuzt. Auch wenn es nur ein kleines Leck war, konnte ich bereits das Propan riechen. Oder zumindest das Zeug, das sie mit hineinmischen, damit es so stinkt. Propan ist schwerer als Luft. Es ist unsichtbar, aber ich stellte mir vor, dass es auf den Boden sank und den Trailer wie Wasser füllte. Bis es bei der Kerze angelangt war, hätte sich eine ganze Menge Gas angesammelt.

Ich stieg in Paris' Pick-up-Truck und fuhr ziellos davon. Als ich zu müde war, um weiterzufahren, hielt ich bei einem Motel. Es war eines von denen, die früher an den Landstraßen so beliebt waren, bevor man einfach auf den neuen Interstate Highways daran vorbeifuhr. Das Texas Lodge Motel war ein langgezogenes Gebäude, das in zehn Zimmer aufgeteilt war. Daneben standen vier einzelne kleine Hütten. Die Sonne war schon aufgegangen, aber das rote Neonschild *Zimmer frei* leuchtete noch.

Ich zahlte bar und niemand stellte Fragen. Ich bat um die Hütte, die am weitesten von allen entfernt lag. Das einzige andere Auto auf dem Parkplatz war ein heruntergekommener Minivan, bei dem das gefälschte Holz an den Seiten abblätterte. Im Fenster des Vans war ein Schild, auf dem stand: »The Sweet By and By Gospel Music Hour«. Ich war nicht in der Stimmung für Musik.

Nachdem ich den halben Tag verschlafen hatte, stand ich auf. Der Schlaf hatte meine Erschöpfung nicht wirklich vertrieben. Ich aß etwas aus einem der Automaten. Dann versuchte ich ein wenig Fernsehen zu schauen. Ich schlief bei einer Wiederholung von *Law and Order* ein. Etwa um vier Uhr früh wachte ich erneut auf. Es lief noch immer eine Folge *Law and Order*.

Alte Fernsehwiederholungen interessierten mich nicht und ich konnte nicht mehr schlafen. Ich holte Paris' 45er raus. Sie war sauber und geölt und brauchte keine weitere Pflege. Ich legte sie zur Seite und fischte dann das Telefon aus der Einkaufstüte. Es war eingesteckt und lud auf, als ich es aus dem Schlafzimmer mitgenommen hatte, aber ich hatte es ausgeschaltet, bevor ich es mitnahm. Ich hatte genauso viel Angst davor, dass man mich damit tracken konnte, wie dass es klingelte. Was sollte ich sagen, wenn jemand anrief?

Ich drückte den Power-Button und das Handy spielte den typischen Jingle beim Hochfahren. Der Bildschirm zeigte die Passworteingabe. Mist. Keine Ahnung, was das Passwort war. Und es war die Sorte von Handy, die einem nur ein paar Chancen gaben, ein Passwort korrekt einzugeben, bevor es dauerhaft gesperrt blieb.

Ein Ratespiel, das mich ablenkte. Ich saß mit dem Handy auf dem Boden und dachte über Paris nach. Er hätte kein Passwort aus irgendeiner finsteren Assoziation gemacht. Das hieß, ich musste über ihn und all die Dinge nachdenken, von denen ich wusste, dass sie ihm lieb und teuer waren. Diese glücklichen Gedanken fühlten sich an, wie ein kleines Geschenk.

Beim ersten Versuch hatte ich das Telefon entsperrt. NCC-1701 war die Registriernummer der *Enterprise.* Es stellte sich heraus, dass Paris doch nicht so tiefgründig oder komplex war, wie ich mir gern einbildete.

Ich hätte mich fast ein wenig für ihn geschämt, wäre ich nicht gleichzeitig von einem merkwürdigen Stolz überwältigt gewesen, ihn so gut gekannt zu haben. Ich vermisste ihn.

In den frühen Morgenstunden erforschte ich mithilfe des Handys das Leben meines Bruders. Es war ein Eindringen, eine Vergewaltigung, die ich ohne Zögern beging. Die Informationen waren wie eine Schutzschicht. Der Plan war, Paris zwischen mir und den Killern zu positionieren, die mich suchten. Vielleicht konnte ich mich darin wie in eine Decke einwickeln. Zweifellos würde jemand herausbekommen, dass die Leiche in dem Wohnwagen nicht meine war. Wenn Paris noch am Leben wäre und seinen Geschäften nachging, dauerte es länger, bis irgendwer Verdacht schöpfte.

Ich blätterte durch die Textnachrichten. Am meisten Angst hatte ich, Nachrichten von einer Frau zu finden, mit der er eine Beziehung hatte. Das Letzte, was ich brauchte, waren irgendwelche verliebten Anrufe. Es gab keine. Nicht nur keine romantischen Texte – gar keine Texte. Paris hatte alle gelöscht und seitdem war nichts neu angekommen. Ich überprüfte die Anrufliste. Das war was anderes. Vielleicht war er kein Vielschreiber. Ich dachte darüber nach und mir fiel ein, dass ich auch nie eine Textnachricht von ihm bekommen hatte. Allerdings hatte ich ihm ebenso nie eine geschickt. Meine eigene Liste war also genauso leer. Das war gar nicht so seltsam, wie ich zuerst gedacht hatte.

Die Anrufliste reichte ein paar Wochen zurück. Die meisten der Kontakte waren eingehende Anrufe von einem M. Janssen JM. Er hatte neunmal angerufen, seitdem ich das Telefon ausgemacht und in der Tasche verstaut hatte. Das waren zu viele Anrufe für ein beiläufiges Interesse. M. Janssen hatte wohl einen Grund, damit zu rechnen, dass Paris abnehmen würde. Es gab auch Anrufe von jemandem namens Heck – eine ganze Menge. Das war die Nummer, die Paris am häufigsten angerufen hatte.

Ich hörte die Mailbox ab, um noch ein wenig mehr herauszubekommen. Nichts. Ich sah mir erneut das Anrufer-Log an. Seitdem ich das Handy besaß, waren elf Anrufe hereingekommen, neun von M. Janssen und zwei von Heck. Keine Textnachrichten. Was auch immer Paris vor mir verheimlichen wollte, ich war mir sicher, diese beiden hatten damit zu tun. Das bedeutete, das JM nach dem Namen M. Janssen stand für Justizministerium.

Das Telefon klingelte und ich machte mir fast in die Hosen.

Auf dem Display stand M. Janssen JM. Natürlich. Es wurde kein Foto zusammen mit der Nummer eingeblendet. Es klingelte erneut und ich sah das Telefon an, als würde gleich die Stimme eines Dämons und nicht die eines Menschen daraus erklingen. Es klingelte ein drittes Mal und ich versuchte, mir klarzumachen, dass das Teil meines Plans war.

Nach der Hälfte des vierten Klingelns tippte ich auf das »Abheben«-Symbol.

»Wo zur Hölle waren Sie?«, fragte ein Mann. Ich ging davon aus, dass es der M. Janssen war, der unter der Nummer gespeichert war. Aber sicher war ich nicht. Dann fragte er: »Was machen Sie verdammt noch mal in Oklahoma?« Ich hatte recht gehabt, das Telefon wurde getrackt.

»Wer ist da?«, fragte ich.

»Milo Janssen – wer zur Hölle dachten Sie denn?«

»Sie haben mich geweckt«, log ich und versuchte, schläfrig zu klingen. »Ich konnte das verdammte Display nicht lesen.«

»Wer sagt eigentlich, dass Sie Zeit zum Schlafen haben? Sie sollten doch auf dem Weg nach Lansdale sein.«

»Bin ich ja. Ich wurde nur aufgehalten.«

»Ja«, sagte er, und ich merkte, wie er einen Gang runterschaltete. »Ich habe von der Sache mit Ihrem Halbbruder gehört. Ziemliche Scheiße.«

»Was haben Sie gehört?«

»Was glauben Sie denn – das ich über so was nicht im Bilde bin? Alles, was mit Ihnen zu tun hat, landet auf meinem Radar. Und wenn der Trailer Ihres Bruders in einem Riesenfeuerball hochgeht, dann erfahre ich das auf jeden Fall.«

»Sie beschatten meine Familie?«

»Nicht wirklich«, sagte er.

Ich konnte das Achselzucken beinahe hören, ohne ihn zu sehen. Aber da war noch etwas anderes. Wenn ich ihn vor mir sah, stellte ich mir einen Schwarzen vor. Irgendetwas in seiner Stimme. Manchmal kann man den Straßenslang nicht völlig abschütteln. Manche wollen es auch gar nicht.

»Longview Moody ist was anderes«, fuhr Milo fort. »Er hat für eine Reihe übler Typen gearbeitet, die sich mächtig in die Haare gekriegt haben. Ich musste ein Auge auf ihn haben.«

»Und?«

»*Und* ich habe ihn unter die Lupe genommen. Das heißt, ich habe mir angesehen, was die Jungs vor Ort so treiben und mit wem sie es zu tun hatten.«

»Okay. Und haben Sie was gefunden?«

»Er hat sich mit den falschen Leuten abgegeben. Das wissen Sie.«

»Also keine Verbindung zu irgendwas …«

»Etwa nervös?«

»Möglicherweise«, antwortete ich ehrlich. »Vielleicht sollten wir uns treffen und reden, bevor ich den Ort betrete.«

»Wenn ich mich je mit Ihnen Auge in Auge treffen muss, heißt das, es ist etwas gewaltig schiefgelaufen und dann wollen Sie mich lieber gar nicht sehen. Ich bin wie der Typ aus dem Comic: Sie würden mich nicht mögen, wenn ich wütend bin.«

»Wieso denken Sie, dass ich Sie jetzt mag?«, fragte ich und versuchte nicht zu erleichtert zu klingen. Sie hatten sich nie gesehen, also kannte er Paris auch nicht besonders gut. Das vereinfachte die Sache. Ich würde nicht drauf bestehen.

»Und wieso glauben Sie, dass mir das nicht meilenweit am Arsch vorbeigeht? Um aber Ihre Frage zu beantworten, und das war auch meine erste Frage – nein, wir haben keine Verbindung zwischen dem Tod Ihres Bruders und Ihrer Arbeit in Lansdale gefunden. Ich habe sogar das Gefühl, die Jungs vor Ort wollten es auf sich beruhen lassen und unter Tod durch Alkohol und typischen TIW verbuchen, wenn ich nicht nachgebohrt hätte.«

»TIW?«

»Tod-im-Wohnwagen.«

»Verstehe.«

»Ist so ein Redneck-Ding.«

»Zweifellos.«

»Standen Sie in Kontakt mit Ihrem Vater?«

Die Frage warf mich aus mehr als einem Grund aus der Bahn. Ich wollte gerade etwas Wütendes loswerden, als mir einfiel, dass der Typ mit dem ich redete, dachte, er spräche mit Paris.

»Nein«, sagte ich und zwang mich, ruhig zu bleiben. »Ich hielt lieber Funkstille. Nur für den Fall.«

»Er wird die Leiche identifizieren.«

»Was?«

»Ihr Vater. Er wird die Identität der Leiche mit den örtlichen Behörden klären.«

Ich hatte darüber nachgedacht. Lange. Die Frage war unvermeidlich: Wenn er wusste, dass es Paris war, würde er sich wünschen, ich wäre es gewesen? Und was, wenn er es herausbekäme? »Ich dachte, das Feuer hätte das unmöglich gemacht?«

»DNA. Er wird nicht hingehen und sich … das ansehen. Sie haben recht, das Feuer war … na ja, soweit ich weiß, wird es keine visuelle Identifikation geben. Ihr Vater stellt seine DNA für einen Abgleich zur Verfügung.«

Daran hatte ich gar nicht gedacht.

»Wo waren Sie?«, fragte Milo.

»Ich hab mich rar gemacht. Wie gesagt, nur für den Fall.«

»Okay. Das ist in Ordnung, aber Sie müssen ein wenig besser in Kontakt bleiben. Ich sollte immer wissen, wo Sie sind. Das sind miese Typen.«

»Welche?«, fragte ich und fischte ein wenig im Trüben.

»Alle«, antwortete er und ignorierte den Köder. »Wann können Sie in der Stadt sein?«

»Mindestens noch ein paar Tage. Ich …«

»Zwei Tage.« Er schnitt mir das Wort ab. »Sie haben zwei Tage und Sie sollten nicht zur Beerdigung gehen.«

»Wieso?«

»Wissen Sie, warum er tot ist?«

»Nein.«

»Okay. Aber Sie haben den Verdacht, dass es kein natürlicher Tod war, sonst hätten Sie sich nicht auf den Weg gemacht, richtig?«

Ich gab keine Antwort. Es gefiel mir nicht, dass Milo cleverer war, als sein Name vermuten ließ. Wer hatte überhaupt je von einem Schwarzen gehört, der Milo hieß?

»Also«, fuhr er fort, »deswegen will ich nicht, dass Sie dort sind, um Aufmerksamkeit zu erregen. Egal welcher Art. Kein *mitgefangen, mitgehangen.*«

»Das ist …«

»So sieht es eben aus. Beschissen, aber das müssen Sie wohl einfach schlucken.«

Ich wollte widersprechen, aber es war sehr viel leichter, es nicht zu tun. Nicht, dass überhaupt viele Leute auf der Beerdigung sein würden. Aber irgendjemand bemerkte vielleicht den Unterschied zwischen Paris und mir. Meine Mutter und Paris waren beide tot. Ich hätte nie gedacht, das könnte ein Vorteil sein. Da war Buick, aber ich hatte so eine Ahnung, der alte Mann hatte Angst, dass ihn jemand dort bitten würde, etwas beizusteuern.

»Wie auch immer«, sagte ich.

»Ja, wie auch immer«, echote Milo.

»Wir sollten die Sache noch mal durchgehen«, sagte ich und fischte nach mehr Informationen.

»Wieso?«

Mir fiel kein Grund ein. Ich wusste nicht genug, um mir was einfallen zu lassen. Milo rettete mich erneut mit seinen Spekulationen und weil er mir helfen wollte.

»Ich kenne das Gefühl«, sagte er. »Ging mir auch immer so, bevor ich im Irak einen Einsatz hatte. Aber wir haben darüber geredet. Es ist alles okay. Sie müssen einfach nur ein Cop sein. Sie brauchen sich nirgends einschleusen. Die *werden* zu Ihnen kommen.«

»Danke«, sagte ich. »Klar wie Kloßbrühe. Wem bin ich eigentlich auf die Füße getreten, damit mir das passiert?«

Er lachte. Das sollte er auch. Es war ein beiläufiger, nichtssagender Kommentar. Ich musste lernen, den Mund zu halten.

»Komisch, das aus Ihrem Mund zu hören«, sagte Milo. Sein Lachen klang nicht sehr belustigt. Der scharfe Unterton richtete meine Nackenhaare auf. »Sie wissen genau, wem Sie auf die Füße getreten sind und wie«, sagte er. »Und Sie haben Glück, dass wir hier nicht bei den Texas Rangern sind.«

»Kommt mir nicht so vor, als hätte ich Glück gehabt.«

»Das gilt wohl für uns alle. Schlafen Sie ein wenig – wie spät ist es bei Ihnen? 4:45 Uhr?«

»Ja.«

»Und bleiben Sie in Kontakt.« Er beendete den Anruf.

Danach war ich nicht mehr in der Stimmung noch mal einzuschlafen. Aber ich hatte einen Plan.

Eine Stunde später hatte ich geduscht, mich angezogen und gepackt und trat in den frischen Morgen hinaus. Meine wenigen Habseligkeiten lud ich in den Pick-up.

Ich fuhr mit der aufgehenden Sonne im Rücken in den nächsten, winzigen Ort. Es gab dort nicht viel, aber wenigstens eine Western-Union-Filiale und ein Restaurant der Kette *Waffle House*. Ich hatte vor, beiden einen Besuch abzustatten.

Wirklich hungrig war ich nicht. Es ging mehr darum, ein wenig Zeit totzuschlagen, und um die Vorstellung, dass ich mich auf den Weg machen und eine ganze Weile nicht anhalten konnte, um etwas zu essen. Die lange Fahrt ins Nirgendwo hatte mich irgendwo in den Norden von Durant, Oklahoma, verschlagen. In zwei Tagen sollte ich in Lansdale sein, das am Rio Grande lag. Es waren nur etwa 700 Meilen, aber ich fuhr besser nicht durch Dallas oder irgendeine andere große Stadt. Die Interstate wollte ich ebenfalls vermeiden. Paris kannte jede Menge Leute bei der Polizei, und eine Menge Leute bei der Polizei kannten mich. Das hieß, nur die kleinen Highways und Städte kamen infrage. Die Strecke war vermutlich nicht viel länger, aber es waren einige Stunden mehr Fahrzeit. Zeit zum Nachdenken. Zu viel? Zu wenig? Das würde sich zeigen.

Lansdale lag unmittelbar an der Grenze an einer breiten Stelle des Flusses, mitten in der Einöde zwischen El Paso und Laredo. Außerdem direkt am Rand des Big-Bend-Nationalparks, knapp 1100 Quadratmeilen Texas, die so unberührt waren, wie zu

Zeiten des Wilden Westens. Dorthin zu kommen, war aber gar nichts, verglichen mit der großen Frage: Wieso zur Hölle tat ich mir das an? Die Welt schien sich immer wieder auf diese Wieso-Fragen zu reduzieren. Ich sollte mich lieber um das *Was* kümmern. Was würde ich dort vorfinden? Und was verdammt noch mal sollte ich deswegen unternehmen?

Mein Aufenthalt im *Waffle House* zog sich ein paar Stunden hin, ich aß Steak und Eier und trank Unmengen Kaffee. Punkt acht Uhr zahlte ich meine Rechnung und ging hinaus zum Pick-up. Das Handy von Paris war viel besser, als die Prepaid-Handys, die ich immer benutzte. Es hatte eine Navi-App und Internetzugang. Ich nutzte beides, während ich beim Frühstück saß. Ich hatte den Namen und die Nummer eines Beerdigungsinstituts in Houston. Das war der Anruf, den ich bisher aufgeschoben hatte. Die meisten Geschäfte öffneten um neun. Das Institut hatte acht Uhr auf seiner Homepage angegeben. *Liegt wohl in der Natur der Sache*, dachte ich. Leute, die eine Beerdigung arrangieren müssen, tun das gern so schnell wie möglich. Sie stehen früh auf, wenn sie überhaupt geschlafen haben, und tätigen einen Anruf, den sie nie machen wollten.

Beim dritten Klingeln hob jemand ab. Ich sagte dem professionell mitleidig klingenden Mann, für wen ich eine Beerdigung brauchte. Nachdem das Grundlegende geklärt war, fragte ich nach den Kosten. Er versuchte mir das Ganze ein wenig teurer zu verkaufen, aber strengte sich nicht besonders an. Ich kam ihm bei der Hälfte des Preises entgegen, aber bot beim Grabstein ein wenig mehr. Ich fragte, ob man ihn später ändern konnte, falls nötig. Er nahm zuerst an, dass ich davon sprach, einen Namen hinzuzufügen. Den der Ehefrau. Als ich ihm erklärte, ich wollte den ursprünglichen Namen ändern lassen, herrschte lange Stille. Es war wohl keine gebräuchliche Frage.

»Die Sache ist die«, erklärte ich ihm, »ich mache das, ohne meine Familie ins Spiel zu bringen. Wir sind nicht immer einer Meinung.«

»Keine Erklärung nötig«, sagte er und hörte sich an, als sei ihm eben das buchstäbliche Licht aufgegangen. »Ich kann eine flache Gravierung auf einer polierten Oberfläche in Auftrag geben. Wenn sich was ändert … na ja, dann können wir den Granit sandstrahlen und eine raue Oberfläche erzeugen, die neu graviert werden kann.«

»Hört sich an, als wären Sie der Mann mit dem Plan.«

»Heikle Probleme zu lösen ist mein täglich Brot«, sagte er.

Daran hatte ich keine Zweifel.

Nachdem ich also ein heikles Problem gelöst hatte, ging ich zum Büro von Western Union und schickte dem Beerdigungsunternehmen 9.300 Dollar. Ich hatte sorgsam darauf geachtet, die Kosten unter 10.000 Dollar zu halten. Banken und Geldtransferunternehmen mussten Transaktionen dieser Größe an die Bundesbehörden melden.

Reich zu sein war teuer, ich hatte mehr Geld ausgegeben, seitdem ich das Geldbündel an mich genommen hatte, als je zuvor in solch kurzer Zeit. Der Packen Geldscheine sah aus, als sei er nicht angerührt worden. Im Pick-up blätterte ich ihn durch und überschlug den Betrag.

Der Streifen mit Hundertern hatte insgesamt einen Wert von 10.000 Dollar. Es waren ursprünglich zehn davon in jedem Bündel. 100.000 Dollar. Es gab fünf Bündel in einer Reihe. 500.000 Dollar. Und es waren drei Reihen. Anderthalb Millionen Dollar. Ich schätze, deswegen war das Bündel nicht kleiner geworden. Es war schwerer, eineinhalb Millionen Dollar für Unterwäsche und Beerdigungen auszugeben, als ich gedacht hatte.

Prokrastination – selbst notwendige Prokrastination – lässt sich nicht ewig ausdehnen. Bevor ich mich auf den Weg machte, ging ich ein wenig einkaufen. In einem Waffenladen kaufte ich zwei Schachteln Munition, jeweils eine für die Pistole, Kaliber .40, und für die 45er von Paris. Ich nahm auch für beide ein zusätzliches Magazin mit. Ein Reinigungsset rundete den Einkauf ab. Ich dachte für einen Moment, der Kerl hinter dem Tresen würde Fragen stellen. Aber das waren nur meine Nerven. Die Waffenhändler in Texas wissen, wann sie die Klappe halten müssen.

Als Nächstes hielt ich an einer Tankstelle, machte den Tank voll und überprüfte Öl und Reifendruck. Der Pick-up besaß eines dieser Ersatzräder, die man an einem Stück Stahlseil ablassen kann. Ich ließ es herunter und tat so, als würde ich beim Ersatzreifen Luft nachfüllen. Unter dem Wagen steckte ich die 40er und einen Großteil des Geldes, in Mülltüten verpackt, in den Hohlraum der Felge. Ich schraubte das Ersatzrad wieder sorgfältig fest. Die 45er behielt ich im Wagen. Schließlich war ich nicht mehr Longview Moody, verurteilter Straftäter. Ab sofort war ich Paris Tindall, ehemaliger Ranger und jetzt Polizeichef von Lansdale, Texas.

Im grünen Farmland nördlich von Lake Texoma, einem riesigen Wasserreservoir, das vom Red River gespeist wurde, fuhr ich los. Die Luft war klar. Es war heiß, aber nicht drückend. Ich fuhr auf Landstraßen in Richtung Westen und dann nach Süden und drehte das Radio an. Willie Nelson.

Mir kam ein Gedanke und ich zog Paris' Handy aus der Tasche. Ich bin kein großer Techniker, aber es gibt etwas, das jeder weiß, der begründete Sorge hat, getrackt zu werden. *Wenn dein Handy dir anzeigen kann, wo du bist, kann es das ebenso jemand anderem zeigen.* Man wusste nicht, wie tief sich Milo Janssen in das Handy gehackt hatte. Ich nahm an, dass er es Paris gegeben hatte. Aber wie tief es auch war, ich wollte nicht, dass er jeden Schritt verfolgte, den ich tat. Ich wusste noch etwas. Es abzuschalten hatte nicht immer die erwünschte Wirkung.

Während der Fahrt war das nicht so leicht. Wenn ich vernünftig gewesen wäre, hätte ich kurz angehalten. Tat ich nicht. Ich steuerte mit den Knien und Ellbogen und schaffte es, den hinteren Deckel des Handys anzuheben und die SIM-Karte herauszunehmen.

Nachdem das Handy wirklich tot war, entspannte ich mich ein wenig und trat aufs Gas. Die grüne Landschaft, die vorbeizog, verwandelte sich langsam in trockenes Braun.

4

In der Nacht zu fahren, wäre eine gute Idee gewesen. Es fiel mir allerdings erst auf, als ich in der blendenden Hitze der Sonne von West-Texas zu viele Stunden gefahren war. Bis dahin hatte sich das Tageslicht zu einem Farbschmierer am dunkler werdenden Horizont verflüchtigt. Ich hatte wieder Hunger und dachte über ein kleines Nickerchen nach.

Das war nicht mein üblicher Tagesrhythmus. Mein ganzes Erwachsenenleben lang war ich stets der Typ gewesen, der weiterfuhr, bis es nicht mehr ging. Dann nahm ich eine Mütze Schlaf in einem Truckstopp oder auf einem Parkplatz. Weiterzufahren fühlte sich immer so an, als hätte man etwas geleistet.

Auf diesem Trip aber nicht.

Je weiter ich fuhr, desto mehr hatte ich das Gefühl, gegen einen heftigen Wind anzukämpfen. Natürlich herrschte da draußen gar kein Gegenwind. Das wusste ich. Er war in mir. Blies in meinem Geist. Ein merkwürdiges Gefühl. Normalerweise ließ ich mich vom Wind einfach treiben. Sich ihm zu widersetzen, war mir völlig neu.

Am Morgen stand ich später auf, als ich gedacht hätte und fuhr nicht gleich weiter. Als ich mich auf den Weg machte, war die Sonne noch im Osten, aber schon hoch am Himmel. Sie jagte mich wie eine Katze eine verängstigte Maus. Von ihrer Position am Morgenhimmel wanderte sie über meinen Kopf hinweg, trieb mich mit dem harschen Licht voran, das ich mein ganzes Leben lang vermieden hatte. Jede Meile dieser Fahrt fühlte sich wie eine Läuterung an – die Sorte, die alle Ideen ausbrannte, die man über sich gehegt hat, und nichts weiter als das nackte Selbst zurückließ. Ich habe nie einen Mann getroffen, der gut mit dem zurechtkam, was er in diesem Licht sah.

Vielleicht Paris.

Wahrscheinlich fuhr ich deswegen so langsam und fühlte mich derart ausgeliefert. Als ich beschlossen hatte, mein Halbbruder zu werden, hatte ich mich kein einziges Mal gefragt, ob ich der Anforderung gewachsen – ob ich *ihm* gewachsen war? Selbst, wenn ich den erbärmlichen Selbstzweifel in dieser Frage ignorierte, musste ich zugeben, dass ich nichts darüber wusste, wie es ist, ein Cop zu sein. Was tat ich hier? Ich hatte mich mit mehr Geld aus dem Staub gemacht, als ein Mann wie ich sich je erträumen konnte. Niemand suchte nach mir. Ich hatte einen gepflegten Pick-up und war nur ein paar Stunden von Mexiko entfernt. Wieso den steinigeren Pfad wählen?

Ich blinzelte ins grelle Licht, als die Sonne vor mir war. Sie hatte sich behutsam angeschlichen, wie eine Katze auf leisen Pfoten, die mich in die Enge treiben wollte. Und der einzige Ausweg war, ihr ins Maul zu klettern. An der nächsten Tankstelle tankte ich und kaufte mir eine verspiegelte Sonnenbrille, wie sie Cops gern tragen.

Lansdale hatte sich verändert, seitdem ich das letzte Mal da war. Der Ort war größer, als ich ihn in Erinnerung hatte. Die Ortsschilder waren mindestens eine halbe Meile weiter nach außen gerückt. Ein Großteil des erweiterten Stadtgebiets wurde von neu errichteten Trailerparks in Anspruch genommen. Die flachen und gleichförmigen Schuhkartons sahen aus, wie die Zähne im Gebiss eines Kinds reicher Eltern – gerade Linien und perfekt ausgerichtet. Einige davon, die am

Stadtrand, schienen mit weniger Sorgfalt aufgestellt worden zu sein, als hätte die Stadt keine Zeit mehr für den Besuch beim Kieferorthopäden gehabt.

Ich fuhr auf der Hauptstraße von Osten her in die Stadt und am selben alten Motel vorbei, in dem ich schon vorher gewesen war. Sogar das Gebäude hatte einen neuen Anstrich bekommen.

Ich fuhr weiter auf der Main Street, um mich ein wenig umzusehen. Im ältesten Teil der Stadt standen immer noch Reihen klassischer Ziegelhäuser. Alle hatten Ecksteine mit Maurersiegeln, die man auf die letzte Jahrhundertwende datieren konnte. Hinter diesem Stadtkern aus Steinbauten waren in jeder Richtung neue Gebäude mit Gips- oder Blechwänden, die größtenteils Ein-Dollar-Produkte verkauften oder Kredite anboten. Weiter im Westen, wo früher der Asphaltbelag der Straße geendet hatte – und einem Schild am Rand der unbefestigten Staubpiste dahinter, auf dem »Stadtgrenze« stand –, war heute ein Neubaugebiet. Im Norden eine Wohnsiedlung mit hübschen Häusern. Angesichts der Wasserversorgung in der Gegend überraschend, besaßen einige davon üppigen grünen Rasen. Im Süden, näher am Fluss, waren ein paar Fast-Food-Restaurants, ein Laden für Tierpräparation, ein Gebrauchtwagenhändler und zwei Geschäfte, vollgestopft mit altem Schrott. Auf den Schildern über den Türen stand »Antiquitäten«. Es sah alles wie eine normale wachsende Stadt aus, bis ich zu dem neuen und schöneren Stadtgrenzschild kam.

Dort sah man die wirklichen Veränderungen. Die Straßen mit frischem Asphaltbelag schlängelten sich zwischen Hügel, die durch künstliche Bewässerung grün waren. Ein Golfplatz war das Letzte, was ich in dieser Gegend erwartet hätte. Hinter dem Platz war eine weitere neue Straße. Sie wurde von zwei steinernen Pfosten bewacht. Einer war hohl und in ihm saß ein Wachmann. Der andere war massiv, und zwischen den beiden Pfeilern befand sich ein fünf Meter hohes Eisentor mit speerförmigen Spitzen. Sie sahen ein wenig schärfer aus, als für dekorative Zwecke nötig. Am Wachhäuschen war ein glänzendes Schild angebracht, auf dem in schicker, schwarzer Schrift stand: »Gun Hills Jagdhaus und Privatklub«. Das Einzige, was mir noch merkwürdiger vorkam, lag weiter die Straße hinab und näher am Fluss. Dort wurden einige Gebäude errichtet. Der Großteil der Bauarbeiten wurde hinter Planen durchgeführt. Ich konnte nicht viel erkennen, sah aber genug, um zu wissen, dass es keine alltägliche Baustelle war. Man hatte dicke Fundamente aus Beton in dichte Nester aus Stahlarmierung gegossen. Eine Menge Handwerkertrucks parkten vor der Baustelle. Die meisten Berufe waren vertreten, aber es schien ein Übermaß an Elektrotechnikern und EDV-Spezialisten zu geben.

In dem ganzen Chaos sah nur ein Geschäft so aus, als wäre es schon fertig gebaut und offen. Eine Bank, und zwar eine große. Ich erkannte es allein daran, dass sie aussah wie jede andere Bank des Landes. Es waren noch keine Schilder angebracht worden, nicht mal ein *Große-Eröffnung*-Banner, aber es war das einzige Gebäude, das fertiggestellt aussah und vor dem Autos geparkt waren.

Neben der gewaltigen Baustelle lag eine Bar, die eher nach einer billigen Absteige mit ebenso billigem Bier aussah. Einer von den Schuppen mit jeder Menge Neonschildern an der Fassade. Sie verfügte über einen großen Kiesparkplatz für Motorräder und Lastwagen. Dahinter waren einige kleine Wohnwagen abgestellt. Ich hatte keinerlei Zweifel, dass nach Einbruch der Dunkelheit hier bei schummriger Beleuchtung eifriges Kommen und Gehen herrschte. Die Wohnwagen dienten als Behausungen für die Frauen, die hier arbeiteten.

Jemand besitzt also Tausende Quadratmeilen Nichts und baut die *Erste Nationalbank des Arsches der Welt* ausgerechnet neben einem Puff.

Hier herrschte ein regelrechter Boom, und das alles schien erst hinter der Stadtgrenze anzufangen. Ein Boom hieß, dass etwas explodiert war. In diesem Teil des Landes bedeutete das normalerweise Öl. Ich hatte nichts gesehen, was auf Ölförderung hingedeutet hätte. Genauso wenig hatte ich etwas entdeckt, das mich länger von meinem Bett fernhalten konnte. Ich wendete den Pick-up und fuhr zurück in die Stadt. Als ich beim *Desert Drop Inn* ankam, fragte ich mich, wieso es bei all dieser Bautätigkeit immer noch der einzige Ort zum Übernachten war. Dann parkte ich und vergaß die Sache.

Die frische Farbe war eine Kombination aus hell glänzendem Weiß und blassgrünen Rändern. Der Anstrich wirkte altmodisch, dem halbrunden zweistöckigen Gebäude und dem nierenförmigen Pool in der Mitte angemessen. Ich hatte fast damit gerechnet, Autos mit Heckflossen zu sehen, als ich aus dem Pick-up stieg. Es standen aber sowieso nicht viele Wagen auf dem Parkplatz.

Die Frau an der Rezeption hieß Lenore. Der Name schien auf merkwürdige Weise passend. Sie hatte rabenschwarzes Haar und einen Teint, der die Hautfarben vieler verschiedener Ethnien zu einem völlig neuen Ton sanfter Bräune vermischte. Als hätte die Schönheit allein nicht gereicht, war sie tätowiert und trug Silberschmuck. Ihr rechter Arm war ein farbenprächtiger Wirbel aus Flammen und kleinen Fledermäusen, die in einen sternenübersäten, von Wolkenfetzen bedeckten, dunklen Himmel flogen. Die Tätowierung war fein ausgeführt und nahezu hypnotisch. Ums Handgelenk, unter den klimpernden Silberreifen, war ein Kreis aus grellen, grinsenden Totenschädeln und Blumen. Die Darstellung im Stil des *Dia de los*

Muertos erinnerte mich an die Finger des hageren Mannes, der mich in die Wüste geschickte hatte.

Ich unterschrieb und dachte im letzten Moment daran, dass ich Paris Tindall war und nicht Longview Moody.

»Schlafen Sie gut, Chief«, sagte Lenore und überreichte mir den Schlüssel.

Ihre Augen waren haselnussbraun mit einem grüngoldenen Schimmer. Ich sah nach unten, um keine Erwartungen zu wecken, die ich nicht erfüllen konnte. Dabei fiel mir eine weitere Tätowierung auf, eine farbenprächtige Blume, die in ihrem Oberteil verschwand.

Als ich wieder aufsah, hatte sich Lenores Lächeln verändert. Es war noch strahlender. Sie drehte sich um. Ich war mir nicht sicher, ob ihr Haar immer so üppig fiel oder ob sie nachgeholfen hatte. Ich musterte sie. Mein Blick blieb an einer kleinen Pistole, Kaliber .25, hängen, die sie hinten im Hosenbund trug. Mir fiel auch auf, dass sie unter der Waffe ein weiteres Tattoo mit Schädeln und Blumen trug.

»Haben Sie immer eine Waffe einstecken?«, fragte ich.

»Mir deckt ja auch nicht immer der Chief den – Rücken.« Sie sah mich erst an, als sie das Wort *Rücken* ausgesprochen hatte. Sie drehte sich halb um und klimperte mit den Wimpern. Ein betörender Anblick, aber mir fiel etwas anderes auf. Es war das zweite Mal, dass sie mich Chief genannt hatte. Beim ersten Mal hatte ich zwar das Wort gehört, aber nicht auf die Bedeutung geachtet.

»Sie wissen, wer ich bin?«

»Natürlich. Ich habe Sie erwartet.«

»Wieso?«

»Es gibt hier nur zwei Orte, wo man ein Zimmer mieten kann. Im *Desert Drop* oder im Jagdklub. Sie wurden noch nicht nach da oben eingeladen, oder?«

»Gun Hills?«

»Sie haben Ihre Hausaufgaben gemacht?« Sie stellte die Frage ohne Augenaufschlag, aber es lag etwas in ihrem Blick, als sie näherkam.

»Und hat Sie irgendwer gebeten, einen Anruf zu machen, wenn ich einchecke?«, fragte ich.

Sie lächelte. Ihr Gesicht strahlte. Ihre Augen, grüngoldene Akzente auf poliertem Holz, schienen Geheimnisse zu bergen. Lenores Lächeln war das von Eva, die mir den Apfel reichte. »Soll ich warten?«

»Kommt drauf an.«

»Auf was?«

»Was die wollen, wenn sie hier sind.«

Sie nickte, lehnte sich nach vorn und sagte mit heiserem Flüstern: »Reden.«

Ich musterte sie erneut. Anfang 30, schlank, aber herrlich kurvig. Ihr T-Shirt war knapp und der Bauch darunter flach und weich. Lenore sah wie eine Frau aus und nicht wie ein Mädchen. Und sie war daran gewöhnt, dass man sie ansah. Ich richtete meinen Blick wieder auf ihre Augen und sagte: »Ich habe genug geredet. Wenn jemand vorhat herzukommen, um mich abzuknallen, rufen Sie ihn an, damit ich es hinter mich bringe. Ansonsten würde ich jetzt gern ein paar Stunden schlafen.«

Sie lachte. »Alles klar, Chief.«

Ich öffnete die Zimmertür und hängte zuerst ein Laken über das Fenster. Zusammen mit den Vorhängen wurde das Licht besser gedämpft und der kleine Raum wirkte wie eine Höhle. Als Nächstes drehte ich die Klimaanlage auf Maximum.

Ich wünschte, ich könnte sagen, dass ich sofort einschlief und von Lenore träumte. Aber das stimmt nicht. Ich bin rasch eingeschlafen, aber meine Träume waren chaotisch finstere

Strudel, die mich mit einem unguten Gefühl und verschwitzt aufwachen ließen. Der Schweiß erkaltete schnell in dem dunklen Zimmer.

Als es klopfte, saß ich noch in meiner Unterwäsche auf dem feuchten Bettzeug. Es hatte länger gedauert, als ich gedacht hatte. Das wenige Licht, das durch die Kombination aus Laken und Vorhang drang, war rot.

Es war Abend.

Zeit, die Hosen anzuziehen. Mein einziges Zugeständnis an die Etikette. Ich klipste das Holster für die 45er an der Hose fest, aber das ging vermutlich nicht als Kleidung durch. Ich wusste nur, ohne die Waffe hätte ich mich nackt gefühlt.

Keine Ahnung, wer an der Tür war, aber ich hatte nicht daran gezweifelt, dass mich jemand besuchen würde. Ich hätte auf Cops getippt – einer oder eine ganze Abordnung, die wissen wollten, was Sache ist. Wenn das Justizministerium den neuen Chief auswählte, waren die übrigen Cops sicher nervös. Dann war da die Kehrseite der geworfenen Münze – Kopf oder Zahl. Es konnten die Feds selbst sein, ein Kontaktmann, um mir die Regeln zu erklären.

Ich ließ das Licht aus, genau wie das Hemd – ich wollte nicht allzu freundlich erscheinen, egal, wer klopfte –, öffnete die Tür und trat einen Schritt zurück.

Die heiße Luft schlug ihre Klauen in die Zimmerdecke und bahnte sich ihren Weg ins Innere, verjagte die kühle Luft am Boden. Es wurde etwas weniger schummrig im Zimmer, aber nicht richtig hell. Durch die Tür sah man einen dämmrigen Himmel mit Rot- und Purpurtönen. Ausgefranste Wolken zogen nach Westen, die Spitzen von der sinkenden Sonne rot gefärbt. Wie Raketen, die sich beim Wiedereintritt in die Atmosphäre erhitzten.

Und die Männer vor der Tür.

Der Fette stand direkt davor. Er hatte geklopft. Der andere hielt sich im Hintergrund. Sein Gesicht war durch einen Strohhut halb verdeckt und er lehnte sich mit einem Fuß gegen das Geländer vor der Tür. Er stand mit dem Rücken zum Sonnenuntergang und hatte den Kopf zur Seite geneigt. Anscheinend hatte er etwas anderes im Blick als die Tür. Aber das änderte nichts daran, dass ich spürte, wie er in meine Richtung starrte. Wenigstens konnte er mich nicht besser sehen als ich ihn.

»Chief Tindall«, sagte der Dicke. Seine Stimme klang kalkuliert fröhlich.

»Ja«, erwiderte ich. »Ich hatte nicht mit Besuch gerechnet.«

»Oh, das verstehen wir«, meinte er. »Das verstehen wir. Aber es bin ja nur ich, Bascom Wood, vom Stadtrat. Wir haben uns letzten Monat getroffen.«

Ich starrte ihn einen Moment an und glaubte, es sei alles vorbei. Ich dachte, ich sollte mir mein Hemd anziehen und in den Pick-up steigen.

Dann fragte er: »Sie erinnern sich?«

Ich nickte. »Ja.«

»Gut. Gut.« Er grinste und zeigte auf meinen Kopf. »Sie haben sich die Haare wachsen lassen. Darum sollten Sie sich kümmern.«

Ich fuhr mit der Hand durch die unordentliche Frisur. Paris hatte immer kurzes Haar getragen. Ich überlegte mir ein paar Lügengeschichten. Ich war im Urlaub gewesen – oder hatte zu viel zu tun. Ich war noch nicht dazugekommen …

»Kann ich irgendwas für Sie tun?« Ich versuchte ihn von mir abzulenken und wieder darauf zu stoßen, wieso er gekommen war. »Es war ein langer Tag. Ich bin müde.«

»Ich wollte nur …« Stadtrat Wood schien angestrengt nachzudenken. »Ich wollte Chief Paris Tindall persönlich willkommen heißen.«

Es klang komisch, wie er den Namen und Titel zusammen nannte. Aber vielleicht bildete ich mir das ein.

»Gut. Gut.« Wood warf einen verstohlenen Blick zu dem Mann, der am Geländer lehnte. »Sehr gut. Ich lasse Sie erst einmal ein oder zwei Tage in Ruhe, bevor ich auf der Wache vorbeischaue. Sie wollen sicher zuerst die Truppe kennenlernen, ohne dass Ihnen die Bosse über die Schulter schauen.«

»Bosse?«

»Nun, äh, ich weiß, es sind … *besondere Umstände*, aber der Chief ist immer noch dem Stadtrat Rechenschaft schuldig.«

»Hätte ich mir da nicht einen Besuch vom Bürgermeister verdient?«

Selbst bei der fahlen Beleuchtung erkannte ich, wie Bascom die Gesichtszüge entgleisten. Er sah nervös von einer Seite zur anderen. »Leider haben wir diese Stelle immer noch nicht besetzt. Seitdem Bürgermeister Bell, äh … verstorben ist.« Er knetete die Hände und ließ die Augen von links nach rechts wandern, als versuchte er, sich umzusehen, ohne den Kopf zu bewegen. Der Stadtrat wirkte wie ein Politiker, der gezwungen ist, sich einen rassistischen Witz anzuhören, ohne zu wissen, wer zuhört. »Die Stadtverwaltung bleibt so lange in den Händen des Stadtrates, bis … äh … bis eine neue Wahl organisiert werden kann.« Er nickte, anscheinend zufrieden mit der Erklärung, und wiederholte: »Ja, organisiert.«

»Sind Sie gekommen, um mir das zu sagen?«

»Was?« Er trat einen Schritt von der Schwelle zurück, als hätte ich an seine Tür geklopft und ihm einen *Wachturm* unter die Nase gehalten. »Nein, überhaupt nicht. Überhaupt nicht. Das ist nur ein Willkommensbesuch.«

Wenn er nervös war, wiederholte er sich offenbar. Auf jeden Fall ein Politiker, im wahrsten Wortsinn doppelzüngig. Aber mir wurde etwas klar. Ich redete eigentlich gar nicht mit *ihm*.

»Wen haben Sie da dabei?«, fragte ich.

Der Mann im Hintergrund steckte sich genau in diesem Moment eine Zigarre in den Mund. Er zündete sie mit einem altmodischen Feuerzeug an – eines von denen, die eine große flackernde Flamme haben und sich mit einem satten metallischen Schnappen schließen. Nachdem er es zugemacht hatte, war der gelbe Schein verschwunden, der die untere Hälfte seines Gesichts beleuchtet hatte. Ich sah nur das Kinn und den Mund. Zusammen mit den Schlangenlederstiefeln, dem cremefarbenen Western-Anzug und himmelblauen Seidenhemd, verriet mir das genug, um zu wissen, dass er mexikanische Vorfahren hatte. Er stieß eine dicke Wolke Zigarrenrauch aus, bevor er zur Treppe ging. Hinter ihm blieb der Rauch in der Luft hängen und verbreitete das Aroma von San Andrés *Black Leaf*.

Mr. Bascom Wood sah ihm nach und wandte sich dann wieder an mich. Er war Mexikaner oder Hispanic und nicht erst vor Kurzem eingewandert. Sein Englisch war durch und durch texanisch. Abgesehen von einem gemeinsamen Erbe teilten sie die Vorliebe für Westernklamotten, wenn nicht den kompletten Kleidungsstil. Sein Anzug war aus Jeansstoff, die Stiefel aus abgenutztem, groben Leder. Er trug keinen Hut. Ich vermutete, er war auf die nach hinten gegelten Haare stolz. Auf den Schnurrbart mit den hängenden Spitzen vermutlich genauso.

»Entschuldigen Sie meinen Freund, Chief Tindall. Die Beziehungen mit der Polizei sind ein wenig angespannt in Lansdale bei all dem Wachstum.« Bascom breitete beim Wort *Wachstum* beide Hände aus. Ich zählte fünf Goldringe an seinen Wurstfingern. Drei an einer Hand, zwei an der anderen.

»Ich bin nicht hier, um die Lage zu verkomplizieren«, sagte ich. Ich wusste nicht genau, wofür ich hier war. Es war jedoch nicht schwer zu erraten, dass *die Lage nicht verkomplizieren* weit oben auf Bascom Woods Prioritätenliste stand.

Ich hatte recht. Er grinste breit und entspannte sich. Dann sagte er: »Gut. Gut. Alle werden sich freuen, das zu hören.« Er sah mich weiter an.

»Sonst noch was?«

»Es ist nicht nur das Haar, wissen Sie.« Wood zeigte mit einem dicken Finger auf meine Brust. »Sie haben auch abgenommen.«

Mein Rückgrat versteifte sich.

»Und Ihre Stimme ...«

»Es war eine schwere Zeit für mich«, unterbrach ich ihn und versuchte genervt und nicht verzweifelt zu klingen. »Wir hatten einen Todesfall in der Familie.«

Er nickte und sagte dann: »Davon habe ich gehört. Es tut mir leid.«

Den ersten Satz nahm ich ihm ab, aber nicht den zweiten.

»Chief«, wieder sprach er das Wort mit merkwürdigem Nachdruck aus. »Ich kann gar nicht erwarten, dass Sie Ihren Job antreten.«

»Dann sollte ich vielleicht eine Mütze Schlaf nehmen.«

»Oh ja. Natürlich. Natürlich. Wenn Sie etwas brauchen – egal was – zögern Sie nicht, mich anzurufen, mein Freund.«

»Schlaf«, sagte ich. »Ich brauche Schlaf.« Ich schloss die Tür, bevor er noch etwas sagen konnte. Ich war nicht immer absichtlich unhöflich. Die Tatsache, dass er Paris getroffen hatte, bereitete mir Kopfzerbrechen. Ich wollte ihn nicht häufiger als nötig treffen. Und noch etwas machte mir Sorgen: der schick gekleidete Kerl hinter Bascom. Ich merke, wenn mich jemand einschüchtern sollte. So leicht knicke ich aber nicht ein.

Schlaf. Ich hatte gesagt, ich wollte schlafen. Keine Chance. Ich war hellwach und die Nervosität sorgte dafür, dass es so blieb. Vielleicht war es an der Zeit, mich einzurichten.

Ich steckte die SIM-Karte wieder ins Handy und schaltete es ein, während ich aufs Klo ging. Bevor ich gespült hatte, klingelte es. Milo.

»Sie haben das Telefon ausgeschaltet«, sagte er.

»Ihnen auch einen guten Tag.«

»Scheiß drauf. Ich will, dass Sie mit mir in Kontakt bleiben. Ich will, dass Sie sich umdrehen und mir einen Gutenachtkuss geben, bevor Sie die Augen schließen, und mir morgens ins hübsche Gesicht lächeln. Verstehen Sie?«

Ich schaltete das Handy aus und ließ es eine Weile liegen, während ich das Hemd mit den Druckknöpfen anlegte. Westernkaro – ich passte mich an. Ich steckte das Hemd in die Hose und rollte die Ärmel hoch. Beim Blick auf meine nackten Arme war ich froh, dass ich immer gewartet hatte, bis ich wieder nüchtern war, bevor ich mir ein Tattoo stechen ließ. Und nüchtern hatte ich kein Bedürfnis danach. Das einzige Tattoo, das ich hatte, war weiter oben auf der Schulter und wurde auch von kurzen Ärmeln verdeckt. Es lautete *Airborne.*

Ich hatte das Telefon wieder einschalten und hören wollen, was Milo zu sagen hatte, doch als ich die Stiefel angezogen hatte, knurrte mir der Magen. Das Handy blieb auf dem Nachttisch, während ich mich nach einer Mahlzeit umsah.

Bei der Suche konnte ich zwei Fliegen mit einer Klappe schlagen. Direkt neben einem Tacoladen war ein Friseur. Er war gerade beim Zusammenfegen und wollte schließen, bis ich ihm sagte, wer ich war. Er deutete auf einen Stuhl und lächelte dabei so gekünstelt, dass ich Sorge hatte, er würde sich den Kiefer ausrenken. Es wurde auch nicht besser, als ich ihm sagte, was ich wollte. Mein Haar war bis über die Ohren gewachsen und strähnig. Fünf Minuten später war es eine Beinaheglatze-Stoppelfrisur. Ich zahlte bar und gab ihm genug Trinkgeld, um einen neuen Freund gewonnen zu haben. Er lächelte herzlich, als ich ihm das Geld gab. Bevor ich an der Tür war, sagte er etwas auf Spanisch zu mir. Ich kann zwar den meisten Unterhaltungen folgen, aber mein Vokabular war nicht so gut, wie es sein sollte. Ein Großteil der Gespräche waren entweder Drohungen oder hatten mit Drogen zu tun gehabt.

Als ich verständnislos den Kopf schüttelte, hielt der Friseur die Hände wie eine Schüssel vor sich und gab mir zu verstehen, ich solle dasselbe tun. Als ich mit ausgestreckten Händen dastand, holte er eine Flasche von einem Regal hinter dem Friseurstuhl. Er hielt sie hoch, damit ich die verschnörkelte Schrift darauf sehen konnte. Es sah aus, wie eine Flasche Jack Daniels, aber roch nach Wildblumen, Sandelholz und Zeder. Er goss einen großzügigen Schwall davon in meine Hände und führte sich seine an die Wangen, als würde er das Aftershave verreiben.

Ich benetzte das Gesicht und massierte auch ein wenig davon in den Nacken. Er gab mir ein Handtuch. Als ich den Laden verließ, roch ich, als hätte ich gerade einen Monat in einem Puff in irgendeinem Hinterwäldlerkaff verbracht. Ich hätte mich daran gewöhnen können. Der Geruch verflüchtigte sich, als ich in das Restaurant nebenan ging. Er wurde ersetzt durch den göttlichen Duft gegrillten Fleisches und von Maiskolben, die in heißem Öl frittiert wurden. Und das Bier. Es musste hier seit Generationen in den Planken des Hartholzbodens versickert sein. Das alte Holz sah aus wie Gusseisen und an manchen Stellen war der Boden so abgewetzt, dass sich Trampelpfade um die Bar und in Richtung Küche gebildet hatten. Während ich noch die Atmosphäre in mich aufsog und mich bereits heimisch fühlte, rief jemand: »Chief.«

Lenore hatte an einem der Tische die Hand gehoben. »Chief Paris«, sagte sie erneut und winkte mich heran. Sie war allein mit einem Bier und einer Schüssel Chips vor sich. Alles schien zu leuchten. Ihr Lächeln. Das glänzende Bierglas. Selbst die Chips waren mit schimmerndem Öl überzogen. Es war, als wäre ich gestorben und in Tex-Mex-Walhalla gelandet.

»Schicht zu Ende?«, fragte ich, als ich an ihren Tisch trat.

Lenore schob einen Stuhl mit dem Fuß in meine Richtung. In einer fließenden Bewegung zeigte sie darauf und hob dann die Hand, um dem Barkeeper zu winken. »Trinken Sie gern Bier? Wollen Sie sich mir anschließen?«

»Oh je. Meine Mama hat mich schon vor Mädchen wie Ihnen gewarnt.«

Sie winkte immer noch, aber sah mich dabei an und lächelte. Ein hübsches Lächeln.

»Sie meinen, Verführerinnen?«

»Ich meine die Sorte Mädchen, die ich heiraten will.«

Einen Moment hörte sie auf, den Barkeeper auf sich aufmerksam zu machen, und vollführte einen kleinen Sitztanz. Das Lachen, das ihre kurze Aufführung begleitete, war ein belustigtes, albernes Kichern, das dennoch mädchenhaft klang. Verdammt sexy.

»Das interpretiere ich mal als *Ja*«, sagte sie und winkte dann energischer. »Ernesto! *Un cervesa por favor.*« Ihr Spanisch war genauso geschliffen wie meines. Aber da war noch etwas anderes, ein Akzent, den ich nicht einordnen konnte. Als sie die Hand senkte, hielt sie sie vor mein Gesicht und wackelte mit den Fingern. »Nur für alle Fälle: Ich mag Smaragdschliff. Nicht zu groß, aber schön glänzend.«

»Gelbgold oder Weißgold?«

»Sehen Sie sich meine Haut an.« Sie ließ einen Finger über ihren linken Arm nach oben und wieder hinabgleiten. Sie hatte dunkle Haut. Ein Teil war ihrer Herkunft zu verdanken, der Rest der Sonne. Ich konnte nicht sagen, was den größeren Anteil hatte.

Ich muss verwirrt ausgesehen haben.

»Weißgold oder Platin«, sagte sie, als hätte ich etwas völlig Offensichtliches übersehen. Ich mochte, wie sie mich ansah, auch wenn ihr Blick mir zu verstehen gab, dass ich ein wenig schwer von Begriff war. »Das würde sich gut von meiner Haut abheben.«

»Ich merke es mir.«

»Und sagen Sie es auch Ihrer Mama.«

»Würde ich tun, wenn sie noch am Leben wäre.« Ich dachte an meine Mutter, Dotty. Eine Sekunde glaubte ich, ich hätte mich vielleicht verplappert, bevor mir einfiel, dass auch Paris' Mutter gestorben war.

Ernesto stellte ein Bier vor mir ab und fragte, ob ich die Speisekarte haben wollte.

»Ich bin am Verhungern«, sagte ich und sah dann Lenore an. »Was ist denn zu empfehlen?«

Ohne zu zögern oder sich Gedanken zu machen, was mir wohl schmecken könnte, wies sie Ernesto an, mir einen Teller mit Enchiladas zu bringen. Und sie fügte hinzu: »Einen großen.« Sobald er gegangen war, sagte sie: »Es tut mir leid.«

»Was?«

»Das mit Ihrer Mutter.«

»Das ist lange her.«

»Es beschäftigt Sie. Das merke ich.«

Ich zuckte mit den Achseln, dippte einen Chip in die Salsa und aß ihn. Es schmeckt fast nach nichts. Stattdessen durchfuhr meinen Hals ein brennender Schmerz. Zum Teil stieg er wie heißes Gas in die Nebenhöhlen. Ein anderer Teil sank nach unten wie eine Mischung aus Blut und Säure. Der Rest verweilte im Rachen. Aus dem Magen breitete sich Hitze aus. Mir stiegen die Tränen in die Augen und ich musste heftig husten.

Leonore schob mir mein Bier entgegen. Ich nahm einen großen Schluck und sie meinte: »Habanero-Dip. Ich hätte Sie warnen sollen.«

Ich keuchte und hustete, als zwei Gestalten an den Tisch traten. Lenore sagte zu ihnen: »Habt ihr schon den neuen Chief kennengelernt?«

Ich sah nach oben, immer noch das Bierglas an den Lippen. Dann hob ich die freie Hand zum Gruß. Direkt neben mir, grinsend wegen des kleinen Missgeschicks, stand eine Frau in Uniform. Sie war fast so groß wie ich. Mit den Stiefeln sicher über eins-achtzig. Wie Lenore eine echte Frau – kein bisschen mädchenhaft, mit Hüften und Brüsten –, außerdem muskulös. Selbst mit den definierten Armen wirkte sie in ihrem Kakihemd und mit der Polizeimarke sehr weiblich. Wie ein weiblicher MMA-Champion, aber dennoch …

Als ich das leere Glas abstellte, wandte ich mich der zweiten Person zu – einem Mann, ebenfalls in Uniform. Er grinste nicht. Ich hatte keine Ahnung, welchen Ausdruck er zur Schau getragen hatte, denn sobald ich ihn ansah, entgleisten ihm die Gesichtszüge. Sie entgleisten nicht nur, sie waren in einen bösen Unfall verwickelt. Er gab sich Mühe, sie wieder in die Spur zu bringen. Was dabei herauskam, war eine Mischung aus versteinert und wütend. Irgendetwas an mir überraschte ihn und er wirkte ziemlich angepisst. Er war Hispanic, kleiner als die Frau, ein ganzes Stück kleiner als ich. Schlank, aber definiert. Er stemmte offenbar Gewichte.

Bevor ich meine Stimme wiederfand, drehte er sich um und ging hinaus, ohne sich noch einmal umzusehen oder auf die Rufe seiner Kollegin zu reagieren.

»Es tut mir leid«, sagte sie. »Er ist in letzter Zeit ein wenig launisch.«

»Wegen mir?«, brachte ich heraus.

»Zum Teil, glaube ich.« Sie musterte mich ohne ein Lächeln. Ein ehrlicher Blick, der zu sagen schien, dass ich nicht das war, was sie erwartet hatte, aber sie sich ein Urteil für später aufsparte. »Ich glaube, Liebeskummer spielt vielleicht auch eine Rolle.« Sie sah dabei Lenore an und ich war dankbar, dass Ernesto in diesem Moment ein frisches Bier vor mir abstellte.

»Habanero-Dip«, sagte Lenore zu der anderen Frau, als könnte das jeden meiner Makel erklären.

Die Polizistin nickte. Ich musterte sie erneut, während ich trank. Sie war eine blonde, blauäugige, nordische Schönheit, die aussah, als könne sie einen Truck anheben. Auf dem Namensschild stand Gutiérrez.

Als ich mein Glas hinstellte, streckte sie die Hand aus. »Officer Bronwyn Gutiérrez.«

»Ehrlich?«, fragte ich und schüttelte ihre Hand. So viel zum Thema Taktlosigkeit. »Ich meine …« Ich zuckte die Achseln und sagte wieder: »*Ehrlich?*«

Sie lächelte, ein einstudiertes und vertrautes Lächeln, das sie sicher nur für diese Unterhaltung aufgespart hatte. »Meine Mutter hat englische Literatur an der USC studiert. Mein Vater war Gewerkschaftler und Anwalt.«

»Und Sie sind Polizistin.«

»Und ich bin Polizistin.«

»Und zu was neigen Sie mehr, Officer Gutiérrez? Literatur oder Streiks organisieren?«

»Ich neige mehr zur Neunmillimeter, Sir.«

Lenore grinste mich an und sah dann weg, während sie das Grinsen hinter ihrem Bierglas verbarg. Sie sagte: »Da müssen Sie allein durch.«

»Nun …«, fing ich an, aber verstummte dann. Ich hatte keine Ahnung, was ich sagen sollte.

»Mir ist aufgefallen, dass Sie mehr ein Cop der alten Schule sind«, sagte Gutiérrez.

Das war eine Gelegenheit, dachte ich für eine Sekunde. Ich hätte sagen können: »Ich bin kein Cop«, und einfach gehen. Aber es gab Bier, Essen und gut aussehende, interessante Frauen. Ich hatte nicht vor, irgendwohin zu gehen.

»Wieso genau gehöre ich zur *alten Schule*?«

»Die 45er hinter ihrem Rücken.«

»Sie mögen die 45er?«

Sie schüttelte den Kopf. »Die Neunmillimeter ist eine saubere Sache. Bei der Riesenknarre da geht es mehr um Gemetzel und Wut.«

»Mein Vater hat mir die Waffe gegeben, als ich Cop wurde.«

»Oh, ich …«

»Das beschreibt ihn mehr oder weniger. Gemetzel und Wut. Ich würde sagen, Sie kommen eher nach Ihrer Mutter.«

Sie lächelte wieder und schien sich ein wenig zu entspannen. Es war schwer, sie nicht sympathisch zu finden.

»Was ist das für ein Geruch?«, wollte Gutiérrez wissen.

Lenore nahm die Hand vom Gesicht und sagte: »Er hat sich die Haare schneiden lassen. Nebenan.«

»Oooh, verstehe.«

Ernest stellte einen voll beladenen Teller mit Enchiladas vor mir ab und einen weiteren mit Tacos für Lenore.

»Wollen Sie sich uns anschließen, Bron?«, fragte Lenore.

»Keine Zeit«, antwortete Gutiérrez. Sie nickte in Richtung Tür. »Die Arbeit ruft und Hector wartet auf mich.«

»Wir sehen uns dann wohl morgen«, sagte ich.

»Termin ist um drei«, erwiderte sie und ging.

»Das hätte schlechter laufen können«, meinte ich zu Lenore, die sich einen Taco in den Mund schob, den sie in den Habanero-Dip getunkt hatte.

5

Lenore war so hübsch wie redselig. Wir saßen noch eine halbe Stunde zusammen, redeten, lachten und verzehrten das köstliche Essen. Es gab einen kleinen peinlichen Moment, als ich überlegte, sie zu fragen, ob sie mit mir in mein Zimmer kommen wollte und sie wirkte, als hätte sie ja gesagt, wenn ich sie gefragt hätte. Aber ich tat es nicht. Es gab zu viele offene Fragen und viel zu viele Geheimnisse, als das es eine gute Idee gewesen wäre. Ich glaube, sie wusste, dass ich Interesse hatte. Als sie zur Tür ging, drehte sie sich um und erwischte mich dabei, wie ich ihr auf den Hintern starrte.

Ich bezahlte die Rechnung, auch wenn sie es mir als Willkommensessen angeboten hatte. Trotz meiner unzüchtigen Blicke kann ich ein echter Gentleman sein. Nachdem ich gezahlt hatte, blieb ich an der Bar sitzen. Noch ein paar Bier waren eine verlockende Option. Es schien fast wie eine Notwendigkeit, sich zu betrinken. Es war eine Weile her und ich hatte mehr als genug Ausreden. Es gab allerdings genauso gute Gründe, es nicht zu tun. Vor allem, weil Paris es nicht getan hätte. Ich war Paris und wollte meine Tarnung nicht riskieren. Aber da war etwas anderes. Etwas, dass ich mir nicht hatte vorstellen können, als er noch am Leben war. Und solange ich Longview gewesen war, wäre mir das nicht im Traum eingefallen: Ich wollte ihn – uns – nicht beschämen. Was auch immer wir waren. Paris war der bessere Teil von uns beiden und der sollte durch die Schwäche und die Verfehlungen von Longview nicht beschmutzt werden.

Nach all diesen Überlegungen bestellte ich einen Eistee an der Bar. Ohne Zucker, mit einem Stückchen Limette. So hatte ihn Paris gern getrunken, also war es gut genug für mich. Trinken – das Leben im allgemeinen – war für mich als Longview einfacher. Und ich meine nicht die Momente, in denen mich jemand umbringen wollte oder ich mein eigenes Grab schaufeln sollte. Ich hatte ein gefährliches Leben geführt, aber so war es ja nicht jeden Tag zugegangen. Wer hätte das ausgehalten? Nachzudenken war das Problem. Seitdem ich mit der Identität meines Bruders in der Tasche aus dem Wohnwagen geflohen war, hatte ich viel nachgedacht. Longview reagierte nur. Etwas passierte. Das Leben geschah einfach um mich herum. Ich bewegte mich von einer Situation zur nächsten. Selten warf ich einen genaueren Blick auf den Pfad, den ich eingeschlagen hatte, oder dachte an mehr als das Geld, das ich verdiente. Paris machte sich über alles Gedanken und Sorgen. Meine Gedankengänge entsprachen sicher nicht denen von Paris, aber ich musste eine Menge mehr nachdenken und mich mehr anstrengen, als ich gewohnt war.

Diesen Überlegungen hing ich nach, als sich jemand zwei Stühle von mir entfernt an die Bar setzte. Er sah wie ein harter Kerl aus. Bierbauch, Mexikaner, spitze Cowboystiefel, verzierter Ledergürtel mit einer breiten Rodeoschnalle. Das Abbild des Mannes, den ich auf der Couch erschossen hatte. Er trug wie ich das übliche Karohemd mit Perlmutt-Druckknöpfen. Seines hatte kurze Ärmel und spannte über den mächtigen Oberarmen, die mit verschnörkelten Tattoos bedeckt waren. Auf dem Arm, den er mir zugewandt hatte, sah ich bunte Tätowierungen, die ebenfalls die Toten ehrten. Ein Skelett, gekleidet wie ein Cowboy, mit zwei Revolvern und einem breiten

Sombrero. Als er Ernesto heranwinkte, sah ich, dass er auf den anderen Arm ein weibliches Skelett tätowiert hatte. Es trug ein schwarzes Kleid und einen Schleier. Mann und Frau, liebevoll detailliert, im Tod vereint.

Sobald der Mann Ernestos Aufmerksamkeit errungen hatte, sagte er, ohne sich mir zuzuwenden: »Was glotzt du so?« Es war eine Herausforderung.

»Die Tattoos«, sagte ich, ohne wegzusehen. Ich wusste, wie es abläuft, wenn dich jemand in einer Bar auf die Probe stellen will. Normale Typen, diejenigen, die auf ihre Mama hörten, was Manieren anging, diejenigen, die niemals kämpfen mussten, hätten sich verzogen oder Ausflüchte gesucht. Bei einem Schwanzvergleich gab es nur mehr Ärger, wenn man klein beigab. Man musste seinen Mann stehen und den Ball zurückspielen, alles andere bedeutete, den Kürzeren zu ziehen.

Ernesto stellte eine Flasche vor dem Mann auf die Bar und verkrümelte sich wieder ans andere Ende.

»Du schaust dir die Tattoos an, aber du denkst doch an was ganz anderes. Stimmt's? Ist das die Art von Bar?«

»Nein, Sir. Wenn Sie auf der Suche nach einem Date sind, müssen Sie sich woanders umsehen.«

Ernesto kicherte, drehte sich um und schickte sich an, ein wenig auf der ohnehin sauberen Theke herumzuwischen.

»Was hast du eben gesagt, Mann?«

Es war ein gutes Gefühl. Jemanden zu provozieren und den starken Mann zu markieren, darin war Longview richtig gut. Es sah nach einer Schlägerei aus und ich freute mich schon. Der Schmerz, den ich dem Kerl oder mir selbst zufügen konnte, war wie ein Korken, der in das Loch passte, durch das mein Leben versickerte. Ein Teil von mir brauchte die Gewalt. Diesem Teil standen die vom Mündungsfeuer beleuchteten Gesichter der Männer vor Augen, die ich in dem Haus getötet hatte. Mich verlangte nach der rechtschaffenen Wut, die mich erfüllt hatte. Das Komische war, dass ich gleichzeitig nach anderen Gesichtern Ausschau hielt – Gesichter, die mich nicht mit Wut oder Enttäuschung ansahen. Es gab nicht genug Korken für all die Löcher, durch die mein Leben versickerte.

»Vergiss es«, sagte ich zu dem Mann. Dann hob ich meinen Eistee und prostete ihm zu. »Nix für ungut.«

»Was soll das denn heißen?«

Ich drehte mich weg und nahm einen langen Schluck von meinem Eistee. Er war kalt. Das Glas tropfnass. Das Glas in der Hand zu halten, unterdrückte mein Verlangen, den Griff der 45er zu packen. Die Limette gab dem Tee einen frischen Geschmack, der das vage Gefühl warmen Blutes in meinem Mund beseitigte. Als ich das Glas wieder auf den Tresen stellte, sagte ich: »Das heißt, dass ich mich heute nicht auf so was einlasse. Es heißt, deine Manieren bestimmen nicht, wie ich mich verhalte. Hast du ein Problem damit, *Compadre*?«

Er lehnte sich auf den linken Ellbogen in meine Richtung. Mit der Rechten hob er das Glas und trank einen großen Schluck. Schnell und laut, ohne Genuss. Das war Verzögerungstaktik, er dachte darüber nach, was er als Nächstes sagen oder tun sollte.

Er setzte die Flasche deutlich hörbar auf dem lackierten Holz ab.

Vielleicht weil ich so ein hilfsbereiter Kerl bin – oder ein größeres Arschloch, als ich mir selbst eingestehen will –, schob ich ihm einen Bierfilz hin.

Er starrte ihn an, als hätte ich ihm ein Nacktfoto seiner Mutter unter die Nase geschoben. »Na ja, möglicherweise bist du mir aber schon genug auf die Nerven gegangen, *Compadre*.«

»Wüsste nicht, womit«, erwiderte ich und schwenkte den Tee und die Eiswürfel im Glas. Ich konnte kaum die Hände stillhalten und legte sie um das Glas, befeuchtete die Handflächen und Finger am kondensierten Wasser und verrieb die Feuchtigkeit. »Ich kenn' dich nicht mal, oder?«

Da kam mir der Gedanke zum ersten Mal: Vielleicht hatte er was gegen mein *anderes* Ich, gegen Paris.

Er trank erneut hastig von seinem Bier, schluckte mit zusammengebissenen Zähnen und offenem Mund. Es verschaffte mir eine gewisse Befriedigung, dass er dieses Mal die Flasche auf den Bierfilz stellte. Dann hob er die linke Hand mit dem Rücken in meine Richtung.

»Siehst du das?«

Es war kaum zu übersehen. Komisch, dass ich es nicht schon vorher bemerkt hatte. Der Ringfinger an dieser Hand fehlte und der Stumpf war mit einem dreckigen Verband bedeckt, der an einigen Stellen gelblich und rostrot verfärbt war. Die anderen Finger hatten einen dunklen Teint und schwarze Haare, die zum Dreck unter den Fingernägeln passten. Sein Mittelfinger zeigte ein wenig Farbe. Verkehrt herum, aber dennoch grinsend war ein detailliert tätowierter Totenkopf in hellem Weiß, Pink und Türkis. Das war das zweite Mal, dass ich einen *Dia-de-los-Muertos*-Schädel auf dem Finger eines Mannes gesehen hatte. Die Bedeutung war eindeutig.

Ich war überrascht, aber hatte nicht vor, es mir anmerken zu lassen. »Was soll ich sehen?«, fragte ich. »Den Stumpf oder das mexikanische Hello-Kitty-Tattoo?«

»Du hast eine große Klappe.«

»Das hab ich schon mal gehört.«

Er legte die Hand wieder auf die Bar und nahm einen weiteren schnellen Schluck von seinem Bier. »*Dia de los Muertos.* Weißt du, was das heißt?«

»Tag der Toten. Aber ich gehe davon aus, du meinst nicht den Feiertag.«

»Ich rede über Rechenschaft. Weißt du, was ich meine? *Compadre?* Ich rede über Knochen und darüber, sein Wort zu halten. Ich rede über *mi lugar en la familia. Mi lugar en la Mesa.* Mein Platz in der *Familie.* Mein Platz am *Tisch.* Verstanden? *Usted cucaracha blanca.*« Nachdem er mich eine weiße Kakerlake genannt hatte, nahm er noch einen Schluck Bier und sah mir dabei in die Augen. Ein unerschütterliches Starren. Er schluckte und holte dann Luft, stellte die Flasche wieder auf den Bierfilz und lehnte sich in meine Richtung. »Ich rede von Respekt, Arschloch.«

Mit der verletzten Hand stieß er sich ab, als er aufstand. Gleichzeitig griff er mit der Rechten hinter den Rücken. Wenig subtil und keine große Überraschung. Als er sich mit den verbliebenen Fingern der linken Hand am Handlauf der Bar festhielt, hob ich mein Glas. Ich schlug mit dem dicken Boden wie mit einem Hammer auf den blutigen Fingerstumpf.

Einen Moment vergaß er die Waffe im Hosenbund, griff nach der verletzten Hand; durch den Verband drang frisches Blut. Er versuchte etwas zu sagen. Ich konnte bei dem Geschrei kein Wort verstehen. Ich ließ mein Glas auf den Tresen fallen, stand auf und streckte gleichzeitig mein rechtes Bein hinter ihm aus. Dann legte ich die Linke an seine Kehle und drückte, setzte den ganzen Körper als Hebel ein. Er schlug mit einem dumpfen Schlag auf dem bierdurchtränkten Dielenboden auf.

Ich dachte, er würde wenigstens ein paar Sekunden unten bleiben. Aber mein neuer Freund war anscheinend ein ganz harter Hund. Er drehte sich um und versuchte mit der Hand an die Pistole im Gürtel zu kommen. Leider musste er sich entscheiden, als er nach links rollte. Entweder auf die verletzte Hand rollen oder sie ausstrecken.

»Tu's nicht«, rief ich, als er mit der Rechten nach der Waffe griff.

Er hörte nicht.

Der Schlag mit dem Glas auf den Fingerstumpf war sanft wie ein Kuss gewesen im Vergleich zum Tritt mit dem Stiefelabsatz, den ich ihm jetzt verpasste. Knochen brachen. Ich spürte es durch die Stiefelsohle. Blut floss unter meinem Fuß hervor und versickerte mit dem Bier zwischen den Holzbohlen. Einen Augenblick dachte ich, Polizeisirenen zu hören. Weiteres Schreien. Ich musste es ihm lassen, der Kerl hatte absolut nichts im Kopf. Er versuchte wieder mit der rechten Hand an die Pistole zu kommen, die hinten in seinem Hosenbund steckte. Dieses Mal stampfte ich nicht. Mein Fuß war schon an Ort und Stelle und ich legte einfach mehr Gewicht und Druck darauf, mit jedem Zentimeter, den er die andere Hand auf die Waffe zubewegte. Ich weiß nicht, ob er das Bewusstsein verlor oder aufgab. Ich tippte auf Ohnmacht. Zum Aufgeben war er zu blöd.

Ich beobachtete ihn mehrere Sekunden. Den Stiefel presste ich weiter auf seine Hand, solange, bis ich sicher war, dass er nicht nur so tat als ob. Selbst dann ließ ich erst nach, als ich die Waffe aus seinem Gürtel gezogen hatte. Es war eine alte Automatik, Kaliber .32, mit kaputtem Griff, der mit Klebeband umwickelt war – ein *Drop Piece*, eine Waffe, die man benutzt und dann am Tatort fallen lässt. Eine Wegwerfknarre, nicht zurückverfolgbar.

»Rufen Sie 911«, sagte ich zu Ernesto. Als er blieb, wo er war und über den Tresen den blutenden Mann auf dem Fußboden anstarrte, wiederholte ich: »Ernesto. *Lama a la policía.*« Er nickte und ging zum Telefon am anderen Ende der Bar.

Ich nahm das Magazin aus der Waffe und zog den Schlitten zurück, um die Patrone aus dem Lauf zu befördern. Die Pistole war klein. Der Finger des Mannes hätte kaum durch den Abzugsbügel gepasst. Vermutlich hatte er sie nur als Dessert und nicht als Hauptgang mitgebracht. Er hatte definitiv den Eindruck erweckt, als wollte er mich durch die Mangel drehen und mir Schmerzen zufügen. Es war natürlich möglich, dass er gar nicht hinter mir oder Paris her war. Jeder, der sich anschickte, hier in Lansdale den Posten des Sheriffs zu übernehmen, war ein potenzielles Ziel. Ein einleuchtender Gedanke. Beinahe tröstlich. Ich wischte ihn beiseite, als ich mir noch einmal seine Hand ansah. Es schien was Persönliches zu sein. Er hatte mir das Tattoo und den fehlenden Finger gezeigt, als hätte ich etwas damit zu tun.

Rote und blaue Lichter huschten über die Vorderfenster. Officer Gutiérrez trat durch die Tür. Sie wirkte auf alles vorbereitet, aber nicht darauf, mich neben einem bewusstlosen Mann stehen zu sehen. Seine Waffe hielt ich mit den Fingerspitzen am Abzugsbügel.

»Was ist passiert?«, fragte sie und steckte ihre eigene Pistole wieder ins Holster.

»Ich hab mich schon mal eingearbeitet. Nehmen Sie den Kerl mit. Ich will mich ein wenig mit ihm unterhalten, wenn er wieder dazu in der Lage ist.« Ich hoffte, das hörte sich nach etwas an, was ein Polizeichef sagen würde.

»Äh … *ihn* mitnehmen?«

»Sehen Sie sonst jemanden, der aussieht, als hätte er was ausgefressen?«

»Okay, er hat was ausgefressen, aber wir können da nichts machen.«

»Was soll das heißen? Der hat gerade versucht, mich fertigzumachen.«

»Er arbeitet für die Bank.«

»Ist mir scheißegal, und wenn er die besten Kekse in der Stadt backt. Er wird festgenommen für tätlichen Angriff und das Tragen einer Waffe, außer er hat einen Waffenschein für dieses Schrottding.« Ich hob demonstrativ die Knarre.

Gutiérrez kam näher und senkte die Stimme. »Das hat mit der DEA zu tun. Die Bank liegt außerhalb der Stadtgrenzen, und die Leute, die dort arbeiten, stehen unter dem Schutz und der Gerichtsbarkeit der DEA. Wissen Sie das nicht? Ich dachte, das Justizministerium hat Sie hinzugezogen.«

»Ich dachte, das wäre ein Geheimnis«, sagte ich, ohne zu flüstern. Die Wahrheit war, dass ich es angenommen hatte, ohne weiter darüber nachzudenken. Ich hatte nie gefragt. Und genau genommen hatte ich schlicht keine Ahnung, was ich hier tat oder warum. Ich trieb in der Finsternis im Wasser, suchte nach dem Ufer oder einer Rettungsleine und fragte mich, wie ich hier gelandet war.

»Bitte«, sagte sie. »Hier gibt es keine Geheimnisse. Zumindest nicht lange. Jeder weiß, dass Sie ein Texas Ranger sind und vom Justizministerium eingeschleust.«

»Was wissen die sonst?«

»Sie wissen, dass Sie so was wie die letzte Möglichkeit waren; dass der nächste Kerl nur einen Monat durchhielt, nachdem Chief Wilcox getötet worden war; und dass man Ihnen quasi den Arm auf den Rücken drehen musste, überhaupt herzukommen. Wie haben die das geschafft?« Sie musterte mich von den Stiefeln bis zum Hut. Das Wissen, das aus ihren Augen sprach, ließ mich zu einem kleinen Häufchen schrumpfen.

»Was?«

»Was haben die gegen Sie in der Hand?«

»Ich hab keine Ahnung.«

»Das sieht man.«

Ich trat von dem Mann am Boden einen Schritt zurück und fühlte mich plötzlich erschöpft und ein wenig verängstigt angesichts der Größe der Fußstapfen, in die ich getreten war.

»Ich rufe den Typen von der DEA an. Der kommt ihn abholen.«

Gutiérrez nickte in Richtung Boden. »Wollen Sie mir die Waffe geben?«

»Nein«, sagte ich, aber der Gedanke dahinter lautete eher *scheiß drauf.* »Ich behalte die Knarre. Nehmen Sie ihn mit. Legen Sie ihm Handschellen an und lesen Sie ihm seine Rechte vor, sobald er wach ist.«

»Das wird nicht funktionieren.«

»Was?«, fragte ich und machte einen Schritt über den Mann nach rechts. »Ihn verhaften?« Mit der Stiefelspitze kickte ich seine rechte Hand vom Körper weg. Sie war ausgestreckt und mit der Handfläche nach unten, genau wie die gebrochene Linke. »Oder die deutliche Botschaft zu senden, dass sie sich lieber nicht mit dem neuen Chief anlegen sollten?« Knochen knackten, als ich mit der Ferse auf seine Hand trat. Ich lehnte mein Gewicht nach vorn auf den Ballen und die Finger knackten wie Popcorn in einer heißen Pfanne.

»Oh, mein Gott.« Sie riss die tiefblauen Augen ungläubig auf. Sie schien nicht fassen zu können, was sie gerade sah.

»Die Botschaft lautet: Richte einmal eine Waffe auf mich und du wirst es nie wieder tun.«

Gutiérrez hatte dazu wohl ein paar Fragen auf Lager. Sie hätte mir sicher gern gesagt, was sie von der Aktion hielt. Auf diese Unterhaltung hatte ich wenig Lust. Ich ging. Der männliche Duft, den mir der Friseur verpasst hatte, verflüchtigte sich langsam. Er mischte sich mit dem Geruch der Nachtluft, geschwängert mit der Feuchtigkeit des Flusses; mit dem Aroma des trockenen Staubs der Wüste, der Mesquitebäume und Kaktusblüten. Ich fuhr mit offenen Fenstern, ließ mir den Wind ins Gesicht und in die Lunge blasen.

Zwanzig Minuten Herumfahren hatten meine Gedanken nicht geklärt. Ich folgte einer staubigen Straße bis auf den Gipfel eines Hügels und hielt an. Über mir breiteten sich die Sterne vor dem schwarzen Nichts aus. Ich starrte in dieses Nichts. Die Dunkelheit war mehr als nur die Abwesenheit von Licht. Es war die völlige Leere, die kein Blick durchdrang, ohne Farbe, ohne Wärme. Hinauf zwischen die Sterne zu sehen, war, wie in die Dunkelheit eines Grabes zu starren.

In diesem Moment wurde mir klar, ich würde der Nacht nie entkommen, in der ich mit einer Schaufel ein Loch in den Staub des guten, alten Mexiko gegraben hatte. Hat man erst einmal einen Fuß ins eigene Grab gesetzt, lässt man es nie ganz hinter sich. Vielleicht war ich deswegen nicht abgehauen, hatte das Geld genommen und woanders ein neues Leben begonnen. Welche Richtung ich auch einschlug – egal, welche Richtung jeder von uns einschlägt – die Finsternis liegt immer vor uns.

Als ich wieder in den Pick-up-Truck stieg, dachte ich an Lenore.

Ich hatte keinen Plan, nur ein wenig Hoffnung, als ich am *Desert Drop Inn* auf den Parkplatz fuhr. Ich wollte mir eine Handvoll Wasser ins Gesicht spritzen und die Zähne putzen, bevor ich zum Rezeptionsbüro ging, um zu sehen, ob ich sie dort vorfand. Hätte ich mich nicht auf das neonbeleuchtete Büro konzentriert, als ich am Fuß der dunklen Treppe stand, wäre mir vielleicht schon früher aufgefallen, dass hier etwas nicht stimmte. Es hätte nicht dunkel sein sollen.

An jedem Ende des Motels war eine Treppe, die direkt vor einer kleinen Nische endete. In dieser schmalen Höhle aus Beton standen Automaten für Eis, Süßigkeiten und Getränke. Selbst wenn die Lampe über der Nische aus war, verfügten die Automaten über eine eigene Beleuchtung. Wie gesagt, es hätte nicht dunkel sein sollen, aber ich hatte mich dummerweise auf etwas anderes konzentriert.

Ich hatte die erste Stufe erklommen, als mich etwas Hartes auf die Rückseite des gestreckten Oberschenkels traf. Es war, als hätte mich jemand mit einem Zitteraal geschlagen. Mein Bein gab nach und ich knallte mit dem Knie auf die Betonstufe. Ich wurde angegriffen. Ein zweiter Schlag traf mich in die Nieren. Bei einem Treffer an der richtigen Stelle hätte ich wohl zusammengekrümmt auf dem Boden gelegen und mich voll Blut gepisst. Weil ich aber schon stürzte, ging der Schlag daneben und traf die Pistole hinten in meinem Gürtel, bevor er auf den Rücken abgelenkt wurde. Ich rollte mich von dem Angreifer weg, hob den linken Arm zur Deckung vor seinem Knüppel und griff mit der Rechten nach der Knarre. In dem Moment sah ich ihn zum ersten Mal. Er war kleiner als ich, aber kräftig, sein Umriss wirkte massig. Das war alles, was ich sah.

Ich erwartete einen weiteren Schlag und spannte den Arm an, zog die Schulter ein und das Kinn. Gerade, als ich die Waffe zu fassen bekam, schlug er wieder zu. Der Hieb zielte nicht auf meine Seite oder den Kopf, wie ich erwartet hatte. Er traf mich hart, wie mit einem Knoten aus Beton, direkt in den Magen. Ein Treffer mit einem Schlagstock. Mein Angreifer hatte einen Tonfa-Schlagstock in der Hand. Wenn man einmal von so einem getroffen wurde, vergaß man das nie wieder. Er hatte mir das lange Ende gegen das Bein und in den Rücken geknallt, aber er ihn dann umgedreht und das kurze Ende für den Schlag in den Magen benutzt. Ein Cop.

Mir wurde die Luft aus dem Leib gepresst und ein Staudamm aus Schmerz hinderte sie an der Rückkehr. Ich lief Gefahr, K.o. zu gehen. Wenn das passierte, war ich seiner Gnade ausgeliefert, und die machte sich in letzter Zeit rar.

»Wer bist du?«, fragte der Angreifer. »Wer bist du wirklich?«

Die Pistole in meiner Hand schien hundert Kilo zu wiegen und sie fühlte sich an, als wäre sie Meilen vom Körper entfernt und ferngesteuert. Ich schaffte es, die 45er anzuheben, aber ich hatte wenig Hoffnung, sie nach vorn zu richten und damit zu zielen. Diese Hoffnung schwand völlig, als ich sah, wie er den Arm hob und mit dem Schlagstock auf mein Handgelenk zielte.

Bevor er mich entwaffnen konnte, schoss ich zweimal auf den Getränkeautomaten. Flüssigkeit spritzte zuerst und floss dann heraus. Mein Bauch entspannte sich und ich holte röchelnd Luft.

Als das Keuchen endlich zu normalem Atmen geworden war, fand ich mich allein wieder. Es blieb auch so. Es dauerte weitere fünf Minuten, bis ich es in mein Zimmer geschafft hatte. Und bis dahin tauchte niemand mehr auf. Keine neugierigen Passanten. Vor allem aber keine Cops.

6

»Was zur Hölle meinen Sie, Sie haben ihn gehenlassen?«, fragte ich den DEA-Agenten Darian Stackhouse, ohne dabei zu schreien. Ich versuchte mich mehr oder weniger erfolgreich zusammenzureißen. Ich war gegen 8:40 Uhr im Lansdale Police Department eingetroffen, denn ich hatte keine Ahnung, wann ein Polizeichef normalerweise in der Arbeit erscheint und es war mir auch egal. Ich humpelte, mein Knie war von dem Zusammenstoß mit der Betontreppe geschwollen, mein Rücken gekrümmt, um eine Seite zu entlasten, und mein Bauch hatte blaue Flecken vom Hieb mit dem Schlagstock.

Als ich reinkam, erwartete mich als erstes Stackhouse, der mir die Regeln der Zusammenarbeit zwischen den verschiedenen Behörden erklären wollte. Er nannte es *entscheidende Beziehungen*.

»Wieso hat man Ihnen das nicht erklärt?«, entgegnete er und schaffte es ebenfalls, dabei fast nicht zu schreien.

»Gute Frage«, sagte ich. »Es hätte keinen Unterschied gemacht. Er hat eine Waffe gezogen und einen Polizisten bedroht.« Ich übertrieb ein wenig, aber nicht genug, um ein schlechtes Gewissen zu haben. »Sie können dem Kerl ja gern Immunität geben, wenn er bei Ihnen so was versucht. Wenn er das bei mir macht, hat er Glück, noch am Leben zu sein.«

»Ach, lassen Sie doch diesen Cowboy-Scheiß. Sie haben auf ein Missverständnis überreagiert. Das ist außerhalb Ihrer

Zuständigkeit. Der Mann war nie in Ihrem Gewahrsam und wird es auch nie sein.«

»Wie geht es denn seiner rechten Hand?«

»Mehrere Brüche. Wie ist das passiert und warum haben Sie ihn nicht ins Krankenhaus gebracht?«

Ich zuckte die Achseln. »Wer weiß?« Ich redete wieder in normaler Lautstärke. Die Stimme zu erheben, schmerzte in den Bauchmuskeln. »Und wie hätten wir ihn denn ins Krankenhaus bringen sollen? Er war doch nie in unserem Gewahrsam. Ich hab den Mann eigentlich nie gesehen. Solange, bis ich ihn wiedersehe, natürlich.«

Stackhouse entgegnete nichts. Er sah mich an, als sei ich ein gefährliches Raubtier, das gerade durch die Gitterstäbe seines Geheges im Zoo zu ihm spricht. DEA-Agent Stackhouse war schwarz. Ex-Soldat – das konnte ich an den Bewegungen und seiner Haltung sehen. Er trug eine locker sitzende Anzugjacke. Die Sorte, die man im Sommer trug, in kaki – er sah aus, als wolle er auf Safari gehen. Doch selbst mit der Jacke und ohne Krawatte wirkte er förmlich.

Ich setzte mich an meinen neuen Schreibtisch. Stackhouse lächelte und atmete tief durch. Er nahm ebenfalls Platz und breitete die Hände beschwichtigend aus. »Sehe Sie«, sagte er. Dann dachte er darüber nach, was er als Nächstes sagen wollte. »Wir sind doch alle im selben Team, oder nicht? Ich meine, es soll ja niemandem was passieren und wir wollen die bösen Jungs aufhalten.«

»Glaube ich nicht.« Ich lächelte nicht. »Nicht, wenn wir nach verschiedenen Regeln spielen. Sieht so aus, als würden Sie enger mit den bösen Jungs zusammenarbeiten als mit den guten.«

»Sie haben keine Ahnung, was hier vor sich geht.«

Nun lächelte ich. Ich hatte es schon immer gehasst, wenn mir jemand sagte, ich hätte keine Ahnung, statt eine Erklärung anzubieten. Ich lehnte mich zurück und legte die Stiefel auf den Schreibtisch, dann hob ich die Hände in derselben beschwichtigenden Geste, die er gemacht hatte.

»Ich mag die DEA nicht.«

Sein Lächeln entglitt ihm.

»Wenn Sie's genau wissen wollen, mag ich keine der Behörden mit den drei Buchstaben. Ich glaube, ihr spielt alle lieber Krieg, statt Probleme zu lösen, und seid der Meinung, Regeln sind das, was man den anderen auferlegt, ohne sich selbst dran zu halten.« Ich lächelte wieder, breit und freundlich. »Ist die Sache damit klar?«

»So klar wie ein Bergbach nach der Schneeschmelze.« Schöne Worte und ein hasserfüllter Blick.

»Erzählen Sie mir von der Bank.«

»Soweit ich weiß, ist die Bank ein Privatunternehmen, zu dem die DEA keine Verbindungen hat und über das wir auch nichts wissen. Sie liegt außerdem außerhalb der Stadtgrenzen von Lansdale. Also brauchen Sie sich genauso wenig darum zu kümmern wie ich. Ist die Sache damit klar?«

»So klar, wie der Rio Grande nach einem heftigen Regen«, sagte ich.

»Ich glaube, wir verstehen einander.« Stackhouse ignorierte meinen Sarkasmus.

»Das glaube ich auch.«

»Wie sieht der Plan aus?«

»Ich hab's nicht so mit dem Pläneschmieden«, erwiderte ich und deutete mit dem Finger auf das Büro um mich herum. »So bin ich hier gelandet.«

»Sie scheinen die Natur – den Umfang – des Konflikts nicht zu verstehen, in dem wir uns hier befinden.«

»Ihr Krieg gegen die Drogen.« Es war die naheliegende Antwort auf ein naheliegendes Thema, gedankenlos dahingesagt.

Sobald ich es ausgesprochen hatte, bekam es eine tiefere Bedeutung – eine Verbindung, die ich bisher nicht hergestellt hatte. Ich hörte genauer auf das, was er sagte.

»Krieg«, entgegnete er, lehnte sich im Sitz nach vorn und bedachte mich mit einem Blick, der mir verklickern sollte, dass er hier die Befehlsgewalt hatte. Der war auf jeden Fall Ex-Soldat. »Gegen Drogen, mit Drogen, finanziert durch Drogen – ein ganzes kriminelles System, das an unserer Grenze herrscht. Es hat seine Klauen in die mexikanische Regierung geschlagen. Ich rede von einer instabilen Nation, die von gewalttätigen Kriminellen beherrscht wird – Revolution. Wir können nicht mal die verdammten Wetbacks draußen halten. Glauben Sie, wir könnten eine Million Flüchtlinge aufhalten, unter die sich die verschiedenen kriminellen Clans gemischt haben? Wenn dort Krieg herrscht, kommt er auch zu uns. Das darf nicht passieren.«

»Und das alles glauben Sie?«, fragte ich und sah ihm in die Augen. »Was haben Sie getan, um das aufzuhalten? Korruption gibt es in Mexiko schon seit Ewigkeiten. Wie viele Cops und Politiker haben Sie denn so in der Tasche?«

»Lecken Sie mich am Arsch.«

»Sie wollen gar nichts aufhalten. Sie wollen, dass es genau im richtigen Maß instabil bleibt. Knapp am Abgrund entlang.«

»So ein richtiger Cop sind Sie ja nicht, oder?«

»Das nehme ich mal als Kompliment.«

»Was ist mit Ihrem Bruder?«

»Was meinen Sie …«

»Er war ebenfalls Teil des Problems, oder nicht? Er hat doch Bargeld über die Grenze geschmuggelt.«

»Ja, was wissen Sie denn darüber?«

»Ich weiß, dass er einigen Leuten in die Quere kam. Er arbeitete für das Guzman-Kartell. Die wurden von den richtig üblen Typen übernommen – *La Familia de los Muerto.* Longview Moody ist eines Nachts in der Wüste gelandet.«

»Longview wurde nach einem Feuer tot in seinem Wohnwagen gefunden.«

»Ja, wurde er. Komische Sache. Ich habe gehört, er wurde in der mexikanischen Wüste ermordet und begraben. Und dann taucht er plötzlich zu Hause auf und stirbt bei einem Brand.«

»So komisch ist das gar nicht. Informationen sind wie ein Gebrauchtwagen. Man kriegt eben das, wofür man bezahlt.«

»Vielleicht. Aber ich hab noch was anderes gehört. Ich habe gehört, Sie waren in der Nacht bei dem Wohnwagen.«

»Wie's scheint, hören Sie eine ganze Menge Scheiße, Stackhouse. Ich höre auch so einiges.«

»Aha. Da wette ich drauf.«

»Ich habe gehört, es gibt ein ganzes Haus voller toter Jungs vom Kartell in Juarez und es soll ein DEA-Agent gewesen sein.«

»Da machen Sie mal besser keine Meldung drüber. Und plaudern nichts aus. Da stehen Leben auf dem Spiel.«

Ich dachte, es war interessant, dass er sagte: *Meldung machen.* Das hatte ich von Armytypen gehört, aber nicht oft. Meiner Meinung nach war Stackhouse wohl bei der Navy oder den Marines gewesen. Ein SEAL? Er wirkte definitiv wie aus irgendeiner Spezialeinheit.

»Über wen haben Sie da gerade die Kontrolle verloren, Stackhouse? Ihre Jungs oder ihre *anderen* Jungs? Hat jemand beim Morgenappell gefehlt?«

Stackhouse starrte mich an, als hätte ich gerade einen Zauberstab herausgeholt und den Schreibtisch tanzen lassen. Es hielt allerdings nicht lange vor. Er schloss den Mund und stand auf. Seine Schultern waren angespannt und der Rücken gerade. Es wirkte, als wolle er durch das Büro auf mich losgehen und mir die Scheiße aus dem Leib prügeln. Ich bewunderte seine Zurückhaltung.

»Hören Sie zu«, sagte er. Selbst seine Stimme klang angespannt. »Ich weiß nicht, was für ein Spiel Sie zu spielen glauben, aber es ist gefährlich.«

»Sie stellen sich auf die Seite eines Mannes, der versucht hat, mich zu töten. Das ist kein Spiel.«

Er ging. Ich blieb einen Augenblick hinter dem Schreibtisch sitzen und genoss die Ruhe. Ich hatte nie einen Schreibtisch gehabt, ganz zu schweigen von einem Büro. Es war ein merkwürdiges und seltsam inspirierendes Gefühl. Ich fühlte mich so, wie sich wohl Paris sein ganzes Leben gefühlt hatte.

Ein Klopfen an der Tür. Der genussvolle Moment war vorbei.

Es war Gutiérrez. »Die hatten recht«, sagte sie statt einer Begrüßung.

»Wer? Und mit was?«

»Jeder in der Truppe, bei denen Sie sich noch nicht vorgestellt haben. Sie haben gesagt, Sie sehen aus, als hätten Sie keinen Schimmer.« Die Beleidigung, die sie aussprach, spiegelte sich nicht in ihrem Tonfall oder ihrer Haltung. Gutiérrez schien eine merkwürdige Auffassung von einer motivierenden Ansprache zu haben.

»Das haben die gesagt? War das ein wörtliches Zitat?«

»Wollen Sie den Job denn gar nicht ernstnehmen?«

»Ich weiß nicht. Ist es in dem Department hier üblich, gefährliche Leute wieder laufen zu lassen?«

»Ja, ist es. Ich habe Ihnen gesagt, dass die DEA involviert ist. Und die haben hier schon seit ein paar Jahren das Sagen.«

»Und jetzt bin ich hier.«

»Und jetzt sind Sie hier. Und niemand weiß, was hier los ist. Nicht mal Sie, nehme ich an.«

Ich nickte, nur damit es aussah, als hörte ich zu. Wahrscheinlich wirkte es wie Zustimmung. Sobald ich es merkte, stand ich auf und nahm das Einzige an mich, was auf meinem Schreibtisch gelegen hatte, als ich hereinkam: Die goldfarbene Dienstmarke auf der stand: *Chief of Police – City of Lansdale.* Ich steckte die Marke an mein Hemd und trat in den Gemeinschaftsraum der Dienststelle.

»Alle mal herhören«, sagte ich. Es wurde mucksmäuschenstill. Beängstigend still. »Ich bin Long…« Ich hielt inne. Die Hitze stieg vom Hals bis in mein Gesicht, gefolgt von einem leichten Anfall von Übelkeit. Ich konnte es auf so viele Arten vermasseln, dass ich staunte, überhaupt so weit gekommen zu sein. »Mein Name ist Paris Tindall. Ab jetzt Chief Tindall. Ich nehme an, jeder weiß, dass ich diesen Job unter ungewöhnlichen Umständen angetreten habe. Ich bin zwar noch nicht lange hier, aber mir drängt sich der Eindruck auf, die gesamte Stadt ist ein Musterbeispiel für ungewöhnliche Umstände. Ich nehme an, Ihnen geht es wie mir und Sie wollen, dass alles wieder seinen gewohnten Gang geht. Ich kenne nicht alle Details, aber das ist mir klar.«

Ich blickte mich um und alle sahen mich an, aber keiner reagierte. Sie kannten mich nicht. Und sie trauten mir sicher nicht. Gutiérrez war das einzige freundliche Gesicht im Raum. Als ich sie ansah, nickte sie sacht. Eine kleine Ermutigung.

»Was sich ab jetzt ändert«, ich versuchte jedem nacheinander in die Augen zu sehen, »ist die Vorstellung, dass hier einige Leute unantastbar sind.«

Ein dicker Mann hinter einem Schreibtisch am anderen Ende des Raumes schnaubte verächtlich. Es sollte beleidigend klingen, aber ließ sich leicht abstreiten – ein feiges Geräusch.

»Wie heißen Sie?«, fragte ich und sah ihn an.

Wenn man solche Typen zur Rede stellt, weil sie sich wie die Arschlöcher benehmen, die sie nun mal sind, reagieren sie auf zwei Arten. Entweder treten sie den schnellen Rückzug an, oder sie geben vor, es hätte gar nichts bedeutet. Der Typ entschied sich für Letzteres.

Er lehnte sich im Stuhl zurück und zog das Seersucker-Sakko über die Wampe. Es schloss nicht ganz. »Mark Walker«, sagte er. »Detective Walker.« Er zuckte langsam mit den Achseln, als hätte er ein wichtiges Argument vorgebracht, und streckte dann die fleischigen Arme aus. Keine Hemdmanschetten unter den Jackenärmeln. Kurzärmliges Hemd, Seersucker-Anzug: Ich fragte mich, ob die Krawatte angeknöpft war. Walker fuhr sich mit den dicken Fingern über den Kopf, glättete die über die Glatze gekämmten Haare, die genauso Mühe hatten, etwas zu kaschieren, wie sein Sakko. »Und ich bin der einzige Detective hier, nur so nebenbei.«

Das führte zu einem weiteren verächtlichen Schnaufen von der anderen Seite des Raumes. Dieses Mal kam es von der kleinen, schwarzen Frau in Uniform, die an der Funkkonsole saß. Es war gegen Walker gerichtet und nicht mich. Ich sagte nichts dazu.

»Was ist los?«, fragte ich Detective Walker. »Gefällt Ihnen nicht, was ich gesagt habe oder glauben Sie es nicht?«

»Hey, Sie sind der Boss«, entgegnete er und hielt die Hände hoch, als wolle er den Rückzug antreten. Mir fiel das Fixoflex-Band an seiner Uhr auf, das bis zum Limit gespannt war und in sein Handgelenk schnitt. »Ich meine ja nur.«

Wie gesagt – feige.

»Was ich sagen wollte …«, ich versuchte, meinen Gedankengang weiterzuverfolgen, »… wenn ihr einen Grund habt, jemanden zu verhaften, dann bringt ihn auf die Wache. Egal, wer es ist. Wenn jemand verhaftet wurde, bleibt er in Gewahrsam, bis *ich* etwas anderes sage.«

Gutiérrez räusperte sich und es war nicht sehr subtil.

»Was?«, fragte ich.

»Oder der Richter …«

Ich wedelte mit der Hand in ihre Richtung, als hätte ich daran natürlich längst gedacht. »Ihr wisst alle, wie ihr euren Job zu machen habt. Ich sage nur, wenn es legal ist und ihr glaubt, das Richtige zu tun, dann tut es. Wenn ihr ein mulmiges Gefühl habt, kommt zu mir und wir lösen es gemeinsam.«

Der ganze Raum sah mich an. Ich wurde das Gefühl nicht los, dass ich irgendetwas ausgeplaudert oder mich komplett zum Idioten gemacht hatte.

»Also … äh … irgendwelche Fragen?«

Walker schnaufte wieder. Ich sah nicht einmal hin.

»Gut«, sagte ich. Dann kehrte ich in die Sicherheit meines kahlen Büros zurück und schloss die Tür. Bevor ich mich hinsetzte, holte ich das Handy und die SIM-Karte aus der Tasche und setzte sie wieder ein. Keine drei Minuten später läutete es.

»Milo! Alter Kumpel!«, ging ich vergnügt dran.

»Was soll die Scheiße? Was glauben Sie, verdammt noch mal, was Sie da tun?«

»Sehr nett«, sagte ich. »Begrüßen Sie so alte Freunde?«

»Wir sind keine Freunde. Meine Freunde sind hirntote Rednecks, die glauben, die Welt ist ihr eigener, privater Wilder Westen.«

»Was soll ich hier?«

Er hörte auf zu schimpfen und Stille trat ein – eine lange, unangenehme Stille.

»Milo, was soll ich hier?«, fragte ich erneut.

»Was meinen Sie? Sie sind doch damit zu uns gekommen. Oder haben Sie das vergessen?«

»Nein, aber …« Ich hatte Angst gehabt zu fragen, denn ich war mir sicher, er hatte über die ganze Sache schon mit Paris geredet. Das war noch schlimmer. Ich versuchte eine andere Strategie. »Hier ist alles ein wenig unübersichtlich. In der Stadt geht einiges vor und ich muss wissen, ob wir beide am selben Strang ziehen. Sie und ich.«

»Wie ist denn die Lage?«

»Sie zuerst. Klären Sie das ein wenig für mich. Helfen Sie mir, das alles zu durchdenken.«

»Sie haben mir gesagt, Ihr *Freund*, Ihr – *Kontakt*, sei besorgt über den Tod des ehemaligen Chiefs. Als der Stadtrat einen Ersatz einstellte und der ebenfalls getötet wurde, ließ sich das kaum mehr ignorieren.«

Zwei Worte ließen mich aufhorchen. Milo hatte das Wort *Freund* merkwürdig betont. Und *besorgt sein* erschien ein wenig untertrieben, wenn man vom Tod zweier Polizisten sprach.

»Ja«, sagte ich. »Haben Sie sich schon Gedanken über den Tod meines Bruders gemacht?«

»Okay, ja, ich verstehe. Und Sie haben recht: Ihr Bruder wurde ermordet. Er hatte eine Verletzung am Schädel direkt über dem rechten Auge. Es war vielleicht der Griff einer Pistole. Seine Kehle war aufgeschlitzt. Jemand wollte auf Nummer sicher gehen, aber möglichst leise. Das Feuer sollte vermutlich nur die Spuren verwischen. Er war schon tot, bevor es ausbrach. Daran gibt es keinen Zweifel. Aber er hatte eigene Probleme. Es gab nichts, das seinen Tod mit dem in Verbindung gebracht hätte, was Sie untersuchen. Wenn jemand Polizeichefs in Lansdale ermorden will, wären Sie das Ziel und nicht Longview Moody.«

Vielleicht war ich zu selbstbezogen oder arrogant, aber bis zu diesem Moment hatte ich nie darüber nachgedacht, dass Paris ermordet worden sein könnte, weil er Paris war, und nicht, weil er mit mir verwechselt wurde.

»Sehen Sie«, sagte Milo. »Ich weiß, der Job liegt Ihnen nicht, aber Polizistenmord und Kartellaktivitäten gefährden die gesamte Stadt. Halten Sie die Augen offen und machen Sie keine Fehler. Verstanden?«

»Sehen Sie, das ist es eben. Es läuft mal so und mal so.«

Ein Seufzen am anderen Ende der Leitung, das eine Menge darüber sagte, was Milo über mich dachte. Wenig Gutes.

Ich hatte noch so viele Fragen im Kopf. Aber ich stellte sie nicht. Ich hatte mich in meine Lügen verstrickt. Ohne ihm zu sagen, wieso ich keinen Schimmer von dem hatte, was ich wissen sollte, konnte ich die Informationen, die ich brauchte, nicht aus ihm herauskriegen. Taktikänderung: »Erzählen Sie mir was über die DEA.«

»DEA?« Er betonte jeden einzelnen Buchstaben. »Wieso?« Seine Frage war wie eine Warnung, ein Schild mit dem Wort *Minenfeld* in winziger Schrift auf einem riesigen, offenen Feld. Bis man es entziffern konnte, war man schon mittendrin.

Ich machte einen Rückzieher. »Ist auch egal«, sagte ich. »Auf dieser Seite der Grenze treten die gehäuft auf, wie die Schmeißfliegen.«

»Halten Sie Abstand und legen Sie sich bloß nicht mit denen an«, sagte Milo. »Das Letzte, was ich brauche, ist ein Schwanzvergleich zwischen denen und uns. Konzentrieren Sie sich bloß darauf, herauszufinden, wieso hier Cops umgebracht werden.«

Ich legte auf. Dann verschanzte ich mich eine Zeit lang in meinem Büro und zerbrach mir den Kopf, wie ich einen Job erledigen sollte, in dem ich gar nichts verloren hatte. Ich wurde durch ein Klopfen an der Tür gerettet oder zumindest abgelenkt.

»Herein.« Ich nahm an, es sei einer der Polizisten, aber es war Bascom Wood, der dicke Mann vom Abend zuvor.

»Chief Tindall.« Er kam herein und schloss die Tür, indem er mit dem Rücken dagegen drückte. »Ich habe Ihnen ja angekündigt, dass ich Sie mal besuchen würde.«

»Sie haben gesagt, Sie lassen mir ein oder zwei Tage Zeit.«

Er schürzte die Lippen und schien darüber nachzudenken. »Ich muss mit Ihnen sprechen.« Mit den beringten, dicken Fingern griff er nach einem leeren Stuhl. Ohne meine Aufforderung abzuwarten, setzte er sich. »Wir müssen reden.« Es hörte sich wie ein Klischee aus einem Film an.

»Worüber?«

»Das wissen Sie.« Die Aussage war wenig subtil oder zweideutig. Bascom Wood war sich sicher.

Ich mir auch. »Was wollen Sie?«

»Zuerst einmal wissen, mit wem ich überhaupt rede.«

Ich traute ihm nicht. Wie sollte ich auch? Aber er wusste etwas. »Chief Paris Tindall«, sagte ich. »Das haben Sie doch letzte Nacht bestätigt. Ihrem Freund gegenüber.«

»Vielleicht war das ein Fehler. Einer, den ich bei Tage besehen korrigieren muss.«

»Hören Sie, Bascom.« Als ich seinen Namen aussprach, sah ich, wie er die Nase rümpfte. »Stadtrat Wood«, korrigierte ich. Das schien ihm besser zu gefallen.

»Sie haben sich die Haare schneiden lassen. Das macht einen ziemlichen Unterschied. So sehen Sie noch mehr wie er aus.« Stadtrat Wood wirkte weniger aufgebracht, als am Abend vorher.

»Welchen Fehler Sie auch glauben gemacht zu haben – es gibt keinen Grund, ihn zu korrigieren, bis Sie dazu gezwungen werden. Oder nicht?«

»*Chief Tindall.*« Er sprach den Namen im selben theatralischen Tonfall aus. Ich wusste nicht, ob er mich anklagen oder besänftigen wollte. »Sie sind nicht zufällig ein Mitglied der Drug Enforcement Agency?«

Ich schnaubte überrascht und verächtlich. »Nein.«

»Sie hören sich an, als meinten Sie es ernst.«

»DEA-Agent Stackhouse war eben hier.«

»Und?«

»Und er war nicht sehr erfreut. Genauso wenig wie ich. Die haben einen Mann freigelassen, der versucht hat, mich umzubringen.«

»Ich habe gehört, er hatte einen Bruder.«

Ich sagte nichts. Ich sah ihm in die Augen, ohne zu blinzeln.

Stadtrat Wood blinzelte. »Aber Sie sind ein Cop.« Es wirkte wie eine Aussage, war aber eine Frage.

»Glauben Sie, die hätten mich hier reingesetzt, wenn ich keiner wäre?«

»FBI?«

Ich gab keine Antwort.

»ATF?« Er wischte sich mit einem Finger, an dem kein Ring war, ein paar Schweißperlen von der Nase. »CIA?«

»Die CIA ist keine Strafverfolgungsbehörde, Stadtrat Wood.«

Bascom Wood nickte. Er sah aus wie ein Pokerspieler, den man bei einem Bluff ertappt hat. »Nein. Aber die Lage hier ist doch schon weit darüber hinaus. Gesetz. Strafverfolgung. Vielleicht sogar, auf welcher Seite man steht.«

»Erzählen Sie mir von dem Mann, der Sie letzten Abend begleitet hat.«

»Sie werden noch von Simon hören, ohne dass ich dabei im Weg stehe.«

»Ich hätte da ein paar Fragen.«

»Da bin ich mir sicher, Chief. Da bin ich mir sicher.« Mr. Wood stand auf und kratzte sich wieder an der Nase. »Ich weiß nicht, ob wir zusammenarbeiten können.«

»Was soll das heißen?«

»Lansdale ist keine Stadt. Es ist wie ein kleines Boot. Und jeder paddelt in eine andere Richtung.«

»Das hilft mir nicht gerade, die Lage besser zu verstehen.«

»Bis ich weiß, ob wir beide in dieselbe Richtung paddeln …«

»Welche Richtung?«

Seine Augen strahlten, als hätte er eben einen Entschluss gefasst. Er machte die Tür auf und sagte laut: »Chief Tindall.«

Einige im Front Office drehten sich um und sahen uns an.

»Ich bin froh, dass wir noch einmal reden konnten«, fuhr der Stadtrat fort. »Ich freue mich schon darauf, mit Ihnen zu arbeiten.« Er streckte die Hand aus, aber kam nicht auf mich zu.

Ich ging um den Schreibtisch herum und stand neben ihm in der offenen Tür. Wir schüttelten uns die Hände. Er hatte einen feuchten, aber festen Händedruck.

»Da wir beide uns nicht anhand dessen einschätzen können, wer wir sind«, flüsterte er, »müssen wir sehen, was der andere tut.« Er ließ meine Hand los und grinste, als er sich umdrehte und durch die Tür ging. »Lassen Sie mich wissen, wenn ich etwas für Sie tun kann.« Bascom Wood winkte einigen der Polizisten und Bürgern zu, die auf der Wache waren, während er zum Ausgang schlenderte.

Zwei der Cops, denen er zuwinkte, waren auch auf dem Weg nach draußen. Gutiérrez und ihr Partner Hector nickten dem beleibten Mann zu, als er hinausging. Sie drehte sich um und schaute mich an. Hector sah absichtlich zu Boden, als ich seinen Blick kreuzte. Er wollte mich nicht ansehen, und ich nehme an, der Grund war, weil er ein blaues Auge hatte. Plötzlich klickte es in meinem Kopf, als ich zwei und zwei zusammenzählte.

»Chief«, sagte Gutiérrez und trat einen Schritt von der Tür zurück. »Haben Sie viel zu tun heute Morgen?« Harmlos gutmütiger Sarkasmus, aber ich ignorierte es.

»Wohin sind Sie beide unterwegs?«, fragte ich und sah Hector an.

Nach einem Moment unangenehmen Schweigens sagte Gutiérrez schließlich, als ihr Partner nicht antwortete: »Wir kümmern uns um einen Fall häuslicher Gewalt. Ist ein Wiederholungstäter.«

»Sie können hierbleiben und kurz für mich übernehmen. Ich gehe mit Officer …«

Hector straffte die Schultern und presste die Lippen zusammen. Er sah mir direkt in die Augen. Es war kein freundlicher Blick. »Alazraqui«, sagte er. Sein Tonfall passte perfekt zu dem eisigen Starren. Er streckte die Hand aus.

Ich sah ihm weiter in die Augen und behielt die Hände unten.

»Hector Alazraqui«, sagte er und ließ die Hand sinken.

Gutiérrez beobachtete unsere kleine Interaktion, und als die peinliche Stille lange genug gedauert hatte, warf sie ein: »Die meisten von uns nennen ihn einfach Heck.«

Ich nickte. »Dachte ich mir fast.« Er sah mich weiter an, als wollte er mich herausfordern, einen Streit anfangen und mir ein paar Sachen ins Gesicht sagen. Dazu würde er noch Gelegenheit bekommen, hatte ich eben beschlossen, aber erst später. »Sie fahren.«

Der Streifenwagen und die Klimaanlage schirmten uns gegen die trockene Hitze und den harschen Wind ab. Alle Geräusche der Straße waren gedämpft und wir kamen uns unangenehm nahe, zwei feindselige Sardinen in einer kühlen, stillen Dose. Ich sah zum Fenster hinaus und ließ die Atmosphäre wirken. Ich wollte nicht, dass er sofort mit mir redete, aber er sollte Gelegenheit dazu bekommen. Und das hätte auch funktioniert, wenn die Stadt größer gewesen wäre. Wir fuhren los, kurvten ums *Desert Drop* herum und einen Hügel hinauf. Hinter den Yuccapalmen und Mesquitebäumen war ein Areal, das mit Planierraupen geebnet und mit billigen Wohnwagen bepflanzt worden war. Es war der größte Trailerpark, den ich bisher gesehen hatte. Die anderen Neubauviertel der Stadt waren wenigstens mit ein bisschen Sorgfalt errichtet worden. Hier wirkte es, als hätte man hastig einen Soldatenfriedhof angelegt, um die Gefallenen direkt auf dem Schlachtfeld unter die Erde zu bringen. Zwischen den billigen Eigenheimen wuchsen keinerlei Pflanzen. Die meisten standen noch auf ihren Reifen, die nicht einmal mit einer Schürze verdeckt waren und sahen genauso leblos aus, wie die gesamte Wohnsiedlung.

»Was ist das?«, wollte ich wissen. Hector zuckte zusammen. Selbst mir kam meine Stimme nach der langen Stille der Fahrt laut vor. »Na, bisschen schreckhaft?«, fragte ich.

Seine Antwort war der finstere Blick, mit dem er mich früher schon bedacht hatte. Als er sich wieder der Straße zuwandte, sagte er: »Blechbüchsen-City.«

»Blechbüchsen-City?«

»Ja. Die Bauunternehmen, die in der Nähe des Nationalparks die ganzen Renommierprojekte bauen, haben das Land hier quasi geschenkt gekriegt. Sie haben ein paar Wohnwagen hingestellt und vermieten sie an ihre Arbeiter. Dadurch können sich die Bosse den Lohn gleich wieder in die eigene Tasche stecken. Außerdem sind sie nahe genug am Arbeitsplatz, aber nicht so nahe, dass es die Aussicht verdirbt.«

Er blieb vor einem der Wohnwagen stehen. Es war einer von hundert, die alle gleich aussahen und in einer Reihe standen.

»Sie hören sich an, als würden Sie das nicht gutheißen«, sagte ich.

»Sie etwa?«, fragte er und sah mich an. Der Blick beantwortete seine Frage. Er hatte angenommen, dass ich diese moderne Form der Sklaverei in Ordnung fände. »Wie auch immer.« Er stellte die Automatik auf Parken und öffnete die Tür. Als er ausstieg, strömte die Hitze in den Wagen.

»Einen Moment«, sagte ich hinter Hector, der zur kleinen Treppe ging, die in den Wohnwagen führte. Er drehte sich nicht um und reagierte auch nicht. Ich schloss die Autotür, während er schon klopfte. Bis ich die Treppe erreicht hatte, trat er durch die Fliegengittertür. Er ließ sie hinter sich zufallen, das Aluminium knallte gegen den Rahmen und schepperte laut.

Ich klopfte nicht, sondern zog nur die noch vibrierende Fliegengittertür auf und trat ein. Die einzige Person im Raum, die mich ansah, war die zierliche, dunkelhäutige Frau mit frischen und bereits verblassten Blutergüssen im Gesicht. Sie war nicht hübsch, aber es war nicht leicht, nach einer Tracht Prügel gut auszusehen, ganz zu schweigen, nachdem man sein Leben lang verprügelt worden war. Ihr Gesicht war wie eine Landkarte, die zeigte, dass sie kein glückliches Händchen bei der Männerwahl gehabt hatte. Der Mann, ihr Partner, saß in einem Fernsehsessel, der mehr aus Rissen, denn aus Vinyl bestand. Er hatte das Gesicht in die Hände gelegt und starrte auf Hectors Stiefel.

»Sie wissen doch, wie das ist«, sagte er. »Ich hab es nicht gewollt. Es war ein Unfall.«

»Die Nachbarn haben gehört, dass der Unfall zwanzig Minuten gedauert hat«, erwiderte Hector.

»Das ist eine Sache zwischen uns. Das geht nur uns etwas an – mich und Becky – und sie hören ja wohl nicht, dass wir uns beschweren, oder einen großen Aufstand machen, stimmt's?« Er nahm das Gesicht aus den Händen und sah Becky an.

Hector wandte sich an sie und sagte: »Das wird immer wieder passieren, solange, bis Sie sich entschließen, etwas daran zu ändern. Sie könnten zu einer Beratung gehen.« Er hielt ihr eine kleine Visitenkarte hin.

Becky schüttelte den Kopf.

»Werden Sie ihn dieses Mal anzeigen?«

Wieder schüttelte Becky den Kopf, dann sah sie mich an. Das Schlimmste an dem ganzen Ritual schien für sie zu sein, dass ein Fremder dabei zusah.

»Sind Sie ein neuer Cop in der Stadt?«, fragte der Typ im Sessel.

»Das ist der neue Chief«, sagte Hector, ohne sich zu ihm oder mir umzudrehen. Becky betrachtete die Unordnung um uns herum. Es schien ihr peinlicher zu sein, dass jemand, den sie für wichtig hielt, den Zustand ihres Zuhauses sah, als ihren eigenen.

»Wäre es nicht üblich, die beiden zu trennen und getrennt voneinander zu befragen?«, wollte ich von Hector wissen. »Vielleicht ist es nicht die beste Idee, ihr direkt vor dem Bastard, der sie wie einen Boxsack behandelt hat, Hilfe anzubieten.«

»Was soll die Scheiße?« Beckys Ehemann sah mich böse an und wollte sich auf zittrigen Beinen erheben. »Sie können doch nicht …«

»Ich kann.« Ich schubste ihn zurück und er fiel in den Sessel. Dabei stieg mir Schnapsgeruch in die Nase. Ob es sein Atem war oder die versiffte Sitzgelegenheit, konnte ich nicht sagen.

»Wir können nur mit ihnen reden«, sagte Hector. »Und Hilfe anbieten. Sie will keine Hilfe. Ich hab mir schon den Mund fusselig geredet. Und ich war in weniger als zwei Monaten achtmal hier.«

»Stimmt das?«, fragte ich Becky. »Sie wollen keine Hilfe? Oder haben Sie nur Angst, das hier ist alles, was Sie im Leben abkriegen werden? Dass er noch das Beste ist, was Sie verdient haben?«

Hector betrachtete mich mit einer Art wütendem Entsetzen. Ich tat die falschen Dinge, auf die falsche Art. Er fragte sich, wie schlimm ich die Sache in die Scheiße reiten würde. Becky sah mich auch an. Ihr Blick hatte sich verändert. In ihren Augen stand nicht unbedingt Hoffnung, aber die zaghafte Erkenntnis, dass sie ihr Leben nicht verdient hatte.

»Warten Sie …« Hector hatte keine Ahnung, wie er mich ansprechen sollte. Er wusste, dass ich nicht Paris war. »Chief«, sagte er schließlich. Es klang, als hätte das Wort in seinem Mund den Geschmack von saurer Milch. »Ich weiß nicht, wie Sie sich das vorstellen …« Er verstummte und überlegte, was er sagen sollte. Er sah den Mann an und die Frau, die gebannt zuhörte, und schien herunterzuschlucken, was ihm auf der Zunge lag. Stattdessen meinte er mit ruhigerer Stimme: »So machen wir das aber nicht. Ich hoffe, das ist Ihnen klar. Ich hoffe, Sie wissen, dass Sie vielleicht einen großen Fehler begehen.«

Ich lächelte ihn an. So sah es für ihn zumindest aus. Tatsächlich grinste ich und fixierte dann den Mann im Fernsehsessel. »Nehmen Sie sie mit nach draußen und gehen Sie mit ihr ein paar Möglichkeiten durch, Officer Alza…« Jetzt war ich an der Reihe, über den Namen zu stolpern. »Alza…«

»Alazraqui«, beendete er den Satz für mich.

»Sie haben leicht reden.« Es war nur halb im Scherz gemeint. Der Mann im Sessel sah aus, als wolle er loslachen, aber ein warnender Blick stoppte ihn.

»Aber …«, meinte Hector.

»Keine Sorge. Das wird sich schon einrenken hier.« Ich wandte den Blick nicht einen Moment von dem Mann ab, der ängstlich im Sessel versank.

»Kommen Sie mit raus, Mrs. Padilla.« Hector nahm sie am Arm und ging mit ihr zur Tür.

»Was wird denn passieren?«, fragte sie.

»Nichts«, entgegnete er, aber es klang wenig überzeugend. »Sie werden nur reden.« Sie traten durch die Tür und Hector war schlau genug, sie hinter sich zu schließen. Ich hörte die Fliegengittertür scheppern und erneut gegen den Rahmen klappern.

»Das soll wohl die *Böser-Bulle*-Nummer werden, hä?«, fragte der Kerl im Sessel. Der vorlaute Ton wirkte aufgesetzt. Die Selbstzufriedenheit war jedoch echt und schien ihm von Natur aus gegeben zu sein. »Ich weiß, dass Sie mir nichts tun können.«

»Sie scheinen sich da sehr sicher zu sein.«

»Natürlich. Wenn man jemanden einschüchtern will, schickt man nicht den Polizeichef.«

»Wieso nicht?«

»Die haben immer etwas zu verlieren. Sie mögen Regeln. Wenn man jemandem Angst machen will, schickt man das Fußvolk.«

»Wie heißen Sie?«

»Padilla, Rand Padilla.«

»Ist Ihnen das passiert, Mr. Padilla?«

»Was?«

»Ist jemand gekommen, der Ihnen Angst machen wollte? Jemand von der Polizei aus Lansdale?«

Er grinste, als würde ihm ein Licht aufgehen, und lehnte sich im Sessel nach vorn. »Vielleicht«, sagte er. »Vielleicht sind ja der Typ da draußen und die blonde Schlampe ein bisschen aufdringlich geworden. Ist es das? Der Neue kommt daher und hakt seine Liste ab wie der Weihnachtsmann?«

»Okay, Sie wurden also grob. Was ist passiert?«

»Sie wissen, was passiert ist. Ich arbeite für die Machados, und den Machados gehört die Stadt hier.«

»Also haben Alazraqui und Gutiérrez Sie in Ruhe gelassen?«

»Wer?«

Ich zeigte mit dem Daumen über die Schulter in Richtung der geschlossenen Tür. »Mein Mann da draußen und die große Blonde.«

»Ja.«

»Da sind Sie sich ganz stark vorgekommen, oder?«

»Leck mich. Ich muss gar nicht stark sein, ich muss nur meinen Job machen und Sie Ihren.«

»Nun, da haben wir gleich zwei Probleme.«

»Was meinen Sie?«

»Ich meine, ich bin nicht der, für den Sie mich halten. Und ich arbeite für niemanden außer mich.«

Er sah mich einen langen Moment an, als müsse er im Kopf Latein übersetzen, und ihm fiel nichts ein, was irgendeinen Sinn ergab.

»Kommen Sie mal mit raus«, sagte ich und zeigte zur Tür.

Padilla musste einen Entschluss gefasst haben, den ich nicht vorhergesehen hatte. Er lehnte sich im Sessel zurück und trat mir mit dem rechten Fuß zwischen die Beine. Das erfreute mich gleich doppelt. Zum einen verfehlte er sein Ziel und traf mich nur am Oberschenkel. *Angriff auf einen Polizisten* war die Ausrede, auf die ich gehofft hatte, als ich seine Frau gesehen hatte.

Der Tritt schmerzte. Ich wurde nach links gedreht, stolperte vorwärts und wäre fast zu Boden gegangen. Padilla rollte sich aus seinem Sessel und landete auf allen vieren. Er krabbelte zuerst und versuchte sich dann auf die Beine zu kämpfen, um zum Flur zu kommen. Keine Ahnung, was er dort versteckt hatte, aber ich wollte es nicht herausfinden. Ich fing mich an der Sessellehne ab und funktionierte das Sitzmöbel zur Waffe um. Das Vinyl riss, war aber stabil genug, um den Sessel auf Padillas strampelnde Beine zu werfen.

Er kämpfte einen Moment wie ein Tier, das nicht verstand, wie es in die Falle gegangen war. Als er sich umdrehte, um zu sehen, was da los war, schlug ich ihn. Es war nicht fair und ich traf ihn hart, aber Tiere, die man in die Ecke drängt, sind am gefährlichsten. Außerdem, wenn mich mein Vater eines gelehrt hatte, dann war es, dass man niemandem im Kampf eine faire Chance gibt. Er könnte sie nutzen, um dich umzubringen.

Mein abwärts gerichteter Schlag auf den Kiefer hämmerte ihn zu Boden. Er ging nicht K.o. Noch ein solcher Hieb würde mir wahrscheinlich die Finger brechen. Statt einen weiteren zu landen, verpasste ich ihm einen Kniestoß von oben in die Rippen direkt unter dem Schulterblatt. Auch ohne Nachfrage wusste ich, dass das schmerzte. Er griff hinter sich und versuchte mich irgendwie zu fassen zu kriegen. Das machte es mir einfach. Ich packte sein Handgelenk und drehte – fest. Gleichzeitig erhob ich mich und zog ihn mit mir. Er konnte entweder ebenfalls aufstehen oder zulassen, dass ich ihm den Arm auskugelte. Er stand auf.

»Okay«, sagte er und hob die freie Hand.

Ich drehte ein wenig mehr.

»Okay, okay, okay!«, schrie er.

»Wie oft hat Ihre Frau Sie gebeten, aufzuhören?«

»Es tut mir leid«, entschuldigte er sich jammernd.

»Ich weiß.« Ich knallte seinen Kopf gegen das dünne Wandpanel des Wohnwagens. Er durchstieß die Außenwand hinter der Innenverkleidung und kam auf der anderen Seite heraus. Zu seinem Glück traf er nicht den Pfosten dahinter.

Ich hörte ihn durch die Wand. Ich war mir nicht sicher, ob er heulte oder kotzte. Auf jeden Fall war ich froh, dass mir der Anblick erspart blieb.

»Ist das Ihr Pick-up da draußen?«, fragte ich ihn.

»Ja«, antwortete er. Die Worte klangen gedämpft, so als wäre er weiter weg, als er eigentlich war.

»Sie werden einsteigen und verschwinden.«

»Wohin?« Er schrie die Frage und versuchte ein wenig Trotz hineinzulegen.

»Ist mir egal. Sie sind hier nicht mehr willkommen.«

»Ich hab einen Job.«

»Die werden ohne Sie klarkommen. Und Mrs. Padilla wird es auch besser haben.«

»Sie können doch nicht einen Mann von seiner Frau trennen.«

»Ich kann. Das haben Sie doch mittlerweile herausgefunden, oder? Die einzige Frage ist, werden Sie mehrere Meilen von ihr getrennt sein oder durch zwei Meter Erde?«

»Leck mich!«, kam die geschriene Antwort.

Es ging doch nichts über eine angeregte Debatte. Ich reagierte, indem ich ihm mit dem Stiefel in den Hintern trat. Ich verlieh meinem Argument mit drei weiteren Tritten ein wenig mehr Durchschlagskraft, bis er wieder zu winseln anfing. »Haben Sie was gesagt?«, fragte ich.

Ich betrachtete sein schweigendes Zittern als Zustimmung und zog seinen Kopf aus der Wand. Er ging zu Boden.

»Schlüssel?«, fragte ich.

Padilla zeigte auf eine Plakette an der Wand. Darauf stand: *Gott schütze uns auf unseren Reisen, durch Luft und Land und See. Beschütze und geleite uns, wo immer wir auch geh'n.* Unter der Gebetsplakette waren drei Haken, an einem davon hing ein Schlüsselbund.

»Glauben Sie an Gott?«, fragte ich.

»Natürlich glaube ich an Gott.«

»Dann glauben Sie besser auch, dass die paar Arschtritte, die Sie heute gekriegt haben, gar nichts waren. Wenn ich Sie hier noch mal sehen sollte, dann werden Sie sich sehr schnell vor Ihrem Schöpfer verantworten müssen.«

»Was ist mit Ihnen?«, fragte er und hörte sich wie ein trotziges Kind an, dass allen anderen die Schuld gab, nur nicht sich selbst.

»Mir?«

»Sie müssen sich auch irgendwann verantworten.«

»Damit komme ich klar. Holen Sie den Schlüssel.«

7

Als er vor dem Wohnwagen durch den Staub schlurfte, würdigte Rand Padilla seine Frau keines Blickes, stieg in den Pick-up und startete den Motor. Er sah mich an und reckte den Mittelfinger hoch, als er aufs Gas trat. Staub und Kies spritzten beim Anfahren hinter dem Wagen hervor. Ein echter Cop hätte vermutlich einen Mann, der getrunken hatte, nicht fahren lassen. Das – gemeinsam mit den anderen Dingen, die ein echter Cop tun sollte – war deutlich an Hectors Gesicht abzulesen, als ich zum Wagen ging.

»Das ist …«

Ich fiel ihm ins Wort. »Ich will's nicht hören. Mrs. Padilla«, sagte ich und nickte in ihre Richtung. »Ihr Ehemann hat beschlossen, dass er ein wenig Zeit für sich braucht. Das könnte Sie vielleicht in Schwierigkeiten bringen. Wenn Sie irgendwas brauchen, egal was, rufen Sie mich auf der Wache an.«

»Wenn er nicht hier ist und arbeitet, dann weiß ich nicht, ob ich es mir leisten kann, weiter in dem Wohnwagen zu wohnen.« Sie sah sich das billige, mobile Heim aus Blech an, als wäre es ein Palast auf Rädern.

»Rufen Sie einfach an. Ich stelle sicher, dass Sie nicht obdachlos werden.«

Sie sagte nichts, zumindest nicht mit Worten, aber ich erkannte ein Dankeschön, wenn ich eines bekam. Sie ging wieder zum Trailer.

Hector und ich stiegen in den Streifenwagen. »Zurück auf die Straße und dann nach rechts«, wies ich ihn an.

Zu unserer Rechten stand eine Gruppe Bäume, die ich vom Trailer-Park aus gesehen hatte. Es waren Mesquitebäume und Eichen, außerdem eine große Pappel, die Rindenstückchen und abgebrochene Zweige auf dem Boden verteilt hatte. Wir parkten unter den ausgebreiteten Ästen an einer Stelle, die anscheinend von den Highschool-Schülern der Gegend für Partys genutzt wurde. Der Boden war betonhart gepresst.

Als der Wagen still stand, stieg ich aus und setzte mich auf die Motorhaube. Durch die grünen Äste konnte man den Fluss und die Stadt sehen. Die Äste wiegten sich im Wind und es war angenehm kühl. Der Schatten und die Brise sorgten für natürliche Abkühlung im Vergleich zu der eingesperrten Kälte der Klimaanlage.

Hector machte den Motor aus. Ich spürte, wie die Maschine unter meinem Hintern erstarb. Auch wenn die Vibrationen aufhörten, blieb der Motorblock warm und das Metall begann zu ticken und sich zusammenzuziehen, während es langsam abkühlte.

»Wieso sind wir hier?«, fragte Hector, als er die Autotür aufmachte.

»Sagen Sie's mir.« Ich wedelte eine Fliege weg, die mein Gesicht umkreiste.

»Woher soll ich das wissen?«

Es war eine berechtigte Frage. Ich beantwortete sie nicht. Ich verscheuchte erneut die Fliege, dann nickte ich. Ich war mir nicht sicher, ob ich als Antwort auf Hector oder auf die Frage in meinem Kopf nickte. Ein Nicken war etwa so viel wert, wie einem blinden Mann zuzuzwinkern, und wir waren zwei Männer, die im Dunkeln stocherten.

Die Autotür hinter mir schlug zu.

Hector umrundete die Stoßstange – machte einen großen Bogen um den Wagen – und um mich. Er blieb eine Armlänge entfernt stehen, die Hände in die Hüften gestemmt. Der Druckknopf an seinem Lederholster war offen.

»Ich dachte, Sie wollen vielleicht die kleine Unterhaltung beenden, die wir gestern Nacht begonnen haben.« Ich sah weiter auf die von grünen Ästen eingerahmte Stadt. Es war, als würde man ein Gemälde betrachten.

»Wer sind Sie?«

Ich drehte mich zu Hector und es war, als würde man durch das falsche Ende eines Fernglases blicken, seltsam entfernt und verzerrt.

»Wer bin ich nicht?«

Er setzte einen Fuß nach hinten, als wäre meine Frage ein Boxschlag gewesen, der ihn aus der Balance brachte. Oder vielleicht suchte er nur einen sicheren Stand, um die Waffe zu ziehen. »Was soll das heißen?«

»Sie wissen, was das heißt. Letzte Nacht haben Sie mich gefragt, wer ich bin. Das bedeutet, Sie wussten auf den ersten Blick, dass ich jemand anderes bin.«

»Paris.«

»Ja. Woher wussten Sie das? Oder noch besser, woher kannten Sie ihn?«

»Sie sind überhaupt kein Cop, oder?« Die Frage hörte sich wie eine Anklage an. Jeder, der kein Cop war, war weniger wert als ein Cop.

Ich sah wieder auf die Stadt und der Wind streifte durch die Bäume. Die Hitze, die vom Asphalt und den Gebäuden aufstieg, ließ die Luft flirren.

»Sie werden mir sagen, was passiert ist und was mit Paris geschehen ist.« Es war eine Drohung, leise und unaufgeregt ausgesprochen.

Als ich mich von der Aussicht losriss, hatte Hector die Hand auf den Griff der Pistole gelegt. Er starrte mich an, aber irgendwie durch mich hindurch – als wäre sein Blick auf etwas gerichtet, das fünf Zentimeter hinter meinen Augen lag. Ich fragte mich, was oder wen er sah.

»Sie sind sein Kontakt«, sagte ich, als wäre es eine Tatsache. Es schien mir offensichtlich.

Für Hector war die Aussage weniger eindeutig. Die Gesichtszüge entglitten ihm. Die Anspannung schien seinen Körper zu verlassen und der Ausdruck rechtschaffener Wut verwandelte sich in verblüfften Schmerz.

»*Kontakt?*« Er versuchte, es abfällig klingen zu lassen, aber es wirkte gekünstelt. Ein wenig grelle Farbe auf einer vergammelten Wand. Das Wort selbst schien ihn körperlich verletzt zu haben. »Hat er das gesagt? Dass ich sein Kontakt war?« Die Fragen sprudelten einfach aus ihm heraus.

»Nein. Ich meine, er hat gar nichts darüber gesagt … über Sie. Ich habe es nur vermutet.«

»Vermutet?« Er umklammerte den Pistolengriff, zog die Schultern hoch und versuchte wieder mehr Selbstvertrauen auszustrahlen. »Vermutet?«, fragte er wieder. Die Frage galt eher ihm als mir. Ich war mir sicher, er versuchte, den Zorn erneut aufflammen zu lassen. »Was gibt Ihnen das Recht, irgendwas zu vermuten? Sie kommen hierher – tragen die Marke, als hätten Sie ein Anrecht darauf, und ein … ein … gestohlenes Gesicht. Es ist nicht seins. Ich bin mir nicht mal sicher, dass es Ihres ist. Sie tragen sein Gesicht wie eine Maske. Und sie passt Ihnen nicht, denn Sie sind nicht er. Sein Körperbau … seine ganze Haltung ist anders – aufrechter. Sie können ihm nicht das Wasser reichen.«

Hector zog die Waffe. Das war der erste Hinweis auf Gefahr. Ich hatte mal wieder etwas völlig falsch verstanden und – wie immer – richteten meine Fehler in mörderischer Absicht Knarren auf mich.

Ich sprang von der Motorhaube und hob die Hände vor mich. Die Handflächen hielt ich Hector entgegen, damit er sehen konnte, dass ich nichts in der Hand hatte. Ohne meinen Kopf zu drehen oder den Blick abzuwenden, versuchte ich aus dem Augenwinkel etwas zu erspähen, das mir helfen könnte, eine Ablenkung oder ein Zeuge. Hector machte einen Schritt auf mich zu, mit der Pistole im Anschlag.

Als er sie auf meine Brust und mein Herz richtete, sagte ich: »Ich habe Paris gar nichts weggenommen. Er war mein Bruder.«

Wieder schienen meine Worte Hector mit einer Wucht zu treffen, die stärker war als Fäuste oder Pistolen.

»*Was?*«, fragte er.

Kleine Worte schienen immer die größte Durchschlagskraft zu haben.

»Er ist tot«, sagte ich. »Ermordet.« Ich erwähnte es, als sei das ein wichtiges Detail.

Hector hatte Tränen in den Augen.

»In welchem Verhältnis standen Sie zu ihm?« Ich bin ein wenig schwer von Begriff.

Er hob die Waffe wieder. »Was verdammt noch mal glauben Sie, war er für mich? Wie können Sie so was fragen?« Als er weiterredete, zitterte seine Stimme genauso wie die Hand, in der er die Waffe hielt. »Wie viel Hass tragen Sie in Ihrem Herzen?«

»Ich hasse gar niemanden hier.«

»Lügner!«

»Ich sage Ihnen, er war mein Bruder – was labern Sie da für einen Müll?«

Es war eine dämliche Frage. Ich hätte Hector auch einen Schlag ins Gesicht verpassen können, denn der Schock, der sich dort abzeichnete, war die Art von Verstehen, die einen wie ein Stromstoß durchfuhr. Ich glaube, ich verstand es im selben Moment wie er.

»Er hat es nicht einmal seinem eigenen Bruder gesagt.«

Das sagte alles aus – für ihn und für mich und für Paris, der weit entfernt auf dem Tisch eines Gerichtsmediziners lag.

»Sie und Paris …?« Meine Frage verebbte, unausgesprochen, aber unüberhörbar.

»Ja.«

»Das wusste ich nicht.«

»Das merkt man.« Hector steckte seine Waffe ein und sah zu Boden, sein Blick wirkte abwesend. »Die Welt ist gefüllt mit offensichtlichen Geheimnissen, nehme ich an.«

»Offensichtlich oder nicht. Wie konnte er verstecken, dass er schwul war?«

»Wieso dachte er denn, er müsse es verstecken?« Hectors Frage traf direkt ins Schwarze.

»Wer weiß das von Ihnen?«

»Was? Dass ich schwul bin?« Er drückte den Rücken durch und stand stramm, als wäre er zu einer Inspektion angetreten. »Dass ich ein *maricón* bin?«

Ich nickte und schämte mich gleichzeitig dafür. Trotzdem fragte ich: »Wer weiß es?«

»Meine Familie. Meine Freunde. Die Menschen, die mich kennen.«

»Auf der Arbeit?«

»Das ist was anderes. Ein Cop zu sein, ist …«

»Ich kannte meinen Bruder nicht so gut, wie ich es hätte tun sollen. Das ist offensichtlich. Ich habe es wohl … nie getan. Aber ich weiß, dass er es geliebt hat, Cop zu sein. Das war nicht nur ein Job für ihn. Es war was Besonderes. Und er hatte wenig Familie oder Menschen, die ihn gut kannten. Vielleicht mit Ausnahme von Ihnen.«

»Ich dachte, er schämt sich für mich.«

Ich schüttelte den Kopf, setzte mich wieder auf die Motorhaube des Streifenwagens und senkte den Blick. Hectors Stiefel hinterließen tiefe Abdrücke, während er hin und her ging. Er schien ruhiger geworden, aber die Fußspuren sprachen eine andere Sprache.

»Ich glaube nicht«, sagte ich zu ihm, aber ich betrachtete immer noch die Abdrücke im Staub. »So unter uns, würde ich eher sagen, ich war derjenige, für den er sich geschämt hat.«

Hector unterbrach sein zielloses Hin und Her. »Er hat mir nie gesagt, dass er einen Bruder hat«, sagte er, bevor er sich neben mir auf den Wagen setzte.

»Das überrascht mich nicht.«

»Was nun?«, fragte er.

»Gute Frage.«

»Was bleibt mir denn noch?«

Ich zuckte die Achseln. »Seine Beerdigung.«

»Was?«

»Du hast mich gefragt, was als Nächstes kommt. Du solltest zu seiner Beerdigung gehen.«

»Wann?«

Ich wurde einen Moment panisch, als mir nicht einfiel, wann sie war. Ich hatte das Beerdigungsinstitut gebeten, die Leiche abzuholen und eine Andacht abzuhalten. Ich hatte aber nie geplant, selbst hinzugehen. Ich wusste nicht einmal, ob der DNA-Test, von dem mir Milo erzählt hatte, schon durchgeführt worden war. Wie lange dauerte so was? Und was zur Hölle wäre das Ergebnis?

»Ich weiß nicht«, sagte ich zu Hector.

»Du weißt es nicht? Wie schwierig kann das schon sein? Es ist eine Beerdigung … oh.«

»Was?«

»Du meinst, du weißt nicht, ob ich da hingehen sollte. Du glaubst, ich könnte eine Szene machen.«

»Nein. Es geht um mich.« Ich sah Hector an und stellte sicher, dass er mir seine Aufmerksamkeit schenkte. »Die denken, dass ich tot bin. Paris war in meinem Wohnwagen. Ich dachte, jemand hat versucht, einen Job zu beenden, und dass ich das Ziel war. Als ich seinen Platz einnahm, war das nur, um etwas Abstand zu gewinnen. Aber dann fand ich heraus, dass er sich mit Leuten eingelassen hatte, die es wohl ebenso auf ihn abgesehen haben könnten.« Ich breitete die Hände aus, als wäre ich ein Magier, der einen Trick vorführt. »Das ist alles. Ich weiß nicht, ob ich das Ziel war oder er. Wenn ich zur Beerdigung gehe, weiß ich nicht, wer da auftauchen und mich erkennen könnte. Buick, unser Vater, würde es auf jeden Fall.«

»Wie hast du eigentlich gedacht, damit durchzukommen?«

»Hab ich nicht. Ich wollte nur lange genug wegkommen, um nachzudenken.«

»Wieso bist du dann nicht nach Mexiko?«

»Einige Probleme kümmern sich nicht um Grenzen.«

»Kann ich dir eine Frage stellen?«

»Nur eine? Ich nehme an, das hast du verdient.«

»Wieso heißt dein Vater wie ein Auto?«

»Nicht nur *ein* Auto«, meinte ich zu ihm. »›Buick ist eine ganze Luxuslinie von General Motors, hat er immer gesagt.«

Wir hätten beinahe gelacht.

»Verdammt, ich hab keine Ahnung«, sagte ich, und das war die Wahrheit. »Er heißt einfach so und das fasst sein Leben gut zusammen. Ein Auto, eine Maschine, etwas, das tot und rostend auf einem Schrottplatz steht. Nie ein Mann. Nie einfach ein menschliches Wesen.«

»Wow.«

»Was?«

»Und da heißt es immer, schwule Männer hätten Probleme mit ihren Vätern.«

Ich zuckte mit den Achseln. »Wir können eben nicht aus unserer Haut.«

»Stimmt.« Er starrte mich an. Ich konnte die Gedanken hinter seinen dunklen Augen blitzen sehen wie Morsezeichen reiner Energie. »Ich will hingehen.«

»Ich weiß.«

»Und?«

»Sehen wir mal, was wir uns da einfallen lassen können. In der Zwischenzeit …«

»Ich gehe nicht wieder zur Arbeit«, sagte Hector und er meinte es so.

»Wie wäre es mit einem Bier?«

»Gott, ja.«

8

Ich gab Hector ein wenig Geld und schickte ihn Bier holen. Sobald er weg war, zog ich mein Handy raus und rief das Beerdigungsinstitut an. Ich lief im Schatten hin und her und kickte Steinchen aus dem Weg. Als das Gespräch vorbei war, stand ich nur da, sah über die Stadt und genoss die frische Brise auf der verschwitzten Haut.

Hector kam zurück. Er stand an der offenen Tür des Streifenwagens und sagte über Funk einen 10-7 durch. Ich nehme an, das war der Code für *außer Dienst und nicht zu erreichen.* Ich dachte darüber nach, dass ich nachsehen musste, ob diese Polizeicodes irgendwo im Internet erklärt wurden. Sie zu kennen, schien mir für einen Polizeichef doch recht nützlich zu sein. Auch wenn ich mich ihm anvertraut hatte, wollte ich doch nicht das ganze Ausmaß meiner Unwissenheit vor Hector offenbaren, wenn es nicht sein musste.

Die Stimme am Funkgerät wurde durch eine andere ersetzt. »Heck? Bist du – okay?« Gutiérrez klang besorgt.

Ich nahm das Funkgerät und antwortete. »Er kann gerade nicht reden.«

Ich grinste ihn an und ließ die Aussage einen Moment im Raum stehen, dann drückte ich erneut den Knopf am Funkgerät. »Und wenn ich morgen auf der Arbeit erscheine, dann hätte ich gern den Urlaubsplan und die angesammelten Überstunden von Officer Alazraqui auf dem Schreibtisch.« Um das

Ganze noch ein wenig abzurunden, sagte ich: »Over and Out«, und machte das Funkgerät aus.

»Die wird denken, du feuerst mich oder bringst mich um«, bemerkte Hector.

»Manchmal ist es gar nicht schlecht, wenn sich Menschen Sorgen machen.«

»Ich glaube, sie hat rausgekriegt, dass wir gestern Nacht einen kleinen Zusammenstoß hatten. Wenn man mein blaues Auge bedenkt und wie du ausgesehen hast …« Er zuckte die Achseln. »Sie ist ein guter Cop.«

»Das hoffe ich.«

Hector nahm das Funkgerät und bot mir dafür ein Bier an. »Was magst du lieber?«, fragte er und hielt in der einen Hand einen Sixpack Lone Star und in der anderen einen Sixpack Vitoria hoch.

»Ich bin nicht wählerisch.«

»Damit sollte man aber nicht angeben.«

»Was du nicht sagst.« Ich machte eines der mexikanischen Biere auf. Hector nahm ein Lone Star. »Ich hab beim Beerdigungsinstitut angerufen. Seine Leiche wurde noch nicht freigegeben.«

Er machte sein Bier auf und sah einen Moment die Öffnung der Dose an, bevor er einen kräftigen Schluck nahm. Nachdem er die Dose halb ausgetrunken hatte, betrachtete er sie erneut, bevor er fragte: »Wie denkst du eigentlich darüber …?«

»Was?« Ich sah Hector zu, wie er die Dose ansetzte und einen weiteren großen Schluck nahm. »Dass er tot ist? Dass ich lebendig bin?«

Er schüttelte den Kopf, die Dose noch immer an den Lippen. Als er sie absetzte, wischte er sich mit dem Handrücken über den Mund. Dann sagte er: »Nein. Was denkst du darüber, was er war?«

Ich sah wohl ziemlich ratlos aus, weil er es mir buchstabieren musste.

»Dass er mit mir zusammen war.« Hector löste einen Finger von der Dose und deutete damit auf die eigene Brust.

»Wer bin ich denn schon, dass ich deswegen jemanden verurteile?«

»Es geht gar nicht ums Verurteilen. Aber du musst irgendeine Meinung dazu haben, oder? Ich meine, du hast es ja nicht gewusst. Er war nicht die Person, für die du ihn gehalten hast. Paris war jemand, der dir wichtig war. Also musst du irgendwas dabei empfinden.«

»Glaubst du, dass sich Menschen ändern können?«

Hector öffnete sein zweites Bier. Es schäumte, als er die Dose aufmachte und er hielt sie ein Stück von sich weg. »Die Menschen sind, wie sie sind, glaube ich.«

Ich nickte.

»Aber was Sie wissen und was sie glauben, ändert sich. Vielleicht verändern sie sich nicht, aber ihr *Verhalten.* Falls das irgendeinen Sinn macht.«

»Vielleicht«, räumte ich ein.

»Ich weiß nicht«, sagte Hector. »Ich hoffe, dass sich Menschen auf die Art ändern können. Wenn nicht, dann ist diese Welt am Arsch.«

Ich machte eine frische Dose auf und wir stießen an. »Ich habe ein paar Sachen gesehen«, sagte ich. »Und ich habe ein paar Sachen gelernt. Der Mann, der ich vorher war, hat jede Menge unangenehmer Eigenschaften …«

»Vor was?«

»Bevor Paris gestorben ist.« Ich hob die Dose und beschrieb einen Kreis in der Luft, der nichts und alles beinhaltete. »Vor all dem hier.«

»Was machen wir jetzt?«, fragte er.

Ich hörte, wie er einen Schluck aus der Dose nahm. »Ich hab nicht den leisesten Schimmer.« Meine Antwort war mehr an den staubigen Boden gerichtet. »Ich weiß immer noch nicht, wer von uns beiden umgebracht werden sollte. Es sieht aus, als hätten wir beide auf einer Abschussliste gestanden. Hier in Lansdale laufen außerdem auch ein paar krumme Dinger.«

»Du solltest dich fragen, ob die Antworten den Preis wert sind, den du dafür zahlen musst.«

»Du sprichst ein wahres Wort gelassen aus.« Ich hob den Kopf und die Dose und nahm einen langen Schluck. »Aber ich hab das Gefühl, hier zu sein – Paris zu sein – ist vielleicht das Einzige, was mich am Leben hält.«

Wir redeten weiter und tranken, bis nur zwei Dosen übrig waren und die Sonne bloß noch ein gelber Schimmer, der über dem Big-Bend-Nationalpark den Himmel erhellte. Die goldene Stunde in Texas.

Zurückzufahren stand nicht zur Debatte. Ich hätte es vielleicht versucht, aber Hector war vernünftiger als ich. Außerdem war ich immer noch ein Neuling, was diesen vernünftigen Lebensstil anging. Er funkte Gutiérrez an, die mit einem anderen Officer vorbeikam, um uns abzuholen.

Ich weiß nicht, ob sie Streichhölzer gezogen hatten, aber der andere Officer fuhr Hector in Wagen Nummer vier nach Hause. Bronwyn Gutiérrez fuhr mich in ihrem Streifenwagen zum Motel zurück.

»Mein Pick-up ist bei der Wache geparkt«, sagte ich.

»Der ist morgen auch noch da.«

Es war besser, ich fuhr nicht selbst, denn ich war so betrunken, dass ich nicht mal daran dachte, mir wegen der eineinhalb Millionen Dollar unter dem Reserverad des Pick-up-Trucks Sorgen zu machen.

Sie sagte die ganze Fahrt kaum etwas. Als sie anhielt, kam die Frage überraschend: »Ist das die Art Cop, die Sie sein wollen, Chief Tindall?«

Ich dachte lange genug darüber nach, dass sie den Motor ausstellte, während sie wartete. »Ich glaube, ja«, antwortete ich.

»Genau wie Ihr Vater.«

»Was?«

»Sie sind genau wie Ihr Vater. Faul und versoffen.«

»Ich bin nicht mal halb so gemein wie er. Buick hätte Ihnen wahrscheinlich schon eine reingehauen.«

»Wieso machen Sie das nicht?«

»Geben Sie mir noch ein wenig Zeit.« Es sollte ein Witz sein, aber es kam wohl nicht so an. »Woher kennen Sie Buick überhaupt?«

»Größtenteils wegen seines sehr schlechten Rufs. Und er war vor etwa neun Monaten hier in Lansdale.«

»Wieso war er hier?«

»Er half dem alten Chief, Wilcox. Es ging um irgendwelche Zuschüsse.«

Das ergab Sinn. Buick hatte viel Erfahrung als Ranger, der mit anderen Abteilungen zusammengearbeitet hatte. Vor Jahren hörte er mit dem Streifendienst auf und arbeitete im Bereich Homeland Security. Er wusste alles, was nötig war, um mit einer wahren Papierflut Geld aufzutreiben. Besser noch, er kannte all die Leute, die man kennen musste.

»Sie haben mich überprüft, oder?«

»In dem Moment, als Ihr Name vom Justizministerium genannt wurde. Ich habe allerdings nicht herausbekommen, mit was die Sie unter Druck gesetzt haben, damit Sie diesen Job annehmen.«

»Haben sie nicht. Ich hab darum gebeten.«

»Wirklich?«

»Anscheinend.«

Sie schüttelte den Kopf und eine blonde Strähne löste sich aus ihrem festen Zopf. Sie sah aus, wie reif für den Feierabend. »Ich verstehe nicht ganz.«

»Manchmal muss man die Flucht nach vorn antreten.«

»Was Sie nicht sagen.« Meine Erklärung schien sie nicht zu beeindrucken. »Wenn man am tiefen Ende ins Wasser springt, sollte man besser schwimmen können. Ich glaube nicht, dass irgendwer sich nass macht, um Sie rauszuziehen.«

»Wieso, Officer Bronwyn Gutiérrez – ich hatte nicht den Eindruck, dass Sie das interessiert.«

»Tut es nicht. Ich habe nur Angst, dass Ihretwegen jemand draufgeht.«

»So wie die letzten beiden, die den Job angenommen haben?«

»Nicht so wie die. Die hatten wenigstens das Glück, allein zu sterben. Ich fürchte, Sie nehmen vielleicht jemanden mit.«

Mir schwirrte ein wenig der Kopf. Es war nicht der übliche Dreher, wenn man betrunken ist, sondern eher, als würde man in einem Boot stehen, das überraschend von einer Welle getroffen wurde. Ich hatte nichts gegessen und keine Lust auf diese Unterhaltung. Das änderte anscheinend wenig; alle anderen bekamen den Mund gar nicht mehr zu.

Neben dem Auto bewegte sich etwas. Ich sah es nicht. Meine Augen hatten nur die Bewegung und die Farbe Pink am Rand des Lichtkegels der Scheinwerfer registriert.

»Machen Sie das Licht aus«, sagte ich zu Gutiérrez.

»Wieso?«

»Ich muss was sehen.«

»Wäre es nicht besser, wenn dafür das Licht an wäre?«

»Machen Sie es einfach aus.«

Sie tat es, aber bedachte mich dabei mit einem Blick, den sich Frauen für Betrunkene und Idioten aufsparten.

Ich konzentrierte meine Aufmerksamkeit – und den leicht verschwommenen Blick – auf die dunkle Nische aus Beton am Ende der Reihe Motelzimmer. Da, wo mich in der Nacht zuvor Hector angegriffen hatte, bewegte sich wieder etwas. Ohne die Scheinwerfer hob sich eine Gestalt vor den Schatten ab. Ein Mann.

»Wonach suchen wir …?«

Ich hielt eine Hand hoch, um sie zum Schweigen zu bringen, und behielt weiter den Mann in den Schatten im Auge. »Ich glaube, jemand beobachtet uns«, sagte ich zu Gutiérrez und deutete mit der noch erhobenen Hand nach vorn.

In diesem Moment wurde das Motel von anderen Scheinwerfern – dunkel und gelblich – erhellt. Das Licht wurde vom Knirschen von Reifen auf Kies und quietschenden Bremsen begleitet, bis der Wagen zum Stehen kam. Derselbe Mann, der mich mit Bascom Wood in meinem Zimmer besucht hatte, wurde eine Sekunde von den Scheinwerfern angestrahlt.

»Dort.« Ich zeigte wieder.

Aber Gutiérrez hatte sich zur Seite gedreht, um das vorbeifahrende Auto anzusehen. »Was?«

Ich hatte nur einen kurzen Blick auf den Mann erhascht. Das genügte. Dieses Mal trug er einen schwarzen Anzug und einen sommerlichen Strohhut. Es hätte irgendjemand sein können, wären da nicht das rosa Seidenhemd und die Cowboystiefel mit den langen, nach oben gebogenen Spitzen gewesen. Als das Licht ihn erfasst hatte, war er erstarrt, aber sobald es vorbeischwenkte, war er verschwunden. Er war einer der Schatten geworden.

Ich machte die Beifahrertür auf und trat in die Hitze und den Staub, der noch in der Luft hing. Gutiérrez stieg ebenfalls aus. Als sie die offene Tür umrundete, sah ich, dass sie die Hand an ihrer Dienstwaffe hatte. Sie reagierte mehr auf meine

Anspannung, als auf einen konkreten Verdacht, den sie selbst hatte.

Ich fühlte mich besser, weil sie dabei war.

Sie drehte sich um und ließ ihren Blick über den ruhigen Parkplatz und den leeren Highway davor schweifen. Ich folgte ihrer Blickrichtung in hastigen Sprüngen, aber behielt gleichzeitig die Schatten in der Nische im Auge. Dann legte ich die Hand an meine eigene Waffe und machte einen Schritt auf die dunkle Ecke mit den Automaten zu. Ich trat vom Kies auf den Betonboden und die Neonröhren über uns gingen an, gefolgt von der beleuchteten Front des Getränke- und Süßigkeitenautomaten.

Lenore stand allein zwischen den Maschinen, wischte die Hände an einem Putzlappen ab und sah mir in die Augen. »Irgendjemand schießt ständig auf meinen Getränkeautomaten«, sagte sie. »Darüber weißt du nicht zufällig irgendwas, oder?«

»Wo ist dein Freund hin?«, fragte ich.

»Welcher Freund soll das sein?« Ihre Augen waren schwer zu lesen, aber sie schien den Lappen wütend auszuwringen.

»Der vorhin hier war«, sagte ich.

»Hier ist niemand außer mir, Chief.«

Vielleicht hatte ich mich geirrt. Wut und Angst sehen oft gleich aus. »Brauchst du Hilfe?« Ich hoffte, die Frage wirkte nicht nur wie ein beiläufiges Angebot. Wenn noch jemand zuhörte, wenn sie in Gefahr war, dann wollte ich nicht alles schlimmer machen. Hoffentlich kam die Botschaft an.

»Na, du bist ja ein echter Gentleman.« Sie grinste mich auf eine Weise an, als habe sie nicht ganz entschieden, ob sie mich beleidigen wollte oder nicht. Lenore warf den Lappen oben auf den Getränkeautomaten und schlenderte auf den Gehsteig.

Frauen haben so eine Art, deine Hoffnungen anzuheizen und einzuschnüren wie einen Weihnachtsbaum in eine Lichterkette, nur um sie dann komplett zu ignorieren.

Sie nickte Gutiérrez zu, die einen Schritt zurück in Richtung der offenen Autotür ihres Streifenwagens gemacht hatte. »Bron.«

»Lenore.« Gutiérrez nickte zurück.

Ich sah zu, wie Lenore in Richtung des Empfangsbüros davonging.

Gutiérrez warf mir einen Blick zu. »Mir gefällt nicht, was Sie gerade denken.«

»Was denke ich denn?«

»Es ist keine gute Idee.«

»Wieso?«

»Wollen Sie Details hören? Die habe ich nicht. Aber sie kennt die falschen Leute und sie kennt sie zu gut.«

Ich dachte an die Unterhaltung, die ich mit Lenore über Besucher gehabt hatte. »Glauben Sie, sie ist gefährlich?«

»Zur Hölle, ja. Ich weiß nur nicht genau auf welche Weise.«

Ich blickte die Reihe der Motelzimmer entlang und erspähte ein kleines Licht im Fenster des Büros. Eine Kerze in einem bemalten Glas mit Heiligenmotiv stand auf dem Fensterbrett.

»Ich gehe ins Bett«, sagte ich.

»Allein«, betonte Gutiérrez.

»Allein«, stimmte ich zu. Aber ich sah weiter auf das Büro, als ich die Stufen hinaufstieg und hoffte, dass sich die Tür öffnete. Sie tat es nicht.

Ich ging in mein dunkles Zimmer und fühlte mich sofort klaustrophobisch. Die Klimaanlage war aus. Der Raum war heiß und die Luft abgestanden. Er wirkte nahezu feindselig. Das war wahrscheinlich Einbildung oder die Situation, in der ich mich befand, aber das kleine Zimmer wirkte wie eine Falle, die zuschnappte.

Ich legte den Lichtschalter um und bewegte mich schnell von der Tür weg. Ich ließ sie offen, aber wollte nicht wie eine Schießbudenfigur im Türrahmen stehen bleiben. Nachdem ich hinter dem Bett und im Bad nachgesehen hatte, schloss ich die Tür. Der kleine zusätzliche Riegel mit dem Drehknopf fehlte. Ich konnte mich nicht erinnern, ob er vorher da gewesen war, aber die Schraubenlöcher, wo er sein sollte, waren vorhanden.

Ich ging durchs Zimmer und öffnete meine Seite der Verbindungstür. Dann klopfte ich an die Tür dahinter. Nicht zu laut. Aber auch nicht leise. Ich wartete fünf Sekunden, ob ich etwas hörte, und knallte dann meine Schulter dagegen. Die äußeren Türen der Zimmer hatten einen Metallrahmen. Die inneren waren billiges mit Vinyl bezogenes Holz. Ich brauchte nur den einen Anlauf, um das Schloss aufzubrechen.

Das Zimmer war finster und ebenfalls nicht klimatisiert. Ich ließ es so.

In dem Raum, den ich gemietet hatte, stopfte ich wie im Film ein paar Kissen unter die Decke. Die Klimaanlage drehte ich voll auf und schaltete das Licht an.

Ich legte mich im anderen Zimmer ins Bett, zog mich bis auf die Unterwäsche aus und behielt die 45er griffbereit neben mir.

Statt langsam einzuschlummern, fiel ich direkt in den Tiefschlaf wie ein Sünder in die Hölle. Meine Träume waren finster und furchteinflößend, aber konnten mich nicht aus einem Schlaf aufwecken, der von außen wohl eher wie der Tod ausgesehen hätte. Das weiß ich, weil ich mich nicht bewegte. Als die Tür des anderen Zimmers eingetreten wurde, erwachte ich in derselben ausgestreckten Position mit dem Gesicht nach unten – von der man Rückenschmerzen bekommt –, in der ich mich hingelegt hatte.

Ich sprang nicht auf und schnappte den Eindringling, sondern rollte mich von der Tür zwischen den Zimmern weg und ließ mich hinters Bett fallen. Als ich auf dem Boden aufschlug, waren drei schnelle Schüsse zu hören. Der Schütze rannte davon. Ich sprang im selben Augenblick hoch und sprintete auf den Balkon. Jemand hastete die Treppe am anderen Ende hinab. Ein Pick-up ohne Licht stand mit laufendem Motor auf dem Parkplatz. Ich hatte keine freie Schusslinie auf den Flüchtenden, aber ich jagte zwei Kugeln durch die Motorhaube, als er in die offene Beifahrertür sprang.

Bevor ich mich umdrehte, sah ich einen hellen Lichtschein unter mir. Die einzelne Kerze auf dem Fensterbrett des Büros hatte sich in einen kleinen Schrein verwandelt. Lenore hatte weitere Kerzen, eine Statue und ein paar Blumen aufgestellt.

Ich kehrte in mein Zweitzimmer zurück und holte das Handy und die SIM-Karte aus der Hosentasche. Bevor ich sie zusammensetzte, überlegte ich es mir anders. Ich ließ die Teile auf dem Bett liegen. Ich hatte immer noch nur meine Unterhosen an, stand am Balkongeländer und sah in den Himmel. Im Westen waren Dunkelheit und Sterne. Im Osten war bereits ein heller werdendes Leuchten aus Pink und Gold am Horizont zu erkennen.

Ich sah in beide Richtungen den Highway entlang. Kein Blaulicht. Keine Sirenen. Ich weiß nicht, ob ich mich jemals in meinem Leben so allein gefühlt hatte.

An weiteren Schlaf war nicht zu denken. Ich klemmte Stühle unter jeden Türgriff. Danach zog ich den Müllbeutel aus dem Abfall und wickelte die 45er darin ein. Die Pistole begleitete mich unter die Dusche.

Frisch gewaschen und rasiert zog ich meine letzten sauberen Klamotten an – Kakihosen und ein weißes Baumwollhemd.

Ich steckte noch die Dienstmarke an, bevor ich zur Tür rausging.

Erst als ich vom Balkon auf den Parkplatz sah, fiel mir ein, dass ich den Pick-up-Truck an der Wache hatte stehen lassen. Paris' Handy war wieder zusammengesetzt in meiner Tasche. Ich nahm es heraus und mir fiel ein, dass ich die Nummer der Dienststelle nicht wusste.

»Verdammt.« Ich wählte die 911.

Die Frau, die am anderen Ende war, schien nicht besonders beeindruckt von meinem Wunsch, abgeholt zu werden. Ich dachte darüber nach, mich zu entschuldigen, aber nicht lange. Ich sagte, sie solle einen der diensthabenden Officer herschicken und versuchte so zu klingen, als würde mir der Laden gehören. Zumindest hörte ich mich langsam wie ein Cop an.

Eine schwarze Polizistin kam, um mich abzuholen. Sie war klein und zierlich. Ihr Gesicht wirkte versteinert und es gab keinen Zweifel, dass ich der Grund war. Wir saßen während der Fahrt schweigend im Wagen.

Ich machte mir an dem Tag noch mehr Feinde. Anscheinend war das eines meiner herausragenden Talente. Ich sagte niemandem, wonach ich suchte oder warum. Blind wühlte ich durch irgendwelche Aktenschränke. Keine Ahnung, was ich eigentlich zu finden hoffte, aber Gutiérrez hatte meinen Vater und Zuschüsse erwähnt. Buick war ein alter Hase, wenn es darum ging, Kohle von der Regierung einzusammeln. Ich hatte keine Ahnung von Zuschüssen, aber ich wusste, dass man sie nicht ohne Papierkram bekam.

Während ich die Akten durcheinanderbrachte, ignorierte ich alle anderen. Wenn sie gedacht haben sollten, dass ihr neuer Chef einen an der Waffel hat, so sagten sie es zumindest nicht. Ich zweifelte, dass sie das jemals tun würden. Jeder in dieser Polizeiwache wusste, dass ich vom Justizministerium eingeschleust worden war. Einige sahen mich allerdings böse an.

Nachdem ich ein paar Stunden gesucht hatte, kam Detective Walker. Er trug einen anderen Seersucker-Anzug. Er passte ihm etwa genauso gut wie der letzte.

»Wollen Sie mir sagen, wonach Sie suchen?« Er stellte die Frage wie ein Mann, der ein Recht auf eine Antwort hat. Dann machte er einen kleinen Rückzieher. »Vielleicht kann ich ja helfen. Oder Ihnen einen Schubs in die richtige Richtung geben.«

»Ich bin sicher, Sie haben genug eigene Arbeit«, antwortete ich, ohne den Blick von dem Aktenstapel abzuwenden. »Da müssen Sie sich nicht auch noch um meine kümmern.«

»Irgendjemand muss aber die Unordnung aufräumen.«

»Melden Sie sich freiwillig.«

»Ich sag's ja nur ...«

»Dann sagen Sie besser nichts.«

Walker blies sich auf und wippte auf den Fußballen vor und zurück. »Ihr Vater hat schon gesagt, dass Sie einer von den Cops sind, die kein Blatt vor den Mund nehmen.«

Ich hatte ihn von Anfang an korrekt eingeschätzt. Walker gehörte zu der Sorte Menschen, die gern um den heißen Brei herumredeten, statt frei heraus. Er bevorzugte es, alles abstreiten zu können. Er hatte mir gesagt, dass ich kein Blatt vor den Mund nahm, ohne ganz nahezulegen, es sei eine Beleidigung. Interessant, dass er meinen Vater ins Spiel brachte.

»Sie kennen Buick?«

»Ich hab ihn ein paar Mal getroffen. Wir haben was getrunken. Er ist ein guter Cop.«

Ich hörte zwei Dinge aus dieser letzten Aussage. Walker bewunderte Buick. Und ich war nicht das, was er sich unter einem guten Cop vorstellte. Beides war mir egal. Die zwei waren aus dem gleichen Holz geschnitzt, wie vom selben Fließband für Südstaatenbullen gefallen. Der Unterschied: Mein Vater war trotz aller Schwächen kompetent in seinem Job. Korruption störte Buick nicht, aber er hasste Inkompetenz und Arschkriecherei. Ich hatte meine Zweifel, dass er ein freundliches Wort über Walker verloren hätte.

»Während der Schießausbildung für Fortgeschrittene?«, fragte ich.

Er hörte mit dem Geschaukel auf und der selbstzufriedene Ausdruck verschwand aus seinem Gesicht.

»Was?«

»Fortgeschrittene Schießausbildung.« Der leere Gesichtsausdruck verriet mir alles, was ich wissen musste. Ich bohrte jedoch ein wenig weiter. »Die militärische Ausbildung für den städtischen Nahkampf mit Automatikwaffen.«

»An dem hab ich nicht teilgenommen.«

»Wie kann das sein?« Ich versuchte, überrascht zu klingen. »Buick war hier und hat sich um Zuschüsse für das Department bemüht, oder?«

Walker zuckte mit den Achseln. Es war eine Verlegenheitsgeste. »Nehme ich an. So was in der Art.« Er sah weg, wie jemand, der sich plötzlich daran erinnert, dass er noch was Wichtiges vorhat.

»Das ist normalerweise eines der ersten Dinge, für die er einen Antrag stellt.«

»Darüber weiß ich nichts.«

»Worüber wissen Sie denn was?«

»Hä?«

»Worüber wissen Sie was? Über welche Zuschüsse? Welche Fortbildungen damit bezahlt wurden.«

»Ich weiß nicht«, sagte er, als er sich bereits zum Gehen wandte. »Ich denke, das lief alles über die DEA.«

»Wieso die DEA? Das sind Zuschüsse, die der örtlichen Polizei zustehen.«

»Woher soll ich das wissen? Außerdem kann man nicht hier unten an der Grenze arbeiten, ohne mit der DEA zu kooperieren. So läuft das eben.«

»Ja.« Ich sah mich im Büro um, bevor ich einen Schritt auf Walker zumachte. »Soll ich Ihnen was sagen? Da gibt es etwas, das mich stört.«

Er machte einen Schritt zurück und versuchte Abstand zu gewinnen. »Was?«

»Ich hab jeden gefragt, Sie sollten also nicht glauben, ich habe es auf Sie abgesehen.«

»Was gefragt?«

»Über die Beziehung dieser Polizeieinheit zur DEA. Ich glaube, wir haben da die schlechteren Karten gezogen. Haben Sie irgendeinen Vorschlag, wie man das ändern kann?«

»Nein, habe ich nicht.« Seine Antwort kam schnell und bestimmt. »Ich hab Arbeit, um die ich mich kümmern muss.«

»Lassen Sie sich nicht von mir aufhalten.«

Das tat er nicht.

Ich ließ die durcheinandergewürfelten Akten liegen. Die konnte jemand anderes wegräumen. Ich hatte in dem Papierkram nichts über Zuschüsse oder Fördergelder der Regierung gefunden. Nachdem ich mit Walker geredet hatte, war ich mir sicher, dass es auch nichts zu finden gab. Er war am Telefon, als ich in mein Büro zurückkehrte.

Mein Smartphone vibrierte, ein paar Minuten, nachdem ich die Tür geschlossen hatte. Darian Stackhouse rief an.

»Chief.«

»Darian«, erwiderte ich. Es war unhöflich, ihn einfach mit Vornamen anzureden. Mal sehen, was sich damit rauskitzeln ließ.

Es herrschte kurz Stille an seinem Ende der Leitung. Ich konnte fast hören, wie er mich in Gedanken beschimpfte. Dann sagte er: »Wir sind da neulich auf dem falschen Fuß gestartet.«

Er gab sich alle Mühe, einen versöhnlichen Tonfall anzuschlagen. Interessant.

»Ich wollte mich nur melden. Um zu sehen, ob es irgendwas gibt, wobei mein Team Ihnen helfen kann.«

Walker steckte ihnen anscheinend Informationen zu. Ich hatte ihn angelogen, als ich sagte, ich hätte jeden über die DEA ausgequetscht. *Wer arbeitet noch mit denen zusammen?*, fragte ich mich.

»Ich kann mir nicht vorstellen, was das sein könnte«, sagte ich, als plagte mich keine Sorge der Welt. »Falls Sie meinen, ich sollte irgendwas wissen …« Den Ball in seine Hälfte zu spielen, bewirkte mehrere Dinge. Er musste sich fragen, ob ich keine Ahnung hatte oder raffiniert war. Außerdem war er gezwungen, mir Informationen preiszugeben, wenn er mich in die gewünschte Richtung manövrieren wollte.

»Bin froh, das zu hören«, entgegnete er, genauso großspurig. »Lassen Sie mich wissen, wenn wir irgendwas tun können.« Wir spielten dasselbe Spiel.

»Sie wissen nicht zufällig etwas über eine Schießerei beim *Desert Drop Inn* letzte Nacht?«, fragte ich.

»Wohnen Sie nicht da?«

»Jepp.«

»Nein. Da habe ich nichts gehört.«

Ich glaubte ihm. Er hörte sich an, als würde ihn das interessieren.

»Wurde jemand verletzt?«

»Nein. Jemand hat aber ein paar Kugeln in seinen Pick-up gekriegt.«

»Nun – das ist ein Dschungel da draußen.«

»Auf jeden Fall.«

Es war eine weitere kurze und gewalttätige Nacht gewesen. Ich war erschöpft. Also ging ich heim, als Hector und Gutiérrez ihren Dienst antraten. Wir tauschten ein paar Blicke und winkten einander zu, aber redeten nicht, als ich wegfuhr. Mein erster Halt war bei einem Baumarkt. Ich kaufte ein paar Werkzeuge und Holz. Auf dem Weg zurück zum Motel holte ich mir noch eine Pizza.

Den restlichen Tag verbrachte ich damit, in beiden Räumen Leisten auf den Boden zu nageln und die Türen mit Kanthölzern zu verstärken. Ich nagelte außerdem Bretter über die Fenster. Sie waren hinter den Vorhängen versteckt, damit man sie von außen nicht sah. Das würde niemanden aufhalten, der unbedingt reinwollte, aber sich anzuschleichen war jetzt unmöglich.

Während ich arbeitete und dabei Pizza aß, plante ich die nächsten Schritte. Ich beschloss, mich dort umzusehen, wo die Bank errichtet worden war. Wenn das keine Reaktion provozierte, wollte ich mir diesen schicken Jagdklub ansehen. Mal ein bisschen im Topf rühren und sehen, was an die Oberfläche treibt.

Eine weitere Besorgung hatte ich noch zu erledigen. Ich fuhr zu einem Laden und kaufte neue Jeans und weiße Hemden. Wenn ich die Dinge hier auf den Kopf stellte, wollte ich dabei gut aussehen. Gegen acht Uhr schlief ich vor dem Fernseher ein.

Weil ich einiges vorhatte und diesmal niemand mitten in der Nacht auf mich schoss, war ich schon wach, als jemand energisch an der Tür klopfte. Es war der Stadtrat, Bascom Wood.

Ich öffnete die Tür und er sagte: »Die haben meinen Sohn.«

9

»Wer hat Ihren Sohn?«, fragte ich, als ich den Stadtrat am Ärmel in mein Motelzimmer zog.

»Sie haben ihn.« Er klang verzweifelt. Dann wiederholte er es: »*Sie* haben ihn.« Als würde die Betonung des Wortes *sie* alles beantworten.

»Stopp.« Ich sagte es genauso zu mir wie zu ihm. Bascom war außer sich und in Sorge um seinen Sohn. Und ich hatte null Ahnung, was vorging. Es war nicht der richtige Moment, so zu tun, als wüsste ich Dinge, von denen ich keinen Schimmer hatte. »Wer hat ihn geschnappt und woher wissen Sie das?«

»Die Machados. Die Machados haben ihn. Sie müssen es sein. Ich hab was falsch gemacht. Ich hab was Falsches gesagt. So arbeiten die. Es ist mein Fehler, aber Baron sollte nicht dafür bezahlen müssen.«

»Baron?«

»Er sollte nicht dafür zahlen müssen.« Bascom war den Tränen nahe.

»Ist das der Name Ihres Sohnes?« Ich stellte die Frage so ruhig wie möglich. »Baron?«

»Ja.«

Es schien zu funktionieren; er atmete gleichmäßiger und sah mich an.

»Woher wissen Sie, dass die ihn geschnappt haben?«, fragte ich langsam. »Haben Sie es gesehen?«

»Nein. Baron war diesen Morgen einfach weg.«

»Einfach weg? Es gab keine Nachricht? Ist jemand eingebrochen?«

»Nein. Nichts in der Art. Er war weg. Er war einfach weg. Ich bin in sein Zimmer gegangen und er war einfach weg.«

»Ihre Frau?«

Bascom schüttelte den Kopf und sah zu Boden. »Es sind nur wir beide. Meine Frau ist gegangen. Schon vor langer Zeit.«

»Wer sind die Machados?«

Er hob den Kopf. »Die Machados – *die Machados*. Es sind Brüder. Eladio und Simon Machado – sie stecken hinter allem, was hier passiert. Baron kann nichts zugestoßen sein, ohne dass sie es wissen. Ohne, dass sie zugestimmt haben.«

»Und was haben Sie getan, das die Machados aufgebracht haben könnte?«

»Ich habe mit Ihnen geredet.«

»Mit mir? Sie haben doch gar nichts gesagt …«

»Das wissen die nicht.«

»Aber sie wissen, dass Sie mit mir geredet haben.«

Er neigte den Kopf niedergeschlagen zur Seite, eine Geste, die nicht ganz ein Achselzucken war. »Ich weiß nicht, was die wissen.«

»Deswegen wollten Sie mit mir reden. Als Sie wussten, dass ich nicht Paris Tindall bin, dachten Sie, ich könnte Ihnen helfen, aus dieser Situation herauszukommen.«

Bascom Wood starrte mich an. Sein Blick wirkte verzweifelt. Er hatte die Lippen zornig aufeinandergepresst. Die Wut war jedoch gegen ihn selbst und nicht an meine Adresse gerichtet.

»Die Machados?«, hakte ich nach. »Haben Sie die vorherigen Polizeichefs ermordet?«

Sein Blick wirkte genauso finster, wie die nach unten gezogenen Mundwinkel. Dieses Mal war er sauer auf mich. »Zuerst mein Sohn.«

»Kommen Sie.« Ich zog ihn aus dem Zimmer und die Treppe hinunter. Bei meinem Pick-up-Truck angekommen, rief ich mit Paris' Smartphone die 911 an.

Die Frau in der Zentrale meinte: »Brauchen Sie wieder ein Taxi, Chief?« Sie gab sich keine Mühe, nicht genervt zu klingen.

»Nein, ich will wissen, wo Officer Gutiérrez und Alazraqui sind. Es ist ein Notfall. Kontaktieren Sie die beiden und sagen Sie ihnen, sie sollen sich mit mir treffen bei … Moment.«

Ich warf das Handy zu Bascom. »Erklären Sie denen, wo wir hinfahren.«

»Wo fahren wir hin?«

»Zu Ihnen. Wir wollen erst mal sehen, wo wir anfangen müssen.« Ich öffnete meine Tür und zeigte auf sein Auto. »Ich fahre hinterher.«

Bascom Wood und sein Sohn lebten in einem der Farmhäuser aus den Fünfzigerjahren am Rande der Stadt. Ein roter Ziegelbau mit weiß gestrichenen Mauerkanten und einer breiten Veranda. Als Erstes fiel mir auf, wie ordentlich und gepflegt alles wirkte, wenn man bedachte, dass die sorgende Hand einer Frau fehlte. Es sah aus wie eines der Häuser, die man in irgendwelchen Zeitschriften im Wartezimmer eines Arztes anschaut, wenn man nichts Besseres zu lesen hat.

Ein Schritt in Barons Zimmer und ich war überzeugt, dass er weggelaufen war.

Das Zimmer war groß und behaglich – und es war perfekt. Wenn es etwas auf der Welt gibt, das nicht perfekt ist, dann ein Junge im Teenageralter.

Das große Bett ordentlich gemacht wie ein Krankenhausbett. Das Laken blütenweiß. Die gefaltete Decke trug einen Aufdruck aus Sternen und Galaxien. In den Regalen waren die Bücher nach Größe sortiert. Dazwischen standen Star-Wars-Figuren. Die größte war ein Modell von Boba Fett, dem Kopfgeldjäger, und seinem Schiff. An der Wand waren zwei perfekt ausgerichtete Poster von den letzten Filmen. In der Ecke hing an einer Angelschnur über dem Schreibtisch ein Modell des *Rasenden Falken.*

Gutiérrez kam als Erste an. Sie trat ein, als ich gerade die Perfektion in Barons Zimmer bewunderte.

»Hier hinten«, rief ich, als ich hörte, wie Bascom sie zur Vordertür hereinließ.

»Was geht hier vor sich?«, rief sie zurück, während sie den Flur entlanglief. Sie trat durch die Tür: »Wow.«

»Das ist Barons Zimmer. Bascoms Sohn. Er ist verschwunden.«

»Verschwunden?«

»Bascom glaubt, gekidnappt«, erklärte ich.

»Aber Sie glauben das nicht?«

»Nein.«

»Wieso?«

»Baron ist sechzehn. Hätten Sie mit sechzehn so leben können?«

»Okay, ich verstehe, worauf Sie hinauswollen, aber …«

»Aber was?«

»Ist das genug?«

»Ich weiß nicht«, sagte ich. »Da könnte noch was anderes dahinterstecken.«

»Was soll das heißen?«

»Mehr so ein Gefühl.«

»Oh …« Das kleine Wort klang wie eine Anklage.

»Zusammen mit einem Zimmer wie diesem scheint mir das eine Menge Druck für einen jungen Mann zu sein.«

»Vielleicht, aber Sie sollten wissen, dass Stadtrat Wood mit einigen mächtigen Leuten zusammenarbeitet. Er ist intensiv beteiligt an den Projekten zur Erweiterung der Stadtgrenzen und den vielen neuen Baumaßnahmen.«

»Er hat mit den Machado-Brüdern zu tun.«

»Hat er Ihnen das gesagt?«

»Ja.«

»Dann hat er Angst.«

»Jede Menge.«

Gutiérrez schüttelte den Kopf und sagte: »Aber Sie glauben nicht, dass die seinen Sohn haben?«

»Was ist wahrscheinlicher? Dass diese mächtigen Männer den Jungen gekidnappt haben, ohne Nachricht und ohne einen Grund, den Bascom nachvollziehen könnte. Oder, dass der Junge nicht mit seinem Dad klarkommt und nur ein wenig Raum für sich braucht.«

»Wieso sind wir dann hier?«

»Ein Kind wird vermisst. Das kann man nicht ignorieren.«

Gutiérrez starrte mich einen Moment an, als wäre mir ein zweiter Kopf gewachsen.

»Und egal, was wirklich passiert ist, es könnte die Entschuldigung sein, die ich brauche, um ein paar Türen einzutreten.«

»Ich verstehe Sie nicht ganz«, sagte sie. »Einen Moment denke ich, ich hab's kapiert, aber im nächsten frage ich mich … wieso sind Sie hier? Die Wahrheit.«

»Ich glaube nicht, dass das eine Entführung ist, egal, worin Bascom verwickelt ist.« Ich ließ sie im Zimmer stehen.

Bascom wartete im Flur.

»Haben Sie etwas gefunden? Irgendwelche Hinweise?«, fragte er mit verhaltener Hoffnung.

»Einen großen«, antwortete ich. »Wie wäre es, wenn wir einen Kaffee trinken?«

Am Küchentisch nippten wir aus Tassen, die alle dasselbe Muster hatten. Ich stellte fest, dass es keine Plastikbecher oder Gläser mit Comicfiguren darauf gab, die sich bei vielen Leuten automatisch ansammeln.

»Wann haben Sie das letzte Mal mit Baron gestritten?«, fragte ich.

»Woher wissen Sie, dass wir uns streiten?«

»Ihr Haus wirkt wie ein Tempel. Sechzehnjährige Jungs passen sich nicht gern an, außer an ihre Freunde. Hier ist nicht viel Raum für ein bisschen Rebellion.«

»Seine Mutter war keine große Hausfrau. Das war ein Problem.«

»Da wette ich drauf.«

Hector kam herein und ich deutete den Flur entlang, um ihn zu Gutiérrez zu schicken.

»Ich wollte, dass Baron eine schöne Kindheit hat. Einen Ort, an dem er sich immer sicher und willkommen fühlt«, sagte Bascom.

»Das kann ich sehen. Aber fühlte er sich auch willkommen?«

»Es ist sein Zuhause.«

»Worum ging es bei den Streits?«

»Um alles«, sagte er. Die Wahrheit dieser Worte und der damit verbundene emotionale Tribut standen Bascom ins Gesicht geschrieben. »Sein Zimmer. Seine Kleidung. Freunde. Er will ein Auto.«

Ich bereute plötzlich alles, was meine Mutter meinetwegen hatte durchmachen müssen. »Hat er eine Freundin?«

»Nein.« Er schüttelte traurig den Kopf über der Kaffeetasse. »Baron ist merkwürdig.«

»Merkwürdig? In welcher Hinsicht.«

»Er war immer … wissen Sie … sensibel. Ich versuchte ihn zum Footballspielen zu überreden. Er ist groß. Er könnte es.«

»Hatte er keine Lust?«

»Er sprach lieber für ein Theaterstück vor. Er wollte Hugo in *Bye-Bye Birdie* spielen. Solche Sachen verschrecken die Mädchen. Die haben gern einen richtigen Mann.«

Vielleicht war es sein Tonfall. Vielleicht war ich empfänglicher für manche Dinge geworden. Vielleicht auch nur dünnhäutiger. Aber als ich Bascom sagen hörte: *einen richtigen Mann*, empfand ich Abscheu.

Gutiérrez erschien hinter Bascom in der Tür. »Was wollen Sie machen?«, fragte sie.

Ich kannte die Frage. Sie übertrug mir die Verantwortung. Ich war der Chief und sie spielte mir den Ball zu.

»Bascom«, sagte ich. Gutiérrez bedachte mich mit einem finsteren Blick. Ein Profi hätte gesagt »Mr. Wood.« Das war mir klar, aber ich hatte nicht vor, zurückzurudern. »Was für ein Handy hatte er?«

Bascom schüttelte den Kopf.

»Was soll das heißen?«, fragte ich. »Wenn Sie es nicht wissen, dann suchen Sie mir eine der Rechnungen. Wir können das Handy tracken oder zumindest die Verbindungen überprüfen, um zu sehen, ob er mit irgendjemandem Pläne geschmiedet hat.«

Er schüttelte wieder den Kopf. »Sie hatten recht mit den Streits. Wir haben uns ständig gestritten. Gestern ging es um seine Freunde und darum, wie er sich benahm.«

»Benahm?« Gutiérrez stellte die Frage.

Zum Glück war ich nicht der Einzige, der Fragen hatte.

»Er ist sechzehn, seine Freunde sind Trottel. Und er denkt, er wird in Hollywood Karriere machen. Ich wollte, dass er endlich erwachsen wird.«

»Sie wollten, dass er ein Mann wird«, sagte ich.

»Ja.«

Hector stand hinter Gutiérrez. Er war einen halben Kopf kleiner, aber vielleicht wirkte es nur so, weil er auf den Boden starrte. Ich dachte, er hatte vermutlich gerade etwas gehört, dass er sich selbst in der ein oder anderen Form sein ganzes Leben lang anhören musste.

»Was ist mit dem Handy?«, wollte ich wissen.

»Ich hab es ihm weggenommen.« Bascom sah mich an. Er blinzelte ein paarmal und wandte sich dann an Hector und Gutiérrez. »Ich dachte, es würde helfen. Diese Handys – diese Kids – die verbringen ihr ganzes Leben in einer anderen Welt. Ich wollte, dass er ein wenig tougher wird.«

»Wo ist es?«, fragte Hector.

»Im Schrank«, antwortete Bascom. »In meinem Waffenkoffer eingeschlossen.«

»Holen Sie es«, befahl ich ihm.

Als Bascom aus der Küche verschwunden war, sagte Gutiérrez: »Es wird nicht viel bringen. Wir müssen die Aufzeichnungen von seinem Provider kriegen.«

»Sie hat recht«, stimmte Hector zu.

»Wieso?«

»Das Handy ist sicher passwortgeschützt«, erklärte Hector, als wäre ich ein wenig zurückgeblieben. »Kein Sechzehnjähriger gibt seinem Vater das Passwort.«

»Hier ist das Handy.« Bascom kam zurück und legte das Smartphone zusammen mit einem Umschlag auf den Tisch. »Und hier ist die Rechnung. Tun Sie, was Sie tun müssen.«

Ich hob das Handy auf und der Bildschirm zeigte ein Tastenfeld und eine leere Zeile, unter der *Passwort* stand.

»Entschuldigen Sie mich«, murmelte Bascom. Er verließ den Raum.

Gutiérrez und Hector kamen rein und sahen sich das Handy an.

Bascom blieb auf der Schwelle der Küchentür stehen und drehte wieder um. Ich sah ihn mit einem, wie ich hoffte, hoffnungsvollen und ermutigenden Blick an. Er öffnete den Mund, als wollte er etwas sagen. Seine Augen waren glasig. Er wirkte niedergeschlagen und erschöpft.

»Wir finden …« Ich hätte beinahe ein Versprechen abgegeben, von dem ich nicht wusste, ob ich es halten konnte. »Wir tun unser Bestes, um Baron zu finden, Mr. Wood.«

Er nickte, aber ohne Überzeugung oder Energie. »Ich weiß, wer ihn hat«, sagte er.

»Ich weiß, dass Sie das glauben. Und wir überprüfen das. Wir lassen nichts unversucht, bis wir Ihren Sohn finden.« Ich war ein bisschen stolz, das Richtige zu tun, das, was ein Cop tun würde. Dass ich dabei Fernsehserien imitierte, störte mich nicht.

»Mein Sohn ist nicht weggelaufen.« Er nickte in Richtung des Handys. »Glauben Sie, Sie finden da was drin?«

»Es besteht eine gute Chance.« Ich tippte auf das Tastenfeld.

»Ich lasse Sie dann Ihre Arbeit machen.« Bascom nickte, dann verschwand er.

Was ich als Passwort eingegeben hatte, funktionierte nicht. Ich fragte mich, wie viele Chancen es gab, bevor das Handy sich nicht mehr entsperren ließe.

Hector fragte mich: »Wer?« Er neigte den Kopf in die Richtung, in der Bascom verschwunden war.

»Er sagte mir, die Machado-Brüder hätten seinen Sohn entführt.« Ich spielte mit dem Handy herum, während ich mir verschiedene Querverbindungen durch den Kopf gehen ließ. »Der Typ, den wir aus seinem Wohnwagen geworfen haben, hat mir gegenüber denselben Namen erwähnt. Ich nehme an, die Machados sind die Chefs in der Stadt.«

»Da enden unsere Befugnisse«, sagte Gutiérrez.

»Wieder etwas, von dem wir die Finger lassen müssen?«, fragte ich und tippte erneut auf dem Display des Handys herum. Mein erster Versuch war *Skywalker*. Der zweite war *Todesstern*. Ich war auf der richtigen Spur, da war ich sicher. Aber es stimmte noch nicht ganz.

»Außerhalb unserer Zuständigkeit. Die Machados leiten vermutlich eine DSO. Da muss sich die DEA drum kümmern.«

Das ließ mich innehalten. Ich wandte den Blick vom Display des Handys ab und sah Gutiérrez an. Sie sah mir in die Augen.

»DSO?«, fragte Hector.

»Bisher gibt es noch nichts, worum man sich da kümmern kann.« Ich tippte den Namen *Boba Fett* in das Passwortfeld. Dann hielt ich das Handy hoch, um das entsperrte Display vorzuzeigen.

»Du hast es geschafft?« Hector hörte sich an, als könne er es nicht glauben.

»Ich mache Ihnen einen Vorschlag«, sagte ich an Gutiérrez gewandt. »Wieso fahren Sie nicht zurück auf die Wache?«

»Wieso?«

»Nur für den Fall, dass irgendwas schiefgeht und wir tatsächlich bei den Machados anklopfen müssen.« Ich sah ihr in die Augen, ohne zu lächeln. »Hector und ich kümmern uns um die Sache mit dem Jungen. Ich rufe Sie an, wenn wir Sie brauchen.« Ich glaube nicht, dass ich es noch deutlicher hätte sagen können.

Das fand sie wohl auch.

Gutiérrez richtete sich auf. Sie sah Hector an und dann wieder mich. Ihr schienen hunderte Fragen unter den Nägeln zu brennen, aber sie war vernünftig genug, sie nicht zu stellen. »Sicher«, sagte sie. »Was immer Sie wollen.«

Sobald wir gehört hatten, wie sie die Fliegengittertür hinter sich geschlossen hatte, fragte mich Hector: »Was war das denn eben?«

»Wir müssen uns über Officer Gutiérrez unterhalten.«
»Wieso?«
»Sie ist von der DEA.«

10

Es war still in der Küche. Weder Hector noch ich sagten ein Wort. Er dachte über Gutiérrez nach und sah vermutlich alles, was er über das Department wusste, in neuem Licht. Ich scrollte durch die Kurznachrichten auf Baron Woods Handy.

»Woher weißt du das?«, fragte Hector. »Das mit Gutiérrez, meine ich. Woher weißt du, dass sie bei der DEA ist? Sie ist seit über einem Jahr bei der Polizei in Lansdale.«

»Seit wann geht es denn hier wie im Wilden Westen zu?« Ich hielt inne, als ich das Gesicht eines Mädchens im Teenageralter sah, das einen Kussmund machte. Sie war hübsch. Die beiden hatten sich jede Menge Nachrichten und Bilder geschickt.

»Das glaube ich nicht.«

»Natürlich tust du das«, meinte ich. »Du willst es dir nur noch nicht eingestehen.«

»Woher weißt du das?«

Ich hielt das Handy hoch und zeigte Hector das Bild des Mädchens. »Ihr Name ist Louisa Rey. Kennst du sie?«

Er sah sie an und dachte eine ganze Weile nach. »Nein. Aber das hat nichts zu sagen. So wie die Leute hier in den Wohnwagen kommen und gehen, könnten das hunderte Kids sein.«

Ich nickte und scrollte langsam durch die Nachrichten.

»Erzähl' mir was über Gutiérrez«, sagte Hector. »Sie hat etwas gesagt, weswegen du dahintergekommen bist. Ich hab bemerkt, wie du sie angesehen hast.«

Ich hielt eine Nachricht hoch. Sie lautete: *Ich bin dann von der Leine. Picknick an der Flussbiegung?*

Louisa antwortete: *Wird auch Zeit. Ich hab Wein und den ganzen Tag nichts vor.*

»Was ist die Flussbiegung?«, fragte ich.

»Da hängen die Kids rum und machen Party.«

»Lass uns gehen.«

Wir kamen nicht weiter als bis ins Wohnzimmer, wo ich damit gerechnet hatte, Bascom Wood zu sehen, der wartete und sich Sorgen machte. Er war nicht da. Er war auch nirgendwo sonst im Haus. Ich überprüfte jedes Zimmer, während sich Hector draußen umsah.

»Das Auto ist weg«, rief er, als ich durch den kleinen Flur ging.

Ich warf einen Blick in jedes Zimmer. Ich tat es nicht, weil ich dachte, der Stadtrat würde sich irgendwo verstecken. Es war nur für alle Fälle und bis mir was Besseres einfiel.

»Wo finden wir diese Machado-Typen?«, rief ich aus dem Badezimmer.

»Vermutlich oben auf Gun Hills«, rief Hector aus dem vorderen Zimmer zurück. Als ich neben ihn trat, fügte er hinzu: »Wood kann nicht so verrückt sein, dort hinzugehen.«

»Wieso?«

»Eladio und Simon Machado, das Jagdhaus auf Gun Hills – all diese Leute sind vom Kartell.«

»Lass uns gehen.«

»Wir können nicht da hoch. Es liegt außerhalb der Stadtgrenze. Das ist Sache der County-Cops.«

»Gutiérrez will, dass sich die DEA drum kümmert. Du willst es dem County-Sheriff überlassen. Kein Wunder, dass es hier drunter und drüber geht.«

»Wir müssen uns an die Regeln halten.«

»Ich nicht. Also los.«

Die Fliegengittertür klapperte, als wir das perfekt gepflegte Haus hinter uns ließen.

»Funke mal die Zentrale an«, sagte ich zu Hector, als wir in meinem Pick-up und auf dem Weg waren. »Die sollen einen Wagen an diese Flussbiegung schicken, um nach Baron und seiner Freundin zu suchen.«

»Woher weißt du das?«, fragte mich Hector erneut, als die Zentrale einen Wagen losgeschickt hatte. »Das mit Gutiérrez und der DEA. Du könntest falschliegen.«

»Ja«, gab ich zu. »Könnte sein. Aber sie sagte etwas, das meine Alarmglocken schellen ließ.«

»Was?«

»Du weißt doch, wie Leute sich eine bestimmte Ausdrucksweise angewöhnen, durch die man sie einsortieren kann. Wie wenn jemand *zu Befehl* sagt, statt *ja*, könnte er vom Militär sein. Oder man hört ein paar Typen davon reden, *ein Ding zu drehen* – dann weiß man, dass sie was Illegales vorhaben. Richtig?«

»Sicher. Nehme ich mal an.«

»Gutiérrez sagte, dass die Machados vermutlich eine DSO leiten.«

»Ja. Ich wusste nicht, was das heißt.«

»Vor ein paar Minuten hast du gesagt, dass Eladio Machado und die Leute oben beim Jagdklub vom Kartell sind.«

»Was ist damit?«

»Leute wie du und ich sagen *Kartell.* In der DEA redet man von DSO – Drogenschmuggelorganisation.«

Hector nickte und sah so aus, als würde er darüber nachdenken. »Okay. Das ergibt Sinn. Aber wieso sollte die DEA jemanden bei uns einschleusen?«

»Das ist die große Preisfrage, oder?«

Ich fuhr am Tor zu Gun Hills vor. »Welcher von den Machados ist der Oberboss?«

»Simon. Eladio erledigt die Drecksarbeit für ihn«, antwortete Hector.

Ein Typ saß in einem kleinen Wachhaus. Auf jeder Seite der Straße hinter dem Tor stand ein weiterer Mann. Sie waren teilweise im Schatten der Kiefern und Eichen verborgen. Keiner der Männer schien besonders erfreut, uns zu sehen. Derjenige, der am nächsten an der Straße stand, hatte eine Hand in der Tasche.

Wenn ich mich nicht die letzten paar Jahre jeden Tag mit solchen Kerlen abgegeben hätte, dann wäre ich vielleicht eingeschüchtert gewesen. Ich zeigte auf die Marke auf meiner Brust und sagte zu dem Mann im Wachhaus: »Chief Tindall.«

»Wir wissen, wer Sie sind«, sagte der Torwächter. »Was wollen Sie?«

»Ich will Eladio Machado sehen.«

Er schnaubte verächtlich. »Wer sagt denn, dass er Sie sehen will?« Dann hob er den Kopf und schrie den beiden Wachen an der Straße zu: *»¡Mira! Este cabrón Policia viene con su verga en la mano para ver a Machado.«* Er sagte, der Scheißbulle sei da, mit dem Schwanz in der Hand. Sie lachten alle gehässig. Es war ein schroffer, herausfordernder Sound.

»Ich denke mal, das muss er schon selbst sagen, oder?« Ich lächelte, um zu zeigen, dass ich nur sein Bestes im Sinn hatte. Dann grinste ich noch etwas breiter und fragte: *»¿O Usted tienes los bolas para deshacerse de mí? ¿Tal vez usted y sus amigos quieren seguir hablando de mi verga?«* Mein Spanisch ist beschissen, aber als ich ihn fragte, ob er die Eier in der Hose hatte, mich selbst loszuwerden, verstand er, was gemeint war. Und als ich wissen wollte, ob die beiden sich lieber weiter über meinen Schwanz unterhalten wollten, wusste er, dass es eine Beleidigung war.

Niemand lachte mehr. »Hey, *cabrón* – weißt du, mit wem du redest?«

»Du bist hier nur der Lakai, Amigo. Tu nicht so, als hätte Machado nicht deine Eier in der Tasche.«

Disziplin in den niederen Rängen ist eine feine Sache. Ich hätte denen den ganzen Tag weiter auf die Nerven gehen können und sie durften keinen Finger rühren, außer ich versuchte, an ihnen vorbeizukommen. Hector wirkte weit weniger zuversichtlich. Er starrte geradeaus. Entweder versuchte er zu zeigen, dass er mit dem Idioten am Steuer nichts zu tun hatte, oder er wollte nonchalant wirken. Er schaffte es aber nur, merkwürdig distanziert auszusehen, was Aufmerksamkeit erregte.

»¿Que pasa con tu punk?«, fragte der Torwächter. Was ist mit deinem *Punk* los?

»Er ist ziemlich angepisst, dass du immer noch nicht das Telefon in die Hand genommen und deinen *Jefé* angerufen hast.« Ich zog mein Handy heraus und hielt es der Wache hin. »Vielleicht sollte ich ihn selbst anrufen. Meinst du, dass es ihm was ausmacht?«

Der Wachmann machte einen Schritt zurück. Die anderen beiden gingen von der Straße wieder in die Schatten der Bäume. Das Telefongespräch war kurz und einseitig. Der Torwächter sagte, dass ein Cop reinwollte; dann hörte er mit finsterem Gesicht zu, starrte an mir vorbei, während er Hector im Auge behielt. Dann meinte er sichtlich enttäuscht: »Fahrt hoch zum Hauptgebäude. Dort wird euch jemand treffen.«

Ich schenkte ihm mein schönstes *Leck-mich*-Lächeln.

Er ließ den Arm herumschnellen, zeigte die Straße hinauf und rief: *»¡Vamonos! ¡Ahora mismo!«*

Wir rollten durch das Tor und ich grinste immer noch. Dann drehte ich mich zu Hector: »Was ist mit dir?«

Er schüttelte den Kopf. Ich wusste nicht, ob es etwas bedeuten sollte oder ob er nur den Kopf freikriegen wollte. Dann sagte er: »Manchmal glaube ich, ich bin am falschen Ort geboren. Oder nur in der falschen Kultur.«

»Worauf willst du hinaus?«

»Dieser ganze Machoscheiß. Du hast das genauso gut und locker drauf wie die. Paris konnte das auch. Er trug seinen Machismo wie eine Maske. Niemand hätte je vermutet, dass er nicht einer von den harten Jungs war.«

»Und du?«

Ein weiteres Kopfschütteln. Dieses Mal nahm ich an, er wollte nur den Kopf freikriegen. Wie, wenn man ein Bild von einem Etch-a-Sketch entfernt.

»Ich werde nie dazugehören.«

Wir fuhren langsam um eine Kurve. Der Asphalt war extrem fein und glatt. Der Weg folgte der Landschaft um kleine Felsen und Gruppen von Mesquitebäumen und Alligator-Wacholder herum, sodass wir eine kurze Rundfahrt über das Gelände absolvierten, bevor die Gebäude in Sichtweite kamen. Mir drängte sich der Eindruck auf, Hector hatte keine Lust, diese Unterhaltung weiterzuführen. Um das Thema zu wechseln, fragte ich: »Also, was weißt du über die Typen?«

»Drogen, Waffen, Nutten und die schlimmsten Gewalttaten, die man sich vorstellen kann. Vor denen haben die anderen Familien Angst.«

»Angst? Meiner Erfahrung nach spielt Angst im Leben solcher Leute keine große Rolle.«

»Das ist was Geschäftliches. *La Familia de los Muerto* sind fast so was wie eine Religion. Die huldigen dem Mord. Alles andere bezahlt nur die Rechnungen.«

Ich nahm den Fuß vom Gas und erstarrte. Wir rollten auf die letzte Gerade, die direkt auf den Hügel vor dem

Hauptgebäude führte, und kamen zum Stehen. Hinter meinem versteinerten Gesicht arbeitete es und ich verfluchte mich, was für ein Idiot und Trottel ich gewesen war. Überall um mich herum waren Hinweise und Querverbindungen, die ich nicht registriert hatte. Zu sehr war ich damit beschäftigt gewesen, mir auf die Schulter zu klopfen, weil ich das Handypasswort eines Teenagers geknackt hatte. Mir wäre nie der Gedanke gekommen, dass Darian Stackhouse, als er *La Familia de los Muerto* erwähnte, damit gemeint hatte, sie seien hier vor Ort.

»Wieso hältst du an?«

»Weil ich ein Arschloch bin«, erwiderte ich. »Nicht nur hab ich keine Ahnung, was ich mir hier eingebrockt habe; ich hab eigentlich geglaubt, ich würde mich verstecken.«

»Das verstehe ich nicht.«

»Ich auch nicht.« Ich trat aufs Gas und fuhr langsam auf das große Gebäude im Hazienda-Stil zu. Drei Bewaffnete warteten an der Tür.

»Du solltest hier warten«, meinte ich zu Hector.

»Das ist keine gute Idee.«

Ich stellte die Automatik auf Parken, ließ den Motor aber laufen.

Die Männer, die uns beobachteten, trugen Schnellfeuerwaffen. Sie hatten sie locker über die Schulter geschlungen. Aber es war nichts Beruhigendes an ihrer entspannten Haltung. Sie waren genauso einsatzbereit wie ihre Waffen.

»Wahrscheinlich nicht«, sagte ich, ohne Hector anzusehen. »Das war größtenteils alles keine gute Idee.«

»Ja. Aber wir stecken jetzt zusammen drin.«

»Nein, tun wir nicht. Denn du weißt nicht einmal, wo wir drinstecken.«

»Vielleicht solltest du mir das sagen.«

»Nicht der richtige Zeitpunkt.« Ich öffnete die Tür. »Setz dich hinters Steuer. Wenn jemand kommt und sagt, du sollst abhauen, dann widersprich nicht und stell keine Fragen.«

»Wieso sollte das passieren?«

»Das war eine Frage.« Ich versuchte, zuversichtlich auszusehen – als hätte ich einen Witz gemacht. Ich glaube nicht, dass es überzeugend wirkte. »Wenn ich nicht wieder rauskomme, kannst du meinen Pick-up-Truck behalten.«

»Du machst mir hier gerade ein bisschen Angst.«

Ich schloss die Tür und sagte ihm durchs offene Fenster: »Wäre vielleicht nicht schlecht, auf alles gefasst zu sein.«

»Glaubst du, es ist so schlimm.«

»Ich weiß nicht. Vermutlich nicht. Aber …«

»Was?«

»Nichts. Das hab ich mir eingebrockt. Ich tue mein Bestes, dich da rauszuhalten.«

Hector wollte etwas sagen, aber ich gab ihm nicht die Chance dazu. Als ich mich in Bewegung setzte, öffnete der Mann neben dem Eingang die Tür und wartete auf mich. Einer der Männer, die noch davor standen, nickte und sagte: »Chief Tindall.« Er hatte einen texanischen Akzent, keinen mexikanischen. »Ich bin Joaquin. Bitte kommen Sie doch rein.«

Ich dachte: *Die Hölle hat einen Türsteher.* Aber ich trat ein. Der Bewaffnete folgte mir und Joaquin lief hinter ihm her.

Wir gingen eine lange Eingangshalle entlang, die aussah, als wäre sie für einen reichen Schnösel mit Sinn fürs Rustikale und einem Cowboy-Fetisch gebaut worden. Am Ende war eine große Doppeltür aus Glas. Der Mann vor mir baute sich rechts davon auf. Einer der Männer hinter mir stellte sich auf die linke Seite und der Typ namens Joaquin blieb in meinem Rücken.

Jemand trat an die Glastür und öffnete sie. Es war derselbe Kerl, der mich in der Bar attackiert hatte. Er hatte den fiesen

Gesichtsausdruck eines Kindes, das ein paar Insekten quält. Seine immer noch geschwollenen Hände steckten in Bandagen.

Ich weiß nicht wieso, aber ich warf einen Blick auf die Türgriffe. Es waren Klinken und keine Drehknäufe. Mir kam es lustig vor. Er hatte Glück gehabt. Ich fühlte mich ein wenig besser, als ich mir vorstellte, wie er einen normalen Türknauf zu drehen versuchte. Egal was mir zustieß, ich konnte mich immer an dem Wissen erfreuen, dass ich diesem Kerl das Leben versaut hatte.

»Voy a quitar esa sonrisa de tu cara y meterla en por el culo.« Er sagte, er werde mir das Grinsen aus dem Gesicht wischen und in den Arsch stecken. Seine Stimme war tief und rau. Wie die eines Filmbösewichts.

Ich fühlte mich noch besser. Wenn sie wüssten, wer ich war, oder irgendwelche Pläne für mich hatten, gäbe es kein Vorspiel. Vielleicht fanden sie es heraus, aber im Moment war ich nichts weiter als ein Bulle.

»Viel Glück damit«, sagte ich. Dann fragte ich ihn: *»Dime, ¿cómo te limpias el culo con esas manos bonitas?«* Wie wischst du dir den Arsch ab mit den hübschen Händen?

»Chingar su madre.« Er baute sich vor mir auf, starrte mich an und wollte mich dazu bringen, zurückzuweichen. Die Genugtuung hätte ich ihm nie gegeben.

»Álvaro …«, warnte Joaquin.

»*Sí*, Álvaro«, sagte ich und sah ihm in die Augen. *»Escúlacho.«* Ich ermahnte ihn, zu gehorchen, so wie man mit einem unartigen Kind redet.

Er gab zuerst nach und sah über meine Schulter Joaquin an, bevor er befahl: »Deine Waffe. Gib sie ab.«

»Nein.« Meine Weigerung war nicht durchdacht. Bei genauerem Nachdenken hätte ich die Waffe vermutlich abgegeben. Sobald ich es jedoch ausgesprochen hatte, gab es kein Zurück.

Álvaro hielt die bandagierte Hand hin und wackelte damit. Seine Finger bewegten sich nicht.

»Nein«, sagte ich wieder.

»Du gehst da nicht bewaffnet rein. *Estúpido chingadera.*« Er hatte recht, ich war ein dummer Wichser.

»Ich bin hier in offizieller Funktion. Als Höflichkeitsbesuch. Nicht, weil ich auf den Knien um Geld betteln will. Das darfst du weitersagen und dann rede ich mit dem Boss oder ich gehe. Wie auch immer die Sache ausgeht, ich lasse mich nicht von dir entwaffnen. *Puta.*« Ich versuchte, so abfällig wie möglich zu klingen, als ich ihn eine Schlampe nannte.

Selbst mit gebrochenen Händen hätte er mich wohl am liebsten geschlagen. Aber so weit kam es nicht.

»Álvaro!« Dieses Mal rief jemand anderes seinen Namen. Ich sah den Mann nicht, aber die Stimme ließ mich erschaudern. *»Envíalo en.«* Das hieß: Schick ihn rein. Geräusche und Stimmen können sich so mit einem Ereignis verbinden, dass man sich nicht nur wieder daran erinnert, sondern das Gefühl neu durchlebt. Das letzte Mal, als ich diese Stimme gehört hatte, war ich mir sicher gewesen, dass ich sterben musste. Sie hatte gesagt: *»Hacerle desaparecer.«* Lasst ihn verschwinden. Dann war ein Feuerwerk in meinem Kopf explodiert und ich war auf dem Rücksitz eines Wagens aufgewacht, auf dem Weg, um mein eigenes Grab zu schaufeln.

Ich weiß nicht, wie mein Gesicht aussah. Álvaros Gesicht sah aus, wie das eines Jungen, den man gerade dabei gestört hatte, wie er Insekten quälte – besorgt, weil er erwischt worden war, aber hoffnungsvoll, sich bald wieder dieser Aktivität widmen zu können. Er gestikulierte mit den Mumienhänden und winkte mich herein.

Drei Schritte und ich stand Angesicht zu Angesicht vor dem Mann, der mich zum Sterben in die Wüste geschickt hatte. Ich blickte über die Schulter, ob jemand darauf wartete, mir eine über den Schädel zu ziehen und mich irgendwo zu entsorgen. Álvaro blieb an der Tür stehen. Das beruhigte mich nicht.

»Sie sind der neue Sheriff«, sagte der dünne Mann.

Mein Herz setzte einen Schlag aus. Ich hatte erwartet … ich wusste nicht, was ich erwartet hatte. Vor Small Talk hatte ich mich zumindest nicht gefürchtet; das ist klar. Als er mir nicht die Hand anbot, war ich erleichtert. Damit wäre ich wahrscheinlich nicht fertiggeworden.

»Chief«, sagte ich. Das Wort war mehr Reaktion als Antwort. Mein Hirn war völlig vernebelt und ich versuchte einen klaren Gedanken zu fassen.

Er zog fragend eine Augenbraue hoch.

»Ich bin der Chief of Police in Lansdale. Sheriff ist eine Position auf Countyebene, in die man gewählt wird.«

»Aber wir sind nicht in Lansdale.«

Das stimmte. Und ich bin sicher, das hätte mir wohl zu denken geben sollen. Tat es nicht. Ich hatte aber auch keine Reaktion parat. »Sie sind Eladio Machado«, entgegnete ich stattdessen.

Er hob den Kopf und sah mich über die krumme Nase hinweg an, als würde er nach einer Erinnerung kramen. Eladio Machado war dürr wie ein Skelett. Alles an ihm – außer die gebrochene und schlecht gerichtete Nase – war ausgemergelt. Die Augen saßen in tiefen Höhlen. Sie wirkten finster – nicht nur, weil sie im Schatten lagen. Die Finsternis schien in ihnen zu wohnen. Die Lederhaut war von Adern durchzogen. Die braune Iris ein Fleck, der auf Blut schwamm.

»Haben wir uns schon mal getroffen?«

Jedes Haar auf meinem Körper stellte sich nacheinander in Marschordnung auf, vom Steißbein bis hoch zum Genick. Das Gefühl wurde zu einem Kribbeln, als krabbelten Ameisen auf der Kopfhaut herum. »Nein«, log ich.

Machado hob einen knochigen Finger: »Sind Sie sicher?« Als er mit dem Finger durch die Luft fuhr, bewegte sich zwar die Hand, aber der schlecht sitzende Anzug, den er trug, rührte sich kaum. Seine eigene Kleidung schlotterte um ihn herum. »Sie sehen aus wie jemand …«

»Ich habe – hatte – einen Bruder, der mit Familien in Mexiko Geschäfte gemacht hat.«

»Natürlich«, sagte er und nickte, beäugte mich allerdings weiter kritisch.

Ich hörte Eiswürfel in einem Glas klackern und drehte mich um.

Wir waren nicht allein. Auf einer weißen Ledercouch saß derselbe auffällig gekleidete Mann, den ich das erste Mal mit Bascom Wood gesehen hatte. Er nippte an einem Highball-Glas und schwenkte es hin und her. Dieses Mal trug er einen grauen Westernanzug und ein purpurfarbenes Hemd samt Halstuch. Seine Stiefel waren aus Eidechsen- oder Schlangenleder mit langen Spitzen. Er gab sich alle Mühe, nicht übersehen zu werden. Gleichzeitig ignorierte er jedoch mich und sogar Eladio.

»Sehen Sie«, sagte Eladio. »Ich habe auch einen Bruder. Vielleicht haben Sie Simon schon getroffen. Er kümmert sich um viele der Interessen unserer Familie in der Gemeinde Lansdale.«

Simon ignorierte mich weiter und ich beschloss, dasselbe zu tun. »Kennen Sie Bascom Wood?«, wollte ich von Eladio wissen. »Er könnte möglicherweise auf dem Weg hierher sein.«

»Wieso sollte der Stadtrat hierherkommen?«

»Er scheint zu glauben, dass Sie etwas mit dem Verschwinden seines Sohnes zu tun haben.«

Eladio hob erneut den Kopf und blickte mich hochnäsig an. Er schien nicht im Mindesten überrascht.

»Sind Sie hier, um dieser Behauptung nachzugehen?«

»Ich bin hier, um zu verhindern, dass er gegen den falschen Bienenstock tritt.«

Dieses Mal senkte er den Kopf und sah mich direkt an. Seine Mundwinkel verzogen sich zu einem herzlosen Grinsen.

»Ich glaube, der Junge hat sich nur mal ein wenig abgesetzt«, erklärte ich. »Ich will nicht, dass Wood was passiert, nur weil er sich Sorgen macht.«

Eis klickte. Keiner sprach ein Wort.

Ich machte auf dem Absatz kehrt, um zu gehen.

Bevor ich bei der Tür war, sagte Eladio: »Chief.«

Álvaro legte seine bandagierte Hand an meine Brust. Ich schlug sie weg.

Er schrie nicht. Aber er sah aus, als würde er gern.

Ich drehte mich um.

»Ich bin mir sicher, dass ich mich wieder an Ihren Bruder erinnere.«

Ich drängelte mich an Álvaro vorbei, der immer noch die Hand unter dem Arm verbarg. Niemand hielt mich auf oder sagte etwas, als ich zum Pick-up zurückging.

Hector wartete am Steuer und der Motor lief noch. Ich rannte beinahe, als ich die Motorhaube umrundete und auf den Beifahrersitz stieg.

»Los«, sagte ich zu ihm.

»Was ist passiert?«

»Fahr einfach.«

Er stellte die Automatik auf Drive und wir fuhren um den Springbrunnen herum den Weg zurück, den wir gekommen waren.

Wir sprachen kein Wort, während wir den spiegelglatten Asphalt entlangfuhren, der uns zum Tor brachte. Ich redete zumindest nicht. Und ich konnte nicht hören, ob Hector was gesagt hatte. Ich war durch den Wind, hatte Angst und dachte darüber nach, dass ich nicht halb so tough war, wie ich gern vorgab.

Wir kamen ans Tor. Es stand offen. Der Wachmann grinste und winkte, als wir vorbeifuhren.

An der Stelle, wo der Weg des Privatklubs in den Asphalt der öffentlichen Straße überging, war ein kleiner Hubbel zu spüren und man merkte, dass der Straßenbelag eine andere Qualität hatte. Von hier waren es nur ein paar Meilen bis zur Stadt. Wenn man bedachte, dass Hector sich meine miese Stimmung zu Herzen nahm und den Truck weit über die Geschwindigkeitsbegrenzung hinaus beschleunigte, hätte es nur eine kurze Fahrt sein sollen. War es aber nicht.

Hinter uns schloss ein schwarzer SUV mit Regierungskennzeichen gefährlich schnell auf.

Hector trat aufs Gas, die Automatik des Pick-ups schaltete einen Gang herunter und der Wagen beschleunigte. Verschwendete Mühe. Vor uns war ein weiterer SUV, dieser aber nicht neu oder glänzend und ohne Nummernschilder. Er kam in der Mitte der Straße auf uns zu.

Wir waren gezwungen, anzuhalten.

»Warte hier«, sagte ich zu Hector.

»Schon wieder?«

Ich gab keine Antwort, verließ den Pick-up und umrundete ihn, um an der Heckstoßstange zu warten. Darian Stackhouse stieg aus dem hinteren SUV.

»Tindall«, rief er, als er die Fahrertür zuknallte. Im Näherkommen: »Sie gehen mir langsam gewaltig auf die Nerven.«

»Sie können sich gar nicht vorstellen, wie betrübt ich bin, das zu hören.«

»Sagen Sie mir, was zur Hölle Sie oben in dem Klub zu suchen hatten.«

Ich lehnte die Ellbogen auf die Ladefläche des Pick-ups und stützte mich darauf, als würde ich über die Antwort auf eine schwere Frage nachgrübeln. »Ich will die Wahrheit darüber wissen, was Sie hier am Laufen haben. Was verheimlichen Sie?«

»Ich verberge gar nichts. Wissen Sie, was ich bin? Ich bin der Deckel auf einem Topf. Ich versuche, alles schön drin und am Köcheln zu halten. Verstehen Sie? Ich bin hier, damit es nicht überkocht oder zu langsam gar wird.«

»Sie sind ein Deckel?«

»Ich bin ein beschissener Deckel. Und Sie sind eine weitere Flamme unter dem Topf, die ich einfach nicht brauchen kann.«

»Wie wäre es, wenn Sie mal versuchen, ein Cop zu sein?«

Er zog die Schultern hoch. Ich bemerkte, dass er die Fäuste geballt hatte. »Wenn Sie auch nur den leisesten Schimmer hätten, was hier vor sich geht, würden Sie die Klappe halten«, sagte er schließlich.

»Ich kann es belegen.«

»Einen Scheiß können Sie belegen.« Er machte einen Schritt zurück. »Wollen Sie Ihren Halbbruder in die Sache reinziehen? Longview Moody hatte ja selber keine saubere Weste. Was Sie von ihm haben, lässt sich alles abstreiten.«

»Ich kann unter Eid aussagen, ich weiß aus erster Hand, dass Simon Machado einen Mord angeordnet hat.«

»Wir sind die DEA.«

»Ich kann Sie zu vier Leichen führen. Zwei wurden von den Machados ermordet. Zwei waren Männer, die für sie gearbeitet haben. Einer der Männer, der für die Familie gearbeitet hat, trug eine Dienstmarke der DEA.«

»Das ist genau die Scheiße, die ich versuche, im Topf zu halten.«

»Und ich kann Ihnen auch Insiderwissen über die Organisation bieten, besonders den Geldfluss über die Grenze.«

»Schon wieder Longview?« Stackhouse wich ein Stück zurück, als könne er sich von dem distanzieren, was ich sagte. Er stand direkt hinter dem Pick-up und sah ihn an, als hätte er noch nie im Leben einen Ford gesehen. »Ihr Bruder war genauso wertlos wie die Leute, für die er gearbeitet hat. Den einzigen Dienst, den er der Menschheit je geleistet hat, war, sich umbringen zu lassen.«

Ich streckte die Arme und stützte mich dabei seitlich an der Ladefläche des Trucks ab. »Schützen Sie die Leute, die meinen Bruder getötet haben?«

Stackhouse legte die Hand auf die Waffe an seiner Hüfte.

Die Drehzahl des Pick-ups änderte sich. Ich hörte es nicht. Ich spürte es unter den Händen, die immer noch auf der Ladefläche lagen. Hector beobachtete alles durch den Rückspiegel. Ich bin mir sicher, dass er uns nicht hören konnte, aber er wusste, dass dicke Luft herrschte.

»Was auch immer Sie da in diesem Topf haben … es wird anbrennen«, sagte ich. »Und die ganze Hütte wird dabei hochgehen. Dafür sorge ich.«

»Sie werden für gar nichts sorgen.« Stackhouse zog die Waffe und richtete sie tatsächlich auf mich. »Manche Sachen sind größer – wichtiger als Ihr verdammter Bastard von einem Bruder.«

Die Drehzahl des Wagens änderte sich erneut, als Hector den Ganghebel von Leerlauf in den Rückwärtsgang schob. Stackhouse wurde oberhalb des Knies von der Stoßstange getroffen und der obere Rand des Rücklichts traf ihn unter dem linken Arm. Er ging hart zu Boden. Seine Automatikpistole flog im hohen Bogen davon und landete schlitternd auf dem Asphalt.

Als wäre der nächste Moment einstudiert gewesen, öffneten sich alle Türen des wartenden SUV und weitere Kerle mit Knarren erschienen. Sie zielten auf mich, aber ich stand bereits über Stackhouse und hatte die 45er auf sein Herz gerichtet.

11

Als ich über Stackhouse stand, der stöhnend auf dem rissigen, grauen Asphalt lag, kamen zwei Streifenwagen und hielten vor dem SUV. Sie ließen kurz die Sirenen erklingen und schalteten das Blaulicht ein. Gutiérrez trat mit einer Schrotflinte in der Hand aus dem ersten Wagen. Weitere Officer, die ich noch nicht kannte, stiegen aus den anderen Türen. Sie waren alle bewaffnet.

Ich machte eine geistige Notiz, um daran zu denken, die Namen aller Polizisten in Lansdale herauszufinden und ihnen ein Bier auszugeben.

Die Tür des Pick-ups öffnete sich und Hector rief: »Alles okay?«

»Ja«, rief ich. »Bleib, wo du bist. Wenn wir losfahren, dann schnell.«

Er schlug die Tür wieder zu.

Nur, um die anwesenden DEA-Agenten zu beruhigen, richtete ich meine Pistole nach oben und steckte sie dann ein. Sie entspannten sich, aber behielten die Waffen in der Hand. Ich hatte nichts anderes erwartet.

Ich kniete mich neben Agent Stackhouse und drückte seinen Kopf mit einem Finger zur Seite. Er hatte eine wachsende Beule und eine Abschürfung über dem Ohr. »Das sollten Sie mal ansehen lassen«, meinte ich zu ihm.

Er stöhnte, aber antwortete nicht.

»Wir sollten uns mal wieder unterhalten«, sagte ich, als würde ich mit einem alten Freund reden. »Und um das sicherzustellen …« Ich hob die goldfarbene Dienstmarke auf, die halb unter ihm eingeklemmt war. Ich sah sie mir eine Sekunde an. Dann riss ich an der Kette, die um seinen Hals hing.

Agent Stackhouse keuchte vor Schmerz, als die Wunde an seinem Kopf über den Asphalt gezerrt wurde und die Kette riss.

»Sie können sich das hier jederzeit bei mir abholen. Solange Sie lieb bitte, bitte sagen.«

Ich stieg mit meiner Trophäe wieder in den Truck. »Kommt und holt mal euren Mann hier«, rief ich den Agenten zu, die mich anstarrten. Zu Hector sagte ich: »Lass uns in die Stadt zurückfahren.«

Er trat heftig aufs Gas. Wir schossen quer über die Straße und übers Bankett an den Streifenwagen vorbei. Sie folgten uns und ließen das Blaulicht die ganze Strecke bis zum Revier an.

Ich schloss die Tür, setzte mich hinter den Schreibtisch und atmete tief durch. Auf der Fahrt zurück zur Wache hatten wir kaum geredet. Hector erzählte mir nur, dass er Gutiérrez eine SMS geschrieben hatte und sie uns als Verstärkung zur Hilfe eilte. Das waren nicht die einzigen Neuigkeiten. Baron Wood und seine Freundin wurden lebend, wohlbehalten und nur teilweise bekleidet in den Wassern des Rio Grande aufgespürt. Sie hatten in der Tat ein Picknick gemacht. Sein Vater war noch immer verschwunden.

Ich legte die Füße auf den Tisch und spielte mit der Marke von Stackhouse herum. Es war nur ein Impuls gewesen, sie einzustecken. Wie, wenn man eine Trophäe von einem Feind erobert. Manchmal musste man diesen Typen einfach verklickern, dass der Boden unter ihren Füßen nicht so sicher war, wie sie sich das einbildeten.

Was sollte ich damit tun, jetzt, wo ich sie hatte?

Ich verschloss sie in einer Schublade des Schreibtisches, immer noch erstaunt über die Idee, einen Schreibtisch zu haben, ganz zu schweigen davon, dass man ihn sogar absperren konnte. Das war allerdings auch Teil des Problems, glaube ich. Ich hatte sämtliche Spielereien und die nötigen Werkzeuge, aber mir fehlte die Erfahrung, das eine vom anderen zu unterscheiden.

Als die Marke sicher weggeschlossen war, setzte ich das Handy wieder zusammen und wartete.

Nichts passierte.

Mir war nicht ganz klar, ob das nun eine Erleichterung oder Grund zur Sorge war. Über eine Stunde lag es schweigend vor mir und schien mich herausfordern zu wollen, den Anruf selbst zu machen. Ich tat es nicht. Ich hatte Angst, dass Stackhouse recht hatte, und die Sache eine Nummer zu groß für mich war. Das stimmte nicht ganz. Die Sache war eine Nummer zu groß für mich, und das war mir klar. Es war mir nur bisher scheißegal gewesen.

Als das Handy schließlich klingelte, wartete ich bis zum dritten Läuten und nahm dann ab.

»Ja?«

»Was soll die Scheiße, Paris?«

»Ich freue mich auch, Sie zu hören, Milo.«

»Lecken Sie mich. Was glauben Sie eigentlich, was Sie da tun?«

»Um ehrlich zu sein …« Ich atmete tief ein. »Ich tue mein Bestes.«

Milo schnaufte ebenfalls. »Ja. Hören Sie, ich verstehe, dass es nicht einfach ist. Aber Sie können es sich leichter machen, indem Sie das Handy eingeschaltet lassen und in Kontakt bleiben.«

»Ich kann überhaupt nichts machen, wenn Sie mich die ganze Zeit anrufen.«

»Ich würde ja nicht jede beschissene Stunde anrufen, wenn Sie auch nur einmal im richtigen Moment rangingen. Oder mich zurückrufen. Ist das zu professionell für Sie? Wir brauchen hier keinen harten Cowboy in der einsamen Prärie; wir brauchen einen Cop.«

»Das ist es ja gerade ...« Ich hielt inne. Ich hatte es nicht vorgehabt oder gewollt, aber tat es trotzdem. Es wäre leicht gewesen, zuzugeben, dass ich kein Polizist war. Ich hatte schon bei Stackhouse versucht, aufrichtig zu sein. Aber dabei ging es mehr um das Endergebnis. Die Wahrheit opfern, um den Machados Gerechtigkeit angedeihen zu lassen. Ich hatte keinen Grund, anzunehmen, dass das Justizministerium mehr unternahm als die DEA. Und was schlimmer war: Ich würde Milo blamieren und seine Vorgesetzten, wer immer sie auch waren. Sie würden sich Mühe geben, mich und alles, wo ich die Finger dringehabt hatte, ganz tief zu begraben.

Ich redete nicht weiter.

»Was?« Milo ließ es wie eine Frage und eine Herausforderung klingen. »Was ist los, Paris?«

»Wüste«, sagte ich.

»Was soll das heißen?«

»Wir sind hier in der Wüste. Die Prärie ist im Norden.«

»Ich sag Ihnen mal was, mein Junge«, giftete er und klang todernst. »Wieso nehmen Sie nicht Ihre kleine Geografielektion, rollen Sie schön zusammen und stecken Sie sich in den Arsch?«

»Ich weiß nicht genau, was ich hier mache«, gab ich zu. »Das ist das reinste Chaos und alles scheint darauf hinzudeuten, dass es eine Verbindung zwischen *La Familia de los Muerto* und einem DEA…«

»Scheiß auf die DEA«, warf Milo ein. »Und erst recht auf *La Familia was-auch-immer.* Sie sind wegen des Geldes und der Korruption dort. Sie sollten die Verbindung zwischen den Cops, den Offiziellen der Stadt und den ganzen verschwundenen Zuschüssen herstellen. Und dazu gehört auch, dass Sie ans Telefon gehen, wenn ich anrufe. Und, werden Sie jetzt den Job erledigen, für den Sie dort sind oder sollen wir ein paar Veränderungen vornehmen?«

»Entspannen Sie sich, Milo. Ich weiß, was ich zu tun habe und ich bin schon mittendrin.«

»Wollen Sie mir davon erzählen?«

»Noch nicht.« Das war keine Lüge. Als Milo die verschwundenen Zuschüsse erwähnt hatte, war das ausreichend Bestätigung, um zu wissen, dass ich auf der richtigen Spur war. Dummerweise schien er zu glauben, die Probleme beschränkten sich auf die Stadt. Ich atmete ein und langsam wieder aus. Milo konnte mich vermutlich hören, aber es störte mich nicht, wenn er mich für besonders vorsichtig hielt. »Werden Sie sich etwas anhören, das Sie eigentlich gar nicht wissen wollen?«

Auch wenn er erst einmal still war, konnte ich mir lebhaft vorstellen, wie er mich innerlich verfluchte. Schließlich sagte er: »Schießen Sie los.«

Ich lieferte ihm eine verkürzte Version dessen, was sich an diesem Tag ereignet hatte. Auch von Stackhouse und seiner Truppe berichtete ich. Ich erzählte sogar von dem Angebot, das ich gemacht hatte. Woher ich die Informationen über die Machado-Brüder hatte, erwähnte ich allerdings nicht.

»Nur damit ich das auf die Reihe kriege«, sagte er. Seine Stimme war ungewöhnlich ruhig. »Sie glauben, es gibt eine Verbindung zwischen Ihren Ermittlungen, einem Drogenkartell und korrupten DEA-Agenten. Und als Erstes überfahren Sie einen Beamten einer Bundesbehörde und stehlen seine Dienstmarke?«

»Also wenn Sie das so sagen, dann hört sich das natürlich alles nicht so toll an.«

»Irgendwann müssen Sie mir mal erzählen, wie Sie überhaupt Cop geworden sind.«

»Das ist eine gute Geschichte«, sagte ich. »Wird Ihnen gefallen.«

»Nein, glaube ich nicht«, entgegnete Milo.

»Würden Sie etwas für mich tun?«

»Was?«

»Können Sie einige Namen für mich überprüfen? Nach Verbindungen suchen?«

»Checken Sie die Namen selbst. Ermittlungen sind Ihr Job.«

»Sie können aber tiefer wühlen als ich. Und ich hab meine Zweifel, ob das System hier sicher ist.«

»Wieso? Was stimmt nicht damit?«

»Nichts.« Ich dachte darüber nach und sagte: »Das ist ein Teil des Problems. Die Stadt hat ihren Polizeichef verloren und der Ersatzmann wurde ebenfalls getötet. Der Bürgermeister ist tot. Und alles geht einfach weiter seinen Gang.«

»Sie glauben, dass die Leute, die das Sagen haben, nicht wirklich das Sagen haben?«

»So ähnlich. Und die meisten Namen, die ich genauer unter die Lupe nehmen wollte, sind Cops.«

»Wie lauten die Namen?«

Es war eine lange Liste. Ich nannte Bascom Wood und die Machado-Brüder. Dann ging ich die Cops durch: Mark Walker, Bronwyn Gutiérrez, Darian Stackhouse.

»Sonst noch jemand?«, fragte er.

»Buick Tindall.«

Es herrschte einen Moment Schweigen am anderen Ende und dann sagte Milo: »Ich rufe zurück. Und lassen Sie das Handy an.« Er legte mit dem üblichen Charme abrupt auf.

Hätte ich einen Moment nachgedacht, hätte ich mir wohl stundenlang Sorgen gemacht und vor mich hingebrütet. Zum Glück hatte ich daran gedacht, im Beerdigungsinstitut wegen Paris' – Longviews – Leiche nachzufragen. Es stellte sich heraus, dass die DNA übereinstimmte und niemand hinterfragte, welcher von Buicks Söhnen gestorben war. Der Direktor des Instituts sagte mir, dass die Leiche freigegeben worden und bei ihnen war. Die Beerdigung konnte meinen Wünschen entsprechend angesetzt werden. Das veranlasste mich zu einer Frage, die ich eigentlich nicht stellen wollte: »War Buick Tindall da, um zu erfahren, wann die Beerdigung ist?« Lange Stille am anderen Ende. Bevor sie von einer Entschuldigung unterbrochen wurde, mit der ich nichts anfangen konnte, sagte ich: »Ist egal.«

Erneute Stille. Ich hatte keine Ahnung, wie ich sie füllen sollte. Bevor ich mir etwas einfallen lassen musste, fragte mich der Mann am anderen Ende der Leitung wegen der Kleidung.

Darüber hatte ich gar nicht nachgedacht. Mir fiel allerdings sofort eine Lösung ein.

»Ein Mann – *ein Freund* – wird morgen bei Ihnen sein. Sein Name ist Hector Alazraqui. Von jetzt an wird er für alles verantwortlich sein, was mit der Beerdigung zu tun hat.«

Ich beendet das Gespräch und sah mir die Unterlagen auf dem Schreibtisch an. Und da war tatsächlich der Urlaubsplan, um den ich gebeten hatte. Ich trug für Hector eine Woche Urlaub ein, beginnend mit dem nächsten Tag. Mit dem Zettel in der Hand betrat ich das Front Office und suchte nach Gutiérrez.

Sie war nicht im Büro. Ich fragte die Frau am Funkgerät. Es war dieselbe schwarze Polizistin, die mich im Wagen mitgenommen und dabei angeschwiegen hatte.

»Officer Gutiérrez ist erst um 15 Uhr zum Dienst eingeteilt. Aber Sie haben sie und Officer Alazraqui heute Morgen antreten lassen.« Sie sagte nichts weiter dazu, aber die Botschaft war wohl, dass ich den Dienstplan durcheinanderbrachte.

»Wie heißen Sie?«, fragte ich. Man hatte es mir am ersten Tag gesagt, aber ich hatte nicht wirklich aufgepasst.

»Sunny Johnson«, antwortete sie.

Ich konnte mir ein Lächeln nicht verkneifen. Sie war eine dünne schwarze Frau und nicht besonders groß. Es war eindeutig, wieso sie am Schreibtisch saß.

»Habe ich Ihr Leben schwerer gemacht, Officer Johnson?«

»Haben Sie, Chief.«

Kein Lächeln. Es war kein Scherz und sie ließ mich auch nicht vom Haken, nur weil ich die Frage gestellt hatte.

»Sie arbeiten den ganzen Tag in der Funkzentrale, oder?«

Sie nickte.

»Wie fühlen Sie sich dabei?«

»Es ist eben so, wie es ist.«

»Okay. Würden Sie etwas daran ändern, wenn Sie könnten?«

Sie nickte wieder und fügte hinzu: »Manche Leute glauben, dass ich den Schreibtisch nicht verlassen sollte, wegen meiner Größe.«

»Solche Leute sind wir aber nicht, oder, Officer Johnson?«

»Nein, Sir.« Dieses Mal lächelte sie.

Ich gab ihr den Urlaubsplan. »Rufen Sie Hector an und sagen Sie ihm wegen des Urlaubs Bescheid. Sie können seinen Streifendienst übernehmen, solange er weg ist, aber ich will, dass Sie einen brauchbaren Plan erstellen, damit jemand die Funkzentrale übernimmt. Kriegen Sie das hin?«

»Ja, Sir.«

Es fühlte sich an, als hätte ich einen Freund gewonnen und mir wurde langsam klar: Ich hatte mehr Cops zu Freunden als Gangster.

»Ich brauche einen Drink«, sagte ich. Dann dachte ich darüber nach und fügte hinzu: »Ich brauche wirklich einen Drink. Also Officer Sunny. Sonniges Lächeln und sonniges Gemüt. Wo sollte ich da hingehen?«

»Flirten Sie etwa mit mir, Chief?« Sie sah nicht wütend aus. Sie lächelte aber auch nicht.

»Wenn ich mit Ihnen flirte, dann merken Sie das schon.« Ich grinste, um ihr zu zeigen, wie charmant ich war.

»Denn das wäre nicht richtig.« Ihr Gesicht wirkte offen. Das braune Funkeln ihrer Augen konzentrierte sich auf meine. »Und es würde mein Leben noch schwieriger machen.«

Ich schrumpfte ein wenig zusammen. Sich professionell zu verhalten, war nicht unbedingt einfach für mich. »Nein«, stimmte ich zu. »Nein, ich flirte nicht«, log ich. »Ich wollte nur …«

Officer Sunny bewahrte mich vor weiterer Blamage, indem sie fragte: »Sie meinen, wo Sie hingehen *können* oder wo Sie hingehen *sollten*?«

»Was?«

»Sie haben gesagt, Sie brauchen einen Drink. Dann haben Sie mich gefragt, wo Sie hingehen sollen.«

»Ja.«

»Nun …« Sie zögerte, dann sah ich an ihrem Blick, dass sie einen Entschluss gefasst hatte. »Sie sind schon fast eine Woche hier. Ich wette, Sie wissen noch nicht viel über das Revier.«

»Also …?«, ermutigte ich sie und sah ihr in die Augen.

»Wenn Sie in aller Ruhe ein Bier trinken wollen, sollten Sie zu *Ernesto's* gehen.«

»*Ernesto's*?«

»Der Tacoladen, in dem Sie die Auseinandersetzung hatten.«

»Ich erinnere mich. Aber wenn ich ein bisschen was dazulernen will, während ich mein Bier trinke?«

»Dann gehen Sie ins *Border Crossing*.«

Ich sah wohl ein wenig verständnislos aus. Vielleicht sehr verständnislos.

»Das *Border Crossing* ist der Laden am Stadtrand«, erklärte sie. »Neben der neuen Bank.«

Ich hatte die Kneipe am ersten Abend gesehen, als ich in die Stadt gekommen war. Es war wenig mehr als eine Hütte mit ein paar Wohnwagen dahinter – die Behausungen für die Prostituierten.

Das ratlose Starren hatte sich wohl erneut auf meinem Gesicht breitgemacht, denn Sunny sagte: »Ja, genau diese Kaschemme.«

Das *Border Crossing* war auch mitten am Tag gut besucht. Vor dem weitläufigen Gebäude mit dem Blechdach gab es einen staubigen Parkplatz. Darauf standen große Trucks, Motorräder und verbeulte Pick-ups. Im Inneren war es dunkel und laut. Die schummrige Beleuchtung hatte einen deutlich rötlichen Schimmer von den unzähligen roten *Bier*-Neonschildern an den Wänden. Der wenige Platz dazwischen war gefüllt mit Gemälden von Frauen mit breiten Hüften und unnatürlich großen und abstehenden Brüsten. Weil sie auf schwarzem Samt gemalt waren, schienen die Frauen im schummrigen roten Licht in der Luft zu schweben.

Ich rechnete fast damit, dass alle wie im Western verstummten und sich in meine Richtung drehten, als ich den Raum betrat. Das geschah nicht. Es passierte gar nichts. Niemand bemerkte mich oder interessierte sich dafür, dass ich durch die dicke, grün gestrichene Tür getreten war. Das über das kleine Fenster in der Tür geschraubte Stahlgitter war ein nettes Detail.

Auf einer Seite waren einige runde Stehtische. Auf der anderen waren Billardtische umgeben von alten Kirchenbänken. Dahinter befand sich eine noch dunklere Ecke mit Tischen und Stühlen, auf denen Männer saßen. Dazwischen liefen mexikanische Frauen mit Tabletts voller Biergläser herum. Auf einer kleinen Bühne tanzte eine junge Frau. Sie war blass und dünn und rieb sich gegen eine Messingstange mit einem Ausdruck im Gesicht, den man normalerweise trägt, wenn man sich mit dem Pümpel an der Toilette zu schaffen macht.

»Was machen Sie denn hier?«

Ich drehte mich in die Richtung, aus der die Frage gekommen war und erblickte Gutiérrez, die mich ansah. »Vielleicht sollte ich Sie dasselbe fragen.«

Sie warf die Hände in die Luft und schüttelte den Kopf. Ich fühlte mich wie in der Schule, als ungeduldige Lehrer mich dazu bringen wollten, Algebra zu verstehen, in dem sie mit dem Finger auf Gleichungen an der Tafel zeigten, nur um sich dann wieder den besseren Schülern zuzuwenden.

Gutiérrez trollte sich und ich sah mich um. Meine Augen hatten sich mittlerweile an die Dunkelheit gewöhnt und ich konnte einige Details ausmachen. Eines davon war ein gut gefüllter Seersucker-Anzug. Detective Mark Walker saß nahe an der Bühne und sah zu, wie das dünne Mädchen sich an der Stange rieb.

»Kommen Sie mal her«, rief Gutiérrez von der Bar.

»Verbringen Sie so Ihre Freizeit?«, fragte ich, als ich mich auf den Barstuhl neben ihr setzte. Ich nahm meinen Strohhut ab und legte ihn mit der Oberseite nach unten auf die Bar, was Glück bringen sollte und das konnte ich mehr als gut gebrauchen.

»Was machen Sie hier?«

»Hausaufgaben.«

Gutiérrez sah aus, als würde sie darüber nachdenken. Sie nippte an ihrer Bierflasche und fragte: »Die Schule hat also angefangen. Was haben Sie bisher gelernt?«

»Walker sitzt hier rum, während er zum Dienst eingeteilt ist.«

»Offensichtlich. Was noch?«

»Die beiden Typen da, die Pool spielen.« Ich deutete mit dem Kinn in Richtung zweier breiter Kerle mit Tattoos und langen Haaren. Sie gaben sich offenbar Mühe, nicht herzusehen.

»Was ist mit denen?«

»Die sind von der DEA. Gehören zum Team von Stackhouse.«

»Haben Sie die schon mal gesehen?«

»Die waren heute möglicherweise auf der Straße unterwegs.« Der Barkeeper stellte eine offene Flasche vor mir ab und ging wieder. »Aber deswegen habe ich sie nicht erkannt.«

»Okay …«

»Sie sehen aus wie Cops.«

»Wie sehen denn Cops aus?«

»Meistens wie selbstgefällige Gangster. Als hätten sie irgendwelche Sonderrechte.«

»Welche Rechte?«

»Alle. Cops mögen es, wenn alle anderen sich an die Regeln halten müssen. Law and Order. Die Jungs haben Tattoos, die man nur sieht, wenn man die Ärmel hochrollt. Sie tragen Knöchelholster und sie haben noch nicht mal einen Blick in unsere Richtung geworfen.«

Sie schob mein Bier näher zu mir und nahm einen weiteren Schluck aus ihrer Flasche. »Wieso sollten sie herschauen? Sind Sie so interessant?«

»Nein. Aber Sie sind es.«

»Ich bin mir nicht sicher, ob das ein Kompliment ist.«

Ich zuckte mit den Achseln. »Anscheinend bin ich weniger gut darin, Frauen Komplimente zu machen, als ich dachte.«

»Ein Mann sollte seine Grenzen kennen. Was sonst noch?«

»Ich wette einen Dollar, die meisten anderen Männer hier drin arbeiten für die Machados.«

»Ein Großteil der Leute in der Stadt arbeitet auf die eine oder andere Weise für die.«

»Ja, das ist klar. Aber die Typen hier stecken ein wenig tiefer drin.«

»Woher wissen Sie das?«

»Sie, ich, Walker – alles Cops aus der Stadt. Die paar DEA-Typen. Wenn ich die erkenne, dann kann es auch jeder andere. Das heißt, es sind fünf Cops in dem Laden.«

»Wenn Sie meinen.«

»Fünf Cops. Und niemanden interessiert es. Die stehen alle unter Schutz.«

Sie nahm einen weiteren Schluck und sah mich dabei an. Als die Flasche leer war, meinte sie: »Vielleicht sind Sie doch ein wenig schlauer, als ich dachte.«

»Auch eine kaputte Uhr …«, sagte ich und ließ meine feucht beschlagene Bierflasche durch die Finger gleiten. »Wie viele Parteien sind hier an dem Spiel beteiligt?«

Sie hatte den Blick abgewandt und betrachtete den Spiegel hinter der Bar. Ich konnte nicht erkennen, ob sie ihr eigenes Spiegelbild inspizierte oder die Gläser. Auf jeden Fall stellte ich fest, dass es gute Gründe gab, sein Bier im *Border Crossing* aus der Flasche zu trinken.

»Gerade, wenn ich glaube, Sie haben den Durchblick, kommen Sie mir wieder wie der Elefant im Porzellanladen vor.«

Ich schob meine unangetastete Bierflasche zu ihr. »Was mir an Fingerspitzengefühl fehlt, mache ich anderweitig wett.«

Sie nahm das Bier. »Auf welche Weise?«

»Ich hatte gehofft, Sie würden nicht fragen.«

Sie nahm einen Schluck.

»Sie haben meine Frage nicht beantwortet«, sagte ich, während sie einen langen Zug von dem hellen Lager nahm.

»Na, doch wieder den Durchblick?«, fragte sie, stellte die Flasche ab und sah geradeaus.

»Wie viele Parteien«, wollte ich wissen, »und wer spielt für welches Team?«

Gutiérrez hob wieder ihr Bier und hielt inne, bevor die Flasche ihre Lippen berührte. »Das kann sich ändern«, sagte sie. Dann schürzte sie die Lippen und trank.

Ich sah eine Bewegung aus dem Augenwinkel neben der Bar. Detective Walker stand mit einer Gruppe Mexikaner an einem Tisch. Ich hatte einen davon in dem Jagdklub gesehen, Joaquin. Der Türsteher, der mich hereingelassen hatte. Sie wirkten vertrauter miteinander, als man erwarten sollte.

Ich ließ Gutiérrez mit ihrem Bier und Spiegelbild allein.

»Detective Walker.« Ich war nahe daran, es durch den ganzen Raum zu schreien.

Sein Lächeln verschwand sofort. »Chief?«

Joaquin drehte sich nicht mal in meine Richtung.

»Walker.« Ich stellte sicher, dass es sich anhörte, als würde ich mich freuen, ihn zu sehen. »Sie haben hier großartige Arbeit geleistet.«

»Was?«

»Die ganzen Informationen, die Sie gesammelt haben.«

»Chief …« Es klang wie eine Warnung. »Ich wollte nur …«

»Sie müssen mir nichts erklären. Ich muss nicht wissen, wieso Sie hier sind. Sind das die Männer, von denen Sie erzählt haben?«

Joaquin sah mich an. Dann blickte er weg. Die drei anderen Männer am Tisch hoben nicht mal den Blick. Sie versuchten angestrengt, so zu tun, als wäre ich unsichtbar. Der Typ ganz hinten sah am nervösesten aus. Er wirkte vertraut. Zuerst konnte ich ihn nicht einordnen, aber dann fiel mir ein, dass ich ihn bisher nur von hinten gesehen hatte. Ich war nicht ganz sicher, aber es konnte der Kerl gewesen sein, der vor zwei Nächten die Motelzimmertür eingetreten hatte.

Walker wirkte verängstigt. »Nein«, sagte er. »Ich meine, es gibt keine … wovon reden Sie eigentlich?«

»Keine Sorge. Das bleibt unter uns.« Ich lachte, aber niemand stimmte ein. Dann zeigte ich auf Joaquin. »Ist das Ihr Informant?« Ich schwenkte den Finger in Richtung des Typs im Hintergrund. »Ist das der Mann vom Motel?«

Walker erblasste leicht. Alle Männer am Tisch lehnten sich ein wenig zurück, brachten mehr Abstand zwischen sich und die anderen. Der Türsteher rutschte mit dem Stuhl nach hinten, als wolle er aufstehen.

»Bleiben Sie, wo Sie sind, Joaquin«, sagte ich. Ich lachte nicht mehr. Dann wandte ich mich an Walker und legte ihm den Arm um die Schulter. »Kommen Sie mal mit. Ich will Ihnen ein paar unserer Freunde von der DEA vorstellen.« Ich zog ihn zu den Billardtischen.

Es war ruhig geworden in der Bar, als wir die wenigen Schritte gingen. Die beiden DEA-Beamten lehnten sich auf ihre Queues und durchbohrten uns – mich – mit Blicken.

»Was für eine Scheiße versuchen Sie hier abzuziehen?«, fragte der Größere der beiden.

»Eine Frage«, sagte ich. »Haben Sie schon mal Haie geangelt?«

»Sind Sie komplett durchgedreht?«, fragte der Kleinere.

»Nein. Ich fische nur. Und wenn man Haie fangen will, dann braucht man ein bisschen Blut im Wasser.«

Ich drehte mich zur Bar und sah Gutiérrez an. Ihre Bierflasche war erneut leer. »Stimmt's nicht?«, rief ich.

Sie antwortete nicht. Sie sah nicht mal her.

Der größere der DEA-Typen zeigte mit dem Queue auf mich und sagte: »Ich weiß nicht, was Sie hier für ein Spiel spielen …«

»Spiel?« Ich schnitt ihm mit lauter Stimme das Wort ab. »Ja. Wo wir gerade von Spielen reden – wer von euch war denn an dem kleinen Spielchen unten in Juarez beteiligt?«

Ihnen entglitten die Gesichtszüge.

»Da ging's ziemlich zur Sache.« Ich stellte sicher, dass der ganze Tisch, an dem die Männer der Machados saßen, auch genau hinhörte. Das taten sie. »Aber ich habe gehört, jemand ist mit einem Sack voller Cash abgehauen.«

Die DEA-Agenten wirkten unschlüssig. Sie wären am liebsten mit ihren Queues auf mich losgegangen, aber hatten Angst, die vier Männer am Tisch aus den Augen zu lassen.

Ich wandte mich an Walker. »Verschwinden Sie hier. Es wäre vermutlich nicht besonders schlau, hier noch mal herzukommen. Ich würde sogar sagen, wenn ich Sie nicht mehr sehe, dann können Sie davon ausgehen, dass ich Ihre Kündigung angenommen habe.«

Er ging, ohne sich noch mal umzusehen.

Ich durchquerte den Raum. Sogar die Dunkelheit schien den Atem anzuhalten. Als ich am Tresen war, nahm ich meinen Hut und setzte ihn auf. Zu Gutiérrez sagte ich: »So benimmt man sich als Elefant im Porzellanladen.«

12

Ich fuhr nicht wieder aufs Revier. Ich fuhr auch nicht heim.

Ohne Plan oder Ziel drehte ich am Lenkrad und trat das Gaspedal des Pick-up-Trucks durch. Er schoss vom Kiesparkplatz auf den Asphalt und in Richtung Stadt. Ich kam an der Einfahrt des Jagdklubs vorbei und fuhr weiter, bis ich ein ganzes Stück in den Big-Bend-Nationalpark gefahren war.

Ich wollte nicht auf der Hauptstraße bleiben. Ich bog in die erste nicht asphaltierte Querstraße ein, auf die ich traf. Sie erinnerte mich an den staubigen Feldweg, den ich in der Nacht entlanggefahren war, in der ich meinem Grab entkam. Ich versuchte, den Gedanken schnell wieder zu vertreiben.

Der Weg führte mich in einen Teil der Wüste, der sanft abfiel und sich wie in die Landschaft geschmolzen zuerst zu einem Hohlweg und dann zu einem kleinen Tal verbreiterte. Geschützt von den Wänden des Tals sammelte sich hier Wasser, wenn es regnete. Mesquitebäume und Wacholderbüsche wuchsen in Gruppen. Entlang des trockenen Wasserlaufs stand eine Reihe Pekannussbäume. Als der Weg sich nach dem kleinen Hang in Nichts auflöste, hielt ich den Pick-up an. Das Blech tickte, während sich der aufgewirbelte Staub auf der Motorhaube niederließ. Ich spielte bereits mit einer Idee, die einige Fragen miteinander verband. Aber Gedanken so hart und schwarz wie die meinen, brachten wenig Frieden. Ich fühlte mich schlechter, nicht besser. Alles nervte mich: meine

Perspektive und Einstellung, der schmerzende Rücken und der Geschmack im Mund. Es war ein hässlicher und übler Tag gewesen. Ich musste ihn freundlicher enden lassen.

Ich warf einen letzten Blick zurück und ließ das kleine Tal hinter mir. In einem Laden an der Straße, einer Mischung aus Tankstelle und Imbiss, kaufte ich mir eine dampfende Pappschachtel voll frittierter Hähnchenflügel. Dazu noch einen Becher voller Schwarzaugenbohnen, Kartoffelbrei, dampfende Soße, Maisbrot und einen Sixpack Victoria. Beim Gehen bemerkte ich einen gewaltigen Blechtrog voller Eis und großen Stücken gestreifter Wassermelonen. Wie konnte ich da widerstehen? Gutes Essen, selbst gemachtes Essen, hob immer die Laune, egal wie schlecht sie war.

Auf dem Weg zurück zum *Desert Drop Inn* rief ich Officer Sunny an. Ich bat sie, eine Durchsage an alle zu machen, dass die *Border-Crossing*-Bar ab sofort für alle Officer Sperrgebiet war.

Sie erklärte mir erstaunlich gelassen, dass wir normalerweise den Funk nicht für derlei Durchsagen verwendeten. Dann meinte sie: »Da haben Sie wohl wieder was gelernt.«

»Sieht so aus. Machen Sie die Durchsage trotzdem und machen Sie einen Aushang am Schwarzen Brett.«

»Eine kleine Personalversammlung wäre vielleicht eine gute Idee«, sagte sie. Ich war dankbar, dass Sie mich nicht wie den letzten Idioten dastehen ließ.

»Was meinen Sie, einmal in der Woche?«, fragte ich.

»Einmal im Monat genügt normalerweise.«

»Okay, gekauft. Danke, Officer Johnson.«

»Danke Ihnen, Chief.«

Ich legte auf und fühlte mich ein wenig besser, was meinen Job anging.

Es dämmerte, als ich zum Hotel zurückkam. Die magische Stunde in Süd-Texas. Wer hätte gedacht, dass trostlose Wüste so wunderschön aussehen konnte? Ich machte mich mit meinem Festmahl an einigen der Sonnenschirmtische am Pool breit.

Während ich mein Essen auftischte, bog ein Wagen von der Straße ab und stoppte auf dem Parkplatz neben meinen Pick-up-Truck. Hector stieg aus.

Er stellte sich auf die andere Seite des Zauns. »Ich hab deine Nachricht gekriegt, wegen des Urlaubs. Worum geht's da?«

»Ich möchte, dass du etwas für mich tust.«

Hector betrachtete den Tisch. »Feierst du eine kleine Party?«

»Willst du was vom Hähnchen?«, fragte ich.

»Was soll ich tun?«

»Paris' Leiche ist im Beerdigungsinstitut.«

Hector richtete sich auf und sah mir durch die diamantförmigen Löcher des Drahtzauns in die Augen.

»Ich will, dass du dahin fährst.«

Er senkte den Blick und wollte etwas sagen.

Bevor er den Mund aufmachte, fügte ich hinzu: »Du sollst, nein … du musst das für mich tun. Ich kann nicht selbst gehen. Der Direktor des Bestattungsinstituts erwartet dich. Paris braucht einen Anzug. Du musst für ihn da sein.«

»Ich weiß nicht«, sagte er und wich meinem Blick aus.

»Wieso?«

»Ich weiß nicht, wie er über die Sache dachte.«

»Du meinst …«

»Was er für mich empfand. Wir haben nicht über Gefühle geredet. Vielleicht … vielleicht habe ich eher meine Hoffnungen auf ihn projiziert, als seine genauer zu verstehen.«

»Ich weiß nicht, was ich darauf erwidern soll. Aber ich kann dir sagen, dass du das nicht nur für ihn oder für mich tun sollst. Tu es für dich selber – für deine Gefühle.«

»Vielleicht.« Er hob den Blick und sah mir in die Augen.

»Erzähl mir mal was.«

Hector nickte in Richtung des Tisches. »Gib mir mal ein Bier.«

Ich holte zwei Flaschen und öffnete sie, die Deckel warf ich weg.

»Wie hast du Paris kennengelernt?«

»Vor etwa zwei Jahren. Er sagte, er wäre als Texas Ranger in Lansdale und wolle etwas überprüfen.«

»Hat er gesagt, was?«

»Nein. Aber es hatte etwas mit dem anderen Ranger zu tun.«

»Was meinst du?«

»Es gab einen zweiten Texas Ranger. Alte Schule – du weißt schon, welchen Typ ich meine. Er war damals häufiger hier. Traf sich mit Chief Wilcox.«

»Woher weißt du, dass Paris wegen ihm hier war?«

»Vor allem aufgrund des Timings. Der alte Ranger tauchte auf, kurz darauf Paris. Und die Tatsache, dass Paris nicht darüber reden wollte, und zwar kein Sterbenswörtchen. Aber man konnte sehen, dass ihn irgendwas daran sehr aufregte.«

»Wilcox war der alte Chief, ja? Alles fing mit ihm an.«

Hector zuckte die Achseln und nahm einen Schluck Bier. »Wir haben ihn mit einem Kopfschuss am Fluss gefunden, der Motor seines Wagens lief noch. Was immer er angefangen hatte, jemand anderes hat es für ihn beendet.«

»Erzähl mir was über den Ersatz-Chief.«

»Was soll man da erzählen? Er war einen Monat hier, dann wurde er tot aufgefunden.«

»Wieder am Fluss?«

Hector schüttelte den Kopf und zeigte mit seiner Flasche in Richtung des Abendrots im Westen. »Draußen im Big Bend. Aber ansonsten das Gleiche. Kugel im Kopf. Im geparkten Wagen.«

»Wusstest du von dem Geld?«

»Welches Geld?«

»Zuschüsse. Von der Homeland Security, dem Grenzschutz, wirtschaftliche Entwicklungshilfe – so was in der Art.«

Hector leerte seine Bierdose. Dann warf er sie in Richtung des Mülleimers, als würde er einen Freiwurf machen. Er traf. »Das ist über meiner Gehaltsklasse«, sagte er. »Ich gehe dahin. Ich muss ihn sehen.«

»Freut mich zu hören.« Ich griff in die Tasche und holte ein Bündel Scheine heraus. »Hier. Das ist für den Anzug. Und für alle sonstigen Ausgaben.«

»Bist du sicher …?«

»Bin ich.«

Er steckte das Geld ein, ohne einen Blick darauf zu werfen.

Ich dachte, er würde noch etwas sagen. Tat er aber nicht. Hector ging zum Wagen und fuhr davon. Ich blieb eine Weile allein am Pool sitzen mit zu viel Essen und zu wenig Bier.

Nach einiger Zeit kam eine Familie – Mann, Frau und ihr kleiner Sohn – aus einem der Zimmer zum Pool. Es ging doch nichts über einen vergnügten Vierjährigen, um finstere Gedanken zu vertreiben. Ich zerteilte die Wassermelone und sie halfen mir, sie zu vertilgen. Bis dahin war der Abend zur Nacht geworden.

Die Familie ging wieder. Ich blieb am Pool, betrachtete die Sterne und döste langsam weg.

Irgendwann wachte ich mit steifem Hals in dem Metallstuhl auf. Auf dem Tisch neben mir stand eine brennende Kerze in einem Glas. Darauf war ein Bild von *La Virgincita* gemalt. Daneben stand das letzte Bier.

Ich öffnete den Drehverschluss, nahm einen kleinen Schluck und machte den nächsten logischen Schritt: Ich zog mich aus. Ich verschwendete keinen Gedanken daran. Es war, als würde ich einen vergessenen Traum fortsetzen, einen Traum, in dem es das Normalste der Welt war, nackt in einer einsamen, dunklen Welt zu sein. Als ich mich ausgezogen hatte, sprang ich in den Pool.

Genau wie das Bier, das ich immer noch in der Hand hielt, war das Wasser pisswarm. Im gechlorten Pool zu sitzen, erinnerte mich daran, wie ich in meinem eigenen Grab gestanden hatte. Ich wäre wieder aus dem Becken gestiegen, wenn ich nicht Lenore am Tor hätte stehen sehen, die mich beobachtete. Sie hatte einen Sixpack Dosenbier in der Hand, so kühl, dass es beschlagen war.

»Meine liebste Tageszeit«, sagte sie und kickte die Sandalen von den Füßen.

»Nacht?«

»Eine heiße Nacht.« Sie befreite eine Dose aus ihrem Plastikring und öffnete sie. Lenore warf die Haare zurück und drückte die kalte Dose gegen die Haut, direkt unter der Kehle. Sie hielt sie dort, knapp über den Brüsten, während sie mit der freien Hand die Bluse aufknöpfte.

»Die Hitze des Tages hat sich noch nicht ganz verflüchtigt«, sagte sie. »Eine Nacht in der Wüste ist zuerst heiß und dann kalt. Leben und Tod. Dagegen kann man nichts machen. Aber wir können die Hitze genießen, solange sie anhält.«

Als sie ihr Oberteil abstreifte, schien ihre Haut zum Leben zu erwachen. Es war, als wäre sie mit magischen Pigmenten bemalt, die sich nur unter dem Sternenlicht zeigten. Sie hatte die Dose immer noch gegen das Brustbein gepresst und stellte sicher, dass ich zusah. Dann führte sie die tropfende Bierbüchse nach unten, zwischen die Brüste und rollte sie von einer Seite auf die andere. Auf der linken wurde damit die Blume gegossen, die auf ihre Haut tätowiert war. Auf der rechten rollte sie die Dose über ihren Nippel.

»Du willst mal kosten.« Es war keine Frage. Auch keine Feststellung. Eher ein Befehl. Mit der linken Hand hielt sie ihre rechte Brust. Mit der Rechten kippte sie die Dose über den geschwollenen Nippel und badete ihn im eiskalten Bier.

Ich war bereit, aus dem Pool zu steigen, um alles zu kosten. Das kühle Bier, ihre Haut, ihren Mund. Lenore kam mir zuvor.

Sie trat an den Rand des Pools und kniete sich hin. Sie ließ die Dose fallen, als sie sich auf dem rauen Beton niederließ. Eine Hand nach oben gestreckt, bot sie mir mit der anderen ihre Brust an. Als mein Mund ihre Haut berührte, verschlug es uns beiden den Atem.

Ich legte einen Arm um ihre nackten Hüften und drückte mein Gesicht gegen Sie. Ich saugte, als würde ich verhungern und sie sei die Rose unter den Dornen. Meine Zähne kratzten und die Zunge liebkoste, bis die Wärme ihres Körpers in mich schmolz.

Lenore legte die Arme um meinen Kopf und zog. Sie zwang sich selbst in meinen Mund, als könnte sie verschwinden, wenn ich nur wüsste, wie ich sie verschlucken sollte. Wir waren so eng verbunden, dass wir für einen Moment eine Kreatur bildeten, die Schlange, die sich in den eigenen Schwanz beißt.

Ihre Brust erzitterte und Geräusche, undeutlich, aber vielsagend, übertrugen sich durch unsere Knochen.

Ich saugte an ihrem Nippel, bis er zwischen meinen Zähnen war und biss sanft zu.

Lenore presste mich enger an sich und stöhnte. Dann, leise wie ein Echo, flüsterte sie: »Ja.«

Sie rollte sich zu mir und ich zog. Wir waren eng umschlungen und sie fiel in den Pool, wir tauchten beide in das leuchtende Wasser.

Wir lösten unsere Umarmung. Der Abstand brachte einen Moment der Klarheit. Aus irgendeinem Grund konnte ich sie unter Wasser und von der Beleuchtung des Pools erhellt, besser sehen als von Sternen und Neonlicht beschienen. Im Wasser schienen die Fledermäuse, die auf ihren rechten Arm tätowiert waren, zu flattern und zu fliegen. Ihr schwarzes Haar wirkte wie ein lebendiges Wesen, das sich nach mir streckte und mir auswich. Die Jeans, die sie immer noch anhatte, wirkte wie blaue Haut, die ihre strampelnden Beine bedeckte. Als sie sich von mir wegdrehte, konnte ich die Farben und Kunstwerke auf ihrem Rücken sehen. Zwischen den Schulterblättern war ein Kruzifix mit einem blutenden Christus. Es war in Grau ausgeführt bis auf das Blut. Wo es zu Boden tropfte, wuchsen Blumen und Skelette. Weit unten auf ihren Hüften war das Band aus grinsenden Totenschädeln, das ich schon vorher gesehen hatte. Auf den Rippen verlief von vorn nach hinten unter der linken Brust eine Reihe von Worten, wie ein Vers, der eintätowiert war, damit er stets zu ihr sang.

Ich war hin- und hergerissen, ob ich nach ihr greifen oder lieber Luft holen sollte. Sie anscheinend nicht. Lenore drückte ihren Rücken gegen meine Brust und zog meine Arme nach oben, legte meine Hände auf ihre Brüste. Ich hätte glücklich ertrinken können. Beinahe tat ich es.

Ich drückte die Hüften an ihren Po und ließ sie meine Erregung spüren. Der Stoff, gegen den ich mich presste, dehnte sich. Sie rieb sich an meiner Erektion.

In diesem Moment flammte etwas neben dem Pool auf. Wie ein Komet aus Licht, Flammen und Schweif, der nach wenigen Zentimetern einen Augenblick später erlosch.

Lenore ließ mich los und schwamm davon. Ich folgte ihr und schnappte nach Luft. Meine Arme streckten sich nach ihr aus. Aber sie kletterte bereits aus dem Pool.

»Lenore?«, rief ich. Es war hoffnungsvoll, doch nicht drängend, denn ich konnte spüren, wie sie sich von mir zurückzog, in einen anderen Orbit wechselte.

In der Luft an der Stelle, an der das Licht zu sehen gewesen war, hing blauer Rauch. Ich roch Gewürze und Schokolade. Jemand hatte eine Zigarre angezündet aus dem typischen Tabak, der im San-Andrés-Tal wächst.

Ich drehte mich um, legte beide Hände auf den Rand des Pools und drückte mich empor in die kalte Luft. Ich griff nach der Hose, aber hielt sie nur vor mich, statt sie anzuziehen. Es ging mir eher um die Waffe, die am Gürtel festgemacht war, als um Schamgefühl.

Als ich mich wieder umdrehte, war ich allein. Lenore war nirgends zu sehen. Ich glaubte, ich hatte gesehen, wie die Tür zum Büro die letzten zwei Zentimeter zuschwang. Sicher konnte ich es nicht sagen. Es hatte wenig Sinn, ihr zu folgen. Wenn sie allein war, wollte sie mich nicht dort haben. Wenn sie es nicht war …

Scheiß auf die Hose. Ich sah mich nach dem Bier um, das sie mitgebracht hatte. Es war weg. Ich setzte mich auf den Beton und zog die Stiefel an. Mit Schuhen, aber nacktem Hintern, saß ich unter den Sternen, während sich die Nacht abkühlte und sich mein Geist beruhigte. Gedanken jagten mich von der Dunkelheit in die Finsternis. In meinem Inneren herrschte schwarze Leere. Das Grab, dem ich entkommen war, hatte sich auf seltsame Art in mich eingegraben. Ich konnte es spüren, eine schattenhafte Leere, die gefüllt werden wollte.

Das Bier, das Lenore sich über die Brust gegossen hatte und dann fallen ließ, war nahe genug, wenn ich mich streckte. Das tat ich. Es war nicht mehr viel in der Dose, aber es war immer noch kalt.

13

Der nächste Tag war Samstag. Ich hatte es nicht bemerkt, bis ich auf dem Revier erschien – zu spät. Polizeichef zu sein, war zu einem richtigen Job geworden. So sehr mich das auch nervte, blieb mir wenig übrig, als weiter zu tun, was getan werden musste. Ich hätte mich immer noch davonstehlen können. Aber zu dem Zeitpunkt war mir bereits klar, es war nur Wunschdenken. Aber wenigstens ein Notfallplan. Ich hatte mich in ein ziemliches Chaos verstrickt, das entwirrt werden musste. Und ich war nicht nur dort, weil ich den Job hatte. Ich steckte wegen Paris mittendrin. Und wegen unseres Vaters.

Am Abend zuvor hatte Hector einen alten Texas Ranger erwähnt, an dem Paris interessiert gewesen war. Die Chance, dass es sich bei diesem Ranger nicht um Buick Tindall handelte, war verschwindend gering. Es passte. Ich wusste bereits, dass er in Lansdale gewesen war – natürlich wegen der Zuschüsse. Und Paris. Ich fragte mich, ob er zufällig da reingezogen worden war oder weil Buick ihn dabeihaben wollte. Wenn man das in Verbindung brachte mit den Leuten, die versuchten, mich umzubringen, konnte man verstehen, wieso ich den Samstag gern in der Gesellschaft von Cops verbrachte.

Als Erstes suchte ich Bascom Woods Telefonnummer heraus und rief ihn an. Baron war gefunden und nach Hause geschickt worden. Es war Zeit für eine kleine Unterhaltung mit dem Stadtrat.

Sein Telefon klingelte, ohne dass die Mailbox ranging. Ich rief in seinem Büro an. Der Anrufbeantworter verwies mich an die Nummer der Zentrale. Ich beschloss, zu warten und es später noch einmal zu probieren.

Ich wartete nicht sehr lange. Die tödlich langweilige Schreibtischarbeit eines Polizeichefs strapazierte meine Nerven. Dazu kam das Gefühl, was immer ich auch in Lansdale zu tun hatte, musste schnell getan werden – bevor das seltsame Glück, das mich hierher gebracht hatte, mich wieder verließ.

Ich rief erneut bei Wood zu Hause und in seinem Büro an, mit dem gleichen Ergebnis. Dann fragte ich bei dem Officer nach, der Baron aufgelesen und heimgefahren hatte. Er sagte, er habe den Jungen beim Haus abgesetzt, aber Bascom Wood nicht gesehen. Er war außerdem nicht ins Haus gegangen.

Eine Stunde später machte ich erneut dieselben Anrufe. Bis dahin war ich sicher, dass ich vor Ort keinen Papierkram über Zuschüsse oder Gelder von außerhalb finden würde. Ich hörte auf, die Akten zu durchwühlen, und ging zu meinem Pick-up. Im Gegensatz zu dem Gefühl, das sich hinter einem Schreibtisch einstellte, fühlte ich mich am Steuer sicher und als hätte ich alles im Griff. Ich verließ den Parkplatz der Polizeistation und steuerte am Rathaus vorbei. Woods Auto war nicht da. Ich fuhr weiter, klingelte beim Stadtrat zu Hause und klopfte an die Tür. Keiner antwortete. Ich umrundete das Haus, spähte durch die Fenster und prüfte, ob eine andere Tür offen war. Niemand zu Hause. Und es war kein Wagen in der Garage.

Ich hatte immer noch nicht die normale Polizeidurchwahl ins Telefon eingespeichert, also rief ich die 911 an. Die Polizistin am anderen Ende klang nicht erfreut, aber sie sagte, sie würde allen durchgeben, sie sollten Ausschau nach Stadtrat Wood und seinem Wagen halten. Ich wollte auch, dass einige der Polizisten nach Baron Wood suchten. Ich schlug vor, am besten zuerst Louisa Rey zu finden.

Während sie beschäftigt waren, fuhr ich zum Jagdklub. Ich ging nicht rein, sondern fragte nur am Tor nach Wood. Der bewaffnete Wachmann schien gelangweilt. Ich glaubte ihm, als er sagte, dass Wood nicht da war.

Dieses Mal verfolgte mich kein DEA-Team, als ich wieder wegfuhr. Ich musste nach ihnen suchen. Ich kurvte eine Weile durch die Gegend, bis ich den SUV sah, der nur ein Stück abseits der Straße geparkt war. Zwei Männer saßen darin, dieselben zwei breiten Typen, die mich im *Border Crossing* über ihre Queues hinweg angestarrt hatten. Sie waren nicht erfreut, mich zu sehen.

»Sie müssen hier wieder verschwinden, Sheriff«, sagte der Fahrer.

»Chief«, meinte ich. »Ich bin der Polizeichief, kein Sheriff.«

»Wie auch immer.« Er spuckte aus dem Fenster. Vielleicht war der Staub der Grund. Ich hatte meine Zweifel. »Sie sollten sich wirklich hier verziehen. Wir arbeiten.«

»Was für Arbeit?«

»Hey, leck mich«, rief der Mann auf dem Beifahrersitz.

Der Fahrer, der versuchte, wie der Vernünftigere zu wirken, hielt die Hand in Richtung seines Partners hoch, ohne seine Aufmerksamkeit von mir abzuwenden. »Was wollen Sie, *Chief*?«

»Ich suche nach jemandem. Ich vermute, er wollte die Machados sehen.«

»Ihr Stadtrat war nicht hier oben.«

»Sie scheinen gut informiert zu sein.«

Der Typ auf dem Beifahrersitz griff nach vorn und machte sich am Armaturenbrett zu schaffen, aber ich konnte nicht erkennen, was er tat.

»So was spricht sich herum«, sagte der Fahrer.

»Ja, sagen Sie mir mal was. Beobachten Sie die Machados oder halten Sie für sie Wache?«

Der Fahrer spuckte wieder aus. Dann zeigte er mir den Mittelfinger.

Ich fuhr weiter. Wenigstens hatte ich zwei Informationen von ihnen. Sie wussten bereits, dass ich nach Wood suchte. Und sie hörten den Polizeifunk ab. Als der Beifahrer sich am Armaturenbrett zu schaffen machte, hatte er ein Funkgerät ausgeschaltet, das Polizeifrequenzen empfing. Und nicht, weil er verhindern wollte, dass ich Funksprüche der DEA mithörte.

Danach fuhr ich um die Stadt herum. Ich steuerte am Parkplatz des *Desert Drop* vorbei – vielleicht war er dort, um nach mir zu suchen. Nach dem sinnlosen Herumgefahre war ich gelangweilt, angepisst und besorgt. Dafür gab es nur eine Lösung: Tacos. Ich ging ins *Ernesto's*, zum Mittagessen. Ich trank einen Tee dazu, kein Bier.

In der Bar herrschte Wochenendbetrieb. Das stimmte mich nachdenklich. Auch ein Mann, der so tat, als hätte er einen Job zu erledigen, brauchte gelegentlich eine Pause. Ich war angespannt und wollte das Chaos im Hirn beruhigen. Meiner Erfahrung nach ließ sich der Alltagstrubel am besten verscheuchen, indem man einen Haken an einer Schnur ins Wasser hängt.

Mit zu vielen Tacos im Magen fuhr ich zu Walmart, um mich auszurüsten. Ich kaufte eine zweiteilige Angel mit Schnur, Haken, Schwimmer und Senkblei, alles für weniger als fünf Dollar. Dazu noch eine Dose Köder, einen Beutel Eis und ein Sixpack Bier. Auf dem Parkplatz legte ich die Angel auf die Ladefläche des Pick-ups. Das Eis kippte ich in die Kühlbox und steckte die Dose mit den Würmern und das Bier hinein. Dann klingelte mein Handy. Ich hatte mit Milo gerechnet, aber es war die Funkzentrale.

Ich fuhr hin und her und musste noch zweimal auf dem Revier anrufen, um den überwucherten Weg zu finden, der von der Landstraße zum Wasser führte. Neben einem Wäldchen aus Pappeln und Pekannussbäumen, das bis ans abschüssige Ufer reichte, waren zwei Autos geparkt. Eines war ein Streifenwagen der Polizei von Lansdale. Der andere Wagen gehörte Stadtrat Bascom Wood.

Als ich hinter dem Streifenwagen parkte, trat Officer Sunny einen Schritt vom offenen Fenster der Fahrerseite von Woods Auto zurück. Sie hatte den Kopf zur Seite gelegt, als sie in das Funkgerät auf ihrer Schulter sprach. Ich kam näher, während sie weiterredete und Notizen machte.

Als ich nahe genug war, hörte ich die Fliegen. Die Windschutzscheibe war innen mit Blut und grauer Masse vollgespritzt. Ich ging nicht näher heran.

Sie beendete ihren Bericht an die Zentrale und sah mich an.

»Sein Sohn?«, fragte ich. »Baron?«

»Er ist nicht da«, antwortete sie. »Nur Stadtrat Wood.«

Ich betrachtete das Wäldchen und war froh über diese Neuigkeiten. »Das liegt nicht innerhalb der Stadtgrenze, oder?«

»Dreht sich das jetzt um die Zuständigkeiten?«

»*Was* dreht sich um Zuständigkeiten?«

»Der Grund, wieso ich das hier nicht weiterverfolgen darf?«

Als ich nichts sagte, schüttelte sie den Kopf. »Nein.«

»Nein?«

»Das ist nicht innerhalb der Stadtgrenze.«

»Aber Bascom Wood ist Stadtrat.«

Sunny nickte.

»Ich nehme an, es wäre problematisch, wenn wir damit zum County-Sheriff gehen.«

»Ist dasselbe wie in der Stadt«, sagte sie. »Der Sheriff wurde schon ein paar Monate nicht mehr gesehen. Wenn wir das an den weitergeben, landet es in den Händen der Bundesbehörden. Und deren Leute sind hier in der ganzen Gegend verteilt.«

»Was schlagen Sie vor?«

»Das fragen Sie mich?«

»Ich bin der Neue.«

»Sie sind der Chief.«

»Okay. Aber ich frage trotzdem.«

»Es gibt einen Leichenbeschauer für das County, aber keinen richtigen Gerichtsmediziner. Die forensische Arbeit läuft über sein Büro. Aber das System ist … *problematisch*.«

»Also?«

»Also sollten wir so viele Beweise wie möglich sammeln und sie selbst sicher verwahren.«

»Wem kann ich trauen?«

Die Frage schien sie zu beunruhigen. »Was die Beweise angeht? Ich würde sagen …«

»Ich rede nicht von den Beweisen, Officer Johnson.«

»Ich weiß.«

»Also wem.«

Sie schüttelte den Kopf.

»Hector?«

Sie nickte.

»Gutiérrez?«

Sunny öffnete den Mund, als wollte sie etwas sagen. Dann klappte sie ihn wieder zu. Ich überlegte nachzuhaken, als sie sagte: »Sie ist eine gute Polizistin.«

»Aber?«

Sie schüttelte den Kopf. Nicht als Verneinung. Eher als Geste der Verwirrung.

»Trauen Sie ihr nicht?«

»Vertrauen ist ein rares Gut heutzutage in Lansdale.« Das schien ihr einzuleuchten.

»Die anderen Officers?«

»Die sind in Ordnung – größtenteils.«

»Größtenteils?«

»Sie mögen Sie nicht und sie trauen Ihnen auf jeden Fall nicht.«

»Weil ich von außerhalb bin?«

»Weil Sie ein schlechter Chief sind.«

»Ja«, stimmte ich zu. »Das ist mir klar.«

»Was wollen Sie dagegen unternehmen?«

»Ich hab keinen blassen Schimmer.« Ich zuckte mit den Achseln. »Aber fürs Erste sollten Sie alle miteinbeziehen, denen Sie vertrauen und die Sie benötigen.«

»Was werden Sie tun?«

»Ich mache das, was ein Chief so macht. Die Probleme angehen, wenn sie auftauchen.«

»Was soll das heißen?«

»Ich nehme an, das sehen Sie in ein paar Minuten.« Ich deutete auf eine Gabelung im Weg, der zum Ufer führte. »Ich werde den Pick-up da abstellen, hinter den Bäumen.«

»Wieso?«

»Ich glaube, es wäre am besten, wenn mich die Probleme nicht gleich sehen.«

Sie schüttelte erneut den Kopf, Verwirrung gepaart mit Missbilligung. Sie machte sich trotzdem wieder an die Arbeit.

Ich stieß mit dem Wagen rückwärts und lenkte ihn in die Gabelung. Ich parkte hinter ein paar Büschen und Laubbäumen. In der Nähe war ein kleiner Nebenarm des Flusses. Aus dem dunklen Wasser ragten vereinzelt verrottende Baumstümpfe. Ich nahm die Angel und die Würmer aus dem Wagen. So konnte ich wenigstens die Wartezeit sinnvoll nutzen.

Ich stand an einen Baum gelehnt. Von dort hörte ich ein paar Streifenwagen und erspähte sie durch die Bäume. Ich zählte drei. Etwa zwanzig Minuten, nachdem ich die Angel ausgeworfen hatte, zog ich einen Gabelwels an Land. Der Fisch wehrte sich heftig, aber war zu klein. Als ich den Haken aus seinem Maul genommen und ihn wieder in den Fluss geworfen hatte, donnerten mehrere Autos den Weg entlang.

Es waren keine Streifenwagen. Selbst aus der Ferne hörte ich das Röhren der großen Motoren und das Knirschen grobstolliger Reifen auf dem harten Lehmboden. Ich holte die Angelschnur ein und nahm sie mit, bevor ich Stellung hinter einer Pappel bezog, ein ganzes Stück von der Stelle entfernt, wo die Cops an die Arbeit gegangen waren.

Zwei dicke SUV röhrten vorbei und kamen in einer Staubwolke rutschend und geräuschvoll zum Stehen. Jemand wollte einen großen Auftritt hinlegen.

Es waren sieben Leute, inklusive Stackhouse. Darunter die beiden Typen vom Billardtisch im *Border Crossing.* Der Rest hatte die Straße versperrt, als ich aus dem Jagdklub kam. Das waren Profis. Noch bevor die Wagen ganz zum Stehen kamen, wurden die Türen geöffnet und Männer sprangen heraus. Wortlos stellten sie sich in einem breiten Halbkreis um den blutigen Wagen, wo vier Officers Fotos schossen und Beweismaterial in kleine Plastiktüten steckten.

Während sie sich verteilen, schlich ich näher und blieb dabei hinter den Büschen.

Fünf Männer des DEA-Teams hatten M4a1-Karabiner in der Hand und einer eine Schrotflinte. Stackhouse hatte nur eine Glock im Holster, als er in den Halbkreis trat. Er versuchte, vernünftig zu wirken.

»Sie sind außerhalb der Stadtgrenzen, oder nicht?«, rief Stackhouse den Polizisten zu.

»Und Sie sind aus dem Zoo entsprungen«, rief Sunny Johnson zurück. »Wir sagen es nicht weiter, wenn ihr es nicht macht.«

»Lustig.« So wie er es sagte, hörte es sich an, als habe er noch nie irgendetwas wirklich lustig gefunden. »Sie sind aber klein für einen Cop, oder? Sie wiegen doch nicht mehr als ein Sack Kartoffeln.«

Ich rechnete mit einer cleveren Antwort. Stattdessen sagte Sunny einfach: »Sie können mich mal an meinem bildschönen, schwarzen Arsch lecken.«

Es war nicht lustig, aber die Machotypen um sie herum kicherten. Stackhouse ließ sie mit einem bösen Blick verstummen.

Das war mein Stichwort. Ich wickelte etwas von der Angelschnur ab. Gleichzeitig schlich ich behutsam nach vorn aus der Deckung der Bäume heraus.

»Wir übernehmen diesen Tatort und die Ermittlungen«, sagte Stackhouse laut genug, dass es jeder hörte. »Sie werden alle Beweise hierlassen, alle Notizen und Akten abgeben und mir aus dem Weg gehen.«

»Das hat nichts mit Bundesbehörden zu tun«, sagte Sunny. »Mord wird von den örtlichen Behörden bearbeitet.«

»Hier gibt es eindeutig einen Zuständigkeitskonflikt, Schwester. Und mein dicker DEA-Schwanz hat hier mehr Gewicht als Ihr schwarzer Arsch. Also räumen Sie meinen Tatort.«

»Nein.«

Officer Sunny Johnson war ein Teufelsweib und man konnte sich nur wünschen, dass alle Cops ihren Mut hätten. Diese Jungs aber waren offenbar immun gegen ihren Charme. Irgendjemand spannte den Abzug an seiner Waffe.

»Ich glaube, Sie verstehen das nicht ganz«, sagte Stackhouse.

In diesem Moment sahen Sunny und die anderen Cops zum ersten Mal ängstlich aus. Sie waren die Polizei. Bis sie den scharfen Unterton in Stackhouses Stimme hörten, war ihnen nicht in den Sinn gekommen, dass sie von der DEA bedroht werden könnten. Ich hätte ihnen sagen können, dass sie den Feds viel zu viel Vorschusslorbeeren gaben.

Ganz hinten in den Reihen der DEA-Beamten und mir am nächsten stand der Mann mit der Schrotflinte. Ich schlich mich so nahe wie möglich an ihn heran.

Ich holte mit der Angel aus und ließ sie nach vorn schnellen. Der Haken und das Senkblei wickelten sich um den Lauf der Waffe und den Unterarm des Mannes. Als ich fest anzog, grub sich der Haken in seinen Arm. Der plötzliche Schmerz und der Zug führten dazu, dass die Schrotflinte losging und er nur knapp an einem Kollegen vorbeischoss. Als der Schuss ausgelöst worden war, ließ ich die Angel fallen und zog die 45er. In drei Schritten war ich hinter dem Schützen und trat ihm in die Kniekehle. Er sackte zu Boden und ich verpasste ihm mit der Pistole einen Schlag seitlich gegen den Schädel.

Er klatschte der Länge nach hin, die Marke landete neben ihm mit der Vorderseite nach oben im Staub.

Ich richtete die Waffe auf seinen Hinterkopf.

»Tindall«, schrie Stackhouse.

Ich hätte mich beinahe umgesehen, wo Paris war.

»Das ist eine DEA-Ermittlung. Treten Sie von meinem Mitarbeiter zurück.«

»Zeigen Sie mir Ihre Dienstmarke«, sagte ich. Einer der Männer, die ihre Waffen auf mich gerichtet hatten, lachte, aber nicht lange.

»Ich zeige Ihnen gleich die gottverdammte Leichenhalle von innen, wenn Sie nicht aufhören, meinen Officer zu bedrohen.«

»Ihren Officer?« Ich bückte mich und sah mir die Dienstmarke genauer an. »Wieso hat er eine Marke vom Finanzministerium?«

»Gemeinsame Operation.«

»Da sehen Sie's«, sagte ich und bedachte Stackhouse von unten mit einem verächtlichen Blick. »Mal wieder mit dem eigenen Laden angeben. Ich glaube, Sie schulden *meinem* Officer eine Entschuldigung.«

»Das tut er ganz sicher«, meinte Officer Sunny. Sie stand breitbeinig mit der Waffe im Anschlag. Meine anderen drei Officer hatten dieselbe Position eingenommen.

»Wir spielen hier alle fürs gleiche Team.« Stackhouse versuchte mal wieder, den Vernünftigen zu mimen.

»Sie sind bei der DEA, er vom Finanzministerium. Was ist mit den anderen Typen hier?«

Niemand sagte etwas.

»Na ja, ist auch egal. Wir haben keinen Platz im Team mehr frei.«

Dann fragte mich Stackhouse: »Was wollen Sie?«

»Informationen«, entgegnete ich. »Beteiligt werden.«

»Dafür fehlt Ihnen die Berechtigung.«

»Haben Sie denn schon Ihre gestohlene Dienstmarke gemeldet? Ich kenne da jemanden im Justizministerium, den interessiert das vielleicht.«

»Scheiß drauf.«

Stackhouse wandte sich an seine Männer. »Die Waffen runter.« Er zeigte auf den Agenten des Finanzministeriums, der noch am Boden lag. »Helft Connors.« Dann drehte er sich um. »Ich melde mich.«

»Wieso sieben?«

Ich konnte an seinem Gesichtsausdruck sehen, dass Stackhouse wusste, wonach ich fragte. Er versuchte mich zu ignorieren.

»Sechs von denen und Sie. Scheint mir eine unübliche Zahl von Leuten für ein Team. Komisch.«

»Was wissen Sie schon darüber?«

»Ich weiß, dass Sie jemanden undercover haben.«

»Sie führen sich auf wie ein Elefant im Porzellanladen, wissen Sie das? Reines Chaos, null Taktik.«

Sie zogen ab. Glücklich sahen sie dabei nicht aus. Die Officer des Lansdale Police Department wirkten stolz. Und ich war stolz auf sie. Sie fuhren wieder zum Revier und ich entwirrte meine Angelschnur und schlenderte zurück zum Fluss. Dieses Mal angelte ich nicht. Ich öffnete ein Bier, lehnte mich gegen die Ladefläche des Pick-ups und konzentrierte mich, den Atem und meine Hände unter Kontrolle zu kriegen.

Officer Sunny Johnson sah nach mir, als sie bereit waren, den Tatort zu verlassen. »Ich hab einen Abschleppwagen für den Wagen gerufen und den Leichenbeschauer«, sagte sie.

»Sie hören sich nicht gerade glücklich darüber an.«

»Bin ich auch nicht. Besonders wegen des Leichenbeschauers.«

»Können wir da irgendwas ändern?«, fragte ich und öffnete die Kühlbox. Ich hätte wohl das zweite Bier rausgeholt, wenn sie mich nicht so angesehen hätte.

»Wir könnten die Leiche nach Houston schicken, um die Autopsie durchführen zu lassen.« Sie klang wenig zuversichtlich.

»Würde das was bringen?«

»Wahrscheinlich nicht.«

Ich nickte. »Wieso sollten wir das dann tun?«

»Manchmal sollen die einfach mitkriegen, dass wir unseren Job machen. Die haben uns gar nichts zu sagen, egal, was die glauben.«

Ich holte die zweite Angelrute von der Ladefläche des Pick-ups und gab sie ihr. »So wie man manchmal angeln muss, aber nicht unbedingt etwas fangen.«

»Vielleicht.«

Sie warf, ohne zu zögern, die Angel aus. »Ich weiß nicht. Diese ganze Sache – die DEA-Typen – die gehen uns allen ganz schön auf die Nerven.«

»Dann sollten Sie tun, was zu tun ist. Außer, ich muss Ihnen den Köder auf den Haken spießen?«

»Ich kann meine eigenen Köder aufspießen und sogar den Fisch vom Haken nehmen, ausnehmen und braten. Mein Daddy hat keine zimperliche Zicke aufgezogen.«

»Daran hege ich keinen Zweifel, Officer Sunny.«

Ich bekam keine weitere Gelegenheit, angeln zu gehen. Das Wochenende war gelaufen. Den restlichen Tag und den folgenden Sonntag hatte ich mehr als genug zu tun. Das Meiste davon Routinezeug und jede Menge Anrufe. Die Maschinerie, die sich in Bewegung setzt, wenn ein Mord passiert ist, wirkt erstaunlich banal. Und es war ein Mord. Ich hatte zuerst Sorge, Bascom Wood könnte sich umgebracht haben. Officer Sunny beendete meine Spekulationen, als sie die Waffe fand, die jemand drei Meter vom Auto entfernt ins Gebüsch geworfen hatte.

Sie war nicht verrostet und erst vor Kurzem abgefeuert worden – mit ziemlicher Sicherheit die Mordwaffe. Es war ein Drop Piece. Die würde uns kein bisschen weiterbringen, außer jemand war blöd genug, einen fetten Fingerabdruck darauf hinterlassen zu haben.

Am frühen Sonntagmorgen beendeten wir die Untersuchung am Tatort. Das hieß nicht, dass die Ermittlungen abgeschlossen waren. Bascoms Wagen wurde zum Revier gebracht. Ich ließ ihn in der Werkstatt hinter Schloss und Riegel unterbringen und zwei Officers machten sich daran, den Innenraum zu zerlegen. Die beiden hatten eine Menge Erfahrung beim Aufspüren von Drogen in einem Auto. Von dem Fahrzeug würde nicht viel übrig bleiben, wenn sie fertig waren. Aber wenn es irgendeine Spur gab, würden sie diese entdecken.

Wir fanden Baron Wood an einer anderen Stelle am Fluss, die ein beliebter Treffpunkt für Jugendliche war. Er war mit seiner Freundin und ein paar Kumpels dort. Sie wateten im Wasser herum, bespritzten sich oder sonnten auf Badetüchern, die sie auf dem staubigen Ufer ausgebreitet hatten. Ich ging hin, um mich mit ihnen zu unterhalten.

Als ich ankam, versuchten die Kids, ihr Bier zu verstecken. Manche riefen ihren Freunden Warnungen zu. Alle hörten auf herumzublödeln, um zu sehen, was der Cop wollte. Baron beobachtete mich aus dem knietiefen Wasser. Ich blieb nicht am Ufer stehen, sondern watete direkt in den Fluss zu dem Jungen. Er nickte seiner Freundin zu und sie ging ein Stück weg auf eine Sandbank.

»Sind Sie gekommen, um mich mal wieder nach Hause zu schleifen?«, fragte Baron. »Flippt mein Dad schon wieder aus?«

»Dieses Mal nicht«, sagte ich. Ich stand neben ihm im knietiefen Wasser. Es hatte die Temperatur einer lauwarmen Badewanne.

»Sie sollten nach ihm suchen. Er ist derjenige, der gestern Abend nicht nach Hause gekommen ist. Oder schiebt er dafür auch die Schuld auf mich?«

»Nein.« Ich schüttelte den Kopf und überlegte, was ich sagen konnte. »Er beschuldigt dich wegen gar nichts.«

»Das ist aber neu. Mein Vater …«

Ich weiß nicht, ob er etwas in meinem Gesicht gesehen hatte, aber ich konnte sehen, wie es ihm dämmerte. Er schluckte schwer. Er warf einen Blick auf seine Freunde, die einfach nur zurückstarrten. Dann sah er wieder mich an.

»Deswegen sind Sie hier«, sagte er. »Weil er gestern nicht nach Hause gekommen ist.«

»Es tut mir so leid, Baron.«

»Hat er etwas getrunken?«

»Getrunken?«

»Manchmal trinkt er ein paar Bier. Wenn er erwischt wird, lassen ihn die Cops meistens wieder laufen, wegen seines Jobs.«

»Baron.« Ich sah ihm in die Augen und ich hasste jedes einzelne Wort, das mir einfiel. »Es war kein Autounfall. Es tut mir leid. Jemand hat deinen Vater umgebracht.«

Zuerst zeigte sich der Schock auf seinem Gesicht. Dann gaben die Beine nach. Ich stützte ihn und half ihm ins flache Wasser, damit er sich setzen konnte.

»Wieso?«

»Das versuchen wir herauszufinden.« Ich winkte seine Freundin heran. »Louisa wird sich zu dir setzen.« Aus ihren großen Augen sprach die Sorge, aber sie war schlau genug, keine Fragen zu stellen. Sie setzte sich ins Wasser neben Baron. »Weißt du irgendwas über die Arbeit deines Vaters?«, fragte ich.

Baron schüttelte den Kopf und starrte ins schlammige Wasser. »Nein. Er hat eine Menge darüber geredet. Ich hab nie zugehört.«

»Ist schon okay.«

»Jetzt wünschte ich mir, ich hätte es.«

»Ich weiß. Er hat sich auch gewünscht, besser mit dir reden zu können.«

»Wirklich?« Baron sah vom dunklen Wasser auf und mich an. »Woher wollen Sie das wissen?«

»Weil er über dich geredet hat. Er war traurig, dass er dir kein perfektes Zuhause bieten konnte.«

Er nickte und blickte wieder aufs Wasser. »Er hätte alles gern perfekt gehabt.«

»Er meinte, du wolltest in einem Stück mitspielen.«

»Das hat ihn geärgert.«

»Das verstehe ich. Ich wette, er wäre trotzdem zur Aufführung gekommen. Was glaubst du?«

Baron nickte wieder und ich sah, wie etwas von seinem Gesicht ins Wasser tropfte. »Ja, das wäre er.«

»Manche Väter wollen, dass ihre Söhne etwas anderes machen. Manche hätten am liebsten einen anderen Sohn. Vielleicht hattest du es besser, als du dachtest.«

Er weinte unverhohlen. Silberne Tränen fielen in das braungrüne Wasser und verschwanden. »Vielleicht«, sagte er. Seine Stimme klang belegt und er wischte sich die laufende Nase mit dem Handrücken ab.

»Ich muss dir eine Frage stellen: Weißt du, ob jemand deinem Vater wehtun wollte?«

Er schüttelte den Kopf und wischte sich wieder die Nase. »Nein. Er war ein ganz normaler Typ. Niemand Besonderes. Einfach nur mein Dad.«

»Verstehe.«

»Was soll ich jetzt tun?«

»Hast du noch Familie, die herkommen kann?«

»Meinen Onkel und meine Tante.«

»Wir bringen dich nach Hause und bleiben bei dir, bis sie kommen.«

»Muss ich mit Ihnen fahren? Ich habe einen Wagen.«

Baron hatte immer noch den Kopf gesenkt und schaute aufs dreckige Wasser. Louisa sah mich allerdings an. Sie hatte dieselbe Frage.

»Das ist schon okay, denke ich. Jemand wird bei dir zu Hause auf dich warten. Brauch' nicht zu lange.« Ich ließ das Paar eng aneinandergeschmiegt zurück und platschte durchs Wasser ans Ufer. Von dort machte ich mich stracks zum Bier auf, das versteckt worden war, als ich ankam.

»Hey«, rief jemand, als ich die Kühlbox anhob.

»Klappe«, gab ich barsch zurück, ohne zu wissen, wen ich ansprach. »Wenn ich zurückkomme und mehr finde, dann nehme ich nicht nur das Bier mit.«

Ich stellte die Kühlbox auf die Ladefläche des Pick-ups und fuhr davon. Mein Bauch fühlte sich an, wie mit Batteriesäure gefüllt. Das restliche Wochenende war kein Stück besser. Ich erwischte Milo am Telefon. Er hatte keine Informationen für mich, oder zumindest keine, die er mir mitteilen wollte. Ich berichtete ihm von der letzten Konfrontation mit Stackhouse. Das besserte nicht unbedingt seine Meinung von mir. Ich sagte ihm auch, was ich über das Team vermutete – dass jemand fehlte.

Als ich am Montagmorgen aufs Revier kam – wieder mal zu spät – hatte ich immer noch dieses saure Gefühl und jede Menge Wut im Bauch, aber ich war schon fast zuversichtlich, was den Job anging. Ich beschloss, das ganze Police Department von Lansdale, Texas, an meiner Laune teilhaben zu lassen. Zuerst rief ich Gutiérrez aufs Revier, um sie zu befördern. Das war nicht so blöd, wie es sich anhört. Ich hatte keine Ahnung davon, was ein Cop so machte, erst recht nicht der Polizeichef. Und überraschenderweise nervte mich das langsam. Ich war mir sicher, Gutiérrez wusste alles Nötige und noch mehr. Sie zur Stellvertreterin zu befördern, löste mein Problem, ein Revier leiten zu müssen, und verschaffte ihr zusätzliche Pflichten, die es ihr erschwerten, mir in die Quere zu kommen. Dachte ich zumindest. Ich wusste immer noch nicht, für welche Seite sie arbeitete. Sie beschäftigt zu halten, war die beste Lösung, bis mir was Besseres einfiel.

Officer Bronwyn Gutiérrez war nicht erfreut über die Beförderung.

»Was zur Hölle soll das?«

Ich glaube, sie hatte die Frage zum dritten Mal gestellt.

»Das ist eine Beförderung.«

»Das ist eine Falle.«

»In welcher Hinsicht?« Ich lächelte, als ich die Frage stellte.

»Ich arbeite nicht für Sie.«

»Sollen wir es drauf ankommen lassen?«

»Sie haben keine Ahnung, was Sie da tun.«

Ich grinste ein wenig breiter.

»Versuchen Sie mir das Leben schwerzumachen?«

»Ich doch nicht. Ich nutze nur die wertvolle Erfahrung eines Officers.«

»Sie behindern eine bundesbehördliche Ermittlung.«

»Welche Bundesbehörde?«

»Kann ich Ihnen nicht sagen.«

»Was untersuchen Sie?«

»Noch mal – das kann ich Ihnen nicht sagen. Genügt es nicht, dass wir auf derselben Seite stehen?«

»Tun wir das?«

Ihre Reaktion war ein Blick, der einen bei manchen Menschen erdolcht hätte. In ihren Augen sah ich eher so etwas wie stumpfe und rostige Rasenmäherklingen.

»Mir ist aufgefallen, dass sich Detective Walker heute Morgen nicht zum Dienst gemeldet hat«, sagte ich. »Wir brauchen einen Detective, oder?«

»Walker ist in Mexiko, entweder betrunken oder tot. Wenn er betrunken ist, dann heißt das nur, dass die sich bisher nicht die Mühe gemacht haben, ihn umzulegen. Sie haben ihn in diese Situation gebracht.«

»Nee. Das war seine Entscheidung. Sein Ende.«

»Sie haben das auf dem Gewissen.« Ihre Stimme war so kalt und ausdruckslos wie Weihnachten in Kansas.

»Was ist mit Hector?«

»Hector?«

»Als Detective.«

»Er ist nicht so weit.«

»Deswegen werden Sie ihn anleiten.«

»Ich dachte, ich sei Stellvertreterin des Chiefs, was immer das auch bedeutet.«

»Das sind Sie. Und der leitende Detective und offiziell verantwortlich für die Untersuchung des Todes von Bascom Wood.«

»Holen Sie jemanden von außen dazu.«

»Nein.«

»Was versuchen Sie zu erreichen?« Sie wedelte mit den Armen übertrieben in der Luft herum.

»Ich will einmal in meinem Leben kein totales Chaos hinterlassen. Sie werden mir dabei helfen, ob es Ihnen gefällt oder nicht.«

Ich hatte Gutiérrez zur offiziellen Leiterin der Ermittlungen zum Mord an Bascom Wood gemacht. Ich sagte ihr nicht, dass mir hauptsächlich das Wort *offiziell* wichtig war. In dieser Richtung wollte ich selbst weiter ermitteln, denn ich war mir sicher, dass es mit allem in Verbindung stand, über das ich bisher gestolpert war. Der richtige Ort, damit anzufangen, war meiner Meinung nach das Büro des Stadtrats im Rathaus.

Das 125 Jahre alte Gebäude war aus Kalkstein. Innen wirkte es geisterhaft leer. Überall poliertes Messing. Ein Büro war offen, das für Geschäftslizenzen, Baugenehmigungen und Gewerbesteuern der Stadt. Alle diese Dienstleistungen wurden durch das Schalterfenster desselben Raums angeboten, in dem eine ältere Frau mit bläulichen Haaren arbeitete. Alle anderen waren geschlossen und die Lichter aus. Ich stieg die breiten Marmorstufen in den ersten Stock hinauf.

Alle Türen waren geschlossen und hinter den Milchglastüren war es finster. Ich steckte den Kopf durch die Tür in das Büro des Bürgermeisters. Es sah so aus, als wäre es seit Jahren nicht angerührt worden. Ich durchquerte den Flur, um zu Stadtrat Woods Büro zu kommen. Ich hätte gar nicht die penible Ordnung bei ihm zu Hause sehen müssen, um zu wissen, dass der Stadtrat sein Büro bestimmt nicht in dieser Unordnung zurückgelassen hatte. Auf dem Boden waren Aktenordner, die man aus den Regalen gerissen hatte. Überall lagen lose Blätter herum. Jede Schublade und alle Schranktüren standen offen. Da hatte jemand nach etwas gesucht.

Ich verbrachte ein paar Minuten damit, mich durch die Unordnung zu wühlen, bevor mir auffiel, dass eine der Schubladen des Schreibtischs gesplittert war, weil sie jemand aufgebrochen hatte. Der Papierkram, der zutage trat, bestand aus Bankunterlagen, größtenteils Kontoauszüge und Schecks, die ausgefüllt, aber wieder durchgestrichen worden waren. Die Namen von zwei verschiedenen Banken standen auf den Unterlagen. Eine war die Bank of the Republic, eine texanische Institution, die es schon seit Ewigkeiten gab. Die Bank of the Republic war genau der richtige Ort, an dem eine Stadtverwaltung ihre Gelder parken würde. Diese Seiten lagen in Haufen auf dem Boden verstreut. Andere Papiere, die überall verteilt und zum Teil zerknüllt waren, trugen den Namen Bank of Lansdale. Ich musste nicht auf einen Stadtplan sehen, um zu wissen, dass das nagelneue Gebäude der Bank of Lansdale außerhalb der Stadtgrenze und direkt gegenüber des privaten Jagdklubs Gun Hills zu finden war.

»Kann ich etwas für Sie tun?« Die Frage wurde von flackernden Lichtern begleitet, die angeschaltet wurden. Der gebrechlich aussehende alte Mann an der Tür hatte sie gestellt.

Hinter der Schulter des alten Mannes lugte die blauhaarige Frau hervor. »Sag ihm, wir rufen die Polizei.« Sie dachte wohl, sie hätte leise genug geflüstert, dass ich sie nicht hörte.

»Wer sind Sie?«, fragte ich.

»Sie sind derjenige, der hier nichts zu suchen hat«, sagte der alte Mann abwehrend. »Beantworten Sie meine Frage.«

Die alte Lady knuffte ihn in die Seite. Ich konnte nicht genau sagen, ob das »gut gemacht« oder »halt die Klappe« heißen sollte. Nicht, dass es etwas geändert hatte. Er ignorierte den Stoß.

»Ich bin Paris Tindall«, erklärte ich. Der Name fühlte sich immer noch wie ein Felsbrocken in meinem Mund an. »Der neue Polizeichef.«

»Nun, das wird aber auch Zeit«, sagte der alte Gentleman, hielt mir seine Hand hin und trat einen Schritt vor. »Ich bin Spencer Toomey. Der letzte Stadtrat.« Wir schüttelten uns die Hände und er nickte in Richtung der Frau. »Das ist Mrs. Toomey, meine Frau. Sie ist City Managerin.«

»Was wollen Sie deswegen unternehmen?«, fragte Mrs. Toomey und trat hinter ihrem Ehemann hervor. Sie deutete auf das Chaos im Zimmer. »Das hier. Die Unordnung und Zerstörung.«

»Ich arbeite daran, Ma'am.«

»Meine Frau ist nur beunruhigt, Chief«, sagte Mr. Toomey. »Es ist keine gute Zeit, um bei der Stadtverwaltung in Lansdale zu arbeiten.«

»Eine geradezu kriminelle Zeit«, korrigierte sie ihn.

Er schüttelte nachdenklich den Kopf. »Wir haben das Chaos hier heute Morgen entdeckt. Anscheinend war alles noch in Ordnung, als der weibliche Officer hier war, sonst hätte sie etwas gesagt.«

»Weiblicher Officer?«

»Die große, muskulöse Blondine.«

»Spencer mag sie«, meinte Mrs. Toomey. »Er findet, *sie hat was*.«

»Bitte, Norma.«

Er wurde wohl öfter damit aufgezogen.

»Wann war sie denn hier?«

»Vorgestern. Am selben Tag, an dem der arme Mr. Wood gefunden wurde«, antwortete er.

»Sie hat uns gesagt, dass er tot ist«, fügte sie hinzu.

»Familienunternehmen?«, wollte ich wissen.

»Eher Familienfluch, wenn Sie mich fragen.« Mrs. Toomey stieß vorsichtig mit einem praktischen Slipper gegen einen Stapel Papier.

»Meine Frau meint, dass wir im Grunde die gesamte Stadtverwaltung darstellen. Bei den Todesfällen und Kündigungen … wir sind die Letzten, die die Stellung halten.«

»Wir wissen, wer es getan hat«, behauptete Mrs. Toomey überzeugt.

»Nicht genau«, warf Mr. Toomey ein. »Aber Sie können drauf wetten, dass es jemand war, der von den Machados geschickt wurde.«

»Ja«, entgegnete ich. »Das scheint mir hier der rote Faden zu sein. Haben Sie eine Idee, wieso?«

»Wieso die unsere Stadt lebendig ausbluten lassen oder wieso sie damit durchkommen?«, fragte Mrs. Toomey.

Mr. Toomey schüttelte den Kopf. »Macht. Das ist es doch, was böse Menschen wollen, oder nicht?«

»Macht?«

»Sehen Sie sich die Stadt an.« Mr. Toomey gestikulierte im Raum herum, als wäre die ganze Stadt mit ihm im Zimmer. »Mexiko auf der einen Seite. Big Bend auf der anderen. Nichts als Feldwege und Landstraßen in Richtung Norden, für hunderte Meilen. Die nächste Stadt ist Del Rio. Das sind etwa 80 Meilen durch Mexiko und die Wüste. Auf einer Straße doppelt so weit.«

»Wenn man einen Ort übernehmen wollte und es keinen interessieren soll« – Mrs. Toomey zeigte mit einem knochigen Finger auf mich – »dann ist Lansdale die Stadt, die man dafür wählen würde.«

Ich nickte. Erneut betrachtete ich das verwüstete Zimmer und etwas nagte in meinem Hinterkopf. »Wann war Gutiérrez hier?«

Das Paar sah mich mit vier hochgezogenen Augenbrauen fragend an.

»Der weibliche Officer mit den Muskeln«, sagte ich.

»Samstag.« Mr. Toomey sah seine Frau an. »Ungefähr um fünf?«

»Etwa«, sagte sie. »Wir wollten gerade zum Abendessen gehen, als sie kam.«

»Das Rathaus ist an einem Samstag so spät geöffnet?«

»Nein«, sagte er. »Aber wir hatten noch ein wenig liegengebliebene Arbeit zu erledigen.«

»Eine Menge hat sich gerade angestaut«, fügte sie hinzu. »Geschäftsgenehmigungen, Gesundheitszeugnisse – Dinge, um die man sich leider auch weiter kümmern muss, wenn keine Politiker da sind.«

»Und Sie halten den Laden am Laufen? Die ganzen wichtigen Papiere?«

»Meine Frau ist Notarin.« Mr. Toomey klang stolz.

»Stadtrat Wood hatte einige wichtige Unterlagen. Die hat der Einbrecher gestohlen. Die würden helfen, seinen Killer zu finden.«

»Mr. Wood war ein vorsichtiger Mann«, sagte Mrs. Toomey.

»Ja, das war er«, sagte ich. »Zu vorsichtig, um etwas so Wichtiges in einer Schreibtischschublade zu lassen.«

Sie lächelte erfreut. »Oh, nein. Die ganzen wichtigen Sachen sind im Safe.«

Der Safe war eine grüne Stahlbox. Er war alt und so abgenutzt, dass die Schrift auf der Tür fast nicht zu lesen und das Zahlenschloss beinahe komplett schwarz war. Mrs. Toomey schien kaum einen Blick auf die Zahlen werfen zu müssen, um die richtige Kombination einzugeben. Die schwere Tür schwang an geölten Angeln auf. Das war schon mal ein erster guter Schritt. Der zweite stand auf dem untersten Brett. Eine feuerfeste Stahlbox mit einem Nummernfeld, das aussah wie die Tasten eines Telefons.

»Das ist seine«, sagte Mr. Toomey und zeigte auf die Box.

Ich nahm sie heraus und stellte sie auf den Tresen des Schalters. Science-Fiction-Filme würden mich dieses Mal nicht weiterbringen. Aber selbst wenn sie nicht von Popkultur besessen sind, kann man Menschen im Allgemeinen gut einschätzen. Es gibt einen Grund, dass *Passwort* das häufigste Passwort ist. Ich dachte an Bascom Wood. Ich wusste nicht viel über ihn. Es gab eine Sache – Baron. Der Mann war wahrscheinlich korrupt gewesen und er war vielleicht kein guter Vater, aber er hatte seinen Sohn geliebt. Ich gab den Namen ein und das Display blinkte rot.

Nichts.

Das war enttäuschend. Ich hatte gedacht, es würde einfach sein. Und was Besseres war mir nicht eingefallen.

Mrs. Toomey aber schon. Sie öffnete eine Schublade und holte einen Hammer heraus. »Wie wäre es mit einem Schlüssel?«, fragte sie grinsend.

Ich grinste zurück und nahm den Hammer. Beim ersten Versuch erlosch das Display. Zwei weitere und der Deckel ging auf.

Es war das Eine, von seinem Vater das Schlimmste anzunehmen. Aber es war wie ein Tritt in die Eier mit Stahlkappenschuhen, wenn man es tatsächlich bestätigt bekam. Buicks Name stand überall auf den Dokumenten in der Box.

Buick Tindall hatte für mindestens vier Zuschüsse von Homeland Security die Antragsteller beraten und die Anträge ausgefüllt. Dazu gehörte Geld für mehr Kräfte zur Grenzsicherung, Antiterroreinheiten und die entsprechende Ausrüstung, und das Tüpfelchen auf dem i – eine Anlage, um kommerziellen Grenzverkehr zu durchleuchten. Soweit ich das sah, waren es 22 Millionen Dollar für eine große Röntgenanlage für Trucks und ein Bombensuchgerät. Es gab aber keine Highways oder Grenzübergänge in Lansdale. Wofür sollte das wohl sein?

Es gab noch mehr. Ich fand Zuschüsse für die wirtschaftliche Entwicklung, sowie für Flüchtlinge und Geld für Umsiedlungen. Das alles ergab keinen Sinn. Buick wusste überhaupt nichts über diese Dinge. Er hatte jedoch viele der Anträge unterschrieben – auch diejenigen, die er nicht unterschrieben hatte, schienen von ihm verfasst worden zu sein. Auf mehreren Seiten konnte man dieselben Redewendungen wiederfinden, so als wären ganze Segmente aus anderen Dokumenten ausgeschnitten und kopiert worden. Ich fand auch noch weitere Unterschriften: die von den toten Polizeichefs, von Wilcox und Sawyer; von Bascom Wood; und als Krönung – Darian Stackhouse.

Während ich mich durch den Stapel Unterlagen wühlte, mit denen Millionen Dollar von der Regierung gestohlen worden waren, klingelte mein Telefon. Es war Milo.

»Warten Sie kurz«, sagte ich und legte das Handy auf den Tisch, während ich die Papiere zurück in die feuerfeste Box steckte. Das Sicherste, was mir einfiel, war, alles wieder genau dahin zu befördern, wo ich es gefunden hatte.

Nachdem ich die Box fest verschlossen hatte, nahm ich das Handy in die Hand. »Sind Sie noch da?«

»Was zur Hölle …?«

»Bleiben Sie mal kurz dran.« Ich legte die Hand über das Mikro und dankte den Toomeys, die den Safe schlossen und das Zahlenschloss verdrehten. »Okay, wir können reden«, sagte ich zu Milo, als ich zu meinem Pick-up ging.

»Ein bisschen mehr Freundlichkeit am Telefon würde Ihnen auch nicht schaden«, sagte Milo. Er hörte sich nicht so sauer an wie normalerweise.

Ich erzählte ihm, was ich im Safe gefunden hatte. Ich krönte alles, indem ich den Namen Darian Stackhouse erwähnte. Dann fragte ich: »Wie ist das möglich? Sie sind vom Justizministerium. Alle Bundesbeamten sind Ihnen unterstellt. Wieso wussten Sie nichts von alledem?«

»Zuerst einmal können Sie mich an meinem schwarzen Arsch lecken, wenn Sie glauben, ich war da irgendwie involviert. Und zweitens, wissen Sie überhaupt irgendetwas über die Special Operations Teams der DEA?«

»Was muss man da wissen? Dass sie harte Hunde sind, die erst schießen und später Fragen stellen?«

»So einfach ist es nicht. Die SOTs arbeiten größtenteils im Verborgenen. Die Vollmachten und Aufträge sind streng geheim.«

»Es sind also nicht einfache Cops?«

»Nein. Die arbeiten unter Oberaufsicht, wenn man es so nennen will, der DEA Special Operations Division, aber die SOD ist zusammengesetzt aus Agenten von Partnerbehörden, wie der CIA, dem NSA oder der Homeland Security …«

»Einer der Männer hatte eine Dienstmarke vom Finanzministerium.«

»SOD ist ein Geheimdienstnetzwerk. Die spielen auch nicht nach den Regeln, die für Cops gelten. Die sind dafür bekannt, sich Beweise auf illegale Art zu verschaffen und Verdächtigen Fallen zu stellen.«

»Wie kam Buick dazu, da mitzumischen?«

»Sehen Sie sich in Ihrer Stadt um. Wenn das Geld nicht für die aufgelisteten Zwecke ausgegeben wurde – und wenn

Homeland nicht stinksauer geworden ist – dann sind wohl Millionen an das SOT geflossen oder irgendwo anders hin. All die Toten sind diejenigen, die Fragen hätten stellen können.«

»Da läuft auch was zwischen *La Familia de los Muerto* und Stackhouses Team«, meinte ich.

»Ich hab noch zwei Puzzleteile, was die DEA angeht. Der andere Agent, wegen dem Sie gefragt hatten. Sie hatten recht. Bronwyn Gutiérrez ist von der Abteilung für Innere Angelegenheiten der DEA.«

»Sie ist nicht aus demselben Grund wie ich hier, oder?«

»Das wird sich noch zeigen. Sie soll ein Auge auf die DEA-Operationen haben, bei denen womöglich Grenzen überschritten werden. Das Lustige ist, dass das SOD keine solchen Grenzen kennt. Wenn sie dort ist, dann macht sich jemand Sorgen, und sie ist seit einem Jahr dort.«

»Das andere Puzzlestück?«

»Cesar Barcia.«

»Kenne ich nicht.«

»Sie haben gefragt, wer aus Stackhouses Team fehlt.«

»Das ist der Mann, der undercover bei *La Familia* war?«

»Vermutlich nicht mehr.«

»Tot?«

»Cesar Barcia ist der einzige Name, abgesehen von Darian Stackhouse, den ich überhaupt vom gesamten Team erfahren habe, denn er ist vermisst gemeldet, vermutlich tot.«

»Wann?« Noch als ich die Frage stellte, zählte ich im Kopf zwei und zwei zusammen und heraus kam Cesar Barcia.

»Vor ein paar Wochen.«

»Der Spaßvogel.«

»Was soll das heißen?«

»Das heißt, Sie haben recht. Den Typen ist es egal, wenn sie Grenzen überschreiten oder ob sie sich wie Cops benehmen.«

14

Das Schöne daran, wenn man der Boss ist: Man kann seine eigenen Regeln ignorieren. An diesem Nachmittag ging ich ins *Border Crossing*. Ich saß draußen im Auto im Schatten eines Lkw-Anhängers und beobachtete ein paar Stunden die Tür. Ich sah einige vertraute Gesichter. Allerdings nicht das, welches ich sehen wollte. Die Sonne stand niedrig genug, sodass ich mich nicht beschwerte, als der Truckfahrer zurückkam und mein Schatten weg war. Es stellte sich heraus, dass es egal war, denn der Mann, auf den ich gewartet hatte, trat in dem Moment durch die grüne Eingangstür. Es war der Mann vom Finanzministerium, Connors.

Ich ging hinein und fand ihn an der Bar sitzend vor. Er sah mich ebenfalls und versuchte ein Pokerface aufzusetzen.

»Sorry, wegen der Sache mit dem Angelhaken«, sagte ich, als ich mich auf den Barhocker neben ihm setzte.

»Egal.«

Der Barkeeper stellte eine Flasche Bier vor Connors. Ich hob einen Finger, um auch eines zu bestellen. »Kann ich Ihnen das Nächste ausgeben?«

Er setzte die Flasche an, nahm einen langen Schluck und fixierte mich dabei. Auch ohne ein »Leck mich«, war die Botschaft deutlich.

Ich zuckte übertrieben mit den Achseln, als mein eigenes Bier vor mich gestellt wurde.

»Wie Sie wollen«, sagte ich. »Wir machen hier beide nur unseren Job.«

Das traf. »Unseren Job machen? Haben Sie auch nur den leisesten Schimmer, was der Job hier ist?« Er schüttelte den Kopf mit erhobener Bierflasche in der Hand. »Ich glaube nicht.« Er trank sie leer.

»Sie haben recht«, sagte ich. Ich schob meine Flasche zu ihm rüber und hob den Finger in Richtung Bartender. »Ich weiß nicht, was Sie für einen Job machen. Aber ich glaube, ich weiß, welchen ich zu erledigen habe. Und genau das werde ich tun.«

Connors ließ die Luft mit einem verächtlichen Furzgeräusch durch die Lippen entweichen. Dann nahm er mein Bier.

Ich wartete, bis er einen guten Schluck genommen hatte, und sagte: »Haben die Sie an der Schrotflinte eingeteilt, weil Sie nicht so viel Erfahrung im Einsatz haben?«

Er spuckte sein Bier nicht über den Tresen, aber er hörte auf, zu trinken.

»Das ist nichts, wofür man sich schämen muss. Sie sind ja vom Finanzministerium.«

»Was soll das denn heißen?«

»Ihre Erfahrungen mit Bankangelegenheiten und Geld sind sicher wichtiger als Ihre Künste am Schießeisen.«

»Nerven Sie jemand anderen.« Er hob die Flasche zum Gruß. »Ich werde Ihnen nichts sagen.«

Ich wartete, bis er wieder das Bier angesetzt hatte, und sagte dann: »Der FBI-Agent ist ein besserer Schütze.«

Connors schaffte es, gleichzeitig zu grinsen und weiter zu trinken. Anscheinend hatte ich falsch geraten und das FBI war kein Teil des Teams. »Sie sind ein Arschloch«, sagte er, als er fertig getrunken hatte.

»Vielleicht. Aber ich muss mir keine Scheiße von der Homeland Security gefallen lassen.«

Dieses Mal kein Grinsen.

»Und wie hat es ein anständiger Mann vom Finanzministerium geschafft, bei einer Geheimoperation mit der CIA mitzumachen?«

Dieses Mal lehnte er sich zu mir und legte all seinen Abscheu in die Worte: »Leck mich.« Aber er stritt es nicht ab. Connors nahm das bereitgestellte dritte Bier. Dann ging er und sagte zum Barkeeper. »Er zahlt.«

Ich zahlte und gab ein dickes Trinkgeld. Dann ging ich.

Am nächsten Morgen rief ich als erstes Gutiérrez in mein Büro. Sie sah nicht glücklich aus, vor mir zu stehen.

»Immer noch sauer?«, fragte ich.

»Kann man sagen.«

So viel zum Thema, nicht mit der Tür ins Haus zu fallen. »Wen oder was untersuchen Sie?«

Sie sah mich mit einem Blick an, der normalerweise den Frauen vorbehalten ist, die ich besoffen angrabe und die zwei Klassen über meiner Liga spielen.

»Ist es Stackhouse oder das ganze Team?«

Gutiérrez zog überrascht eine Augenbraue hoch, ließ sich aber sonst nichts anmerken.

Ich wusste trotzdem, dass ich einen Nerv getroffen hatte. »Stecken die das Geld in die eigene Tasche?«

»Darüber werde ich mich nicht mit Ihnen unterhalten.«

»Worüber dann?«

»Gar nicht. Sind wir hier fertig?«

»Wieso haben Sie das Büro des Stadtrats durchwühlt?« Ich versuchte die Frage beiläufig klingen zu lassen.

»Wer hat gesagt, dass ich das war?« Sie versuchte die Antwort beiläufig klingen zu lassen, aber sie trat einen Schritt zurück und lehnte sich gegen den Türrahmen.

»Sie haben ein ziemliches Chaos angerichtet.«

»Sie werfen Dartpfeile mit verbundenen Augen.«

Ich zuckte die Achseln und lehnte mich in meinem Stuhl zurück. »Vielleicht. Vielleicht auch nicht. Die haben damit zu tun.«

»Wer hat mit was zu tun?«

»Ihre Spezialeinheit steht mit dem Geld in Verbindung, das durch Lansdale geschleust wird. Und beide haben Verbindungen zu *La Familia de los Muerto*.«

»Mir scheint, Sie werfen ein paar Scrabble-Steine in die Luft und hoffen, dass sie ein Wort bilden, wenn sie landen.«

Ich sagte nichts, sondern wartete.

Nachdem sie genug davon hatte, mich anzustarren, nickte Gutiérrez. So wie man manchmal kurz und knapp nickt, wenn man sich selbst über etwas klar wurde. »Wenn ich Ihnen irgendwas sage. Wenn. Dann nur, damit Sie die Klappe halten und sich wieder um Ihren eigenen Kram kümmern.«

»Wenn?«

»Ja«, sagte sie. »Wenn.«

»Bitte«, meinte ich und breitete die Hände aus. »Helfen Sie mir, wieder auf den richtigen Pfad zu kommen.«

Sie lachte. »Sie haben kein Schamgefühl, oder?«

»Sie haben ja keine Ahnung.«

»Tun Sie einfach Ihren Job«, sagte sie. Dann verhärteten sich ihre Gesichtszüge und sie fügte hinzu: »Worin auch immer der besteht. Mir kommt es so vor, als würde ich das Meiste davon erledigen. Und wenn ich gerade nicht Ihren Arsch rette, dann tue ich das, weswegen man mich hergeschickt hat.«

»Das SOT ausspionieren.«

»Ich spioniere gar niemanden aus.«

»Dieses Team ist eine komische Mischung.«

Gutiérrez straffte sich. Sie sah mich scharf an. Mit einer neugefundenen, leisen Intensität fragte sie: »Wie viel wissen Sie?«

»Ich weiß, dass in diesem Team, das innerhalb der Grenzen der USA arbeitet, jemand von der CIA ist, aber nicht vom FBI.«

»Okay.« Sie wirkte, als hätte man ihr die Luft rausgelassen. »Wer hat Ihnen das gesagt?«

»Nun, ich hab da eine Quelle. Sie haben es mir bestätigt.«

»Das sind alles geheime Informationen, die Sie nicht zu interessieren brauchen.«

»Wollen Sie mich etwa nicht einweihen?« Ich stand hinter dem Schreibtisch und hob meinen Hut auf. Er hatte mit der Krempe nach unten gelegen. Das bedeutete Unglück.

Gutiérrez öffnete den Mund, um etwas zu sagen, aber sie schien es sich anders zu überlegen. Sie machte einen Schritt rückwärts auf die Tür zu und behielt mich dabei im Auge.

»Hey«, rief ich, sobald sie über die Schwelle getreten war und mir den Rücken zuwandte.

Sie blieb stehen.

Ich setzte den Hut auf, während ich durch die Tür trat. Der Officer am Funkgerät und die zivile Angestellte am Empfang, genauso wie die beiden Officer, die gerade nicht auf Streife waren, drehten sich alle in meine Richtung.

»Erzählen Sie mir von Cesar Barcia«, sagte ich.

Gutiérrez drehte sich um und alle Augen richteten sich auf sie. »Was?«

»Cesar Barcia.« Ich betonte den Namen. »Soll ich Sie zu seiner Leiche führen?«

Ihre blasse Haut rötete sich vom Kragen bis zum Haaransatz. »Lassen Sie uns reden«, verlangte sie und drängte sich an mir vorbei zurück in mein Büro.

Ich hätte vielleicht etwas erfahren, aber mein neues Handy klingelte.

»Lassen Sie es klingeln«, meinte Gutiérrez. »Sie wollten reden.«

Ich wollte tatsächlich reden. Aber auch den Anruf entgegennehmen. »Hector«, sagte ich ebenso sehr zu ihm wie zu den Leuten im Raum.

»Das ist wichtig«, beharrte Gutiérrez.

»Das hier genauso«, erwiderte ich. Zu Hector: »Wann ist die Beerdigung?«

»Deswegen rufe ich an«. Selbst durch das billige Handy hörte ich die Anspannung in seiner Stimme.

»Was ist los.«

»Es tut mir leid, Longview.«

»Was?« Ich weiß nicht, ob es der Klang meiner Stimme war oder die Körpersprache, aber Gutiérrez sah zu Boden. »Was ist passiert?«, fragte ich erneut.

»Ich weiß nicht, wieso«, erwiderte er leise.

»Was soll das heißen?«

»Ich war der Einzige.«

»Was soll das heißen? Der Einzige bei was?«

»Das Begräbnis ist vorbei. Ich bin auf dem Friedhof. Er wird gerade beerdigt.«

»Ist Buick da?« Ich weiß nicht, wieso ich fragte. Es hätte keinen Unterschied gemacht, aber …

»Ich war der Einzige«, sagte Hector. »Niemand anderes ist gekommen. Nur ich.«

Was sich meinem Mund entrang, war kein Wort. Ich glaube, es war nicht einmal ein Geräusch. Nur ein bedeutungsschwangeres Schnaufen. Niemand war zum Begräbnis gekommen. Die Frage drängte sich mir auf, wie viele erschienen wären, wenn sie gewusst hätten, dass Paris im Sarg lag. Ich fühlte mich schrecklich, so zu denken.

»Longview?«

»Danke, Hector. Es bedeutet eine Menge, dass du für ihn dort warst.«

Meine Stimme hörte sich an, als stamme sie von jemand anderem, eine Million Meilen entfernt.

»Es tut mir leid«, sagte er.

»Das muss es nicht.« Ich legte auf. Das war einer der Momente, in denen ich am liebsten die Dienstmarke auf den Boden geknallt und allem den Rücken zugekehrt hätte. Ich tat es nicht. Gutiérrez wartete. »Also …« Ich ging zurück in mein Büro. Sie hielt mir die Tür auf. »Cesar Barcia.«

Sie schloss die Tür hinter mir. »Er ist von der DEA. Ganz üble Geschichte. Und er hat sich mit Millionen Dollar von *La Familia* abgesetzt.«

»Er hat sich nicht abgesetzt. Er ist tot.«

»Das ist mir auch klar geworden, als Sie angeboten haben, mir die Leiche zu zeigen. Was ist passiert und woher wissen Sie davon?«

»Wir haben wohl beide ein paar Geschichten zu erzählen.«

Sie verzog keine Miene, sondern wartete darauf, dass ich etwas sagte.

»Sie zuerst. Sagen Sie mir alles, was Sie über das Team wissen und was die machen.«

Gutiérrez blinzelte nicht mal.

»Das kann ich nicht.«

Ich rückte den Hut zurecht und öffnete die Tür langsam wieder. »Rufen Sie mich an, wenn Sie es können.«

Draußen war es bereits höllisch heiß. Obwohl ich einen sommerlichen Strohhut trug, staute sich sofort die Hitze darunter. Der Schweiß durchtränkte das Hutband und lief mir in kleinen Rinnsalen in die Augen. Es brannte. Ich blinzelte und wischte mit dem Handrücken die Feuchtigkeit weg. Um die Augenbrauen zu trocknen, nahm ich die Kopfbedeckung ab. Ohne den Schatten des Hutes auf Gesicht und Nacken, brannte die

Sonne wie Säure auf der Haut. Ich setzte ihn wieder auf und stieg in den Pick-up.

Trotz der Hitze öffnete ich das Fenster und ließ die Klimaanlage aus. Ich hatte kein bestimmtes Ziel, ich fuhr einfach in der Stadt herum. Als ich mich genügend selbst bemitleidet hatte, beschloss ich, mir Milos Rat zu Herzen zu nehmen: »Arschbacken zusammenkneifen und durch.«

Die Antwort auf alles – den Tag, die Hitze, meine Laune und das Selbstmitleid – war ein kaltes Bier und gutes Essen. Ich fuhr zu *Ernesto's*.

Ich trank eine Flasche Bier und aß eine ganze Schüssel fettiger Chips mit Salsa, bevor die Enchiladas kamen. Ich hatte den Habanero-Dip bestellt, in der Hoffnung, die höllische Schärfe würde meine Gedanken einfach wegbrutzeln. Es half, genauso wie ein zweites Bier. Eine große Schüssel Kohlenhydrate und Habaneros hielten mich nicht davon ab, mit enormem Appetit über die Enchiladas herzufallen. Ich redete mir ein, dass ich fast schon gute Laune hatte. Jeder weiß, ich bin ein Lügner.

Mein Teller war leergeputzt. Ich war vollgestopft. Es machte keinen großen Unterschied. Ich pickte immer noch entschlossen Krümel und Salz vom Boden der Chipsschüssel, als zwei Männer reinkamen und sich an die Bar setzten.

Ich hörte auf, mir das Salz von den Fingern zu lecken, warf einen Blick auf die Tür und legte die Hand auf die Waffe. Die Männer an der Bar waren mein alter Kumpel Álvaro und der Türsteher des Jagdklubs, Joaquin.

»Chief Tindall«, sagte Joaquin mit dem Rücken zu mir gewandt. »Wir sollten da vielleicht etwas klären.«

»Joaquin, *mi amigo*. Muss ich wissen, was das bedeutet? Und über deinen Kumpel hier weiß ich auch nichts. Aber – ich kann euch beiden ein Bier ausgeben. Möglicherweise können wir ja alle Freunde sein?«

»Ich glaube, die Chance haben Sie bei Álvaro hier verpasst.« Er redete weiter mit dem Rücken zu mir.

»Tja, ich hab mich bemüht. Schätze, wir sind auf dem falschen Fuß gestartet. Oder Hand, könnte man sagen.« Ich hob die halbleere Flasche mit der Linken und prostete ihnen zu. Meine rechte Hand lag auf dem Griff der Pistole. Während ich vom Bier nippte, zog ich langsam die Waffe und brachte sie unter dem Tisch in Anschlag.

Joaquin drehte sich um, als ich die Flasche absetzte. »Was wissen Sie über *La Familia de los Muerto*, Chief?«

»Auf der Liste an Dingen, die mir scheißegal sind, stehen die ganz oben.«

»Das glaube ich nicht.« Er klang ehrlich überrascht. »Sie reden offen über unser Geschäft. Sie wissen Dinge, die die meisten nicht einmal auszusprechen wagen. Und Sie machen – Andeutungen.«

»Andeutungen? Was soll das denn heißen – hab ich etwa jemandes Gefühle verletzt?«

Joaquin sah mich an, als sei bei mir Hopfen und Malz verloren und als wäre ich zu dämlich zu verstehen, wo ich Mist gebaut hatte. Sie standen auf und verließen den Laden durch die Vordertür. Sie schienen zu erwarten, dass ich ihnen folgte.

Ich zahlte und riskierte einen Blick. Sie lehnten an der Motorhaube meines Pick-up-Trucks. Als ich rauskam, sahen sie mich an, aber sagten nichts. Wenn sie mich erschießen wollten, hätten sie es längst getan. Ich ging zur Fahrertür. »Habt ihr Jungs noch irgendwas zu sagen?«, fragte ich beim Einsteigen.

Sie traten neben den Wagen. Álvaro kam zur Beifahrertür und Joaquin auf meine Seite. Beide lehnten sich in die offenen Fenster.

Joaquin hielt die Hand hoch mit dem Handrücken zu mir. Auf dem ersten Fingerglied seines Zeigefingers war ein bunter, grinsender Schädel. Die Tätowierung war ganz frisch. »In *La Familia* bekommt man das, wenn man besonders nützlich ist.«

»Wie Kerben im Griff einer Waffe. Toll.«

»Wenn es sich herausstellt, dass man irgendwie versagt hat, dann wird einem das Abzeichen wieder genommen.«

Álvaro hob die linke Hand und spreizte die bandagierten Finger.

»Die leere Stelle«, sagte Joaquin und nickte in Richtung von Álvaros fehlendem Ringfinger. »Das steht für ein Versagen. Wissen Sie, wobei wir versagt haben?«

»In der Ehe?«

»Sie sind lustig, Chief.« Es war nicht ehrlich gemeint. »Álvaro sollte Sie daran hindern, hier aufzutauchen und Ihren Job anzutreten. Er hat Sie im Wohnwagen Ihres Bruders besucht.«

Ein Gefühl von Hitze und Eiseskälte, als hätte ich Benzin und ein Streichholz geschluckt, breitete sich vom Magen her aus. Mein Hirn ließ den Film der Nacht wieder ablaufen, in der ich Paris bei mir zu Hause gefunden hatte. Ich dachte, er sei an meiner Stelle ermordet worden. Es war einfacher, zu glauben, ich wäre das Ziel gewesen, – zu glauben, es sei mein Fehler.

»Ist er hier, um seinen Finger wiederzukriegen?«, fragte ich.

Joaquin grinste. Es war ein Gesichtsausdruck wie eine Rasierklinge, ein blutiger Schnitt. »Sie scheinen sich in unserem Geschäft gut auszukennen. Álvaro war der Meinung, Sie sollten noch ein wenig mehr darüber erfahren.«

»Sag mir mal was, Joaquin.« Ich hob beide Hände und legte sie aufs Lenkrad. Ich packte zu. Meine Knöchel waren weiß und die Muskeln brannten. »Was wisst ihr über mich? Über unsere Situation hier?«

»Unsere – Situation?«

»Seht ihr das?«, fragte ich und ließ das Lenkrad los. Ich tippte mit einem Finger auf die Dienstmarke an meiner Brust. »Das ist schon komisch mit dem Gesetz und dieser Marke. Jeder, die Guten und die Bösen, verlassen sich auf die Regeln, für die sie stehen. Was passiert, wenn ein böser Mensch die Marke trägt?«

»Das ist so ähnlich, wie als mein Freund seinen Finger verlor«, sagte Joaquin und hatte immer noch dieses fiese Grinsen im Gesicht. »Selbst Cops müssen einen Preis zahlen.«

»Das glaube ich nicht, Amigo.«

Sein Grinsen verrutschte. Álvaro richtete sich auf.

Ich packte Joaquins tätowierte Hand mit der Linken. Álvaro langte durchs Fenster und versuchte meine rechte Hand zu schnappen, während ich die 45er zog. Keine Ahnung, wieso er sich mit den ramponierten Händen überhaupt die Mühe machte. Als ich die Waffe auf Joaquin richtete, wich Álvaro zurück. Er legte beide bandagierten Hände auf den Türrahmen, als wolle er die Tür aus dem Pick-up reißen.

Ich tippte mit dem Lauf auf meine Marke. »Der Einzige, der hier *La Familia* und der DEA in die Suppe spuckt, bin ich. Ich glaube, ich kann tun, was ich will. Ich muss mir nur Sorgen machen, auf mehr Arschlöcher wie dich zu treffen.«

Joaquins Grinsen löste sich in Luft auf, aber er schien immer noch zu glauben, wir unterhielten uns hier nur. »Was versuchen Sie …?«

»Finden wir es mal heraus.« Ich spannte mit dem Daumen den Hahn der Waffe und drückte den Lauf gegen Joaquins Wangenknochen. »Was würde wohl passieren, wenn ich den Abzug ziehe? Glaubst du, dass sich auf einmal die Welt ändert und ich meine gerechte Strafe bekomme? Oder hoffst du, es rächt dich jemand?« Er sagte nichts. Seine Augen waren auf mich gerichtet, aber die Pupillen hatten sich zu schwarzen Punkten verengt. Ich wusste, dass er nicht mich vor Augen hatte. »Die großen Jungs in ihren Häusern und Anzügen – glaubst du, die kommen her und begleichen die Rechnung, Joaquin? Das

Beste, worauf du hoffen kannst, sind ein paar so Maden wie du und unser Álvaro hier. Und wie hat das bisher so geklappt?«

Joaquin sagte nichts.

Ich richtete die Waffe nach oben und senkte langsam den Hahn. Darian Stackhouse stand hinter Joaquin und sah zu. »Was ist hier los?«, fragte er, als hätte er keine Ahnung.

Ich ließ Joaquin los und er wich vor mir zurück. Nicht nur vor mir – er verließ den Parkplatz und drehte sich nicht noch einmal nach mir oder Stackhouse um. Ich sah nach rechts. Álvaro war weg. Entweder hatten sie Schiss vor dem DEA-Agenten oder … arbeiteten sie vielleicht für ihn?

»Ich sortiere nur die Guten und die Bösen«, entgegnete ich. »Was wollen Sie?«

»Glauben Sie immer noch, Sie gehörten zu den Guten?«

»Nein.« Ich sah ihm direkt in die Augen. Sie hatten die Farbe von angelaufenem Messing, matt, doch nicht leblos. »Aber ich hab eine ganze Menge mehr drauf, als irgendjemand von Ihrer Truppe.«

»Reden Sie sich das ruhig ein.«

»Noch mal. Was wollen Sie?«

»Ihnen etwas zeigen.«

»Kein Interesse.«

»Sie wissen ja nicht, was es ist.«

»Ich kann eine Meile gegen den Wind riechen, wenn mir jemand was andrehen will. Ihnen würde ich nicht mal einen Gebrauchtwagen abkaufen.«

»Sie können ganz schön schlau daherreden«, sagte er. Es klang ein wenig verzagt. »Aber Sie sind nicht so clever, wie Sie denken.«

»Das sind nicht unbedingt topaktuelle Neuigkeiten. Das war mehr oder weniger die Schlagzeile an jedem einzelnen Tag meines Lebens.«

»Kommen Sie.« Er zeigte mit dem Daumen auf den SUV, der in der Nähe geparkt war. »Fahren wir ein Stück.«

Er deutete wohl etwas in meinem Gesichtsausdruck.

»Was?«, fragte er. »Trauen Sie mir etwa nicht?«

»Tut das überhaupt irgendwer?«

»Ich bin verheiratet. Ich habe zwei Kinder und einen Hund.«

»Trauen die Ihnen?«

»Meistens. Hören Sie, ich versuche nur, Ihnen zu sagen, dass ich ein ganz normaler Mensch bin. Wir sind auf derselben Seite.«

»Ist das der alte Trick, wenn nichts anderes funktioniert, einfach ehrlich zu sein?«

»So ähnlich.« Er grinste. Ein breites, freundliches Grinsen. Dann fuhr er die schweren Geschütze auf. »Arbeiten Sie gern für Milo?«

Ich kann nicht abstreiten, dass mir für einen Moment die Kinnlade runterfiel. Aber wenn man einen Schlag einsteckt, muss man wieder aufstehen und zurückschlagen, sonst fressen einen Typen wie Stackhouse zum Frühstück.

»Macht mir nichts aus«, sagte ich. »Ist zumindest besser, als wenn mein ganzes Team von der Abteilung für Innere Angelegenheiten unter die Lupe genommen würde.« Treffer. Seine Augen weiteten sich und er sah zur Seite. Stackhouse wusste nicht, dass man gegen ihn ermittelte. In die Wunde konnte ich noch ein wenig Salz streuen. »Soweit ich weiß, muss man ziemlichen Mist bauen, damit sich die Special Operations Devision Gedanken über die Regeln macht.«

Sein breites, freundliches Grinsen war eingefroren. »Fahren wir?«

»Wieso nicht.«

Die Fahrt dauerte eine Weile. Wir fuhren zum Grenzübergang und nach Mexiko. Dort bogen wir auf eine staubige, nicht asphaltierte Straße, die einen Kreis beschrieb und fast in die Richtung zurückführte, aus der wir gekommen waren. Es dauerte über eine Stunde, bis wir ein paar Meilen südlich von Lansdale und der Grenze landeten.

Die Dunkelheit war fast hereingebrochen, als wir die Stadt erreichten. *Stadt* war etwas übertrieben für die Ansammlung aus Industriegebäuden, Schotterstraßen und Lkw-Anhängern, die hinter Hügeln in der Wüste abgestellt waren. Für die Bewohner war es anscheinend nicht übertrieben. Es gab ein Ortsschild, auf dem stand: *Ciudad de la Sangre de Angel.* Stadt des Engelsblutes.

In Engelsblut herrschte Krieg. Vom Hügel aus sahen wir, wie der gegenüberliegende Stadtrand durch Mündungsfeuer erhellt wurde. Da war eine Gruppe von etwa 40 Männern in Pick-up-Trucks. Einer davon hatte ein Maschinengewehr auf die Ladefläche montiert. Sie schienen eine Blockade von nicht mehr als einem Dutzend Leuten anzugreifen, die mit militärischen Automatikwaffen zurückschossen.

»Das passiert zwei Meilen hinter unserer Grenze«, sagte Stackhouse.

»Was ist da los?«

»Manche sehen es als einen Revierkampf. Das ist zu einfach und falsch. Es ist eine Revolution.« Er sah mich an, während ich weiter die Auseinandersetzung im Auge hatte. »Und Sie sollten nicht glauben, dass es sich auf die Gegend hier beschränkt. Die Grenze wird das nicht draußen halten.« In der Dämmerung sah ich eine Bewegung auf dem gegenüberliegenden Hügel. Männer umrundeten das Feuergefecht in einer höheren Position und nahmen die Kämpfer in den Pick-ups in die Zange.

»Sind Sie und Ihre Black-Ops-Freunde hier, um die Revolution aufzuhalten?«

»Wir sind hier, um sie unter Kontrolle zu halten.«

Wir sahen eine Weile zu. Die professionell vorgehenden Männer auf dem Hügel waren in der zunehmenden Dunkelheit über der Wüste nicht mehr zu sehen. Man konnte ihre Position nur anhand der Mündungsfeuer und der Leuchtspurmunition erahnen, die von der Flanke auf die Männer mit ihren Pick-ups abgeschossen wurden. Der Pick-up mit dem Maschinengewehr bekam einen Kugelhagel ab, der nur rauchende Trümmer zurückließ. Keiner entkam.

Während die Gewalt sich auf einzelne, gezielt tödliche Schüsse reduzierte, sah Stackhouse weiter zu. Ich nicht, ich hatte für heute genug Brutalität und Zorn gesehen. Unten in der Stadt des Engelsbluts wurde die Abenddämmerung durch mehrere Brände erhellt. Mir fiel auf, dass die Flammen am anderen Ende der Straße von etwas reflektiert wurden. Neben dem größten Gebäude standen drei weiße Kleinbusse. Auf den Seiten war mit reflektierendem Vinyl derselbe Firmenname aufgeklebt, den ich auf den Bussen vor dem Industriegelände in Lansdale gesehen hatte. Es waren Firmen für Elektronik und IT-Systeme.

»Und was soll das Ganze?«, fragte ich.

Er wandte den Blick von den Bränden ab, die vor wenigen Momenten noch ein Feuergefecht gewesen waren. »Ich habe es Ihnen doch gesagt. Kontrolle.«

»Man kann eine Revolution nicht kontrollieren. Liegt das nicht in der Natur der Sache? Ein unkontrollierter Machtwechsel.«

»Werkzeuge.«

»Was soll das heißen?«

»Jeder ist ein Werkzeug, wenn man ihn dazu benutzt, gezielt etwas aufzubauen.«

»Das verstehe ich nicht«, sagte ich und blickte auf die Stadt hinab. Die verlöschenden Flammen ließen mich im übertragenen und wörtlichen Sinne im Dunkeln zurück. »Revolution, Krieg – das sind Ihre Werkzeuge? Um *was* aufzubauen?«

»Mexiko ist wie die Dritte Welt an unserer Türschwelle. Die liegen mit sich selbst im Krieg, und dieser Konflikt überquert die Grenze.«

»Unsere Drogensucht, also unser Krieg.«

»Das ist schnell dahingesagt«, meinte Stackhouse. »Und wie alles, was sich so dahinsagen lässt, bedeutet es einen Scheiß.«

»Okay. Sie haben mich hierher gebracht, weil Sie wollen, dass ich es verstehe. Also?«

»Wie immer geht es um eines – um Geld.«

»Drogengeld?«

»Mehr als das.« Er zeigte hinab auf die dunklen Gebäude. »Was Sie da sehen, ist eine gemeinsame Operation von US-Einsatzkräften und der mexikanischen Bundespolizei gegen kriminelle Organisationen. Das Einzige, was die alle verbindet, ist Geld. Drogen und Nutten, Waffen und Entführungen bringen Geld. Woran die meisten Leute nicht denken, ist das Geld, das man braucht, um all das zu bekämpfen. Polizei, Grenzschützer, DEA, mexikanische Sicherheitskräfte und Militär auf beiden Seiten: Das ist eine Industrie, die Milliarden generiert. Anwälte, Waffenhändler, Munitionshersteller, schusssichere Westen, Handschellen, gepanzerte Fahrzeuge – alles bis hin zu Kampfstiefeln. Wir können es uns nicht leisten, den Krieg gegen die Drogen zu gewinnen. Das Beste, was wir tun können, ist, ihn zu managen.«

»Mit noch mehr Krieg?«

»Man benutzt eben die Werkzeuge, die man hat.«

»Bringen Sie mich in die Stadt zurück.«

Er ließ den SUV an und wendete. Wir fuhren zurück in die Richtung, aus der wir gekommen waren. »Sie haben dabei auch eine Rolle zu erfüllen.«

»Ich habe mich schon gefragt, wann Sie darauf kommen.«

»Ich will, dass mit *La Familia* alles reibungsloser läuft.«

»Da bin ich nicht der richtige Mann dafür.«

Seine Reaktion war, fester aufs Gas zu treten. Der große SUV raste über die Schotterpiste und holperte von einem Schlagloch ins nächste. »Das sind Sie. Ob Sie es wissen oder nicht. Ob Ihnen das gefällt oder nicht. Sie sind der Typ, der ständig aufkreuzt und sich mit meinen Plänen den Hintern wischt. Die Machados glauben, Sie gehören zu meinem Team. Und Sie glauben, dass Sie mit irgendeiner Scheiße zu tun haben, in die Ihr dämlicher Bruder verwickelt war. Dieser Riesenschlammassel in Juarez.«

»Sie wollen das Longview in die Schuhe schieben?«

»Wieso sollte ich das wollen?«

»Weil es die Dienstmarke von Cesar Barcia in dem Haus war. Niemand hat ihn oder das fehlende Geld gefunden.«

Stackhouse trat auf die Bremse und wir schlitterten seitlich. Der aufgewirbelte Staub machte die Nacht noch finsterer. »Wo bekommen Sie Ihre Informationen her?« Seine Frage kam durch zusammengebissene Zähne. Er sah mich nicht an. Es wirkte, als hätte er Angst, nicht nur die Kontrolle, sondern auch alles andere zu verlieren.

»Barcia war das Aushängeschild für alles, was in Behörden wie Ihrer falsch läuft. Und er war ein Stück Scheiße«, sagte ich.

»Vielleicht, aber er war *mein* Stück Scheiße.«

Ich würdigte Stackhouse keines Blickes. Ich sah zu, wie der Staub im Scheinwerferlicht langsam zu Boden sank.

»Ich hätte das nicht sagen sollen.« Seine Stimme wurde weicher. »Er war vielleicht kein herausragendes Vorbild, aber er war ein anständiger Cop, der einen schweren Job zu erledigen hatte.«

»Das glaube ich nicht.«

»Sie wissen nicht, wovon Sie reden.«

»Ich nehme an, er hatte eine Frau, zwei Kinder und einen Hund zu Hause?«

»Lecken Sie mich am Arsch, Paris Tindall.«

»Ich glaube, das ist wohl der erste ehrlich gemeinte Satz, den Sie heute Abend zu mir gesagt haben.«

Stackhouse trat wieder aufs Gas. Mir war nicht entgangen, dass er Barcia mit keinem Wort verteidigt hatte.

»Ihr Bruder war ein Drogenschmuggler für das Guzman-Kartell. Das wurde von *La Familia de los Muerto* übernommen.«

»Longview Moody war ein Geldbote.«

»Das macht keinen beschissenen Unterschied.« Stackhouse fauchte geradezu. »Und Ihr alter Herr ist ein korrupter Bulle.«

»Ein korrupter Bulle, der für Sie arbeitet.«

»Er glaubt, dass er für *La Familia* arbeitet.«

»*Viva la revolución.*«

»Sehen Sie.« Stackhouse sah mich zum ersten Mal an. Dann wandte er sich wieder der Straße zu, die unter den Reifen dahin rauschte. »Menschen sterben. Gute Menschen. Böse Menschen. Wenn wir das im Griff behalten, dann bleibt es hier unten.«

»Sie wollen also gute und böse Menschen vorm Tod bewahren, aber nicht mexikanische?«

»Mein Job ist es, amerikanische Interessen zu schützen.«

»Und Sie glauben, ich helfe Ihnen dabei?«, fragte ich.

»Ich glaube nicht, dass Sie da eine Wahl haben.«

»Wieso haben Sie mich nicht gleich mit an den Fluss genommen und mir eine Kugel in den Kopf gejagt?«

»Mein Team begeht keinen Mord.«

»Haben Sie je *La Familia* davon abgehalten, zu morden?«

Er gab keine Antwort. Der SUV beschleunigte. Wir fuhren schweigend durch die Wüste und die undurchdringliche

Dunkelheit, bis wir die Lichter der Stadt und den Grenzübergang sahen.

»Wenn Sie die Machado Brüder nicht überzeugen, dass Sie kein Teil meines Teams sind – wenn Sie es nicht schaffen, deren Sorgen über einen Verrat durch die DEA zu zerstreuen …« Stackhouse beendete den Satz nicht. Das musste er nicht.

Sobald wir wieder auf amerikanischem Boden waren, fragte ich ihn: »Wie lange können Sie da den Deckel draufhalten?«

»Wo den Deckel draufhalten?«

»Dass Sie sich mit einem kriminellen Familienunternehmen zusammengetan haben. Ihr Team zweigt für die Gelder ab. Sie haben ein Team, das Mord und Totschlag begeht, ganz abgesehen von Geheimoperationen in einem fremden Land. Wie lange soll das so gehen? Ihre eigene Behörde ermittelt gegen Sie.«

»Das ist das Schöne an der Regierungsarbeit.« Er lächelte wieder, als er weiterredete. »Man muss nur die Spielfiguren an die richtigen Stellen rücken. Die Politiker halten die Hände auf und kehren alles unter den Tisch. Meine Figuren sind fast alle in Position.«

»Alle außer mir?«

Er sagte den Rest der Fahrt zu *Ernesto's* und zu meinem Auto kein Wort mehr.

15

Mein Pick-up hatte einen Einschuss in der Stoßstange – entweder Joaquin oder Álvaro, die ihrem Ärger nach unserer kleinen Unterhaltung ein wenig Luft machen mussten. Wer konnte es ihnen verübeln? Ich war deswegen nicht sauer. Es half natürlich, dass es nicht mein Wagen war. Ich stieg ein und saß hinter dem Lenkrad, ohne den Zündschlüssel umzudrehen.

Ich war benommen und müde und mein Kopf war mit allem Möglichem gefüllt, leider nicht unbedingt Einsicht. Zeit, nach Hause zu gehen, auch wenn mein Zuhause ein Motelzimmer war.

Ich bog auf den Parkplatz des *Desert Drop*. Die Abendsonne war noch hell und gelb. Sie warf lange Schatten in spitzen Winkeln. In der Dunkelheit der Nische stand Lenore neben den Eis- und Getränkeautomaten, fast, als hätte sie auf mich gewartet.

Ich stellte den Wagen ab und ging direkt auf sie zu.

Lenore stieß sich von Getränkeautomaten ab, an dem sie gelehnt hatte, und lächelte mich an. Ich ignorierte den Zigarrengeruch in der Luft.

»Du siehst wie ein Mann aus, dem einiges auf dem Herzen liegt«, sagte Lenore.

»Und du siehst aus wie ein Wunsch.«

Sie legte den Kopf zur Seite und musterte mich mit einem schiefen Grinsen und schrägem Blick. Ich bekam den Eindruck, derjenige zu sein, der den Kopf nicht ganz gerade auf den Schultern hatte. Durchaus möglich.

»Ein Wunsch, der in Erfüllung gegangen ist?«, fragte sie. Anspielung und Verheißung klangen aus ihrer Stimme.

Ich nahm ihre Hand und führte Lenore die Treppe hoch zu meinem Zimmer. Mit den Brettern vor den Fenstern war der Raum finster. Ich machte das Licht an und ließ es an. Ich hatte genug von der Dunkelheit und ich wollte jeden Zentimeter ihrer Haut sehen. Lenore beschwerte sich nicht.

Sie übernahm die Führung, ließ sich an meinem Körper hinabgleiten, Fingernägel kratzten über meinen Rücken.

»Halt meine Haare«, sagte sie, ohne zu warten, ob ich der Aufforderung nachkam. Sie sah mich an und bedeckte mich mit ihrem Mund.

Ich tat, wie geheißen.

Ihre Augen lächelten, während ich jede ihrer Bewegungen beobachtete.

Es wurden keine Worte gewechselt, aber irgendwie merkte sie, als ich kurz davor stand. Lenore ließ von mir ab und lachte fröhlich.

Mein eigenes Lachen war Erleichterung. Ich war noch nicht bereit für den Höhepunkt. Ihre Haare flossen aus meinen Fingern, ließen sie leer und hungrig nach Berührung zurück. Ich griff nach ihr und sie ließ es zu, während sie sich von mir entfernte. Zuerst streiften meine Fingerspitzen ihr Gesicht, dann die Schulter. Lenore drehte sich um. Meine Hände berührten ihre Hand, während sie mir entglitt.

Lenore breitete die Arme aus und ließ sich mit dem Rücken zu mir aufs Bett sinken. Ihre Oberschenkel waren gespreizt. Ihr Körper war aufs Bett gepresst, abgesehen von ihren Hüften. Ihr wohlgeformter Po war angehoben. Eine neue Aufforderung.

Dieses Mal kam ich ihr nicht nach. Nicht sofort. Ich lehnte mich über sie, um die zarte Haut ihrer Hüfte zu küssen und zu beißen und arbeitete mich weiter nach unten.

Sie ließ einen kehligen, katzenhaften Laut vernehmen. Er war drängend und rau, wie das Schnurren eines Tigers.

Ich legte die Zunge auf ihr Steißbein und ließ sie nach oben gleiten. Ich hielt ihre Arme fest und benutze die Beine, um ihre weiter zu spreizen. Als sie ihren Kopf hob, um mich zu küssen, nahm ich ihre Haare zwischen die Zähne und zog. Sie stöhnte und presste sich an mich.

»Ich bin bereit«, sagte sie.

Ich war es noch nicht. Auf den Knien ließ ich die Fingernägel über ihren Rücken kratzen.

Dann berührte ich sie. Meine Finger bearbeiteten ihren Rücken andächtig wie auf dem Kreuzweg. Es war genug, ihre Haut zu spüren. Die Wärme ihres Körpers, das Gefühl von Knochen, die sich unter Muskeln bewegen, ihr Atem, der kühl in ihre Lunge strömte und heiß wieder heraus – war alles, was ich brauchte.

Lenore drehte sich auf die rechte Seite und entblößte die Brust für meine tastende Hand. Sie drückte den Rücken durch, als ich den Nippel kniff.

Ich nahm die Hand weg und ließ sie über die Linien gleiten, die auf ihre Rippen tätowiert waren. Ich konnte die Worte deutlich lesen.

Yo soy la noche vivente.
La oscuridad. El aliento de la muerto.
En mi cama, la sombra reside—cada lado de mis ojos.
Bajo la tierra, entre los muros de la desesperación.
Mi santa viene.
Mi protector me lleva a Jesús.
Me convierto en la sombra en tu sangre.
Derramar me para respirar.

So wie ich es verstand, lautete das Gedicht etwa so:

Ich bin die lebendige Nacht.
Die Dunkelheit. Der Atem des Todes.
In meinem Bett wohnen die Schatten – vor und hinter meinen Augen.
Unter der Erde, zwischen den Mauern der Verzweiflung.
Mein Heiliger kommt.
Mein Beschützer trägt mich zu Jesus.
Ich werde die Dunkelheit in seinem Blut.
Vergieße mich, um zu atmen.

Ich verstand es nicht. Aber das war egal. Lenore griff nach hinten, um meine Hände zu nehmen. Sie führte sie an ihre Hüften. Mehr Aufforderung brauchte ich nicht.

Ich wachte auf, weil die Dämmerung durch die weit offenstehende Tür kroch. Ich fragte mich, ob Lenore die Tür offengelassen hatte, um mir einen Sonnenaufgang zu schenken oder um mich verletzlich zurückzulassen.

Nur für alle Fälle schloss ich die Tür und legte den Riegel vor, bevor ich duschen ging.

Gewaschen und angezogen fühlte ich mich gut, so gut wie lange nicht. Es war kein Rätsel, wieso. Ich ging mit einem Lächeln auf dem Gesicht die Stufen zum Pick-up hinab. Und als ich bei einem Café zum Frühstücken anhielt, weil ich sah, dass Officer Johnson dort war, lächelte ich immer noch.

Sie fragte mich: »Was soll das Lächeln? Sie sehen aus wie ein Hund, der einen Knochen vergraben hat.«

»Was soll ich getan haben?«

»Sie wissen schon, was ich meine«, sagte sie und fügte dann hinzu. »Und ja, das haben Sie.«

Offensichtlich schien sie es nicht gutzuheißen, aber das dämpfte meine Laune nur wenig. »Was halten Sie davon, wenn ich Sie zum Frühstück einlade?«

»Das ist das Mindeste.«

»So bin ich eben«, sagte ich, als ich mich ihr gegenüber hinsetzte. »Immer das Mindeste geben.«

»Glauben Sie, das ist witzig?«

»Ich bekomme langsam den Eindruck, Sie sind nicht so guter Laune wie ich.«

Die Kellnerin kam herüber. Sunny bestellte ein Ei, Haferbrei und einen Streifen Frühstücksspeck.

Ich lachte. »Wie wollen Sie denn damit durchhalten?« Dann wandte ich mich an die Kellnerin. »Könnte ich die kleine Portion Pancakes haben, mit drei Spiegeleiern, gewendet, Haferbrei, Würstchen und Frühstücksspeck.«

»Und wie lange glauben Sie, dass *Sie* durchhalten, wenn Sie so viel essen?«, fragte Sunny.

Die Kellnerin ging ohne ein Wort.

»Sie sind ein seltsamer Mann, Chief Tindall«, sagte Sunny, während sie mich von der anderen Seite des Tisches musterte.

»Was macht mich seltsam?«

»Manchmal wirken Sie wie ein anständiger Mensch. Wie ein anständiger Cop.«

»Und die restliche Zeit?«

»Den Rest der Zeit sind Sie ein Psychopath.« Sie lächelte nicht.

»Psychopath ist ein wenig hart.«

»Gewalt ist nicht die Lösung all Ihrer Probleme.« Sie sagte es, ohne dass es wie eine Anklage klang. Wenn man etwas aus ihrer Stimme hören konnte, dann war es Sorge.

Unser Essen kam. Zuerst Sunnys bescheidenes Mahl. Um meines zu bringen, musste die Kellnerin zweimal gehen.

Ich schüttete Ahornsirup über die Pancakes, behielt dabei Sunny im Auge.

Sie sah mich an, als wäre ich ein Idiot. Dann betrachtete sie meine Pancakes.

Ich schob sie über den Tisch, direkt vor ihre Nase.

Ohne Zögern spießte sie die Gabel in den Teil der Pancakes mit dem meisten Sirup und Butter darauf und trennte ein Stück ab. Sie hielt den großen, tropfenden Happen hoch, wie eine Trophäe. »Sie machen sich was vor, wenn Sie glauben, dass die Gewalt Ihnen überallhin folgt, weil Sie ein Cop sind. Es geschieht, weil Sie sind, wer Sie sind. Für welchen Weg Sie sich entschieden haben.« Sie stopfte das Stück Pancake in den Mund.

Wir machten uns eine Weile schweigend über das Essen her. Der Unterschied zwischen letzter Nacht und dem heutigen Morgen blieb mir nicht verborgen. Den Kontrast verursachten allein die Frauen, mit denen ich zusammen war. Um nicht über meine Gefühle nachzudenken, fragte ich: »Haben Sie sich das ausgesucht – ein Cop zu sein?«

»Polizist zu sein, ist etwas, das man tut.« Sie schob ihren leeren Teller weg. »Es hat nichts damit zu tun, wer man ist.«

»Wenn Sie das sagen.« Ich schob ihr den Rest der Pancakes hin.

»Erzählen Sie mir von sich. Von den Entscheidungen, die Sie getroffen haben. Wie sind Sie Cop geworden?« Sie machte sich über das Essen her.

»Mein Vater ist ein Cop. Und mein Bruder …« Ich hatte geantwortet, ohne nachzudenken.

»Ein Familiending?«

»Nein.« Ich musste nachdrücklicher geantwortet haben, als beabsichtigt, denn sie hörte auf zu kauen und sah mich ernsthaft an.

»Wieso nicht?«

»Wir sind sehr verschieden.«

»Wer?«

Ich dachte darüber nach. Dann sagte ich: »Wir alle, nehme ich an.«

»So verschieden können Sie auch nicht sein.«

»Mein Halbbruder, Longview, ist kein Cop. Er ist ein Krimineller.«

»Kompliziert. Aber Sie haben sicher Dinge gemeinsam. Sind Sie zusammen aufgewachsen?«

»Mein Vater hatte zwei Familien. Eine im realen Leben. Die andere war ein Spezialfall. Mein Bruder und ich wussten voneinander, aber wir haben uns nicht getroffen, bis er 16 war und einen Führerschein hatte. Er kam zu uns und parkte vor der Tür – beobachtete – eine lange Zeit.«

»Was beobachtete er?« Sunny hatte die Gabel weggelegt und den Teller mit den Pancakes von sich geschoben.

»Die Unterschiede, nehme ich an.«

»Ich verstehe nicht ganz.«

»Er hatte ein Haus und einen Wagen und eine Mom, die nicht arbeiten musste.«

»Und Sie?«

»Ich nicht.«

»Und?«, fragte sie, bohrte nach.

»Und wir haben es überwunden. Wir wurden Freunde.«

Sunny stand auf. »Ich muss langsam auf die Wache.«

Ich erhob mich ebenfalls und legte Geld auf den Tisch, um die Rechnung zu bezahlen. »Melden Sie sich dort und sagen Sie denen, Sie sind mit mir dienstlich unterwegs.«

»Und was machen wir?«

»Wir sehen uns die Baustelle beim *Border Crossing* an.«

»Das liegt außerhalb unserer Zuständigkeit.«

Ich sagte nichts, während ich zum Pick-up marschierte.

»Wieso fahren wir da hin?«, fragte sie und trabte hinter mir her.

»Nennen Sie es eine Ermittlung. Oder nennen Sie es die Suche nach Fakten.«

»Wir fischen im Trüben«, sagte sie.

»Ja.«

Ich stieg in den Pick-up und sie in den Streifenwagen.

Sunny fuhr mitten auf die Baustelle. Ich umrundete sie und parkte auf der anderen Seite hinter dem Bauwagen für die Mittagspause.

Es war noch früh am Morgen. Niemand arbeitete. Plastikplanen – auf Kanthölzer getackert, um die Baustelle vor neugierigen Blicken zu schützen – blähten sich im auffrischenden Wind. Wo ich parkte, war es matschig, auch wenn es nicht geregnet hatte, seitdem ich in die Stadt gekommen war. Ich umrundete einige Pfützen, um den Bauwagen unter die Lupe zu nehmen, bevor ich weiterging.

Officer Sunny Johnson hatte den Streifenwagen verlassen und lief direkt auf das erste und größte, hinter Plastik versteckte Fundament zu. Sie schob die Plane beiseite und trat hindurch.

Ich näherte mich einem anderen unfertigen Gebäude. Bei diesem standen nur drei Wände. Sie schienen aus Stahlbeton-Fertigteilen zu bestehen. Der Boden war eine glatte Betonplatte. Es gab wenig zu sehen. Ich ging zu der Stelle, wo Sunny hinter der Plane verschwunden war.

»Ich bin Police Officer der Stadt Lansdale«, sagte sie laut und betont.

Sie redete nicht zu mir, aber ich war mir sicher, sie wollte, dass ich sie hörte.

Ich wich von der Öffnung im Plastik zurück und näherte mich im Halbkreis der Seite des Gebäudes. Hier war die

Plastikplane straff gespannt und geschlossen, aber trotzdem nicht viel mehr als eine bessere Mülltüte. Ich griff nach dem Plastik und riss ein Loch hinein.

Sunny hatte die linke Hand vor sich und die rechte auf dem Knauf ihrer Waffe. Der Mann, der ihr gegenüberstand, trug eine Maschinenpistole. Ich erschoss ihn nur deshalb nicht sofort, weil er die Waffe nicht auf sie gerichtet hatte. Sie zeigte auf den Boden. Mit der anderen Hand deutete er in die Richtung, aus der Sunny gekommen war.

»Ich kann nicht wieder verschwinden«, sagte sie. »Sie müssten die Waffe weglegen und mit mir reden.«

»Nein«, erwiderte er sofort. »Sie gehen.«

Ich hielt einen Moment nach anderen Wachen Ausschau, entdeckte aber niemanden. Erneut riss ich am Plastik, bis das Loch groß genug war, dass ich hindurchpasste.

Sunny sah mich. Sie hatte kurz einen Blick zur Seite geworfen. Aber nur flüchtig. Sie konzentrierte sich ganz auf den Mann vor ihr. »Lassen Sie die Waffe fallen«, befahl sie ihm.

Er schüttelte den Kopf und zeigte wieder auf den Durchlass in der Plastikfolie.

»Nein. Sie müssen gehen.«

Ich schlich mich an, bewegte mich nach links, bis ich hinter dem Mann und zu seiner Linken war. So war ich außerhalb von Sunnys Schusslinie und er sah mich nicht. Als ich an Ort und Stelle war, sagte ich: »Lassen Sie die Waffe fallen und halten Sie die Hände so, dass ich sie sehen kann.«

Sunny zog im selben Moment ihren Revolver.

Statt zu erstarren oder nach der Waffe zu greifen, ließ der Mann ein langes, erschöpftes Seufzen vernehmen und fragte: *»Policia?«*

»Ja«, entgegnete ich und fügte dann noch ein *Sí* hinzu.

Er nickte und fragte: »Tindall?«

»Ja.«

Er streifte den Gurt von der Schulter und ließ die Maschinenpistole in den Staub fallen. Dann hob er die Hände und sagte: *»Álvaro esta un culero.«*

»Sí«, meinte ich. »Er ist ein Riesenarschloch.«

»Werden Sie mich erschießen?«, fragte er.

»Ich will überhaupt niemanden erschießen«, antwortete ich.

»Oh.«

Er hörte sich enttäuscht an.

»Wollen Sie, dass ich Sie erschieße?«

»Wenn Sie mich nur ein wenig anschießen, ist es einfacher bei *La Familia*.«

»Zeigen Sie mir Ihre Hände«, sagte ich zu ihm.

Er hielt die Handrücken in meine Richtung. Es waren keine Tattoos darauf.

»Sehen Sie sich das an«, sagte Sunny und deutete auf das Fundament des Gebäudes.

Es war eine rechteckige Betoneinfassung mit einem gegossenen Betonboden. Das Überraschende war: In der Mitte verschwand eine lange, breite Rampe in der Dunkelheit. Die Öffnung war groß genug, um mit einem Truck durchzufahren. Entlang den Wänden des Lochs waren Kunststoffrohre mit Kabeln gefüllt. Es sah nicht wie Leitungen für Beleuchtung oder Starkstrom aus. Eher wie die Art Verkabelung, die man für Computer und Telefonanlagen braucht.

»Was geht hier vor sich?«, fragte ich den Mann.

Er zuckte die Achseln. »Ich soll nur dafür sorgen, dass sich hier niemand nachts rumtreibt.«

Sunny zeigte auf das riesige Loch und fragte ihn: »Wo führt das hin?«

Er schüttelte den Kopf.

»Ciudad de la Sangre de Angel«, sagte ich.

»Was ist das?«, fragte Sunny und starrte in den dunklen Tunnel.

»Blut der Engel«, meinte unser Gefangener mit Abscheu. Dann drehte er den Kopf und spuckte aus. »Die Engel kommen in Städte wie unsere. Dann erklären sie uns, wir hätten jetzt Jobs. Man kann nicht Nein sagen. Entweder man nimmt das Geld oder bekommt eine Kugel verpasst.«

»Warum laufen Sie nicht weg?«, fragte Sunny. »Gehen wieder in Ihre Heimatstadt?«

»Sie lassen jemanden dort, der unsere Familien überwacht. Wenn man *La Familia* betrügt, dann töten sie deine Angehörigen. Wenn man zurückkehrt, passiert das Gleiche.«

»Kommen Sie«, sagte ich zu Sunny. »Wir haben genug gesehen.«

»Was ist mit ihm?«

Ich drehte mich um und fragte: »Was ist mit Ihnen?«

Wieder zuckte er mit den Achseln.

»Er wird uns nicht erschießen.« Ich sagte es zu ihr, aber behielt den Mann im Auge. Er hörte aufmerksam zu. »Und ich glaube, er wird niemandem sagen, dass wir hier waren.«

»Wenn die das herausfinden ...« Er ließ den Blick sinken.

»Wir sagen nichts«, versicherte ihm Sunny. Sie drehte sich um und schob das flatternde Plastik zur Seite. »Shit.«

»Was?« Ich hob meine Waffe wieder.

»Autos«, antwortete sie. »Und Männer.«

»Arbeiter?«

»Einige.«

Ich blickte durch die Öffnung und sah, zusammen mit ein paar Arbeitern, Joaquin und zwei der Männer, mit denen er im *Border Crossing* an einem Tisch gesessen hatte. »Das könnte unangenehm werden«, sagte ich. »Und mit unangenehm meine ich gefährlich und blutig.«

Als ich mich umdrehte, hatte Officer Sunny Johnson die Taste des Funkgeräts auf ihrer Schulter gedrückt. Mit leiser aber fester Stimme sagte sie: »Officer beteiligt. Wiederhole. Schüsse abgegeben.«

»Hilfe ist unterwegs?«, fragte ich sie.

»So läuft das normalerweise.«

»Erinnern Sie mich daran, dass ich Ihnen eine Gehaltserhöhung verschaffen muss.«

»Versprochen.«

Ich drehte mich um und sah erneut durch die Plastikplane. Die drei bewaffneten Männer marschierten in unsere Richtung. »Wieso haben Sie gesagt, dass Schüsse abgegeben wurden?«

»Drehen Sie sich um«, sagte Sunny.

Ich wollte eben hinsehen und bemerkte zu spät, dass sie gar nicht mit mir geredet hatte. Der Hahn ihrer Waffe wurde mit einem Klicken gespannt. In diesem Moment drehte ich mich um. Gerade noch rechtzeitig, um zu sehen, wie sie unserem Gefangenen von hinten in den Oberschenkel schoss.

»Was zur Hölle?«, rief ich.

»Wir können nicht zulassen, dass man ihn unverletzt findet«, sagte sie. Dann in ihr Funkgerät: »Schickt einen Krankenwagen.«

Ich sah wieder nach draußen und die drei Männer schwärmten aus, mit den Waffen im Anschlag. Bevor sie uns einkreisen konnten, schob ich mich durch die Plastikplane. »Polizei«, rief ich und zielte mit der 45er direkt auf Joaquin.

Er blieb stehen. Seine Kumpel nicht.

Ich stellte mich breitbeinig auf, legte die linke Hand unter den Knauf der Pistole und zielte sorgfältig auf Joaquin, direkt auf den Torso.

»Warten Sie!« Er hielt die Waffe nach oben.

Ich war mir nicht sicher, wie viel Befehlsgewalt er über die anderen beiden hatte. Sie schossen nicht, aber sie zielten weiter auf mich.

Es dauerte lange, qualvolle Sekunden, bis die sich nähernden Sirenen zu hören waren. Aus dem Augenwinkel sah ich, wie die beiden Männer ihre Waffen wegsteckten und sich zu einem glänzend roten, neuen GMC Pick-up-Truck zurückzogen.

»Sie begehen einen großen Fehler, Tindall«, rief Joaquin. »Sie mischen sich in Dinge ein, die Sie nicht verstehen.«

Ich gab keine Antwort. Ich war froh, dass ich noch atmete.

Joaquin umrundete die Motorhaube seines Pick-ups und stieg ein. Schotter und Staub wurden aufgewirbelt, als er davonfuhr, während zwei Streifenwagen der Polizei von Lansdale erschienen. Kurz dahinter ein Krankenwagen.

Sunny übernahm das Kommando. Sie ließ die Polizisten rund um das Gelände Stellung beziehen und rief dann die Sanitäter heran. Der verletzte Mann wurde versorgt, während ich zurück zu meinem Pick-up ging.

16

Meine Stellvertreterin, Bronwyn Gutiérrez, kam die Straße mit Blaulicht und Sirene entlang geschossen. Komisch war nur die Richtung, aus der sie kam.

Nicht aus der Stadt. Ich wendete den Pick-up, wirbelte Schlamm dabei auf und passte sie ab, bevor sie vom Wagen zu den Sanitätern laufen konnte.

»Steigen Sie ein«, sagte ich zu ihr.

»Wohin fahren wir?«, fragte sie, ohne näherzukommen.

»Spielt das eine Rolle?«

»Ja«, sagte sie energisch. »Das spielt sogar eine große Rolle.«

»Trauen Sie mir nicht?«

»Eher weniger.«

»Ich habe Stackhouse vertraut, als er mit mir einen kleinen Ausflug machen wollte. Sie können mir vertrauen.«

»Ich bin mir nicht ganz sicher, dass das der logische Schluss ist«, sagte Gutiérrez, aber sie stieg ein.

Ich trat aufs Gas. Die Beschleunigung drückte uns beide in die Sitze.

»Haben wir's eilig?«

»Ich weiß nicht«, sagte ich. »Lieber zu früh als zu spät.«

Ich erzählte ihr, was hinter den Plastikplanen auf der Baustelle war.

»Wohin führt der Tunnel?«

»Das werden wir uns gleich näher anschauen.«

Ich fuhr zum Grenzübergang und nach Mexiko, folgte dabei derselben Route, die Stackhouse am Abend zuvor genommen hatte. Zwischendrin musste ich zur Orientierung anhalten. Es gab mehr als eine staubige Schotterpiste, die aus dem Ort heraus in die Wüste führte, und keine Straßenschilder, die uns die Richtung zur Stadt des Engelsblutes wiesen.

Den größten Teil der Fahrt schwiegen wir. Ich wich einem Stein aus und traf einen anderen. Der Pick-up machte einen Satz. Einen Moment verloren wir den Bodenkontakt und schienen reibungslos dahinzugleiten. Als wir wieder aufkamen, war der Aufschlag brutal. Wir hopsten auf den Sitzen auf und ab, nur von den Gurten und dem Dach an Ort und Stelle gehalten.

»Sie sind gefährlich. Sie sollte man nicht mit einer Waffe auf die Menschheit loslassen.« Wir erwischten ein weiteres Schlagloch mit zu hohem Tempo. »Oder mit einem Pick-up.«

Ich lachte. Die Fahrt war vergnüglich.

»Sie haben mein Cover gegenüber Stackhouse platzen lassen«, sagte Gutiérrez. Danach herrschte eisige Stille.

»Habe ich nicht.«

»Letzten Abend hat er ein paar Leute angerufen, um etwas über die Ermittlungen gegen sein Team zu erfahren. Er hat eine Menge äußerst präziser Fragen gestellt, bei denen Ihr Name eine Rolle spielte.«

»Ich habe vielleicht erwähnt, dass gegen ihn von der Abteilung für Innere Angelegenheiten ermittelt wird. Ich wollte nicht … ich habe nie Ihren Namen genannt.«

»Für wie blöd halten Sie den Kerl? Wie lange wird es wohl dauern, bis ihm jemand meinen Namen nennt oder er ihn selbst herausfindet?«

»Es tut mir leid.« Ich meinte es ehrlich. »Ich hab Mist gebaut.«

»Ihretwegen müssen Menschen sterben.«

»Ich hab mich entschuldigt. Was wollen Sie von mir?«

»Ich will, dass Sie von hier verschwinden.«

»Keine Chance.«

»Dann können Sie meine beschissene Beerdigung bezahlen.«

Danach war es noch ruhiger im Wagen.

Zehn Minuten später kamen wir auf dem Gipfel des Hügels oberhalb von *Ciudad de la Sangre de Angel* an. Ich verließ die relativ komfortable Schotterstraße, fuhr ein Stück in die Wüste und hielt hinter einer Gruppe Kakteen und Felsen an.

»Was sehen wir uns an?« Gutiérrez klang nicht mehr ganz so wütend.

»Das ist der Ort – die Stadt des Engelsbluts.«

»Hört sich einladend an.«

»Ich glaube, Stackhouse und seine Crew haben sie gebaut.«

»Wieso sollten die eine Stadt bauen?«

»Ich weiß es nicht. Das herauszufinden ist vermutlich Ihre Aufgabe.«

Sie sah mich prüfend an.

»Aber es ist keine wirkliche Stadt«, erklärte ich. »Ich glaube, es ist mehr so eine Art Depot. Oder vielleicht ist es eine Stadt. Vielleicht dient das besser ihren Zwecken. Ich versteh's nicht so ganz.«

Wieder sah sie mich an. Ihr Ausdruck war nicht schwer zu interpretieren.

»Wie auch immer«, fuhr ich fort. »Was ich verstehe, ist Folgendes: Der Tunnel, der auf der Baustelle in Lansdale anfängt, endet hier.«

»Der Tunnel?«

»Mehr als das.«

»Durch einen solchen Tunnel kann man Lastwagen voller Drogen, Waffen und Menschen fahren lassen. Was brauchen die sonst noch?«

»Es hat was mit der Bank zu tun.«

»Welcher Bank?«

»Sehen Sie …«, sagte ich vorsichtig.

Sie riss den Blick von den Blechbauten unter uns los und schenkte mir ihre ganze Aufmerksamkeit.

»Es tut mir leid«, sagte ich wieder. »Das ist ernst gemeint.«

Gutiérrez nickte verständnisvoll. Sie sah mich weiter an, als würde sie noch auf etwas warten.

»Sie haben Stackhouse unter die Lupe genommen und seine enge Beziehung zu den Machado-Brüdern und *La Familia*. Hab ich recht?«

Sie atmete lange und tief ein und hielt die Luft an. Als sie sich wieder entspannte, ließ sie den Atem langsam entweichen. Sie sah mir dabei in die Augen. »Die bauen *La Familia* auf, helfen einem Drogenkartell, die anderen zu dominieren. Und das wird mit der Kooperation – mit der Hilfe – von Geheimdiensten auf beiden Seiten der Grenze, aber ohne Kontrolle durch die Regierung durchgeführt. Dabei könnten nicht nur Millionen Dollar unrechtmäßig verwendet oder einfach unterschlagen werden; ein schwerwiegender internationaler Zwischenfall liegt ebenfalls im Bereich des Möglichen. Die Menschen, die diese Informationen brauchen und am dringendsten miteinbezogen werden sollten, sitzen im Dunklen. Deswegen bin ich hier.«

»Stackhouse sagte mir, es gehe um eine Revolution.«

»Revolution?«

»Er sagte, sie hielten eine Revolution unter Kontrolle. Wie macht man das?«

»Ich nehme an, das hängt davon ab, was man unter *Kontrolle* versteht.«

»Genau«, sagte ich und kam mir ein bisschen weniger dämlich vor. »So wie er es gesagt hat, dachte ich mir schon, dass es nicht darum geht, Aufstände oder einen Krieg in den Griff zu bekommen. Ich glaube, denen passt es bestens in den Kram, wenn die Revolution weitergeht. Sie wollen sie sich irgendwie zunutze machen.«

»Wie macht man sich die Revolution in einem fremden Land zunutze?«

»Geld«, sagte ich. Dann zeigte ich auf das große Gebäude. »Dort kommt der Tunnel raus – da bin ich sicher. Wenn es nur ums Schmuggeln ginge, bräuchten sie nicht mehr als das. Aber die bauen eine ganze Stadt.«

»Sieht nicht nach einer richtigen Stadt aus.«

»Was glauben Sie, welches von den anderen Gebäuden eine Bank ist?«

Die langsamere – vernünftigere – Fahrt zurück nach Lansdale dauerte fast zwei Stunden.

Wieder in der Polizeistation angekommen, versuchte ich Milo anzurufen. Er hob nicht ab. Jetzt wusste ich, wie er sich gefühlt haben musste, und ich war angepisst. Ich lief zum Parkplatz für beschlagnahmte Wagen und sah nach, was mit Bascoms Auto passiert war. Das Einzige, was auf den ganzen Aufwand schließen ließ, waren ein paar kleine Ziploc-Beutel. In jedem war ein Stück Papier und ein wenig Staub oder eine Zigarettenkippe. Nichts von dem Müll im Wagen sah nach einer heißen Spur aus. Die Zigarette hatte man in einem der Lüftungsschlitze gefunden und sie war so alt, dass das Papier zerbröselt war, als man sie rausgezogen hatte.

Ich spürte Gutiérrez auf. Sie war nicht erfreut, mich zu sehen, aber als ich nach dem Stadtrat fragte, entspannte sie sich.

»Haben Sie beschlossen, sich mal wie ein richtiger Cop zu benehmen?«

»Ich könnte Sie das Gleiche fragen«, schoss ich zurück. »Aber ich werde großmütig darüber hinweggehen.«

»Sicher.« Sie warf eine Akte in meine Richtung. »Bitteschön.«

»Was ist das?«

»Worum Sie gebeten haben.«

Ich öffnete den Aktenumschlag und darin waren Fotos, Formulare und handgeschriebene Notizen, die alle Bascom Wood zum Inhalt hatten. »Das haben Sie alles schon erledigt?«

»Sie klingen überrascht.«

Ich überflog ein paar Seiten. Es gab Notizen zu Befragungen von über einem Dutzend Menschen. »Ich bin nicht überrascht. Ich bin beeindruckt.« Ich schloss die Akte und ließ sie wieder vor ihr auf den Tisch fallen. »Was ist dabei herausgekommen?«

»Was glauben Sie denn?«

»Nichts?«

»Dafür haben Sie sich eine Medaille verdient. Niemand sagt oder weiß etwas.«

»Vielleicht haben Sie die falschen Leute gefragt.«

»Sie glauben, wenn ich einen der Machados hier reinschleife, würde er mir alles erzählen, was ich wissen will?«

»Ich kenne einen Beamten vom Finanzministerium, den Sie fragen könnten.«

Gutiérrez sah mich wütend an. »Wieso lasse ich nicht gleich Darian Stackhouse zum Verhör antanzen?«

»Ich fahre.«

Ihr Blick blieb hart. Ich bohrte nicht weiter nach, denn ich wusste, es war sinnlos. Stackhouse und sein Team wurden von der Bürokratie geschützt, und Bürokratie bedeutet Anwälte. Wenn es einfach wäre, hätte Gutiérrez es schon getan. Ich ließ sie zurück und überquerte die Straße, um mit Mr. und Mrs. Toomey zu reden.

Das Rathaus wirkte, als wäre man bei ihnen zu Hause, und sie freuten sich über Gesellschaft. Mr. Toomey öffnete auf meine Bitte hin erneut den Safe. Wir plauderten über die Stadt und über die Lage, in die sie geraten war, während ich mir die Unterlagen genauer ansah, die Bascom Wood hinterlassen hatte. Die Unterhaltung verebbte, als ich Blätter ausbreitete und sie je nach Typ auf kleine Stapel sortierte. Ich machte mir Notizen und schoss mit dem Handy Fotos von den Informationen, die ich für besonders interessant hielt. Diese mailte ich dann Milo.

Der größte Stapel waren die Zuschussanträge für staatliche Finanzierung. Es gab noch zwei weitere Stapel in abnehmender Größe. Den mittleren bildeten Bankunterlagen. Einige davon waren offensichtlich Quittungen. Auf anderen Blättern standen Zahlenkolonnen mit bestimmten Geldbeträgen. Über diesen Seiten prangte der Briefkopf der Bank von Lansdale.

»Einen Moment mal«, sagte ich. Der Klang meiner eigenen Stimme kam überraschend. Ich hatte gar nicht bemerkt, dass ich es ausgesprochen hatte. »Ich bin ein absoluter Vollidiot.« Dieses Mal sagte ich es absichtlich laut und ließ es einen Moment wirken.

»Was stimmt denn nicht, Chief?«, fragte Mr. Toomey und stellte eine Tasse Kaffee auf den überfüllten Schreibtisch.

»Im Stadtrat zu sitzen ist hier in Lansdale kein Fulltime-Job, oder?«

»Natürlich nicht«, sagte er. »Selbst der Bürgermeister, als wir noch einen hatten, erledigte das halbtags. Ihm gehörte der Gemischtwarenladen.«

»Und Bascom Wood?« Ich zeigte auf die Bankunterlagen. »Hat er bei der Bank gearbeitet?«

»Die Bank von Lansdale ist ein Familienunternehmen. Bascoms Vater hatte sie 1966 gegründet.«

»Und sie ist erst vor ein paar Jahren so groß geworden?«, fragte ich, aber es war nicht wirklich eine Frage.

»Ja. Bascom Wood hat den gesamten Boom finanziert, der hier in Lansdale stattgefunden hat.« Mr. Toomey ließ traurig den Kopf hängen. »Er wird vermisst werden.«

Ich wandte mich dem kleinsten Stapel Unterlagen zu. Diese Blätter waren zerknitterte und wieder glatt gestrichene Zettel mit handgeschriebenen Notizen. Einige schienen einfach Schmierzettel zu sein, auf die jemand Fragen und wahllose Bemerkungen geschrieben hatte. Einer der Zettel war ein Computerausdruck einer Reihe Zahlen, neben denen bekannte Namen standen, wie Machado, Stackhouse und der meines Vaters.

Das letzte Blatt war eine Seite aus einem linierten Notizblock mit Namen und Pfeilen, die von einigen davon zu anderen führten. Am Rand war eine Liste, zu der auch Homeland Security, die DEA, *Policia Federal* und *La Familia* gehörten. Verschlungene Linien verbanden die Namen der Behörden und Gruppen mit denen einzelner Personen und diese wiederum untereinander. Es war ein verworrenes Flussdiagramm, vielleicht die Darstellung einer Hierarchie oder Befehlskette. Oder nur eine Reihe an Vermutungen über Geldflüsse. Daraus wurde wohl keiner schlau, außer allein Bascom Wood. Und möglicherweise hatte nicht einmal er es vollständig verstanden.

Etwas stach mir jedoch ins Auge. Zwischen dem Namen Darian Stackhouse und einem Kreis, in dem die Namen der Machado-Brüder standen, war ein kleines Rechteck gezeichnet mit dem Namen Joaquin D'Cruz. Joaquins Name war durchgestrichen und neben dem Kästchen ein Fragezeichen. Stellte Bascom dessen Loyalität infrage oder bestanden Zweifel an seiner Identität?

Ganz unten standen in krakeligen, schwarzen Buchstaben drei Zeilen, bei denen mir flau wurde.

Sie wissen über Paris Tindall Bescheid …

Sie wissen über mich Bescheid …

Sie wissen es …

Die ganze Zeit hatte ich geglaubt, Bascom sei ermordet worden, weil er zum Jagdklub gestürmt war und dort ein Spektakel wegen seines vermissten Sohnes veranstaltet hatte. Doch das war nicht der Grund gewesen. Er war getötet worden, weil sie etwas über ihn wussten, und ich war überzeugt, worum es sich dabei drehte, war dieser Stapel Unterlagen. Den Inhalt der Papierstapel kannte vielleicht niemand, aber jemandem war klar, dass er Informationen sammelte. War es Erpressung? Eigenschutz?

Und die große Frage – was wussten sie über Paris?

Ich fotografierte das Diagramm und schickte die Bilder an Milo.

Bis ich die Unterlagen wieder wegschloss und in der Obhut von Mr. und Mrs. Toomey zurückließ, war es bereits dunkel. Es war eine dieser erstaunlich klaren Wüstennächte, die sich in die Unendlichkeit erstreckte. Der Mond war nicht zu sehen, aber ein Fluss an Sternen war über die Ufer getreten und hatte den Himmel überflutet.

Als ich beim *Desert Drop* vorfuhr, erfassten meine Scheinwerfer kurz Lenore, die vor der Tür des Büros stand. Sie wirkte, als würde sie auf mich warten. Aber vielleicht war auch der Wunsch der Vater des Gedankens. Sie trug kurz abgeschnittene Jeans und ein ausgefranstes ärmelloses Hemd. Ich hätte ihre Tattoos durch den Stoff lesen können, wenn ich näher dran gewesen wäre.

Nachdem ich den Pick-up geparkt und den Motor ausgemacht hatte, sah ich mich wieder nach ihr um. Das Büro war geschlossen und dunkel. Lenore stieg langsam die Treppen am abgelegenen Ende des Motels hoch. Sie hatte den Kopf nach vorn gerichtet, aber ich spürte, dass sie mich beobachtete.

Ich lief zur Treppe am anderen Ende des Motels und erklomm die Stufen.

Die Tür zu meinem Zimmer stand offen. Innen brannte kein Licht. Als ich näher kam, sah ich, dass das Unterhemd am Türknauf hing und die Shorts auf dem Boden lagen.

In dieser Nacht redeten wir nicht und ich las auch nicht die Verse auf ihrem Körper. Wir suchten einander in der Dunkelheit und hielten uns umschlungen, als könnten alle Bedürfnisse der Welt nur durch Berührung ausgedrückt werden.

17

In den kalten Morgenstunden hämmerte jemand an meine Tür. Das drängende, bedrohliche Stakkato holte mich schnell aus dem Schlaf. Aus dem verhedderten Laken kam ich weniger flink. Überrascht stellte ich fest, dass ich allein war.

Meine Hose und die daran festgeklipste 45er lagen auf dem Boden. Ich öffnete die Tür erst, als ich beide angelegt hatte.

Das Geklopfe hörte nicht auf, bis die Tür von der Faust weggezogen wurde, die dagegen hämmerte. Hector stand davor, die Hand immer noch erhoben, als wolle er weiter gegen meine Tür donnern.

»Was ist los …?«

»Du gehst nicht ans Telefon?« Er schnitt mir genauso energisch das Wort ab, wie er an meine Tür geklopft hatte.

Ich sah mich um und steckte die Waffe ein. »Ich glaube, es ist im Pick-up.«

»Zieh dir ein Hemd und Schuhe an.«

»Was geht denn vor sich?«

»Tu es einfach«, sagte er und marschierte bereits zur Treppe. Als er hinabstapfte, rief er: »Ich warte.«

Ich zog mir die Sachen an, die ich auf dem Boden verteilt hatte.

»Wo fahren wir hin?«, fragte ich und ließ mich neben Hector in den Sitz fallen.

Er gab keine Antwort. Stattdessen knallte er den Gang rein und beschleunigte vom Parkplatz auf die Straße. Die Fahrt verlief schweigend, bis er auf die Bremse trat und uns auf denselben Feldweg steuerte, den ich genommen hatte, als ich zum Angeln gefahren war. Damals hatte ich Officer Sunny Johnson bei der Leiche von Stadtrat Wood vorgefunden.

»Wer ist es?«, fragte ich.

Hector gab keine Antwort.

Durch die Bäume sah man das stroboskopartige Blitzen weißer Lichter zusammen mit kreisenden roten und blauen Lichtern. Wir fuhren um eine Flussbiegung und landeten auf derselben Lichtung, auf der wir Stackhouse und seinem Team gegenübergestanden hatten. In der Mitte zwischen den Streifenwagen war ein Bereich mit Flatterband abgesperrt. Es sah aus, als seien sämtliche Polizisten des Lansdale Police Department um die Absperrung versammelt. Einige hatten Uniformen an und waren im Dienst. Andere trugen Zivilkleidung und wirkten, als habe man sie, genau wie mich, eben aus dem Bett geholt.

Hector brachte den Wagen mit rutschenden Reifen in einer Staubwolke zum Stehen. Wir stiegen beide aus, aber er blieb beim Auto und lehnte sich gegen die offene Tür. Ich sah mich um und dann wieder zu Hector. Er schüttelte den Kopf und blickte nach unten. Ich ging allein.

Als ich mich näherte, traten die anderen Officers zur Seite. Einige sahen weg. Manche starrten mich an. Die Blicke wirkten vorwurfsvoll.

Ich rechnete mit einem Auto und einer weiteren Leiche. Blut auf Glas und Metall verspritzt. Es kommt immer anders, als man denkt. Da war Blut. Spritzer und kleine Pfützen um die Leiche der Frau, die an einen Hickorybaum gefesselt war. Es war Gutiérrez.

Bronwyn Gutiérrez war tot.

Sie war verprügelt worden. Ich nahm an, das war geschehen, bevor man sie an den Baum gebunden hatte. Ihre Kleidung war mit Blut durchtränkt, noch nicht völlig getrocknet. Was sie anhatte, war verrutscht, aber intakt. Man hatte sie nicht vergewaltigt, das war eine andere Form der Brutalität. Ihre Zunge war herausgeschnitten und lag auf dem Boden. Ameisen krabbelten darauf herum.

»Schneidet sie los«, sagte ich.

»Wir haben den Tatort noch nicht untersucht«, warf jemand ein.

»Schneidet sie los. Ich weiß, wer das getan hat.«

»Ich helfe Ihnen«, meinte einer der Officer.

»Ich bin dabei«, erklärte ein anderer mit ersticktem Flüstern.

»Verflucht ja«, verkündete ein weiterer der Umstehenden.

»Wir wollen alle helfen«, sagte Officer Sunny Johnson. Sie stand direkt vor mir. Ich hatte sie erst jetzt bemerkt.

»Ihr seid Cops.« Ich hob den Kopf, um ihnen zu zeigen, dass sie alle gemeint waren. »Ihr seid alle besser als das, was ich tun werde.«

»Sie sind auch ein Cop.« Sunny legte eine Hand auf meinen Arm.

»Wenn ich ansatzweise ein Cop wäre, dann wäre sie jetzt nicht tot.«

Ich drehte mich um und lief durch das Blaulicht und die anklagenden Blicke zum Wagen. Hector lehnte nicht mehr an der offenen Tür. Er stand vor dem Auto zwischen den Reifenspuren im Scheinwerferlicht.

Ich streckte die Hand aus und sagte: »Gib mir die Schlüssel.«

Hector sah mich an. Keiner von uns bewegte sich. Wir bekamen beide feuchte Augen und blinzelten. Dann schüttelte er den Kopf. Er marschierte zurück zur Tür, setzte sich hinters Steuer und wartete.

Ich stieg ein und wir stießen zurück und überließen den Rest der Polizeitruppe von Lansdale sich selbst.

Keiner von uns beiden sprach während der Fahrt ein einziges Wort. Ich sagte Hector nicht, wohin er fahren sollte. Wenn wir an eine Kreuzung kamen, deutete ich einfach in die Richtung. Ich zog unterwegs die 45er, nahm das Magazin raus, schob den Schlitten zurück, um die Kugel aus dem Lauf zu befördern, und inspizierte die Waffe. Nachdem ich mich vergewissert hatte, dass sie einsatzbereit war, lud ich sie wieder.

Als wir an der Baustelle vorbeikamen, zeigte ich auf das gedrungene Gebäude mit den Wohnwagen dahinter. Hector bog auf den Schotterparkplatz des *Border Crossing* ein und blieb schräg davor stehen.

Wir stiegen aus dem Wagen und Hector sagte: »Einen Moment.« Er ging zum Kofferraum und holte eine 12-Gauge-Pumpgun heraus. Er lud durch, zog eine Patrone aus dem Patronenband am Schaft der Waffe und steckte sie ins Lager. »Also los.«

Autos fuhren auf der Straße hinter uns vorbei. Man hörte die Reifen auf dem Asphalt. Unsere Schritte knirschten auf dem Kies. Als wir uns der Tür näherten, drang Musik hindurch. Wie alles andere: ein Geräusch ohne Gefühl oder Bedeutung.

Dieses Mal waren die Gruppen in der Kneipe nicht so eindeutig aufgeteilt. Ich sah Stackhouse nicht, aber der Großteil seines Teams spielte Billard mit ein paar Fußsoldaten von *La Familia*. Im Hintergrund stand Joaquin. Niemand schien überrascht, uns zu sehen.

Ich hielt mich rechts und steuerte auf die Bar zu, die Hand auf dem Griff meiner Waffe. Alle Augen waren auf mich gerichtet. Ich hoffte, dass sie nicht bemerkten, wie Hector auf der linken Seite seine Schrotflinte in Anschlag brachte.

Sie bemerkten es.

Jeder Mann im Lokal – Frauen waren nicht zu sehen – hatte die Waffe griffbereit. Als ich an der Bar stehen blieb, tauchte

Stackhouse hinter dem Tresen auf und hielt mir eine Pistole an den Kopf. Hector sah ihn und drehte sich mit der Schrotflinte im Anschlag um. Als Hector sein neues Ziel anvisierte, trat ein anderer Mann hinter der Trennwand hervor, die diesen Bereich der Kneipe einschloss, und drückte ihm eine Knarre an die Schläfe.

Hector zuckte nicht mal. Die Flinte senkte er auch nicht, sondern hatte weiter Stackhouse im Visier.

»Ich freue mich, Sie zu sehen, Chief«, sagte Stackhouse. Er betonte jede Silbe. Ich konnte es nicht genau erkennen, aber ich glaube, dass er dabei Hector ansah und nicht mich.

»Darauf wette ich«, sagte ich und richtete langsam meine Pistole auf seinen Bauch. »Sieht so aus, als hätten Sie mich erwartet.«

»Allzeit bereit. Schließlich war ich mal bei den Pfadfindern.«

»Sie sind ja ganz schön rumgekommen in der Welt.«

»Könnten Sie vielleicht Ihren Freund bitten, seine Schrotflinte runterzunehmen? Das macht mich nervös.«

»Hector?«

»Ich mache, was du sagst.« Die Angst in seiner Stimme übertönte nicht die Entschlossenheit.

»Lass die Waffe oben«, sagte ich. »Was immer wir tun, wir sollten wenigstens nicht allein sterben.«

Ein paar der Militärtypen kicherten leise. Sie hielten es für einen Machospruch. Von den Mexikanern lachte keiner. Sie wichen alle einen Schritt oder zwei zurück.

»Sie sind hier am falschen Ort«, meinte Stackhouse.

»Wo sollte ich denn sein?«

»Nicht hier.«

»Wieso nicht hier?«

Er antwortete nicht.

Ich machte einen großen Schritt nach hinten, um mehr Raum zwischen uns beide zu bringen. Seine Waffe folgte mir, aber er blieb an Ort und Stelle.

»Hector«, sagte ich. »Wenn du ihn erschießt, wird dich der Typ mit der Wumme neben dir umbringen.«

»Ich weiß.«

»Wirst du ihn erschießen, wenn es sein muss?«

»Ja.«

Niemand kicherte.

»Wir können das Spiel auf verschiedene Arten spielen, Stackhouse.« Es war befriedigend, die Schweißperlen auf seiner Stirn zu sehen und wie sie die Nase hinab rollten. »Die meisten enden damit, dass Sie tot sind.«

»Sie werden das nicht überleben.«

»Das ist es eben. Genau da liegt Ihr Denkfehler.« Ich stellte sicher, dass jeder im Raum mich hören konnte. Dann sah ich ihm in die Augen. »Das ist uns scheißegal.«

Ich ließ das einen Moment wirken, gab ihm Zeit darüber nachzudenken.

»Legen Sie die Waffen weg«, sagte Stackhouse. »Dann reden wir.«

»Mir gefällt die Unterhaltung so, wie sie gerade läuft.«

»Sie haben Waffen auf Bundesbeamte gerichtet, Tindall. Glauben Sie, Sie kommen damit durch?«

»Heute Nacht haben Sie und Ihre Jungs eine Bundesbeamtin ermordet.«

Einige der Militärtypen sahen sich an. Sie wirkten überrascht. Die Mexikaner zeigten keine Reaktion.

»Aber ich glaube, es waren nicht alle eingeweiht. Haben Sie etwa Geheimnisse vor Ihrem Team?«

»Keine Ahnung, wovon Sie überhaupt reden.« Stackhouse spuckte die Worte verächtlich aus. »Wir waren die ganze Nacht hier.«

»Siehst du, Hector?« Ich linste in seine Richtung. Hector behielt Stackhouse im Auge und das Visier der Waffe, das auf dessen Brust gerichtet war. »Er hat mir sofort ein Alibi genannt, für etwas, von dem er angeblich nichts weiß. Wie hört sich das für dich an?«

»Ich würde sagen, schuldig.«

»Wir haben keine Ahnung, wovon Sie reden. *Ich* habe keine Ahnung, wovon Sie reden, Chief.« Stackhouse ließ langsam die Hand sinken, mit der er die Waffe auf mich gerichtet hatte. »Können wir das nicht deeskalieren?«

Ich hob die Waffe, statt sie zu senken. Seine Hand stoppte.

»Das Erste, was Sie sagten, als ich reinkam, Stackhouse – erinnern Sie sich? Sie waren vorbereitet. Sie wussten Bescheid. Die Frage ist …« Ich sah einen der anderen Männer an. Es war derselbe breite Billardspieler, mit dem ich mich vor ein paar Tagen angelegt hatte. »Wussten Sie es?«

Der Mann wirkte überrascht, aber reagierte nicht weiter.

»Officer Bronwyn Gutiérrez vom Lansdale Police Department. Ich weiß, dass Sie sie kannten. Sie standen genau dort, als ich vor ein paar Tagen mit ihr in dieser Bar geredet habe. Sie wurde ermordet.«

Er warf Stackhouse einen Blick zu.

»Sehen Sie nicht ihn an«, warnte ich. »Sehen Sie mich an.«

Er tat es.

»Die andere Frage …«, hakte ich nach. »Wussten Sie, dass Sie von der DEA war?«

Seine steinerne Fassade bekam Risse.

»Sie haben es also nicht gewusst.«

»Er lügt, Bart«, sagte Stackhouse zu dem Mann.

»Halten Sie die Klappe.« Hectors Warnung klang wie das Knurren eines wilden Hundes.

Stackhouse hörte zu.

»Wussten Sie nicht, dass gegen Ihr gesamtes Team intern ermittelt wurde?«, fragte ich Bart.

Er gab keine Antwort.

»Sie wurde heute Nacht ermordet und ihre Zunge wurde herausgeschnitten. Dann sagen Sie mal, Bart, wer bekommt eine solche Behandlung verpasst?«

»Verräter.« Er klang wie eine Feststellung, keine Verurteilung. Dann warf er einen Blick auf das am nächsten stehende Mitglied von *La Familia*.

»Ist ein Undercover-Cop ein Verräter, Bart?«

Er schüttelte den Kopf.

»Sie flattern hier wie eine Ente mit gebrochenen Flügeln, Tindall«, warf Stackhouse ein. »Geschnatter und fliegende Federn, nichts weiter.«

»Reden Sie sich das ruhig ein.« Ich fixierte dabei Bart. »Aber ich hab nicht mit Ihnen geredet.«

Bart warf einen Blick zu seinem Boss.

Aus dem Augenwinkel sah ich Stackhouse. Die Hand mit der Waffe zitterte. Es war Zeit, meinen Worten Taten folgen zu lassen oder zu verschwinden. »Hector?«

»Ja?«

»Bist du bereit, hier abzuhauen?«

»Soll ich ihn umlegen?«

»Nein.« Ich richtete langsam die Waffe von Stackhouse weg und steckte sie wieder ins Holster. »Wir werden ihn nicht umlegen.«

»Wieso?«, fragte er und schien ehrlich enttäuscht.

»Weil *La Familia* das erledigen wird.« Das führte zu einer Reaktion. Die Mexikaner, die sich gemütlich zurückgelehnt und zugesehen hatten, wie sich die Weißen und Cops gegenseitig bedrohten, spitzten plötzlich die Ohren. Sie sahen sich fragend an und betrachteten dann mit einer neu erwachten

Bösartigkeit die Cops um sie herum. »Und diese Typen hier werden *La Familia* umlegen.«

»Wovon reden Sie?« Nachdem nur noch eine Waffe auf ihn gerichtet war, schwitzte Stackhouse etwas weniger und verwandelte sich in das alte Arschloch zurück, das er war.

»Krieg«, sagte ich. Dann ging ich rückwärts zur Tür und zog sie auf. Ich hielt sie offen und richtete die Waffe in Richtung des Mannes, der Hector eine Knarre an den Kopf drückte. »Komm schon Hector, für heute Abend lassen wir es gut sein.«

»Tindall«, rief Stackhouse hinter mir her. »Das ist keine Kleinigkeit. Das ist eine Riesensache. Auf Regierungsebene. Die nationale Wirtschaft steckt mit drin. Zu groß für einen Polizeichef.« Er grinste und sah wieder aus, als hätte er alles im Griff. »Das ist zu groß für Sie.«

Wir fuhren denselben Weg zurück, den wir gekommen waren, schweigend. Ich malte mir zur Unterhaltung aus, wie wohl das Gespräch verlief, das Stackhouse im Moment mit seinen Männern und den Jungs von *La Familia* führte. Und etwas anderes spukte mir im Kopf herum – was er zum Schluss von sich gegeben hatte, bevor Hector und ich gegangen waren. Stackhouse hatte gesagt, das war eine große Sache. Zu groß für mich.

Der Gedanke ließ sich nicht leicht abschütteln. Wie alles andere, das ich getan hatte, seitdem ich Paris in meinem Wohnwagen gefunden hatte. Nichts passte wirklich. Ich hatte versucht, auf die Ereignisse zu reagieren, indem ich jemand wurde, der ich nicht war. Paris. Ich hatte versucht, über mich hinauszuwachsen. Vielleicht sollte ich lieber einen kleineren Maßstab anlegen.

Als wir uns der Abzweigung zur staubigen Schotterpiste näherten, musste Hector den Wagen anhalten, um zu warten, bis der Krankenwagen davongefahren war.

»Ich muss da nicht wieder hin«, sagte ich. »Bring mich zurück ins Motel.«

»Was wirst du tun?«

»Ich brauche meinen Pick-up.«

»Und was dann?«

»Dann werde ich tun, was ich am besten kann. Und das wird hässlich.«

Hector drehte das Lenkrad und steuerte zurück auf den Asphalt. Er überholte den Krankenwagen, der das Blaulicht anhatte, aber keine Sirene.

18

Ich ging nicht in mein Zimmer oder zog mich um. Auch wenn der Morgen noch nicht dämmerte, fuhr ich zum Rathaus und parkte vor der Tür. Ich war allein mit meinen Gedanken, während ich wartete. Sie leisteten mir keine gute Gesellschaft. Ich drehte das Radio an und hörte Musik. Songs über Verlust, Angst und Bier.

Perfekt.

Das erste Zeichen der Dämmerung war das rosafarbene Glühen an der Unterseite der dahinschleichenden Wolken. Es dauerte nicht lange, bis ein zweiter Wagen auf den Parkplatz fuhr und neben meinem Pick-up parkte. Der Fahrer war Spencer Toomey und auf dem Beifahrersitz saß seine Frau.

Ich hatte früh mit ihnen gerechnet, war aber überrascht, dass sie bereits in der Morgendämmerung ankamen. Ich stieg aus und wartete, bis sie aus dem Dickschiff kletterten, das Mr. Toomey fuhr. Sie waren nicht unbedingt die Schnellsten.

Mr. Toomey trat zuerst aus dem Wagen. Er sah mich an, sagte aber nichts, während er das Fahrzeug umrundete, um seiner Frau die Tür zu öffnen. Erst als sie ausgestiegen war und Mr. Toomey abgeschlossen hatte, sahen sie mich an.

»Können wir etwas für Sie tun, Chief?«, fragte Mr. Toomey.

»Wir machen erst mal einen Kaffee«, meinte Mrs. Toomey. »Dann können Sie uns alles erzählen.«

»Sie hat recht«, sagte er.

»An einem schönen Tag wie diesem, sollte man gar nichts tun, bevor man nicht einen Kaffee getrunken hat.«

Mit ihrer Hand in seinem Arm untergehakt, stiegen sie die Stufen hinauf. Er holte einen Schlüsselring heraus, der mit einer Kette an der Hose festgemacht war. Er sah sich einen nach dem anderen an, um den zu finden, der die große Vordertür aufschloss. Bis wir drinnen und alle Lichter an waren, war ich so ungeduldig, dass ich das Paar am liebsten angeschrien hätte. Eine Tasse heißen Kaffees in der Hand stimmte mich dankbar und ruhiger.

Zuerst erklärte ich ihnen, was ich wollte. Sie meinten, es sei unmöglich. Dann redeten wir bei einer zweiten Tasse und ich erzählte so gut wie alles, was ich über die Vorgänge in ihrer Stadt wusste. Ich berichtete von den Ereignissen der Nacht und dem Tod von Gutiérrez.

»Ich wünschte, wir könnten helfen …«, sagte Mr. Toomey, als ich fertig war.

»Das können wir«, korrigierte ihn seine Frau. Zu mir meinte sie: »Das werden wir.«

»Das können wir nicht«, beharrte er mit Nachdruck. »Das wird nicht funktionieren.«

»Wieso?«, fragte ich.

»Das ist nicht legal. Vor Gericht wird das keinen Bestand haben. Sie würden es umsonst tun.«

»Es muss nicht legal sein«, sagte ich. »Es genügt, die Sache vor Gericht zu bringen. Wir wollen, dass das alles offiziell wird, aktenkundig und öffentlich.«

»Sie wollen Ärger machen.« Mr. Toomey grinste.

»So ist es«, sagte ich. »Die kleinen Stolpersteine der Bürokratie können zu einer unüberwindlichen Mauer werden.«

»Nun, ich hab immer gesagt, es ist leichter, mit einem Elefanten zu leben, als mit tausend Kakerlaken.«

»Er hat recht«, sagte Mrs. Toomey. »Das hat er gesagt.«

»Es dauert vermutlich den ganzen Tag«, fügte er hinzu.

»Morgen genügt auch noch«, sagte ich.

Als ich wieder auf den Parkplatz des Motels bog, wich hinter mir die Morgendämmerung dem Tag. Ich brauchte dringend eine Dusche und frische Klamotten.

Das Wasser drehte ich so heiß, wie ich es aushielt, bis die Haut rosa schimmerte. Ich verwendete eine neue Klinge, um mich zu rasieren, und noch eine, bis das Gesicht brannte. Mit der alten Zahnbürste schrubbte ich die Zähne wieder und wieder und hörte erst auf, als ich Blut in den Abfluss spuckte. Ich wollte alle Flecken beseitigen, die sich bis auf die Knochen gebrannt hatten und niemals wieder verschwinden würden.

Vor mir waberte der Dampf aus dem Badezimmer, als ich mit einem Handtuch um die Hüften aus der Tür kam. Durch den Dunst roch ich Zigarrenrauch. Ich hatte vergessen, die Tür mit dem Riegel aus Kanthölzern zu verschließen und Simon Machado stand im offenen Durchgang. Er hatte wieder einen Cowboy-Anzug an, dieses Mal lavendelfarben mit einem weißen Seidenhemd und dazu passendem Einstecktuch. Ein alberner Anblick, wenn er nicht Lenore wie einen Talisman vor sich gehalten hätte. Im Kontrast zu seiner Kleidung trug sie nur ein dünnes, weißes Höschen und einen roten BH. Er hatte ihre Haare gepackt, aber es schien ihr nichts auszumachen und sie wehrte sich nicht. Sie lächelte und ihre Augen und Lippen bargen Geheimnisse.

Machado blies eine graue Rauchwolke über ihren Kopf und nahm dann die Zigarre aus dem Mund. »Kommen Sie, wir reden«, sagte er.

»Worüber sollen wir reden?«

»Das ist keine Einladung.« Er hob die Zigarre und nahm

genießerisch einen tiefen Zug. Als er den Rauch wieder ausblies, zog er Lenore an den Haaren. Sie lehnte sich bereitwillig gegen ihn. »Täuschen Sie sich da nicht.«

»Bist du okay?«, fragte ich Lenore.

»Sorgst du etwa dafür?«, erwiderte sie anstelle einer Antwort. Lenore sah mir in die Augen und stellte sicher, dass ich genau mitbekam, wie sie ihren Hintern gegen Machados Hüften drückte.

Er langte mit der Zigarre um sie herum und steckte das feuchte Ende in ihren Mund. Sie sog den Rauch ein und blies ihn wieder heraus.

»Sie sehen, wie die Dinge liegen«, sagte er. »Kommen Sie. Unterhalten wir uns. Jemand anderes, den Sie kennen, wird auch da sein. Sie sollen wissen, was vor sich geht. Die Wahrheit.«

Er nahm die Zigarre aus ihrem Mund und steckte sie sich zwischen die Zähne, bevor er aus der Tür trat. Lenore wurde an den Haaren nach hinten gezogen. Sie wehrte sich nicht.

Ich ließ die Tür offen, als ich mich anzog; dann nahm ich die Einladung an, die keine war.

Ich erreichte das Tor vom Gun Hills Jagdhaus und Privatklub. Dieses Mal kein dummes Gerede oder Provokationen. Der Mann im Wachhäuschen öffnete das Eisentor. Ich fuhr ohne ein Wort hindurch.

Der Haupteingang des Klubs war wieder von bewaffneten Männern bewacht, aber es waren lauter neue Gesichter. Ich hatte gehofft, ein paar Worte mit Joaquin zu wechseln. Hinter der Tür nahm man mir die Waffe ab. Ich versuchte mich dagegen zu wehren, aber dieses Mal war es anders. Ein Mann hielt mir eine Pistole an den Hals und ein zweiter nahm mir die 45er ab.

In der Mitte der Ledercouch saß Eladio Machado und beanspruchte sie ganz für sich, auch wenn er selbst kaum Platz brauchte. Von der Seite des Raumes, um eine Ecke herum, kam das Geräusch von klickenden Eiswürfeln, die in ein Glas geworfen wurden, und das Plätschern einer Flüssigkeit, das mir sagte, dass wir nicht allein waren. Ich rechnete damit, seinen Bruder, Simon Machado in Lavendel gekleidet anzutreffen, und drehte mich um.

Ich kann gar nicht sagen, wer von uns beiden überraschter war, ich oder mein Vater, als Buick Tindall den Raum betrat. Für eine Sekunde sah er so aus, als würde ihm das Cocktailglas aus der Hand fallen. Er gewann die Fassung nicht vollständig zurück, aber rettete den Whisky, indem er einen Schluck nahm. Über den Rand des Glases bedachte er mich mit einem Blick, hart wie ein Stahlmantelgeschoss.

Sein Glas war halb leer, als Buick es von den Lippen nahm und sagte: »Was zur Hölle?«

»Genau, was ich auch eben dachte«, erwiderte ich.

Buick warf einen Blick nach hinten auf den klapperdürren der beiden Machado-Brüder. Eladio schien uns zu ignorieren. »Eladio?«, fragte Buick. »Hast du was dagegen, wenn ich mit meinem *Jungen* mal kurz unter vier Augen rede?«

»Deswegen bist du ja da«, sagte Eladio und starrte ins Nichts. »Um deinem Sohn ein wenig ins Gewissen zu reden.«

»Komm schon«, befahl Buick, drückte sich an mir vorbei und trat durch die Tür in die große Eingangshalle. Ich glaube nicht, dass er damit rechnete, die beiden Männer, die mich hereineskortiert hatten, seien noch da. Als er sie sah, ging er weiter. Die Absätze der Cowboystiefel klackerten über den Boden und unterlegten seinen Gang mit einem schnellen Rhythmus aus Holz und Leder.

Ich folgte ihm ohne Eile.

Diese Konfrontation war eine, auf die ich mich gefreut hatte. Keiner von uns beiden hatte einen Grund, sich jetzt zu beeilen.

Er sah nach hinten, als er die Eingangstür öffnete. »Kommst du oder nicht?«

Draußen auf der breiten Veranda stiefelte er von einer auf die andere Seite, als könne er sich nicht entscheiden, ob wir hier genug Privatsphäre hatten, um zu reden. Offenbar nicht. Buick verließ die Veranda und tänzelte o-beinig die Stufen hinab. Als er in der Mitte der Einfahrt war, warf er mir über die Schulter einen Blick zu. Er sagte nichts, aber die Wut darüber, dass ich mich nicht beeilte, ließ sich an seinen Augen ablesen.

Buick überquerte die Einfahrt und stapfte über den gepflegten Rasen vor dem Haus, wo er stehen blieb und auf mich wartete.

Ich pausierte einen Moment auf der untersten Stufe und sah in beide Richtungen, als müsste ich auf den Verkehr achten. *Lass ihn noch ein wenig schmoren*, dachte ich mir. Dann überquerte ich die Einfahrt.

Als ich auf dem Gras stand, sah sich mein Vater um und überprüfte noch einmal, ob uns jemand sehen oder hören konnte und wandte sich mir dann zu.

Ich schlug ihm ins Gesicht. Der Schlag war nicht mein bester. Er landete nicht mittig, weil ich zögerte und Buick ihn kommen sah. Er reagierte ohne jedes Zögern. Ein kurzer Hieb in den Magen, der mich wie eine Abrissbirne traf. Ich hatte keine Zweifel, dass er sich zurückgehalten hatte. Jegliche Luft entwich meiner Lunge, die sich wie gelähmt anfühlte. Ich schaffte es, auf den Beinen zu bleiben, aber beugte mich nach vorn und japste sinnlos nach Luft.

Buick schnappte mich am Kragen und drückte meinen Kopf nach unten. Dann tat er etwas, womit ich nicht gerechnet hatte. Er rubbelte mir den Rücken, lehnte sich vor und meinte:

»Versuch, dich zu entspannen. Du kannst es nicht erzwingen. Warte einfach.«

Beängstigend langsam kam ich wieder zu Atem.

Beinahe, als wolle er die Luft nicht vertreiben, brachte Buick sein Gesicht nahe an meines und flüsterte: »Was zur Hölle hast du getan? Wo ist Paris?«

Ich sagte nichts. Zuerst, weil ich es nicht vermochte. Dann, weil ich die Antwort hasste. Nachdem ich wieder stehen konnte, zitterten mir noch die Knie.

»Nun?«, drängte er.

Die einzige Antwort, die ich auf Lager hatte, war, ihn anzustarren, bis er es begriff. Das Verstehen traf ihn gemeinsam mit dem Schmerz. Buick sah aus, als hätte *er* den Schlag in den Solarplexus bekommen.

»Nein.« Er schüttelte den Kopf, als könne er die Wirklichkeit ändern. Dann sagte er: »Die haben ihn getötet.«

»Ja«, erwiderte ich und hielt, immer noch außer Atem, meinen Bauch. »Deine Freunde haben ihn umgebracht. Sie haben uns beide umgebracht, könnte man sagen. Aber das ist dir egal.«

Er kam näher, bis unsere Oberkörper sich fast berührten. Er überragte mich nicht so weit, wie er es in meiner Erinnerung immer getan hatte. »Bist du okay?«

»Ich hab schon härtere Schläge bekommen.« Selbst für mich hörte sich das wie ein verletztes Kind an.

Langsam schüttelte er den Kopf, trat einen Schritt zurück und wandte mir den Rücken zu. »Du hast ja keine Ahnung.«

Es dauerte ein paar Sekunden, aber dann begriff ich es. Er redete nicht über den Schlag. Das Beste, was ich über diesen Augenblick sagen konnte: Er hatte recht. Trotzdem war ich dankbar, weil er mich nicht ansah. Ich wollte nicht, dass er mein Gesicht sah, denn ich hatte keine Ahnung, wie es in diesem Moment nach außen hin wirkte.

Mein Vater tastete seine Hosentaschen ab und suchte vergeblich nach etwas. Er gab auf und drehte sich um, sah mich an, ohne wütend zu wirken. »Wie bist du in das Ganze geraten?«

Ich schüttelte den Kopf. »Das ist nicht, worüber ich mit dir reden will.«

»Hör auf.«

»Du hast damit angefangen und ich will es hören.«

»Was, Junge? Was willst du von mir hören?«

»Wie ist Paris in das alles reingeraten? Wieso ist er gestorben?«

»Ich habe gerade erst herausgefunden, dass er es war.«

»Aber du hast alle Puzzleteile. Du weißt es. Wenn du behauptest, das stimmt nicht, dann belügst du uns beide.«

»Es ist meine Schuld«, sagte er. »Fühlst du dich besser, wenn ich das sage?«

»Nein.«

»Ich auch nicht. Das ist die Wahrheit, aber es zu sagen ist, als würden Glasscherben durch mein Herz fließen.«

»Wie?«

»So wie schlimme Dinge immer passieren. Ich habe etwas angefangen, ohne weit genug vorauszuschauen. Ich hatte mir ausgemalt, was geschehen würde. Aber es kommt immer anders, als man denkt.«

»Du hast dich mit den Machados eingelassen?«

»Zuerst nicht. Zuerst habe ich mit Stackhouse gearbeitet. Ich habe ihm geholfen, die Finanzierung für eine große Operation aufzutreiben.«

»Und Paris?«

»Ich habe es ihm erzählt. Nicht alles. Nur genug, dass sein Interesse geweckt war, dachte ich. Das würde eine große Sache werden, jeder konnte da mitmischen und es war eine Menge schnelles Geld zu machen. Du kennst doch deinen Bruder. Er sagte immer, schnelles Geld ist am härtesten verdient.«

»Er hat nicht mitgemacht?«

Buick schüttelte langsam den Kopf. »Nein. Hat er nicht. Und er hat es auch nicht unter den Tisch fallen lassen. Wieso?« Er sah mich an und die Frage war in seinen Augen zu sehen. »Ich dachte, er ließe es möglicherweise auf sich beruhen. Ich rechnete damit, dass er darüber hinwegsehen würde. Schließlich war *ich* daran beteiligt.«

»Vielleicht deswegen«, sagte ich. »Vielleicht gerade, weil du es warst.«

Buick warf einen Blick in meine Richtung und verbarg dann die Augen hinter zusammengekniffenen Lidern. »Ich habe ihn um nichts gebeten. Habe ihm nur die Chance gegeben. Wenn er sie nicht ergreifen wollte, hätte er einfach ...«

»Das sah Paris gar nicht ähnlich und das weißt du auch.«

»Ja, das weiß ich.« Seine Augen weiteten sich und sein Blick wurde weicher, bevor er nach unten auf die Stiefel sah. »Aber was ein Mann von seinem Sohn erwartet, hat nichts mit dem zu tun, was er weiß.«

»Dasselbe könnten Söhne auch über ihre Väter sagen.«

Ich erwartete eine Reaktion – einen Fluch oder Kritik. Sie kam nicht.

Buick fixierte weiter seine Stiefel: »Das Spezialeinsatz-Team hat mich auf die Machados angesetzt. Die DEA wollte, dass *La Familia* Macht und Geld in Lansdale konzentriert. Ich hab die ganzen Bankgeschäfte mit einem Stadtrat angeleiert.«

»Woods.«

»Ja.«

»Paris hat es herausgefunden?«

Er blickte hoch und sah mir in die Augen. »Ich weiß nicht, was er wusste. Die Machados haben mir gesagt, dass er in die Stadt gekommen war und Fragen stellte. Sie erklärten mir, ich solle mich darum kümmern. Er wollte kein Geld von der DEA, aber er bekam fast einen Anfall bei dem Gedanken, Geld der Machados zu nehmen.«

»Was hat dich geritten, zu glauben, Paris wäre käuflich?«

»Es war zu dem Zeitpunkt die einzige Möglichkeit. Die Sachen, die er machte. Die Sachen, die ich machte. Dadurch wurde alles nur immer komplizierter.« Buick sah mich nicht an. Er schien den Blick nach innen gewandt zu haben. Dann sagte er mit Verzweiflung und Bedauern in der Stimme: »Es gab keinen Ausweg mehr.«

Bei dem Satz lief es mir kalt den Rücken herunter. »Was hast du getan?«

»Ich hab den Machados gesagt, Paris stünde auf ihrer Lohnliste.«

»Was zur Hölle?«

»Ich wollte ihn damit beschützen.«

»Das hat aber nicht so geklappt, wie du dir das vorgestellt hast, oder?«

Das Funkeln seiner Augen war nur schwach. Darauf hatte er keine Antwort. Stattdessen meinte er: »Ich hätte es wissen müssen. Ich habe ihm jede Chance gegeben, wie ich zu sein, und ich war jedes Mal stolz, wenn er eine bessere Wahl traf. Aber du … du warst schon so wie ich. Ich habe versucht, die jede Möglichkeit zu geben, es nicht zu sein. Ich dachte, wenn du in deiner Jugend erfährst, was ein Bastard ist, dann hast du vielleicht eine Chance.«

»Bullshit.«

Wir standen uns eine lange Zeit schweigend gegenüber, ohne uns anzusehen. Wie Schiffbrüchige auf einer kleinen Insel aus Gras in einem Meer von Asphalt.

Buick straffte die Schultern und sagte: »Ich weiß, du warst Geldbote für das Guzman-Kartell. Und ich wusste, *La Familia* würde dich töten, wenn sie den Laden übernehmen.«

Er verstummte. Ich wartete auf mehr, aber er schwieg. Das beantwortete meine Frage, doch ich stellte sie trotzdem: »Du hast nicht versucht, mich vorzuwarnen?«

»Sie wussten schon über Paris Bescheid. Meine Position war in Gefahr. Dich zu warnen, hätte dich, mich und Paris das Leben gekostet.«

»Du hast mich hängen lassen?«

»Und ich habe mir keine Sekunde lang Sorgen gemacht. Nicht, bis ...« Buick kickte ein Stück Rasen auf die Straße. »Paris war derjenige, um den ich mich sorgte. Du bist der Abgebrühte. Ich hab keine Sekunde geglaubt, dass diese Typen dich erledigen könnten. Ich habe Paris gesagt, er solle die Flinte ins Korn werfen, verschwinden, abhauen. Er war nie so stark oder mit allen Wassern gewaschen wie du. Und jetzt sind wir hier.«

»Jetzt sind wir hier«, wiederholte ich. Ihn etwas Positives über mich sagen zu hören, nahm mir noch mehr den Wind aus den Segeln, als sein Faustschlag es geschafft hatte. Wenn es einen Mann auf der Welt gab, dem ich nicht vergeben und bei dem ich keinerlei Nachsicht üben wollte, war es Buick Tindall. »Du warst nicht mal bei meiner Beerdigung.«

»*La Familia* wusste nicht, dass ich dein Vater war. Das wäre ein Problem gewesen.«

»Erzählst du mir jetzt, dass du ein guter Cop bist, der hier nur seinen Job machen will?«

»Würdest du mir das glauben?«

Ich öffnete den Mund, um ihm eine Antwort hinzurotzen. Dann klappte ich ihn wieder zu. »Ich weiß nicht.«

»Na, so weit sind wir dann wenigstens.« Buick straffte die Schultern und kniff den Nasenrücken zusammen, als müsse er ein Gewicht zurückhalten, das sich hinter den Augen aufgebaut hatte. »Paris war der gute Bulle.«

»Jepp.« Ich nickte und blickte weg. Zum Teil, weil ich dem alten Mann in diesem Moment ein wenig Privatsphäre lassen wollte. Zum Teil, weil er mir etwas leidtat. »Was sollen wir jetzt deswegen unternehmen?«

Buick schüttelte den Kopf, während er über den Asphalt hinweg die große Eingangstür des Jagdklubs im Auge behielt. »Ich stecke da drin und ich kann nicht mehr aussteigen. Du kannst es.«

»Das hab ich mir auch gesagt, aber hier bin ich nun mal.« Ich hatte genug und trat vom Rasen. Die Sonne brannte so heiß, dass die Straße nach Teer roch und die schwarze Oberfläche klebrig war.

»Wo gehst du hin?«, rief mein Vater hinter mir her. »Wir müssen uns was einfallen lassen. Wir müssen das in Ordnung bringen.«

Ich blieb in der Mitte der Straße stehen, drehte mich um und sah ihn an. Er war immer noch viel kleiner, als ich ihn in Erinnerung gehabt hatte. »Was in Ordnung bringen?«

»Das mit uns. Das mit denen. Das, was passieren wird. Bevor du hierher gekommen bist, war noch ein anderer Mann bei den Machados. Er heißt Joaquin.«

»Das überrascht mich nicht.« Es stimmte. Joaquin tauchte zusammen mit der DEA auf und mit *La Familia*. Ich war mir sicher, dafür gab es einen guten Grund.

»Er sagte, du hast davon geredet, dass es einen Krieg zwischen dem Kartell und der DEA geben würde. Er meinte, man sollte dich umlegen.«

Ich nickte. »Ich glaube, ich habe meinen Teil getan.« Nach einem Schritt blieb ich wieder stehen. »Buick«, sagte ich und drehte mich erneut zu ihm um. »Es gibt noch etwas, das ich dir schon immer mal sagen wollte.«

»Gib dir keine Mühe. Ich habe es zu meinem Vater gesagt. Es ist nicht so befriedigend, wie du glaubst.«

»Leck mich am Arsch, du alter Wichser.«

»Fühlst du dich besser?«

»Nein.« Ich drehte mich um und ging zur Veranda des Klubhauses zurück. An der Tür hielt ich dem Mann meine Hand hin, der mir die 45er abgenommen hatte und sagte: *»La pistola, por favor.«*

Buick trottete die Stufen empor. »Wir müssen reingehen. Die Machados werden wissen wollen, was los ist.«

»Darum kannst du dich kümmern.«

»Was soll ich denen sagen, wo du hin bist?«

»Ich hab was zu erledigen. Ich bin morgen wieder hier und bringe alles ins Lot.«

»Das solltest du besser, Junge. Ich bin derjenige, dem hier die Eier geröstet werden.«

»Kapiert.«

»Das hoffe ich, Junge. Wenn du willst, dass wir hier lebend rauskommen – dann kapierst du besser alles ganz genau.«

»Morgen«, sagte ich. »Ich werde hier sein und mich mit dir und den Machados zusammensetzen und die Sache klären.«

»Was soll das Gerede von einem Krieg mit den Feds?«

»Erzähl denen, ich werde ihnen verraten, wer der Undercover-Bulle in *La Familia* ist.«

Das schien etwas bei Buick zu bewirken. Er sah ein wenig ängstlich aus. Die beiden Bewaffneten an der Tür sahen mich unverhohlen an. Ich klipste die 45er wieder an den Gürtel und lief die Treppe runter.

»Das ist seine Waffe«, sagte Buick hinter mir. »Ich hab ihm die gegeben.«

Ich sah nicht zurück.

19

Als ich in die Stadt zurückfuhr, holte ich Paris' Smartphone aus dem Handschuhfach. Milo hatte angerufen. Ich tippte auf das Rückrufsymbol, fühlte mich dabei müde und verbraucht. Es war Zeit.

»Ich hab die Bilder bekommen, die Sie geschickt haben«, sagte Milo, sobald er rangegangen war. »Und ich habe Sachen aus anderen Quellen gehört. Was zur Hölle geht da unten vor sich?«

»Sie haben Gutiérrez getötet.«

»Wissen Sie, wer?«

»Ja?«

»Ist das eine Frage oder eine Antwort?«

»Das kann er mir selbst sagen, wenn ich ihn finde.«

»War es *La Familia* oder …«

»Wollen Sie wissen, ob das Special Operations Team der DEA einen ihrer eigenen Leute umgebracht haben könnte?«

»War es *La Familia* oder das SOT?« Dieses Mal fragte er mit mehr Nachdruck.

»Beide.«

Ein paar Augenblicke war er still. »Wer hat den Abzug gezogen?«

»Beide«, wiederholte ich.

»Ich bin mir nicht sicher, was das heißen soll.«

»Es heißt, dass sie von dem Mitglied des SOT gefoltert und ermordet wurde, der undercover für *La Familia de los Muerto* arbeitet.«

»Haben Sie dafür Beweise?«

»Ich brauche keine Beweise.«

»Stellen Sie sich nicht dumm, Paris.«

»Ich bin nicht Paris«, sagte ich. »Er ist tot.«

»Lassen Sie den Scheiß und werden Sie mal wieder klar im Kopf«, meinte Milo zu mir.

Das war nicht die Reaktion, die ich erwartet hatte. Es dauerte eine Sekunde, bis mir dämmerte, dass er mein Geständnis als übertriebenen Spruch angesehen hatte.

Ich wollte es gerade richtigstellen, als er sagte: »Sie sind ein guter Cop. Ich will, dass Sie das durchziehen.«

»Sehen Sie …«

»Und mit *ich* meine ich unser Land. Das ist wichtig.«

Ich wusste nicht, was schlimmer war, dass ich mich deswegen gut oder schlecht fühlte.

Als ich nichts erwiderte, meinte Milo: »Wenn man das Gesamtbild betrachtet …«

»Gesamtbild?«

»Ich weiß, wie sich das anhört. Ich hoffe, Sie wissen, dass ich das nicht so gemeint habe.«

Obwohl ich aufgebracht war, wusste ich, dass es sich anders angehört hatte, als er es gemeint hatte. *Okay* zu sagen, war noch das Beste, was ich herausbrachte.

»Was geht da vor sich?«

Ich schilderte es ihm in groben Zügen, inklusive der Ausflüge nach *Ciudad de la Sangre de Angel* und dem Tunnel.

»Was soll das Ganze?«

»Das müssen eher Sie herausfinden«, sagte ich. »Es geht um mehr als bloßen Drogenschmuggel und es reicht bis auf Bundesebene. Nicht, dass ich genau wüsste, was da vorgeht. Aber ich weiß, Ihnen wird nicht gefallen, was als Nächstes kommt.«

»Und was ist das?«

»Töten.«

Diesmal war Milo mit Schweigen an der Reihe. Es dauerte nicht so lange, wie ich erwartet hatte. »Das ist nicht unser Job.«

»Glauben Sie, diese Leute kann man verhaften?«

Er war eine lange Zeit still. Dann: »Was haben Sie vor?«

»Das wollen Sie nicht wissen.«

Ich legte auf und Milo rief nicht zurück. Ich wählte Hectors Nummer.

Er hob ab, bevor das erste Klingeln verstummt war. »Chief?«

»Ich hab eine Frage?«

»Ja?«

»Wo lassen sich die Leute von *La Familia* ihre Tattoos stechen?«

»Da gibt es ein paar Orte, die infrage kommen.«

»Wo kriegen sie die grinsenden Schädel tätowiert?«

»Dafür gibt es nur einen Laden.«

Hector wartete draußen im Wagen, als ich vor einem heruntergekommenen, aber farbenfrohen Laden namens *Death's Head Tattoo and Body Art* angehalten hatte. Es standen auch zwei Motorräder und ein hellroter Pick-up-Truck vor der Tür, der aussah, als wäre er nagelneu.

»Was machen wir dieses Mal?«, fragte Hector.

»Dasselbe wie immer.«

»Ich hole mal den groben Besen.« Er öffnete den Kofferraum und zog die Schrotflinte heraus.

»Du weißt, dass du das nicht machen musst, oder?«

»Ich weiß.«

»Danke.« Ich holte tief Luft. »Das ist ernst gemeint.«

»Dank dir.«

»Wofür? Ich hab nichts gemacht, das Dank verdient hat, seitdem ich hier bin.«

»Das stimmt nicht. Du hast mir Paris zurückgegeben. Zumindest hast du meine Erinnerung an ihn gerettet. Und vor allem bist du hiergeblieben, als du einfach hättest abhauen können.«

»Hätte abhauen sollen.«

»Könnte, hätte. Du bist geblieben. Das war nicht leicht. Danke.«

»Ich wünschte, Paris wäre hier.« Ich sah Hector nicht an, als ich es sagte. »Ich wünschte …«

»Ich weiß, Mann. Du musst mir nicht dein Herz ausschütten. Ich weiß es.«

Im Film wäre das der Moment gewesen, in dem Hector die Schrotflinte durchlud und einer von uns sagen würde: »Also los«, oder was in der Art. Aber im Leben läuft es nicht wie im Film. Hector hatte schon eine Patrone mit grobkörnigem Schrot durchgeladen und ich lief bereits auf die Tür zu.

Eine kleine Glocke läutete über der Tür, als ich sie aufdrückte. Vier Männer im Inneren hörten gleichzeitig zu Lachen auf. Zwei davon erstarrten. Ihnen gehörten die Motorräder vor der Tür. Der Kerl mit der Tätowierpistole ließ sie auf einen vollgestellten Tisch fallen und rannte in Richtung Hintertür. Ich ließ ihn abhauen. Der Mann im Stuhl mit dem Rücken zu mir, wäre auch aufgesprungen und gerannt, aber er schaffte es nur halb aus dem Sessel, als ich rief: »Joaquin.«

Ich konnte sein Gesicht nicht sehen. Das musste ich nicht. Dass er wusste, in welcher Lage er sich befand, sah man an seiner Anspannung und der unnatürlich aufrechten Haltung.

»Ihr zwei«, sagte ich zu den Bikern. »Zeigt mir die Hände.«

Sie hielten sie hoch, Handflächen nach vorn.

»Die Rückseite«, befahl Hector.

Das Paar sah sich an.

»Die Handrücken.« Sie gehorchten. Hector ließ sie abhauen, aber behielt sie im Auge, bis ihre Motorräder auf der Straße waren. »Alles klar.«

Meine Waffe richtete ich die ganze Zeit auf Joaquin und er rührte sich nicht, als wäre er ein aufgespießtes Insekt. »Darf ich mich jetzt umdrehen?«

Ich trat einen Schritt nach links, um den Abstand zur Schusslinie von Hectors Schrotflinte zu vergrößern. »Das darfst du, sobald deine Waffe auf dem Boden aufschlägt.«

Joaquin sah mich über die Schulter an und reckte den Hals, um einen Blick auf Hector zu erhaschen. Weil wir weit genug auseinanderstanden, konnte er nicht auf uns beide schießen. Er hob langsam die Waffe und ließ sie zu Boden fallen.

»Ich muss Ihnen noch was anderes zeigen.«

»Ich brauche Ihre Marke nicht zu sehen«, sagte ich ihm.

Joaquin ließ die Schultern hängen.

»Marke?« Hector konnte es kaum glauben.

»Unser guter Joaquin hier ist undercover für die DEA in *La Familia*«, erklärte ich.

»Stimmt das?«, wollte Hector wissen.

»Könnte man sagen.« Joaquin drehte sich langsam um, die Hände vor sich ausgestreckt. »Seht ihr? Wir sind auf derselben Seite.«

»Und auf welcher Seite war Gutiérrez?«

»Der war das?« Hector machte einen Schritt nach vorn mit der Schrotflinte auf Joaquins Torso gerichtet.

Ich ging dazwischen und schnappte mir Joaquins rechtes Handgelenk. Ich drehte es um, damit man den Umriss des frisch tätowierten Schädels mit einem Kamm als Kopfschmuck sah.

»Scheiße passiert eben.«

Das war alles, was ich noch von ihm hören musste. Ich riss ihn nach vorn und ließ ihn mit dem Gesicht voran in den Tätowierstuhl fallen. Dann drückte ich ihm den Stiefel in den Rücken, um ihn zu fixieren. Ich drehte ihm den Arm nach hinten und er kreischte fast. Seine Finger waren weit gespreizt.

Als ich den Lauf der 45er gegen den tätowierten Finger drückte, schrie er: »Nein.«

»Wieso nicht?« Es war Hector, der fragte, nicht ich.

»Ich bin im Dienst. Das könnt ihr nicht machen.«

»Sie war auch im Dienst.« Hector bellte die Anschuldigung beinahe. »Hatte sie die Gelegenheit dir das zu sagen, bevor du ihr die Zunge rausgeschnitten hast?«

»Ich bin Bundesbeamter.«

»Das war Cesar Barcia auch«, erwiderte ich, ohne Wut oder Anschuldigung in der Stimme. Joaquin hörte auf, sich zu wehren. »Du kennst den Namen.«

»Wer ist Cesar Barcia?«, fragte Hector.

»Sag es ihm.« Ich drehte sein Handgelenk ein wenig weiter herum.

Joaquin stöhnte, sagte aber nichts.

»Du erinnerst dich an ihn, oder? Er war ein echt lustiger Wichser, immer am Lachen.« Ich trat härter gegen sein Rückgrat und drehte das Handgelenk ein paar weitere Zentimeter.

»Er war ein Freund von mir.«

»Weißt du, was passiert ist? Cesar Barcia hat mich angefleht. Nachdem ich sein Bein gebrochen hatte, hat er mir seine Dienstmarke gezeigt. *Er* hat versucht, sich dahinter zu verstecken.«

»Was hast du getan?«

Ich starrte auf Joaquin hinab. Seine Zähne waren zusammengebissen, aber die Frage stand ihm noch ins Gesicht geschrieben. Plötzlich verpuffte der Stolz über meine Tat. Aber ich hatte nicht vor, etwas zu verheimlichen. »Ich habe sein zweites Bein gebrochen. Und dann seine Hand unter meinem Stiefel.«

»Du hast ihn getötet?«

Ich schüttelte den Kopf. »Ich ließ ihn im Grab, das ich für mich selbst schaufeln musste. Ich ließ ihn bei den anderen, die er ermordet hatte. Aber er war am Leben.« Bei dieser

Erinnerung spannte ich die Muskeln und drehte Joaquins Handgelenk ein wenig weiter herum. »Ich ließ ihm eine Waffe mit einer Patrone da. Die Kojoten heulten schon.«

Hector entspannte den Abzugsfinger. Behutsam trat er einen Schritt zurück. Er war zwar wütend, aber nicht aus demselben Holz geschnitzt wie ich.

Darüber war ich froh.

Es hielt mich aber nicht davon ab, den Hahn meiner Waffe zu spannen. Der Lauf war immer noch gegen das erste Tattoo auf Joaquins Finger gepresst. Es war frisch und glänzend. »Für Bascom Wood?«

Er sagte nichts. Bewegte sich nicht einmal. Ich sah einen Schimmer in seinen Augen, der mir wie eine Antwort schien.

Ich hob die Waffe und bewegte den Lauf zum anderen Finger. Dieser war rot und sah böse aus mit dem fast fertig tätowierten Totenschädel. »Für Gutiérrez?«

Joaquin zuckte.

Ich zog den Abzug.

Sein Finger verschwand im Mündungsfeuer und rotem Nebel.

Das Dröhnen des Schusses dämpfte alle Laute. Joaquins Kreischen hörte sich wie eine Kreissäge auf der anderen Seite einer Wand aus Matratzen an. Hector sagte etwas. Sein Mund bewegte sich zumindest. Ich verstand die Worte nicht.

»Was?« Ich deutete auf meine Ohren und dann auf den sich windenden Mann auf dem Tätowierstuhl.

»Was hast du mit ihm vor?«, schrie Hector über das Kreischen hinweg.

So weit hatte ich nicht vorausgedacht.

Joaquin wurde ohnmächtig. Zumindest ließ ihn das verstummen und er zuckte nicht mehr herum. Das war schon mal etwas.

»Hilf mir, ihn zu seinem Pick-up zu bringen«, sagte ich.

Zusammen warfen wir ihn auf die Ladefläche und schlossen die Klappe. Hector kettete Joaquins unverletzte Hand mit einer Handschelle an einen der Ringe auf der Ladefläche zum Festzurren der Ladung. Ich filzte seine Taschen, bis ich die Schlüssel gefunden hatte.

»Wohin?«

»Hast du Hunger?«

Hector sah mich an, als hätte ich ihm eben Frankensteins Monster gezeigt, das ich in meinem Keller zum Leben erweckt hatte. Dann schüttelte er den Kopf. »Ich glaube, ich werde nie wieder Hunger haben.«

»Genau in so einem Moment braucht man gutes Essen und Leute um sich herum.«

»Leute?«

»Allein zu sein, ist in einem solchen Moment das Schlimmste.«

»Was ist das denn für ein Moment?«, wollte Hector wissen und sah sich um, als wäre er von Gespenstern umgeben. Das stimmte vielleicht sogar. »Du meinst der Moment toter Freunde? Oder der richtige Moment für Brutalität und Gewalt?«

»Das alles. Und mehr.«

»Mehr?«

»Es kann noch schlimmer kommen. Wer macht das beste Barbecue in der Stadt?«

Hector starrte mich an, als hätte ich den Verstand verloren. Schließlich sagte er jedoch: »Tubby.«

20

Ich hatte keine Ahnung, ob die Fahrt für Joaquin unangenehm war. Ich hab nicht gefragt. Nicht, dass es einen Unterschied gemacht hätte. Er war noch bewusstlos, als wir bei *Tubby's BBQ* ankamen. Entweder das oder er war zu sich gekommen und erneut K. o. gegangen. Ich war schnell gefahren und hatte die Kurven nicht eben sanft genommen.

Ich warf einen Blick auf die Ladefläche. Die rote Farbe kaschierte nicht die Pfütze, die sich unter seinem Körper gebildet hatte. Und Joaquins Kleidung sah aus, als wäre er auf dem Boden eines Schlachthauses herumgerollt.

Tubby war ein passender Name. Er war ein riesiger Schwarzer mit einem fröhlichen Lächeln und vom allgegenwärtigen Geruch von Holzrauch umgeben.

»Ich brauche Ihre Hilfe«, sagte ich ihm, als er das Fleisch im kleineren von zwei Smokern überprüfte.

»Wie kann ich der Polizei heute behilflich sein?« Er schien durchaus bereit, aber hörte sich müde an.

»Es heißt, Sie sind der Beste in der Stadt.«

»Ist ja keine große Stadt«, sagte er abwiegelnd. »Also, sagen Sie es mir«, meinte er und drehte einen eingewickelten Braten auf dem Rost um. »Wie kann ich der Polizei helfen? Und bedenken Sie bitte die historischen Schwierigkeiten zwischen dem schwarzen Ladenbesitzer und den weißen Behörden, Chief.«

Darüber musste ich einen Moment nachdenken. Es dauerte eine Sekunde, aber dann meinte ich: »Das ist keine Razzia. Und wenn Sie sich je mit einer konfrontiert sehen, solange ich hier bin, dann kommt mal was ganz Neues auf den Grill.«

»Okay.« Tubby nickte, aber konzentrierte sich weiter auf seine Arbeit und sah mich nicht an. »Also, solange ich nicht meine hart verdienten Kröten abtreten muss, was kann ich für Sie tun, Mr. Polizeichef?«

»Wir haben heute einen Officer verloren.«

Tubby hörte auf, sich mit dem Fleisch zu beschäftigen. Er schloss die Tür des Smokers und schenkte mir seine volle Aufmerksamkeit. »Ich höre.«

»Es war ein furchtbarer Tag für eine Menge Leute. Der reine Horror, um genau zu sein.« Ich hätte wohl ein wenig geschluchzt, aber ich ließ es bleiben, aufgrund des Rauchs. »Ich will, dass die Cops, die für mich arbeiten, etwas Anständiges zu beißen kriegen. Ich will, dass sie alle zusammen sind und nicht allein zu Hause, wo sie sich grämen und grübeln …«

Tubby straffte die Schultern und wollte etwas sagen.

Ich stoppte ihn, indem ich fragte: »Wie viel kostet das?«

»Wie viele Leute?«

»Jeder, der auftaucht. Cops. Normale Bürger.«

Er nickte, als hätte er eben eine wichtige Entscheidung getroffen, und neigte den Kopf in Richtung des größeren Smokers, um anzudeuten, dass ich ihm folgen solle. Die Tür war aus schwerem Stahl und selbst mit angeschweißten Gegengewichten für den kräftigen Mann nicht leicht zu öffnen. Im Inneren waren zwei Schweine. Keine Stücke, sondern ganze Tiere, ausgeweidet und mit Draht fixiert. Sie rochen unglaublich gut.

»Das ist schon mal ein guter Anfang«, sagte er.

»Wir brauchen Bier.«

Seine Augen leuchteten. »Aber klar.«

»Und Kartoffelsalat?«

Sein Grinsen war noch strahlender als seine Augen. »Der beste Kartoffelsalat, den Sie je hatten. Und Bohnen, geröstete Maiskolben, Schweineschwarte, Brokkoli-Käse-Kasserole und vielleicht ein paar andere Sachen. Wann soll es fertig sein?«

»Sobald Sie es aufs Revier bringen können.« Ich zog einen Stapel Scheine aus der Tasche und zählte 2000 Dollar ab. »Liefern Sie Nachschub, solange die Leute Hunger haben. Wenn es teurer wird, sagen Sie mir Bescheid.«

»Alles klar, Chief. Ich freue mich, dass ich behilflich sein kann.«

Ich hatte Sunny Johnson am Telefon und erzählte ihr von meinem Arrangement mit Tubby und dass Essen aufs Revier geliefert werden würde, als ich Joaquin im Rückspiegel sah. Er versuchte aufzustehen. Es funktionierte eher mittelprächtig. Als ich auflegte, probierte er es erneut. Ich stellte den Rückspiegel ein, um ihn besser zu sehen.

Joaquin fing an, mich anzuschreien, und fuchtelte mit der verletzten Hand, als wäre er ein Student, der mit einem Protestschild auf einer Occupy-Demo herumwedelt. Er konnte sich nicht ganz aufrichten. Die Handschellen zwangen ihn, breitbeinig zu stehen und den Rücken zu beugen. Menschen hupten, als sie an uns vorbeifuhren. Er schrie in den Wind und Blut spritzte aus der Stelle auf die Heckscheibe, wo einmal sein Finger gewesen war.

Ich riss das Steuer nach rechts und dann wieder hart nach links. Er ging zu Boden und fluchte laut genug, dass ich ein paar Worte verstand. Die restliche Strecke zum Motel blieb er unten.

Ich parkte und Joaquin hob den Kopf über die Ladefläche des Pick-ups, um mich und jeden anderen, den er sah, anzuschreien. Er beharrte darauf, jemand solle die DEA rufen.

Ich stieg aus der Fahrerkabine und sagte: »Ich bin mir nicht sicher, ob du ausgerechnet hier die DEA-Karte spielen solltest.«

»Du bist ein toter Mann«, sagte er, diesmal ohne zu schreien.

Auf dem Laubengang des Motels blieb ich vor meinem Zimmer stehen und sah in Richtung Süden auf Staub und Himmel. Das gute alte Mexiko. In diesem Moment den Blick auf irgendetwas zu richten, war, als würde man durch das falsche Ende eines Teleskops schauen, verzerrt und weit entfernt. Der Tag schien lange genug gedauert zu haben, um mich in einen ausgebleichten Knochen in der Wüste zu verwandeln. Joaquin hatte recht. Ich war ein toter Mann. Er hatte nur unrecht, was den Zeitpunkt anging. Ich fragte mich: War ich je lebendig gewesen?

Nabelschau und Selbstmitleid verhindern nicht, dass sich irgendwann die Welt einmischt, und einen daran erinnert: Nicht einmal in unserem eigenen Leben dreht sich alles nur um uns. Lenore erschien und stieg die Treppe am anderen Ende des Gebäudes hoch. Sie sah mich nicht an. Sie beobachtete Joaquin, der verstummt war und sie anstarrte.

Ich öffnete die Tür, aber trat nicht ein. Lenore war auf dem Laubengang und kam langsam, aber entschlossen auf mich zu. »Du hast einen Streuner aufgelesen«, sagte sie. »Darin bist du ja ziemlich gut.«

»Jeder von uns muss ja in irgendwas gut sein.«

»Meiner Erfahrung nach nicht.«

Ich hatte mir vorgemacht, dass ich das Thema behutsam ansprechen konnte. »Was Simon Machado angeht …«

»Was Simon getan hat oder was ich getan habe?«

»Ich gehe mal davon aus, beides gehört zusammen.«

»Du verstehst nicht mal halb so viel, wie du glaubst.«

»Da kann ich nicht widersprechen.«

»Wieso gehst du nicht?«

Das überraschte mich. »Wohin?«

»Irgendwohin. Hau einfach ab.«

»Kann ich nicht.«

»Wieso? Was ich so gehört habe, bist du nicht unbedingt der Bilderbuch-Cop. *La Familia* wird dich umdrehen. Selbst dein Daddy glaubt das.«

»Mich umdrehen?«

Sie entfernte sich einen Schritt von mir und ging durch die offene Tür in mein Zimmer. Dabei tat sie so, als würde sie Geldscheine zählen. Lenore faltete die imaginären Scheine und steckte sie ein. »Dann haben sie dich in der Tasche.«

»Die gewinnen nicht immer.« Ich folgte ihr in den Raum.

»Das müssen sie nicht. Die hören nie auf zu spielen.«

»An denen ist nichts Besonderes, Lenore. Das sind Kriminelle. Killer.«

»Da liegst du falsch. Du hast Eladio gesehen. Das sind Vampire. Die saugen das Blut von Bauern und Gringos. *La Familia de los Muerto* schwelgen in Tod und Finsternis und du kannst sie nicht bekämpfen.«

»Mexikanische Vampire?« Ich musste beinahe lachen. »Den Film hab ich gesehen. Wieso haben die Macht über dich?«

»Ich gehöre denen.«

»Wir können damit aufhören …«

»Simon hat mich dir gegeben. Nicht nur einmal, sondern beide Male. Er wäre froh, wenn ich mich hier und jetzt bücke und dich machen lasse, was du willst. Ich würde nicht Nein sagen. Ich würde die Beine breitmachen. Ich würde dir einen blasen und du kannst kommen, wohin du willst. Willst du das? Das haben, was er dir gibt?«

»Triff deine eigenen Entscheidungen.«

»Er hat mich auch deinem Daddy gegeben.«

Sämtliche Luft schien aus meiner Brust zu weichen.

»Buick hat stundenlang über mir gegrunzt und geschwitzt. Dann ist er pissen gegangen, ohne die Tür zu schließen, und hat mich weggeschickt. Er hat sich bei Simon bedankt.«

Meine Muskeln schienen gelähmt. Die Luft kehrte nicht in die Lunge zurück.

»Wirst du dich bei ihm bedanken?«

Sprechen schien unmöglich, aber ich hörte mich selbst sagen: »Ich werde ihn umlegen.«

»Für mich? Oder wegen deines Vaters?« Sie schloss die Tür.

21

Mein Bauch bestand nur aus Magensäure und meine Beine zitterten, als ich zu dem roten Pick-up zurückging. Ich hatte Lenore nicht überzeugen können, mitzukommen. Ich hatte sie von gar nichts überzeugt. Sie hatte mir klargemacht, dass sie die Finsternis besser kannte als ich.

Wir waren beide schon in unseren Gräbern gewesen. Ich war wieder rausgekommen.

Hätte Joaquin geschrien, wäre ich, ohne weiter darüber nachzudenken, ins Auto gestiegen. Er war still. Das weckte meine Aufmerksamkeit. Bevor ich eine Frage stellen konnte, erhaschte ich den Geruch von Zigarrenrauch.

Während ich drinnen mit Lenore geredet hatte, hatte Simon Machado draußen mit Joaquin gesprochen. So wie es aussah, war es keine angenehme Unterhaltung gewesen.

»Was ist passiert?«

»Fick dich«, gab er tonlos zurück.

Joaquin zeigte mir den nicht vorhandenen Mittelfinger.

»Was hat er gesagt?«

»Was glaubst du denn, was er gesagt hat? Er wird dich dafür umlegen.«

»Hast du ihm erzählt, dass du ein Cop bist?«

»Stackhouse wird mich nicht in deinem Gewahrsam lassen. Und wenn ich dich getötet habe, bin ich wieder in *La Familia* und unantastbar.«

»Auf Stackhouse würde ich mein Geld nicht setzen, wenn ich du wäre.« Ich öffnete die Tür des Pick-ups und versuchte nicht zu zeigen, wie schwer mir das Einsteigen fiel. »Lass uns ein bisschen rumfahren«, sagte ich und knallte die Tür zu, bevor er mich wieder beschimpfen konnte.

Etwa hundert Leute hatten sich vor der Polizeiwache versammelt, als ich auf den Parkplatz einbog und es kamen noch mehr. Tubby war da und hatte die gegrillten Schweine dabei. Er hatte einen Anhänger mit einem Smoker hinter einem Pick-up, der mit Essensbehältern gefüllt war, einige heiß, andere gekühlt.

Manche der ankommenden Fahrzeuge waren mit Klappstühlen und Tischen beladen. Ich sah zwei Busse der örtlichen Kirchengemeinde mit weiteren Sitzgelegenheiten und Essen vorfahren. Polizisten und Zivilisten halfen beim Ausladen und Aufbauen.

Beinahe alle hielten inne und starrten den Gefangenen auf der Ladefläche des roten Pick-ups an. Es hatte sich herumgesprochen.

Bevor ich den Motor ausmachte, kamen Hector, Sunny und weitere zehn Cops aus dem Revier.

»Ist er das?«, rief mir Officer Sunny zu.

»Ja.«

»Gerade, als ich aufgeben wollte …«, meinte Hector.

»Ich weiß nicht, wovon du redest«, erwiderte ich.

»Ich hatte nicht geglaubt, dass ich ihn lebend wiedersehe.«

Darauf gab es keine Antwort. Ich versuchte es nicht einmal.

»Was sollen wir mit ihm machen?«, fragte Sunny. Ihre Frage war ernst gemeint und sie wirkte skeptisch.

»Sperrt ihn ein«, antwortete ich.

»Und dann?«, konterte sie. »Wollen Sie ihn den Bundesbehörden übergeben?«

»Wenn wir ihn irgendwem übergeben, ob Bundesbehörde oder State Police, wird er verschwinden.«

»Also?«, drängte Sunny.

»Also – ich weiß es nicht.«

Hector übernahm den Gefangenen, um ihn sicher in einer Zelle wegzusperren. Während er ging, fragte Officer Sunny: »Glauben Sie, eine Party ist eine gute Idee?«

»Eine Party? Nein. Ein Leichenschmaus? Vielleicht. Etwas, um einen fürchterlichen Tag ein wenig zu entschärfen? Sicher. Bier und Barbecue? Glauben Sie nicht, dass wir das im Moment brauchen könnten?«

»Hört sich alles gut an. Aber das hier wirkt wie ein Begräbnis.«

»Nun … wir sollten alle auf diese Weise verabschiedet werden.«

Eine Stunde später aßen und tranken die Leute unter einem wolkenlosen Himmel, aus dem Licht und Farbe langsam verschwanden. Tubbys Barbecue war das beste, das ich je gegessen hatte. Vielleicht lag es an der Gesellschaft und daran, wie angenehm es war, von Menschen umgeben zu sein, die einem nicht nach dem Leben trachteten.

Ich hatte meinen sauber leergeputzten Pappteller in den Müll geworfen und fragte mich gerade, ob ich ein weiteres Bier vertrug, als zwei Leute, die nicht so ganz reinpassten, sich aus der Menge lösten und auf mich zukamen. Simon Machado war wieder gekleidet wie ein Countrysänger aus dem Jahr 1969. Er hatte einen schwarzen Anzug an, bestickt mit grünen Kakteen. Das grüne Seidenhemd passte perfekt dazu. An den Füßen trug er handgefertigte Stiefel, die mehr kosteten als die Autos der meisten Leute. Sie harmonierten mit dem Pistolengürtel, den er um die Hüften trug. Im Holster war ein Revolver, handgraviert und vernickelt. So extravagant er auch aussah, sein Outfit verblasste neben Lenore. Sie trug einen bestickten schwarzen Rock und eine weiße Bauernbluse. Ihre Haare waren mit Bändern geschmückt, jedes in einer anderen, knalligen Farbe. Ihre Augen strahlten vor elektrisierender Energie.

Machado schob sie mit einer Hand auf dem Hintern vorwärts und Lenore drehte sich für mich im Kreis und präsentierte ihr Outfit … und etwas anderes, für das ich bisher zu blind oder zu dumm gewesen war, um es zu bemerken.

»Du bist wunderschön«, sagte ich.

Sie schenkte mir ein warmes und fröhliches Lächeln.

Ein spöttischer Laut, herablassend und überlegen, kam aus dem Mund ihres Zuhälters. Simon zog eine Zigarre aus der Innentasche des Jacketts. Er biss die Spitze ab und spuckte sie aus, bevor er sie in den Mund steckte. Die Zigarre wippte auf und ab und rotierte in seinem Mund, während er sie befeuchtete. In diesem Moment sah er mich an, als hätte er mich erst jetzt bemerkt.

Simon nahm die feuchte Zigarre aus dem Mund und drehte sie, mit dem abgebissenen Ende voran in meine Richtung: »Es tut mir leid. Ich hätte sie Ihnen zuerst anbieten sollen.« Er starrte mich an, die weißen Zähne entblößt, Boshaftigkeit und Hass in seinem Blick. »Wollen Sie eine Zigarre?«

Bevor noch irgendjemand etwas sagte, stellte sich Lenore zwischen uns. Sie nahm meine Hand und legte sie auf ihre Brust, presste den ganzen Körper an mich. In diesem Moment wirkte sie klein. Ihre Augen wie die eines Tieres, die zu mir aufblickten. Lenore war eine gefangene Kreatur am Rande der Panik. Sie war außerdem eine Frau, wunderbar und warm. Unter der Bauernbluse trug sie keinen BH. Ihr Nippel drückte hart wie Stein gegen meine Finger. Noch tiefer, unter Haut und Knochen, schlug ihr Herz langsamer, als ich es für möglich gehalten hätte. Das war ein Widerspruch – einer, den ich nicht verstand.

Aber ich nahm die Hand nicht weg.

»Bitte«, flüsterte mir Lenore ins Gesicht. Ihr Atem war warm. Eine Liebkosung.

Ich sog den Geruch von Parfüm und Whisky ein.

Sie drückte den Körper gegen meinen. Es war ein Geschenk; warm und verheißungsvoll versprach es mir all die Leidenschaft, die sie verkörperte. Es war jedoch kein Versprechen, dass mir diese Leidenschaft allein gehörte.

Ich zog meine Hand zwischen uns hervor.

»Nein, Sir«, sagte ich heiser und leise. Dann deutlicher: »Ich bin kein Zigarrenraucher.«

Simon steckte sich die Zigarre wieder ins schmierige Grinsen. »Eine schöne Party.«

»Es ist keine Party.«

»Sieht aus wie eine Party.«

»Es ist eher ein Leichenschmaus. Etwas, um sich an einen Freund zu erinnern, der – von uns gegangen ist.«

»Sie mag Sie.« Simon deutete auf Lenore, die sich immer noch an mich schmiegte und meine Brust betrachtete, statt mein Gesicht. Dann entzündete er die Zigarre. Die Flamme tauchte sein Antlitz in flackerndes Orange, das nicht bis zu den Augen drang.

»Nicht freiwillig.« Die Worte klangen grausam, als sie meinen Mund verließen.

»Wir haben nicht alle eine Wahl im Leben, Amigo. *Comprende?*«

»Das tue ich. Ich verstehe nur zu gut. Aber das ist das Problem. Wir treffen die Wahl, die uns bleibt. Oder sie wird für uns getroffen.« Ich wich einen Schritt zurück, von ihm und leider von Lenore. Wo sie sich an mich gedrückt hatte, verblasste die Wärme ihres Körpers zu schnell. Ich berührte die Krempe meines Huts und sagte: »Genießen Sie das Essen und die Gesellschaft.«

»Sagen Sie mir … *Chief.*« Wie er es betonte, klang es, als würde er auf das Wort scheißen. »Wessen Leben gedenken wir heute?«

»Das wissen Sie, Mr. Machado.«

Er zeigte keine Reaktion.

»Und Sie wissen, dass ich Ihren Mann habe, Joaquin. Er sitzt wegen des Mordes in einer Zelle. Er hat seinen Finger bei einer kleinen Auseinandersetzung verloren – denjenigen, den er sich gerade verzieren lassen hat. Aber das ist nur eine Kleinigkeit.«

»Wie wäre es – wenn Sie ihn mir übergeben?«

»Wieso sollte ich das tun?«

»Ein Zeichen des guten Willens. Ein Zeichen dafür, dass wir uns verstehen.«

»Mr. Machado, eines ist auf jeden Fall sicher, Sie verstehen einen Scheiß über mich.«

Er paffte feindselig an der Zigarre. Dann neigte Simon den Kopf nach hinten, um Wolken bläulichen Rauchs in die schwärzer werdende Nacht zu blasen. Als er den letzten Qualm ausgeatmet hatte, sah er mich wieder an: »Sie tun da etwas sehr Nettes für einen von Ihren Leuten.« Er drehte sich um und sah Lenore an. Sie blickte nach oben auf die funkelnden Sterne, die sich am Himmel zeigten. »Sie sind ein harter Mann.« Er rauchte weiter und wandte dann wieder seine Aufmerksamkeit mir zu. »Aber selbst harte Männer haben Familie.«

Ich konnte nicht anders, als zu lachen. »Mein Vater? Sie wollen mich tatsächlich mit Buick Tindall unter Druck setzen?«

Die Verwirrung auf Simons Gesicht war vollkommen.

»Sie hätte ihn erst fragen sollen, wie erfolgversprechend das wohl ist, bevor Sie hier aufgetaucht sind.« Ich wandte mich ab und ging. Nach drei Schritten blieb ich stehen. »Aber ich mache Ihnen einen Vorschlag.« Erneut drehte ich mich um und sah Simon Machado in die Augen. »Besuchen Sie mich morgen. Wir sollten ein paar Dinge ausdiskutieren. Es gibt vieles, was Sie noch nicht wissen.«

Er rauchte und starrte mich an, zeigte keine Regung.

»Wir treffen uns mittags.«

»High Noon?«, fragte er. »Das alte Cowboy-Klischee?«

»Jepp. High Noon. Am Tunneleingang bei der Bank.«

»Wieso sollte ich?«

»Nicht nur Sie. Bringen Sie Ihren Bruder mit.«

»Ich frage Sie noch mal, wieso sollten wir das tun?«

»Weil ich da sein werde. Joaquin wird da sein. Stackhouse und seine Jungs werden auch da sein. Es wird langsam Zeit, herauszufinden, wer Ihre Feinde sind, und wieso keiner Ihrer Pläne für irgendwelche Tunnels und Banken funktionieren wird.«

»Dann erwarten Sie uns zur Mittagsstunde«, sagte Simon. Er streckte die Hand aus, packte Lenore von hinten an den Haaren und zog. *»Vamos, puta.«*

»Hey.« Ich rief laut genug, um die ganze Menge auf mich aufmerksam zu machen. Ich hasste es, wenn man eine Frau eine Hure nannte. Ohne es zu merken, hatte ich die Hand ebenfalls auf den Knauf meiner Pistole gelegt.

Simon nahm die Hand aus ihren Haaren und hielt sie hoch, damit ich sie sehen konnte.

»Lenore?«, fragte ich.

Sie sah vom Boden auf und mich an. Ihre Augen fanden meine, ihr Blick war unstet. Dann schloss sie sie und drehte sich um. Sie ging langsam. Ihr Gang verwandelte sich in ein Tänzeln, als sie die Hüften wiegte und den Rock mit den Händen hin und her schwingen ließ.

Machado zuckte übertrieben mit den Achseln. »Schwere Wahl, was?« Er drehte sich um, schloss zu Lenore auf und legte die Hand besitzergreifend auf ihren Hintern, als sie gingen.

Kaum zwanzig Minuten später tauchten Darian Stackhouse und sein DEA-Team in ihren großen SUVs auf. Sie parkten auf der Straße. Als geschlossene Gruppe marschierten sie direkt auf den Parkplatz voller Zivilisten. Jeder der Männer trug eine automatische Waffe. Die Menge teilte sich, eine Totenwache, auseinandergetrieben vom Bug eines Tankers. Oder eines Schlachtschiffes.

»Übergeben Sie ihn mir«, befahl Stackhouse, als er sich näherte. Der erste Schuss vor den Bug.

»Wen?«

»Sie wissen, wen.«

»Hey.« Ich zeigte in seine Richtung. »Sie haben eine neue Dienstmarke.«

»Übergeben Sie mir meinen Mann und wir verschwinden.«

»Korrigieren Sie mich, wenn ich da falsch liege – aber sind Ihre Männer nicht Beamte einer Bundesbehörde? Cops?«

Stackhouse sagte nichts, aber in seinen Augen stand deutlich *leck mich* zu lesen.

»Wir haben Ihren Mann nicht. Wir haben einen Mörder in Gewahrsam genommen. Einen Polizistenmörder und Mitglied von *La Familia de los Muerto*, einem Drogenschmuggelkartell.« Ich sog Speichel durch die Zähne und spuckte auf den Boden vor Stackhouses Stiefel. »Aber gehen Sie nicht. Sie sollten bleiben. Trinken Sie ein Bier und essen Sie was. Denken Sie über das Leben von Officer Bronwyn Gutiérrez nach.«

»Sie wissen, wer er ist.«

»*Denken* Sie über Ihr Leben nach. Und zwar ganz genau. Denken Sie gründlich darüber nach.«

Stackhouse blieb stehen, wo er war, und starrte mich an. Die restlichen Männer sahen jedoch weg. Keiner von ihnen wich zurück, aber sie waren nicht erfreut, an Gutiérrez erinnert zu werden.

»Sie wissen, dass Sie ihn freilassen müssen.« Stackhouse sprach mit beherrschter Stimme, glatt wie ein Aal. Es war beängstigend.

»Hector«, rief ich, ohne den Blick von dem beleibten Mann vor mir abzuwenden.

»Wir decken dir den Rücken«, rief er zurück. »Wir decken dir *alle* den Rücken.«

»Mal alle herhören«, rief ich. »Der Mann hier vor mir ist Darian Stackhouse.«

Er sah sich um, wie ein Politiker, der versucht, die Stimmung der Menge einzuschätzen.

»Er ist ein Bundesbeamter der Drug Enforcement Administration.« Ich fuhr fort und erklärte mit lauter Stimme den versammelten Bürgern von Lansdale: »Er ist der Anführer eines Special Operations Teams der DEA.«

Als Stackhouse sich wieder mir zuwandte, war das Feuer in seinen Augen erloschen.

Ich sprach den letzten Satz mit normaler Stimme. »Dann hören wir mal, was er über unseren Gefangenen zu sagen hat.«

»Sie werden ihn auf die eine oder andere Weise übergeben müssen.«

»Jepp«, stimmte ich zu und sagte leise direkt zu ihm. »Wenn Sie ihn heute Abend noch haben wollen, bringen Sie mir einen Gerichtsbeschluss.«

Er zog überrascht die Augenbrauen hoch.

Ich lachte beinahe.

»Sehen Sie? Ich kann auch vernünftig sein. Aber Sie wollen gar nicht, dass irgendwelche Gerichte involviert werden, oder?«

Die Überraschung wich aus seinem Gesicht.

»Oder Sie können ihn morgen Mittag abholen.«

»Was ist der Deal?«, fragte er übertrieben interessiert.

»Es gibt keinen Deal. Morgen Mittag. Am Eingang des Tunnels.«

Seine Augenbrauen hoben sich erneut.

»Der Eingang auf dieser Seite der Grenze.«

»Was wollen Sie?«

»Ich hab es Ihnen gesagt. Keine Deals. Kommen Sie einfach. Wir reden über alles. Ich überlasse Ihnen Joaquin und gehe wieder.«

Er sah sich um, sah seinen Männern nacheinander prüfend in die Augen. Stackhouse wandte sich wieder mir zu: »Das Barbecue riecht gut.«

»Ich hab's mir anders überlegt. Sie sind nicht willkommen.«

22

Es wurde ruhiger. Die Nacht wurde von einer angenehmen Melancholie regiert, gefördert durch Essen und Bier. Ich bot Tubby mehr Geld an. Er nahm es nicht. Alle halfen mit und machten sauber. Das Ende unserer Zusammenkunft stellte mir den Verlust besonders deutlich vor Augen.

Schuld – ich wickelte mich darin ein wie in eine Decke, tränkte sie mit Bier, dem Anblick der Sterne und dem sicheren Wissen, wäre ich Paris, würde Gutiérrez noch leben.

»Sie sollten heimgehen und schlafen.« Es war Officer Sunny. Ich hatte sie gar nicht bemerkt.

»Wer kann heute Nacht schon schlafen?« Ich wartete nicht auf eine Antwort, sondern überquerte den Parkplatz und ging zu dem roten Pick-up-Truck.

Dort wartete ein Mann auf mich. Ich roch die Zigarre, bevor ich ihn sah. Es war nicht Simon Machado. Nur ein undeutlicher Schemen, der an der Motorhaube lehnte, ein Schatten in der Finsternis, bis der billige Stumpen aufglühte und das Gesicht von Buick erhellte.

»Du hättest Machado um eine gute Zigarre bitten sollen«, sagte ich. »Er teilt gern.«

»Die haben mir nie geschmeckt.« Er nahm die Zigarre aus dem Mund und betrachtete sie. »Die hier sind gut genug für mich.«

»Was machst du hier?«

Er zögerte und drehte die Zigarre in den Fingern. Ich wusste nicht, ob er damit sich selbst oder mich ablenken wollte. Als der Moment gekommen war, auf den er anscheinend gewartet hatte, klopfte er die Asche ab und sagte: »Ich hab eine letzte Chance.«

»Um was zu tun«?

»Dich auf die Gehaltsliste zu setzen.«

»Nachdem die versucht haben, mich umzubringen?«

Buick steckte sich die Zigarre wieder in den Mund. »Tot oder geschmiert. Das ist denen egal. Was hier passiert, muss kalkulierbar sein.«

»Und ich bin nicht kalkulierbar?«

»Warst du nie. Ich erinnere mich an eine Zeit, als …«

»Mach das nicht«, sagte ich. »Spiel dich hier nicht als *Vater* auf.«

»Wie auch immer, ich hab denen gesagt, dass es nicht funktionieren wird.«

»Wieso hast du das nicht beim ersten Mal getan? Bei Paris?«

»Bei ihm war es was anderes. Er war nicht der Heilige, für den du ihn hältst.«

»Du hast schon erwähnt, dass er das Geld nicht wollte. Willst du mir jetzt was anderes erzählen?«

»Das ist ein schöner Pick-up«, sagte er und ließ die Hand über das glatte Blech gleiten. »Ich mag rot.«

»Ist das eine Antwort?«

»Nein. Es ist eine Chance, die Frage zurückzunehmen.«

Ich sah ihn an und wartete.

»Das Problem bei Paris war das Timing, nicht der Charakter.«

»Das glaube ich nicht.«

»Doch, das tust du. Er war mir viel ähnlicher, als du das jemals warst. Ich glaube, er hätte das Geld genommen. Am Anfang nicht. Aber er hätte nachgegeben. Er hatte nie dein stählernes Rückgrat oder deine Wut im Bauch über den Lauf der Welt.«

»Ich hab keine Ahnung, was das wieder heißen soll.«

»Das heißt, du warst als Junge schon knallhart. Und erst recht als junger Mann. Und du bist zu einem genauso toughen Bastard geworden wie dein alter Herr.«

»Das Schlüsselwort dabei ist *Bastard*.«

»Das ist nur ein Schlüssel an einem ganzen Bund. Einer, über den deine Mutter nie wirklich nachgedacht hat.«

»Du warst nicht da, wenn sie sich nachts in den Schlaf geheult hat.«

»Doch, war ich. Häufiger als du denkst. Und ich war da, als sie wegen dir weinte.«

»Rutsch mir den Buckel runter.«

»Nein. Du willst doch darüber reden, also reden wir.«

Seine Worte waren eine Herausforderung. Ich hatte nicht vor, klein beizugeben, aber ich sah einen Moment zur Seite, bevor ich die Frage stellte: »Wie macht man das? Wie kann ein Mann zwei Familien haben?«

»Indem man den Weg des geringsten Widerstands geht. Selbstsüchtig ist.«

»Das sagt sich leicht.«

Buick stieß sich vom Wagen ab und richtete sich auf. Er nahm den Zigarrenstummel aus dem Mund und ließ ihn zu Boden fallen. Dann wartete er, bis ich ihm in die Augen sah. Als ich es tat, meinte er: »Scham.«

Ich dachte, er sagte mir, ich solle mich schämen. Ich öffnete den Mund, um ihm eine Antwort entgegenzuschleudern.

»Ich hab mich geschämt.« Er flüsterte die Worte.

Mein Mund klappte wieder zu.

»Nicht für dich oder für deine Mutter. Ich hab mich für mich selbst geschämt. Ich hab mich für das Geheimnis geschämt, dass ich dann nicht für mich behalten konnte.« Er machte einen Schritt vom Pick-up weg und ich einen nach hinten. Buick blieb, wo er war, aber seine Hände bewegten sich, als wolle er damit die eigenen Gedanken zu Worten formen. »Kannst du das verstehen, Junge? Ein Großteil meines Lebens war auf Scham gebaut. Aber das hat mich nie von etwas abgehalten.«

»Und was ist die Logik dahinter, Buick?«

»Logik? Verdammt, das ist nicht logisch. Es gibt keine Entschuldigung dafür.«

»Das ist zu einfach.«

»Einfach?« Er streckte die Hände aus, aber blieb an Ort und Stelle stehen. »Was ist denn schon einfach? Es ist eben … wie es ist.«

»Wieso bist du dann hier? Du hast nicht geglaubt, dass du mich bestechen kannst. Die beste Erklärung, die du für das ganze Chaos in meinem Leben hast, lautet: Es ist, wie es ist.«

»Du willst eine Erklärung?«

»Wäre zur Abwechslung mal nett.«

Buick umrundete rasch die Vorderseite des Fahrzeugs. Er kam zu schnell auf mich zu, als das ich ausweichen oder auch nur die Hände hätte heben können. Er blieb stehen und sein Gesicht war nur Zentimeter vor meinem. In seinen Augen sah ich Schmerz, aber nicht lange.

»Ich sag dir mal was, Longview – dich anzusehen, ist, wie mich selbst im Spiegel zu betrachten. Vielleicht vor einigen Jahren. Und ich rede nicht über das Äußere, das grimmige Gesicht oder der Stahl in den Augen, auch nicht deine Haltung oder der Gang – das hatten wir alle drei gemeinsam. Ich meine das, was unter all dem liegt. Du bist großspurig und den gesunden Menschenverstand lässt du außer Acht. Du musst um jeden Preis deinen Kopf durchsetzen, durchkreuzt wie ein

Bulldozer das Leben anderer, besserer Menschen. Du bist wie ich, mein Junge.«

»Nein, bin ich nicht.« Ich machte einen Schritt nach hinten und brachte etwas Abstand zwischen uns. Es war nicht genug.

»Du bist wie Eisen aus einer alten Gussform – ein Abdruck von mir, wie ich von meinem Dad und er von seinem. Immer so weiter, wahrscheinlich zurück bis zu Kain.«

»Wenn das du das glaubst – mach dein Angebot. Versuche, mich für *La Familia* zu kaufen und schau mal, ob du das hinbekommst.«

»Deswegen bin ich nicht hier. Ich bin gekommen, dich zu bitten, dich aus allem rauszuhalten. Geh einfach. Lebe dein Leben.«

»Wieso?«

Buick schien die Luft auszugehen und nun war er derjenige, der einen Schritt zurücktrat. »Weil ich bereits einen Sohn an das alles hier verloren habe. Und ich will euch nicht beide verlieren.«

»Es war dein Leben, das zu all dem geführt hat. Jeder Teil davon – jeder Gedanke und jede Handlung – hat den Mord an Paris einen Schritt nähergebracht.«

»Glaubst du, das weiß ich nicht? Glaubst du, das geht mir nicht durch und durch? Aber was ist mit den Leben, die nach seinem weitergingen?« Der alte Mann wich zurück, bis er sich an die Stoßstange des Pick-up-Trucks lehnte. Er fischte in den Taschen nach einer neuen Zigarre, gab die Suche auf und sah mich an. »Du hast mir dein ganzes Leben lang die Schuld gegeben. Vermutlich zurecht. Ich war für dich als Jungen verantwortlich. Aber der Mann, der du bist, dafür kannst du nur du dir selbst die Schuld geben.«

Es war vermutlich Schwäche, die Art von Charakterfehler, von dem Buick geredet hatte, aber in diesem Moment musste ich einfach zurückschießen. Ich fragte: »Wusstest du, dass Paris schwul war?«

»Natürlich wusste ich das.«

Ich schämte mich, weil ich überhaupt gefragt und es selbst nicht gewusst hatte. »Verschwinde von dem Pick-up.« Ich streckte die Hand aus und riss die Tür auf. Die Innenraumbeleuchtung schuf einen Lichtkegel, der durch die Fenster sickerte. Buick sah in dem fahlen Licht alt aus. »Ich habe was zu erledigen.«

»Du haust also nicht ab, oder?«

»Was glaubst du denn?«

Er schlug mit der Hand auf die Motorhaube. »Hör mir zu.«

Ich umrundete die offene Tür und baute mich vor ihm auf. »Ich höre.«

»Du steckst da jetzt mit drin, Junge. Diese Leute – *La Familia* – die haben es nicht so mit Vergebung.«

»Ich auch nicht.«

»Es geht nicht um dich. Verstehst du das immer noch nicht.«

»Mit dir zu reden, ist wie Glas zu zerbeißen, Buick. Spuck's schon aus oder geh zur Seite.«

»Die kleine Lady. Das hübsche Ding mit den Tattoos.« Es klang wie ein Geständnis. »Die rächen sich nicht an dir. Die lassen es erst an allen anderen um dich herum aus. Und dann an dir.«

»Lenore.«

»So machen die das. Die saugen das Leben aus allem, was sie berühren.«

»Wie ein Vampir.« Ich erinnerte mich an die Beschreibung von Lenore.

»Nenn es, wie du willst. Sie brennen die Felder nieder und lassen dich erst mal mittendrin sitzen, damit du ein bisschen drüber nachdenken kannst. Dann kümmern sie sich um dich.

Vielleicht rettest du sie, wenn du verschwindest. Vielleicht ist es zu spät.«

»Ich werde Simon Machado umbringen.«

»Wegen dem muss man sich weniger Sorgen machen. Er arbeitet für seinen Bruder. Simon ist ein tollwütiger Hund an der Leine. Eladio plant und gibt die Befehle.«

»Er sieht aus wie ein Skelett.«

»Der Krebs frisst ihn langsam von innen auf.«

»Das kann ich beschleunigen.«

Buick schüttelte langsam den Kopf. »Das wäre keine so furchtbare Strafe, wie du glaubst. Sein Verstand ist scharf und grausam, aber der Mann stirbt langsam und elend. Er hieße den schnellen Tod willkommen.«

»Da hab ich kein Problem damit«, meinte ich und stellte mir Dinge vor, die schlimmer waren als der Tod.

»Sie war seine, weißt du?«

»Worüber redest du?«

»Das hübsche Mädchen.«

»Lenore.« Ich sprach den Namen wie eine Warnung aus.

»Wie immer du sie nennst, sie gehörte ihm. Eladio kaufte sie mit vorgehaltener Waffe für ein paar Pesos, als sie ein kleines Mädchen war. Er hat sie wie seine eigene Tochter aufgezogen. Als der Krebs dafür sorgte, dass er keinen mehr hochbekam, überließ er sie seinem Bruder.«

»Und dir.«

»Und mir. Und dir auch. Jedem, den er kompromittieren oder kontrollieren wollte.«

»Damit fangen die an? Mit Lenore?«

»Damit fingen sie an.«

23

Ich prügelte den roten Pick-up durch die Straßen und raste auf den Highway, flog über den Asphalt. Ich rief Hector an.

In der schwarzen Ferne leuchtete das Schild des Hotels in den Farben eines Ostereis. Das bunte Neonlicht kam mir wie Luftballons vor, die jemand an einen Grabstein gebunden hatte. Ich trat das Gaspedal des Wagens durch, trotz der Geschwindigkeit schwand meine Hoffnung. Auf keinen Fall war Lenore in Sicherheit. Dieses brutale Leben spielte nicht nach Regeln.

Trotzdem …

Die Hoffnung ist eine Schlampe.

Zimmer frei – die geschwungenen rosafarbenen Worte leuchteten vor dem zweistöckigen *Desert Drop Inn*. Es war eine harmlose Ankündigung, die mir wie ein grausamer Scherz vorkam. Ich fuhr langsamer. Als ich auf den Parkplatz bog, hatte ich noch über hundert Stundenkilometer drauf und trat hart auf die Bremse. Die Scheinwerfer projizierten das Schleudern des Wagens auf Wände, Geländer und geschlossene Türen.

Eine Tür war offen und von einem fahlen, flackernden Lichtschein erhellt. Es war mein Zimmer.

Das Quietschen der Reifen verstummte und ich rannte. Am Ende des Gebäudes, in der Nähe der Treppe und der Nische mit den Automaten, zog ich die Waffe. Ich lief langsamer, um die Kurve zu kriegen und nicht gegen die Verkaufsautomaten zu knallen. Auf der Treppe spurtete ich erneut in vollem Tempo.

Ich stand mit hängenden Armen in meinem Zimmer. Sie waren nutzlos. Meine Hände wirkten wie lebloses Blei. Die Waffe, die ich so fest umklammert hatte, fiel zu Boden. Alles … jedes Gefühl, jeder Gedanke, jede Erinnerung und jedes verschwendete Verlangen meines Lebens offenbarte sich meinem Blick.

Das Licht in dem kleinen Raum kam von vierzig oder fünfzig Kerzen, die in ihrem eigenen Rhythmus flackerten. Die Beleuchtung war wie eine Last, die von der Szenerie widerwillig getragen wurde. Ich sah die Wände und das Blut darauf – und wollte sie zugleich nicht sehen. In meinem Bett lag Lenore mit dem Gesicht nach unten. Ihr Blut, noch nass und leuchtend schwarz, durchtränkte das Laken und tropfte auf den Teppich. Das Blut war nicht das Schlimmste. Lenores Haare, verklebt und so feucht, dass sie glänzten, waren zusammengerafft und über die Schulter gelegt. Jemand hatte sorgfältig darauf geachtet, nicht zu verdecken, was das Messer angerichtet hatte.

Eine Fliege summte und plötzlich funktionierten meine Ohren wieder. Einen Augenblick später saugte meine Lunge Luft ein und ich konnte dreckiges, nasses Kupfer riechen. Bei dem Geruch musste ich würgen. Mein Magen trat gegen mein Rückgrat und ich beugte mich vornüber. Der Geruch war ein dicker Gifthauch, so stechend wie ein Messer im Bauch.

Die Kerzen flackerten und rauchten. Der Gestank wurde intensiver.

Ich stählte mein Herz und meinen flauen Magen gegen den Hauch des Todes und warf einen Blick in das nächste Glas mit einer Kerze darin. Es war, als würde man hinter die Roben von einem Dutzend Heiligen sehen, die nicht waren, was sie vorgaben zu sein. Jedes Kerzenglas war innen feucht vom geschmolzenen Wachs und Spritzern von Lenores Blut.

Ich wich zurück und blieb bei ihren nackten Füßen stehen. Ich wollte sie berühren. Sie hochheben und im Arm halten. Selbst im Tod hatte ich jedoch das Gefühl, dass eine Umarmung ihr mehr Leid bereiten würde.

Es gab eine Stelle in der Kniekehle des rechten Beines, die sauber war. Die Haut sah noch warm aus und es war kein Blut daran. Ich versuchte, mich darauf zu konzentrieren.

Es war vergebliche Mühe. Ich starrte auf die Hautpartie, aber sah nur die hässliche Umrandung, wo man ihr die Haut abgezogen hatte. Der Schnitt verlief von ihrem Hals zu den Rippen und den Bauch entlang, bis er eine sanfte Kurve um die Hüften beschrieb und wieder hinauf führte. Die gesamte Haut war weg. All die kunstvollen Tätowierungen und die Verse auf ihrem Körper waren abgezogen und mitgenommen worden.

Als Hector ankam, stand ich vor dem Zimmer über das Geländer gebeugt. Ich zitterte vor Wut, die meine Eingeweide in Aufruhr versetzte. Mein Mund war offen in Erwartung der Kotze, die nicht kam. Sunny Johnson tauchte auf und legte mir eine Decke über die Schultern. Das war ein netter Gedanke – dass man mich besänftigen oder trösten konnte. Dass ich noch über normale menschliche Reaktionen verfügte.

Ich ließ die Decke über dem Geländer hängend zurück.

Die zweite Autofahrt war langsamer. Meine Augen waren glasig vor Rachsucht. Ich driftete mehrmals auf die Gegenfahrbahn. Einmal ertappte ich mich dabei, wie ich gebannt auf den Tacho starrte. Er zeigte Null. Ich stand neben dem Highway und hatte keine Ahnung, wie ich dahingeraten war.

Schließlich schaffte ich es dennoch zu *Tubby's*.

Der schwere Mann machte nach einem geschäftigen Abend immer noch sauber und bereitete das Fleisch für den nächsten Tag vor.

»Chief?« An seinem Blick erkannte ich, dass Tubby nicht zum ersten Mal versuchte, meine Aufmerksamkeit zu erregen. Er hielt mir ein Bier hin. Als ich es nahm, fragte er: »Was kann ich für Sie tun?«

Ich hielt die Flasche hoch und genoss das Gefühl der feuchten Kühle in meiner Hand. Ich drückte sie gegen das Gesicht und absorbierte die Kälte. Einen Moment schien es fast, als könnte ich durch Osmose betrunken werden, aber das war nur Wunschdenken. Ich setzte das Bier an die Lippen und exte es. Während die letzten Tropfen über mein Kinn liefen, holte ich tief Luft.

»Wie viel kostet das?« Ich zeigte auf ein Schwein auf einem Grillrost.

»Sie wollen noch ein Schwein?«

»Eines, das noch nicht im Smoker war.«

»Ein ganzes Schwein? Roh? Was haben Sie denn damit vor?«

»Das kann ich Ihnen nicht sagen«, meinte ich und gab mein Bestes, um ernst und nicht zu verrückt auszusehen.

»Oh«, Tubby nickte wissend. »Sie brauchen eines dieser *Kann-ich-nicht-sagen*-Schweine.«

»Genau.«

Er nickte wieder und sagte dann: »Hundert Mäuse pro Stück. Großhandelspreis.«

»Abgemacht.« Ich hielt ihm die Hand hin. Tubby gab mir ein zweites Bier.

Ich nahm ein Sixpack und das Schwein mit, als ich *Tubby's BBQ* verließ. Mein Kopf war ein wenig klarer, da ich mit offenem Fenster fuhr, um während der Fahrt die Nachtluft hereinzulassen. Ich fuhr nach Westen aus der Stadt, passierte das Bankgebäude und das *Border Crossing*. Als ich an den Toren des Jagdklubs vorbeifuhr, drückte ich auf die Hupe und machte mich bemerkbar, auch wenn niemand wissen konnte, wer am Steuer saß.

Ein Stück weiter wurde die Straße immer holpriger. Ich verließ sie und steuerte durch die staubige Landschaft. Es war derselbe Weg, den ich genommen hatte, nachdem ich im *Border Crossing* mit Gutiérrez eine Szene gemacht hatte. An dem Tag war ich müde und wütend gewesen und die Fahrt hatte im Big-Bend-Nationalpark geendet, wo ich im Pick-up geschlafen hatte. Schlaf war im Moment das Letzte, woran ich dachte.

Ich schaltete die Scheinwerfer oben am Überrollbügel an und sah das grüne Blitzen von etwas, das kometenhaft schnell am Boden dahinraste. Die Kojoten stieben auseinander und verfolgten mich mit den reflektierenden Laserstrahlen ihrer Augen. Ich war froh über ihre Gesellschaft.

Ich drehte das Lenkrad und fuhr auf das flache Plateau, das über dem kleinen Tal lag. Im Mondlicht sahen die Gruppen von Mesquitebäumen, der Kriechwacholder und die Pekannussbäume wie bewegungslose Dämonen aus. Sie waren stumme Zeugen meines Rituals. Unter ihnen führte der winzige Fluss gerade genug Wasser, um Löcher voller reflektierter Sterne im Boden zu bilden. Das kleine Tal war in der Nacht ein machtvoller Ort. Ich war dort, um diese Macht zu bändigen und ihr zu opfern.

Ich ließ die Heckklappe herunter, griff auf die Ladefläche, packte das Schwein an einem der Füße und zog. Ich konnte es nicht sehen, aber ich wusste, dass seine Haut mit Joaquins Blut befleckt war, das noch auf der Ladefläche klebte. Der Gedanke gefiel mir. Sein Blut verlieh dem Opfer weitere Tiefe.

Ich blieb nicht, um zuzusehen. Ich wusste, was passieren würde. Statt ins Motel zurück fuhr ich aufs Revier. Dort waren immer noch ein paar Officer versammelt, die keinen Dienst hatten. Sie sahen mich an, als wäre ich ein Geist, der bei ihnen zu Hause herumspukt. Vielleicht war ich das auch. Ich war allerdings ein erschöpfter Geist, der Fragen aus dem Weg ging. Ich sperrte mich in meinem Büro ein und legte den Kopf auf die Schreibtischplatte.

24

Der Schlaf hätte mich viel länger in seiner Umarmung gehalten, aber jemand klopfte energisch mit den Fingerknöcheln an die Tür. Es war Hector.

»Hier«, sagte er und hielt mir mein eigenes Handy hin. »Du hast das auf den … Boden fallen lassen.« Er musste nicht sagen, auf welchen Boden. Als es meine Hand berührte, klingelte es erneut.

»Danke.« Ich ließ es in die Tasche gleiten.

»Willst du nicht rangehen?«

»In einer Minute.« Ich wischte mir mit der Hand über das Gesicht und versuchte den Schlaf aus den Augenwinkeln zu reiben. »Wie geht es dir?«

»Wie es *mir* geht?«

»Ja. Dir. Allen. Wie ist die Lage?«

»Wohin bist du gestern Nacht gefahren?«

»Weg«, log ich. Ich glaube, er wusste, dass es eine Lüge war, aber Hector sagte nichts. »Ich brauchte – Abstand.«

»Okay. Das kann ich verstehen. Sunny macht sich Sorgen um dich. Verdammt, wir alle.«

»Nichts, worüber man sich Sorgen machen müsste.« Ich fragte mich, wie sehr das gelogen war. »Zumindest nicht mehr.«

»Klar.«

»Wie spät ist es?«

»Fast elf.«

Ich klopfte auf das Handy in meiner Tasche. »Ich kümmere mich kurz darum und dann werde ich mich ein wenig frischmachen.«

»Vielleicht solltest du da die Reihenfolge ändern. Du stinkst, als hättest du dich mit einem überfahrenen Hund betrunken.«

»Schwein.«

»Was?«

»Egal. Ich komme in einer Minute.« Ich schloss die Tür.

Das Telefon klingelte wieder.

Wenn ich noch einen Hinweis darauf brauchte, wie vermurkst mein Leben war, lieferte mir den Milo, der fragte: »Geht es Ihnen gut?«, statt mich zu beschimpfen.

»Ich bin okay«, antwortete ich.

Die Stille am anderen Ende der Leitung klang vorwurfsvoll.

»Was wollen Sie?«, fragte ich.

»Nur ein Update und eine Warnung.«

»Sie haben die ganze Nacht versucht anzurufen. Ich kann mir nicht vorstellen, dass es dabei nur um ein Update ging.«

»Sie wussten, dass ich versucht habe, die ganze Nacht anzurufen?«

Ich atmete tief durch, ohne den erhofften Effekt, und klärte Milo über alles auf, was passiert war, seitdem wir das letzte Mal geredet hatten.

»Es ist an der Zeit, Sie da rauszuholen.« Milo fluchte weder, noch drängte er. Er hakte nicht nach und klang auch nicht, als hätte ich Mist gebaut. Die Aussage beunruhigte mich.

»Wieso?«

»Es ist Zeit.«

»Jetzt? Jetzt auf einmal – *jetzt* ist es Zeit?«

Weitere Stille an seinem Ende der Leitung.

»Sie haben von einer Warnung geredet«, erinnert ich ihn.

»Wir haben nachgedacht …«

Ich hatte Milo nie getroffen oder von Angesicht zu Angesicht gesehen, dennoch stellte ich mir vor, wie er an die Decke sah und Gedanken sammelte, die ihm nicht leichtfielen.

Er versuchte es erneut. »Wir haben das als einen Fall einiger Abweichler betrachtet. Wir – ich dachte, es ginge um ein SOT, das sich abgeseilt hat und auf eigene Faust arbeitet.«

»Das tun sie nicht.«

»Es gibt Gegenwind.«

»Was soll das heißen?«

»Es heißt, es gibt Fragen – Druck – durch offizielle Kanäle, von der Homeland Security und durch inoffiziell-offizielle Kanäle.«

»Sie sagen, was hier passiert, ist legal?«

»Nein. Das meine ich nicht.«

»Was meinen Sie dann?«

»Ich meine, es ist an der Zeit, Sie da rauszuholen.«

Wir unterhielten uns einige Minuten länger und umkreisten dabei dasselbe schwarze Loch. Mir drängte sich der Verdacht auf, dass Milos Telefon vielleicht abgehört wurde. Wenn jemand seine Unterhaltungen belauschte, wie schwer wäre es dann, meine zu belauschen? Ich nahm das Smartphone wieder auseinander und ließ es in die Schublade fallen, in der Stackhouses Dienstmarke lag.

Ich öffnete die Tür. Bevor Hector etwas sagen konnte, fragte ich: »Hast du ein Seil?«

»Was für eines und wie lang?«

»Ist mir egal, was für eines, aber fünf bis sieben Meter sollten ausreichen.«

»Ich habe ein acht Meter langes Nylonabschleppseil in meinem Wagen.«

»Würdest du es auf die Ladefläche des roten Pick-ups draußen legen?«

»Das mache ich, wenn du dich umziehst.«

Hector hatte recht; meine Klamotten rochen vage nach totem Tier. Ich hätte duschen oder wenigstens das Gesicht waschen sollen. Stattdessen lief ich den Flur entlang zu den Zellen.

Joaquin hielt die verwundete Hand vor der Brust. Er sah so übel aus, wie ich roch. Seine Hand war blutig und schwarz. Der dunkle Farbton stammte zum Teil von Schmauchspuren, das Schießpulver, das durch meinen Pistolenschuss in die Hand gebrannt worden war. Für die restliche Färbung schien eine schleichende Infektion verantwortlich zu sein. Der Finger war nicht versorgt worden. Das störte mich nicht im Geringsten.

Der Aufseher fesselte seine Hände mit einer Handschelle auf den Rücken und kicherte, als Joaquin zusammenzuckte. Ich nahm ihn mit und brachte ihn zu seinem eigenen Pick-up-Truck.

»Schmeißt du mich wieder auf die Ladefläche?« Die Frage wirkte angepisst, aber kraftlos. Vermutlich hatte er nicht geschlafen.

»Nein. Du darfst vorn bei mir sitzen. Wir können reden.«

»Ich hab dir nichts zu sagen.« Er kletterte unbeholfen in die Fahrerkabine und ich schloss die Tür hinter ihm.

»Dachte ich mir schon, dass du das sagst«, meinte ich, als ich im Wagen saß und den Gang eingelegt hatte. »Deswegen fahren wir vor dem großen Treffen mit deinen Leuten woanders hin.«

»Wohin?«

»Mir ist aufgefallen, dass du nicht einmal gefragt hast, welche Leute.«

»Wovon redest du?«

»Ich werde dich vor eine Wahl stellen.«

Er sah mich an, misstrauisch und verärgert, aber er fragte nicht nach.

»Dein Cover ist intakt. Du kannst zurück zu *La Familia*. Oder, wenn du der Meinung bist, du hast genug, kannst du wieder zu Stackhouse.«

»Du lässt mich frei?«

»Es scheint so.«

»Was soll das heißen?«

»Es heißt, dass ich nicht viel von den Optionen halte, die dir bleiben. Aber es ist deine Wahl. Du musst damit fertig werden.«

»Wieso? Und wohin fahren wir?«

»Ja, das ist die große Frage, stimmt's? Wieso?«

»Du willst Informationen.«

Meine Antwort war das breiteste Grinsen, das ich zustande brachte. Dann verließ ich den Highway und fuhr auf den Hügel, auf dem die Wohnwagensiedlung war.

»Wieso fahren wir da hoch?«

»Platz.«

»Wieso Platz?«

»Ein Platz zum Reden. Und um sich zu bewegen.«

»Mach mal das Fenster auf«, sagte er. »Hier drin stinkt's.«

»Fällt mir gar nicht mehr auf.«

»Fährst du mich wohin, wo du mich zusammenschlagen kannst?«

»Du hast zu viele Filme gesehen.«

»Bullshit.«

»Bist du Jogger? Wie sieht's mit der Pumpe so aus?« Ich verließ die Straße und fuhr auf einen Streifen Land, der Platz für weitere Wohnwagen bot. Staub wirbelte auf, als wir anhielten. »Komm schon«, sagte ich und sprang aus dem Wagen, obwohl ich wusste, dass er gar nicht die Tür aufmachen konnte.

»Was willst du wissen?«, fragte Joaquin verzweifelt, als ich ihn aus dem Wagen zog. Sobald seine Füße den Boden berührt hatten, zerrte ich ihn zum Heck des Pick-ups.

»Was kannst du denn anbieten?«

»Sag mir einfach, was du willst.«

»Nee.« Ich ließ die Heckklappe herunter. Das Seil war ordentlich aufgewickelt hinter dem Radkasten. »Weißt du, ich glaube nicht, dass du schon genügend motiviert bist. Verstehst du, worauf ich hinauswill?«

»Wofür ist das?«

»Es bedeutet, ich traue dir nicht zu, mir die Wahrheit zu sagen, wenn du nicht überzeugt bist, dass es wirklich in deinem eigenen Interesse liegt.«

Als ich das eine Ende des Seils um die Anhängekupplung gebunden hatte, bekam Joaquin langsam eine Ahnung, worauf ich hinauswollte. »Nein.«

»Jepp.«

»Frag einfach, was du wissen willst.«

»Erst rennen, dann reden.« Ich zeigte auf seine Stiefel. »Die könnten unbequem werden. Turnschuhe wären besser gewesen.«

»Was soll die Scheiße?«

»Ledersohlen und hoher Absatz. Wenigstens musst du nicht auf der Straße rennen. Könnte allerdings auf die Knöchel gehen.«

»Du bist verrückt. Das kannst du nicht tun.«

»Sag mir mal was.«

Joaquin hielt die Klappe. Der Ausdruck eines wilden, verletzten Tieres stand weiter in seinen Augen.

»Hat das jemals einer über Gutiérrez gesagt?«

»Was?«

»Das kannst du nicht tun.« Ich steckte das lose Ende des Seils durch seinen Gürtel und befestigte es mit dem Karabiner. »Bereit zu rennen?«

Im Pick-up warf ich einen Blick in den Rückspiegel. Joaquin stieg unbeholfen auf die Stoßstange und versuchte auf die Ladefläche zu klettern. Ich legte den Gang ein und trat aufs Gas. Er flog nach hinten und ich sah seine Füße in der Luft, bevor der Truck einen Satz nach vorn machte.

Ich schrie durchs Fenster: »Steh besser schnell auf. Zeit loszufahren.«

Er schaffte es vermutlich nicht auf die Füße. Ich wartete nicht und fuhr im Schritttempo weiter. Ich sah ihn nicht, also wusste ich, dass er nicht rannte.

Nach ein paar Metern hielt ich an und rief: »Steh besser auf. Beim nächsten Mal fahr ich nicht so langsam.«

Joaquin sah aus wie ein Staubteufel. Als er hochkam, rieselte der Sand aus seiner Kleidung und wirbelte im Wind davon. »Was willst du?« Er schrie die Frage.

»Ich will, dass du rennst.« Ich trat aufs Gaspedal und beschleunigte weiter. Erst als er stürzte, hielt ich an.

Joaquin rollte auf die Seite, wo ich ihn sehen konnte, und kniete. »Ich gebe auf«, rief er mir zu.

»Ich nicht«, sagte ich durchs Fenster und nahm dann den Fuß von der Bremse. Der Pick-up-Truck rollte an.

Joaquin stand auf. Seine Beine zitterten. Er trottete los.

Es war leicht, zu erkennen, wann er müde wurde. Das Seil hing nicht mehr durch, sondern zerrte ihn an der Hüfte nach vorn. Jedes Mal, wenn das passierte, dauert es länger, bis er wieder aufholte und das Seil nicht mehr gespannt war.

»Das ist ja nur Jogging«, rief ich nach hinten. »Gehen wir doch mal zum Sprint über.« Ich beschleunigte. Er stolperte ein paar Schritte und stürzte dann wieder zu Boden. »Na, ist der Groschen schon gefallen?«, schrie ich zum Fenster hinaus. »Ist dir aufgegangen, dass du nicht mehr auf der Seite der Cops stehst?«

»Das kannst du nicht machen«, schrie er, während er sich auf die Beine kämpfte.

Ich berührte das Gaspedal und das Seil straffte sich wieder. Joaquin wurde, das Gesicht voran, in den Staub geworfen.

Ich schleifte ihn nicht lange und auch nicht über Kakteen, aber er sollte sicher sein, ich würde es tun.

»Ich kann«, rief ich nach hinten. »Die Frage ist nur, glaubst du, dass ich es tun werde?«

Er gab keine Antwort. Ich stieg aus und ging zur Heckstoßstange. Joaquin lag im Staub, keuchte wie ein fetter Hund im Juli. Frisches Blut benetzte den Dreck auf seinem Gesicht, da er sich die Nase blutig geschlagen hatte.

»Ja, anscheinend hast du es kapiert oder nicht?«, fragte ich, während ich über ihm stand. »Du bist kein Cop. Du bist nicht bei der DEA. Du bist ein scheiß Krimineller. Und du hast es nicht mit einem Polizeichef zu tun. Das hier bleibt zwischen uns. Von einem Kriminellen zum anderen. *¿Lo entiendes?*« Ich spuckte ein wenig Staub aus. »Ja, du verstehst mich.«

Wir redeten lange.

25

Die Officer des Lansdale Police Department kamen zuerst am Tunnel an. Hector hatte das Kommando. Ich hatte ihn gebeten, jeden mitzubringen, der verfügbar war, und er hatte gesagt: »Versuch mal, uns davon abzuhalten.« Ich hätte ihn dafür küssen können.

Die Bauarbeiter waren überrascht, als so viele Cops auf einmal auftauchten. Niemand protestierte, als man ihnen sagte, ihr Arbeitstag war für heute beendet. Danach tauchten Stackhouse und seine Crew auf. Sie bezogen Position am Bauwagen. Die Machado-Brüder, und zwar beide, zusammen mit einem Dutzend bewaffneter Männer, kamen als Nächste. Buick war bei ihnen. Sie bauten sich an der Stelle auf, wo die Arbeiter ihre Pick-up-Trucks und Vans geparkt hatten.

Ich kam mit Joaquin, auf der Ladefläche angekettet, etwa fünf Minuten nach zwölf an. Ich war nicht der Letzte. Ich blieb im roten Pick-up, hatte die Fenster offen und redete mit Joaquin, bis ich sah, dass das letzte Auto angekommen war und zwischen zwei Streifenwagen geparkt hatte.

»Sieht aus, als wäre es Zeit«, sagte ich zu Joaquin.

Er hatte nichts weiter zu sagen. Das war mir egal. Ich hatte sowieso genug von seinem Gerede. Ich zog ihn von der Ladefläche und ließ ihn wie einen Kartoffelsack auf den Boden fallen.

Die DEA und die Gangster sahen ihm wortlos zu, als er sich wie Bambi auf wackligen Beinen erhob. Nachdem er aufgestanden war und vor mir herlief, zeigte ich zuerst auf Stackhouse und dann auf die Machados. Sie kamen in unsere Richtung und wir trafen sie an der Stelle, wo die Plastikplane vor dem Tunneleingang offenstand. Buick begleitete sie, aber blieb ein paar Schritte hinter Eladio.

»Okay, wir sind hier.« Stackhouse sprach als Erster. »Worum geht's?«

»Will denn keiner wissen, wie es dem armen Joaquin ergangen ist?«, fragte ich.

Niemand zeigte Interesse.

»Sie reden viel«, sagte Simon Machado. »Sie machen eine Menge Lärm und Sie sorgen dafür, dass Menschen umgebracht werden.« Er starrte mich an, sog geräuschvoll Luft durch die Zähne und wartete auf eine Reaktion. Als ich nichts sagte, fügte er hinzu: »Wir haben die Nase voll davon.«

»Ich auch«, sagte ich. »Und deswegen ist bald alles vorbei.«

»Da bin ich aber neugierig«, erwiderte Eladio Machado. Seine Stimme hörte sich an, wie das Klappern alter Knochen. »Was ist denn Ihrer Meinung nach bald vorbei? Für mich ist noch kein Ende in Sicht.«

»Sie werden es bald sehen.«

»Ich glaube, alle haben die Schnauze voll von Ihrem Scheiß«, sagte Stackhouse. »Sie wollten reden. Bringen wir's hinter uns.«

»Okay. Also hier die ungeschminkte Wahrheit. Das hier ...« Ich zeigte auf den Tunneleingang, dann auf die Bank und beschrieb einen breiten Kreis, der alles andere um uns herum mit einschließen sollte. »... ist alles vorbei. Es endet, genau wie Ihre großen Deals« – ich sah Stackhouse an – »um den Drogenhandel zu kontrollieren, Geld abzuzweigen und Mexiko unter amerikanischer Kontrolle zu halten.« Ich wand mich an die Machados. »Und euer Deal. Das exklusive Geschäft des Drogenimports, die Bankgeschäfte und die Geldwäsche ...«, ich unterbrach mich einen Moment, damit ihnen klar wurde, dass ich im Bilde war. Dann sagte ich: »All das. Vorbei.«

Agent Darian Stackhouse war der Erste, der die Stimme wiederfand. »Ich geb einen feuchten Furz darauf, was Sie zu wissen glauben, aber …«

»Verrat«, sagte ich und schnitt ihm das Wort ab. »Schlechte Deals und Verrat. Auf die Art fangen Kriege an.«

»Das haben Sie schon einmal gesagt«, sinnierte Eladio Machado. »Ich glaube, Sie versuchen, einen Topf zum Kochen zu bringen, der auf keiner so heißen Flamme steht, wie Sie denken. *¿No es verdad?*«

»Lassen Sie uns das mal unter die Lupe nehmen«, meinte ich. »So wie ich das sehe, stehen zwei Dinge zur Debatte. Nummer eins.«

Ich hielt einen Finger hoch und zeigte dann damit auf Stackhouse. »Das Scheitern Ihres Projekts, den Drogenhandel zu kontrollieren und davon zu profitieren.«

»Sie haben keine Ahnung, welche Befugnisse der Homeland Security Act mir gegenüber Leuten wie Ihnen verleiht.« Stackhouse schien sich bereits vorzustellen, wie er mich auf einer Streckbank folterte.

»Sie haben recht«, antwortete ich. »Das habe ich nicht.« Ich drehte mich in Richtung des letzten Wagens um, der angekommen war, und winkte den Insassen zu. Mr. und Mrs. Toomey stiegen aus. Mr. Toomey stieß zu uns.

»Bitte sehr«, sagte Mr. Toomey und gab mir einen Stapel Unterlagen. »Wir haben uns um alles gekümmert.«

Ich teilte die Unterlagen, es waren zwei Kopien, und reichte Stackhouse ein Exemplar.

»Was ist das?«

»Das ist ein Beschlagnahmebeschluss.«

»Was zur Hölle?«

»Jepp. Die Bürokratie kann auch unser Freund sein. Die Stadt Lansdale hat das Land annektiert, von der Stadtgrenze bis hinter den Gun Hills Jagdklub. Jedes Gebäude innerhalb der neuen Stadtgrenzen wird einer Inspektion unterzogen, um nach Gesetzesverstößen zu suchen und den Steuerwert zu schätzen.«

»Das können Sie nicht tun.« Stackhouse klang nicht sehr überzeugt.

»Das haben wir gerade.«

»Vor Gericht wird das keinen Bestand haben.«

»Wen kümmert's?« Ich gestikulierte über die Baustelle. »Wollen Sie, dass all das hier vor Gericht landet? Wollen das die Leute, für die Sie arbeiten?« Ich warf Mr. Toomey einen kurzen Blick zu und er ging zurück zum Wagen.

Eladio Machado lachte. Ich glaube, es war ein Lachen. Es hörte sich eher an, als würde Wind durch trockenes Laub streichen. »Denken Sie, wir lassen diesen alten Mann einfach über unser Grundstück schlendern, damit er Dinge findet, die man gegen uns verwenden kann?«

»Nein«, sagte ich. »Ich glaube, Sie werden beschäftigt sein?«

»Womit?«

»Vergeltung.«

Buick sagte: »Du musst das nicht tun. Nichts davon.«

Ich sah meinen Vater an. »Ich mache dir keine Vorwürfe, Buick.«

»Für was?«

»Egal was. Ab jetzt.«

Er warf einen Blick auf die versammelten Männer um sich herum. »Ich frage mich, wie lange das wohl ist.«

»Die Vergeltung gibt es für Nummer zwei.« Ich hielt wieder die Finger hoch und wedelte damit in Richtung der Machado-Brüder. »Das Versagen von *La Familia*, wenn es darum geht, nicht der Sündenbock für die DEA zu werden, sobald die ganze Sache hier in die Luft fliegt.«

»Eladio hat recht, glaube ich«, sagte Simon mit einem schmierigen Grinsen. »Sie rühren und rühren und warten, dass der Kessel überkocht. Möglicherweise haben Sie vergessen, zuerst ein Feuer darunter zu entzünden, oder?«

Zu Eladio meinte ich: »Ich nehme an, Sie wissen, dass Buick genauso für diese Typen hier arbeitet, wie für Sie?«

Simon hatte anscheinend nicht viel dafür übrig, belehrt zu werden. Er öffnete die Anzugjacke und stemmte die Hände in die Seiten. Die Geste ließ den vernickelten Revolver an seiner Hüfte sichtbar werden. Er beantwortete die Frage. »Ihr Vater ist ein Mittelsmann. Er war sehr nützlich.«

»Aber ein Mann, selbst ein Mann, der für beide Seiten arbeitet, steht immer mehr auf einer Seite als auf der anderen. Habe ich recht?«

»Was machst du da?«, fragte Buick. Er betonte jede Silbe.

Simon sah Buick an. Neues Misstrauen im Blick.

»Mein Vater ist ein schlechter Mensch. Aber mir ist gerade klar geworden, dass er nur schlecht ist. Nicht böse. Kein Monster.« Ich wandte mich direkt an Buick. »Du wolltest, dass ich das Geld nehme, mich auf die Gehaltsliste setzen lasse.«

Er gab keine Antwort, sah nicht weg. Mein Vater starrte mich an, wartete.

»Wessen Gehaltsliste?«, fragte ich ihn.

Sein Blick streifte kurz Stackhouse.

Ich sah in dieselbe Richtung und meinte: »Dachte ich mir.«

»Du richtest nur größeres Chaos an, Junge«, entgegnete Buick. »Was erhoffst du dir davon?«

»Du kannst nicht mehr bleiben«, antwortete ich. »Du bist raus aus *La Familia*, egal was passiert. Noch kannst du abhauen.«

»Du auch. Geh einfach. Wir gehen zusammen.«

Ich sagte nichts darauf. Buick schien es zu verstehen. Er tastete seine Taschen ab, fand eine der billigen Zigarren und steckte sie sich in den Mund, ohne sie anzuzünden. »Ja«, meinte er, als würde er meinem Schweigen zustimmen. Er drehte sich um und ging ein Stück weit, um sich neben eines der Fahrzeuge des Special Operations Teams zu stellen.

»Soll das Ganze zu irgendwas führen?«, mischte sich Stackhouse ein. »Oder warten wir hier nur, damit Sie ein bisschen an Ihren Vaterproblemen arbeiten können?«

»Nun, ja.« Ich sagte es zu Eladio. »Ich will auf etwas Bestimmtes hinaus. Und das hat mit Vertrauen zu tun. Und damit, wen man in die Familie lässt.«

»Ich höre.« Die Worte klangen heiser.

»Es gab da einen Mann. Sie haben ihn vor ein paar Wochen aus den Augen verloren. Er lachte ständig. Sein Name war Cesar Barcia.«

»Sie sollten besser die Klappe halten.« Stackhouses Stimme war leise und eiskalt.

Ich ignorierte ihn und meinte zu Eladio: »Fragen Sie Agent Stackhouse, wieso er besorgt ist.«

Eladio schenkte Stackhouse seine Aufmerksamkeit. Simon bewegte die Hand langsam weiter auf den Perlmuttgriff des Revolvers zu.

Als niemand etwas sagte, fuhr ich fort. »Barcia war bei der DEA.«

»Beschuldigungen sind leicht dahingesagt und Sie verteilen Sie hier wie Gummis in einem Puff«, forderte mich Stackhouse heraus. »Ich sage, er war kein Cop. Zumindest keiner von meinen Leuten.«

»Sie erinnern sich noch, als Sie ihn das letzte Mal sahen?«, fragte ich Eladio. »Sie haben ihn losgeschickt, um meinen

Bruder zu töten, Longview. Ich habe mich gefragt, ging es dabei darum, eine Botschaft an Buick zu senden oder das Guzman-Kartell zu übernehmen?«

»Beides«, antwortete Simon. Sein Grinsen entblößte tabakverfärbte Zähne.

»Cesar Barcia ist der Mann, der das Haus ausgeräumt und Ihre Männer umgelegt hat.«

»Bullshi…«

Eladio brachte Stackhouse zum Verstummen, indem er eine Hand hob. Ich bemerkte, dass Simons Hand auf der schicken Pistole lag.

»Ich würde das gern hören«, sagte Eladio Machado. Seine Stimme war von neuem Leben erfüllt.

»Barcia hat seine Dienstmarke verloren und sie war in dem Haus, oder nicht?« Ich sprach zu den Machado-Brüdern, aber sie konzentrierten sich beide auf Agent Stackhouse. »Glauben Sie, er hat das allein getan? Was ich so gehört habe, wurde das Haus ziemlich durchlöchert. Wie viel haben die eingesackt? Ein bisschen über eine Million, stimmt's?«

»Das sind gefährliche Anschuldigungen«, sagte Eladio.

»Ja. Der Kessel ist jetzt langsam am Überkochen, oder nicht?«

»Sie haben noch mehr?«

»Buick hat für beide Seiten gearbeitet, aber das wusste jeder. Der wirkliche Verrat war es, dass Agent Stackhouse einen Spitzel hatte – jemanden, dem man in *La Familia* vertraute, nicht wahr?«

Seitdem wir da standen, hatte Joaquin die ganze Zeit schweigend auf den Boden gestarrt. Er hatte genug gehört. Er sah zu mir hoch und meinte leise: »Du bist ein verdammtes Arschloch.«

»Was, wenn sie zwei Spitzel gehabt hätten?«, fragte ich. »Menschen, denen Sie vertrauten und die für die DEA gearbeitet haben. Und es geht gar nicht darum, Ihnen irgendwelche Verbrechen nachzuweisen. Es ging einzig und allein darum, alles auf Sie abzuwälzen, wenn die Sache in die Hose geht.«

»Wer?« Eladios Stimme knarzte wie eine alte Tür, aber der Hass klang deutlich heraus.

»Joaquin hier kann jetzt gehen. Er steht nicht mehr unter Arrest. Es wird interessant sein, zu sehen, zu wem er rennt, glauben Sie nicht?«

Joaquin rammte mich mit der Schulter zur Seite und hastete auf Stackhouse zu.

So schnell wie ein alter Revolverheld, zog Simon Machado den glänzenden Revolver und schoss.

Wir stoben alle auseinander wie eine Pusteblume in einem Hurrikan, abgesehen von Joaquin. Der stürzte mit drei Kugeln im Rücken hart zu Boden.

26

So begannen Kriege. Und ich hatte nicht vor, diesem im Weg zu stehen. Als die Schießerei losging, wich ich geduckt zurück und hielt die Hände hoch, in Richtung der Cops von Lansdale. »Nicht schießen.«

Sie zeigten enorme Selbstbeherrschung. Officer Sunny bezog mit einigen Polizisten Stellung hinter dem Wagen der Toomeys. Hector rannte mit schussbereiter Schrotflinte in meine Richtung. Wir zogen uns zu der Reihe geparkter Streifenwagen zurück.

Das SOT und *La Familia* feuerten aus allen Rohren. Stackhouses Männer wagten sich in den Kugelhagel, erwiderten das Feuer und bewegten sich in kleinen Gruppen vorwärts. Sie hatten Kriegswaffen und waren bestens ausgebildet.

Was den Kämpfern von *La Familia* an Professionalität fehlte, machten sie durch Motivation wett. Einer startete einen Wagen und gab damit Simon Deckung, der Eladio mit sich schleppte.

Stackhouse erschoss den Fahrer. Die Soldaten von *La Familia* ignorierten den toten Mann und bildeten zwei Gruppen. Eine gab Simon und Eladio Deckung, damit diese fliehen konnten. Mindestens drei davon verloren ihr Leben. Das andere Grüppchen bezog Stellung hinter dem Wagen und feuerte gnadenlos Salve um Salve ab.

Ich hörte das Donnern einer Schrotflinte und sah Connors, den Agenten des Finanzministeriums, auf der rechten Seite des SOT. Er feuerte und ein weiterer Mann rückte vor. Connors nickte seinem Teamkollegen zu, als er Stellung bezogen hatte. Der andere Mann schoss und Connors rückte weiter vor. Er kam nur ein paar Schritte, bevor sich sein Hals blutig rot färbte. Der Agent des Finanzministeriums fiel zuckend zu Boden und war einen Moment später tot.

Hinter dem Wagen, der Deckung bot, rollte ein weiteres Auto rückwärts und wirbelte dabei eine Staubwolke auf. Einige Mitglieder des SOT feuerten einen Moment darauf, ohne viel zu sehen, bevor sie es aufgaben. Mehrere Kämpfer von *La Familia* verließen die Deckung, um sich zwischen dem Fahrzeug, mit dem die Machado-Brüder flohen, und dem SOT zu positionieren. Sie starben alle.

Eine neue Salve Konterfeuer traf Asphalt und Körperpanzer. Dieses Mal galt es uns. Kugeln rissen Löcher ins Blech der Streifenwagen der Polizeitruppe von Lansdale. Das Glas der zerbrochenen Fenster regnete auf uns nieder und verteilte sich wie glänzende Zähne auf dem Boden. Die Cops erwiderten das Feuer. Für ein paar blindwütige Momente waren wir auf der Seite des SOT und bekämpften die Männer des Kartells. Es hätte sich gut angefühlt, wäre ich nicht in Sorge um meine Officer gewesen.

Einer vom SOT rollte eine Granate unter den Wagen, den *La Familia* als Deckung nutzte. Ich sah, wie sie eiernd und hopsend zum Stillstand kam. Ein Kartellkämpfer griff danach. Es war nur eine Blendgranate, aber sie ging in seiner Hand los. Blendendes gelbes Licht und infernalischer Lärm, die den Gegner desorientieren sollten, drangen unter dem Fahrzeug hervor.

Bart Ganz, der dicke DEA-Agent, den ich vom Pooltisch kannte, brach nach links aus, schoss an einem Minivan vorbei und griff die Männer, die immer noch hinter dem Wagen in Deckung waren, von der offenen Flanke her an. Er hielt sie mit

Sperrfeuer unten und der Rest des SOT brachte den Job zum Abschluss. Niemand ergab sich.

Simon und Eladio konnten fliehen, aber sie waren fast die einzigen Mitglieder von *La Familia*, die entkamen. Stackhouse verlor Connors, und zwei weitere Männer hatten Verletzungen davongetragen.

Als der letzte Schuss verhallt war, drehte sich Darian Stackhouse um und marschierte über den Platz. Er baute sich direkt vor mir auf und richtete seine Waffe aus etwa anderthalb Metern Entfernung auf mein Herz. Hinter mir hoben sämtliche Cops ihre Knarren. Sie zielten alle auf ihn.

Langsam, vermutlich viel langsamer als er erwartet hatte, näherten sich die anderen Mitglieder des SOT hinter Stackhouse. Sie hielten die Waffen bereit, aber auf den Boden gerichtet. Trotzdem schien es, als sei Stackhouse auf Rache aus – zumindest so lange, bis Buick sich zwischen die Polizisten und das SOT stellte. Er blieb direkt neben Stackhouse stehen und hielt ihm eine vernickelte 357er unters Kinn.

»Du rechnest wohl damit, dass die Cops dich nicht niederschießen«, sagte Buick. Stackhouse zuckte mit dem Kiefer nach oben, weg von der Waffe, die darunter gehalten wurde. »Willst du das Risiko auch bei mir eingehen?«

Wollte er nicht. Stackhouse ließ die Waffe sinken und machte langsam einen Schritt vom Revolver weg, den mein Vater hielt. Als er sich seinem Team wieder anschloss, rief er: »Das ist Ihre Schweinerei. Sie können hier aufräumen.« Das SOT sammelte den Toten und die Verwundeten ein und stieg in die SUVs. Sie fuhren davon.

»Wohin, glaubst du, fahren die?«, fragte ich.

»Nirgendwohin«, sagte Buick. »Die bleiben genau hier, bis sich was ändert.«

»Glaubst du nicht, dass sich etwas geändert hat?«

»Ein paar Leute sind tot. Ein paar Pläne durchkreuzt. Es hat sich nichts geändert.«

»Das wird es«, erwiderte ich. »Bis dahin, komm mal mit.« Ich führte meinen Vater zu der Stelle, wo Hector gerade Decken hinten aus einem Streifenwagen holte, um Leichen abzudecken. »Hector, das ist mein Vater. Paris' Vater.«

Hectors Augen weiteten sich überrascht und fragend, aber ich ließ ihn diese Fragen nicht stellen.

An Buick gewandt, sagte ich: »Das ist Hector Alazraqui. Er war die einzige Person bei Paris' Beerdigung.«

Sie schüttelten sich die Hände, aber sagten nichts. Es war, als stünde eine zerbrechliche, unsichtbare Wand zwischen ihnen, die keiner von beiden mit Fragen zerstören wollte.

»Wir müssen uns in Teams aufteilen«, sagte ich zu meinem Vater. »Hector beaufsichtigt hier am Ort der Schießerei alles – Beweise sammeln und Leichen ins Leichenschauhaus schaffen. Etwas, womit du eine Menge Erfahrung hast.«

Buick schien ein paar Zentimeter zu wachsen. »Das habe ich«, bestätigte er und meinte zu Hector: »Brauchen Sie ein wenig Hilfe?«

Hector entspannte sich und zeigte den Anflug eines Lächelns. »Ich finde, wir sollten zuerst die Leichen abdecken.« Er deutete auf ein Stück des Parkplatzes, auf dem keine Autos standen und keine toten Männer lagen. »Und ich glaube, wir könnten dort einen Kommandoposten einrichten.«

»Das ist gut«, stimmte Buick zu und deutete dann auf die Straße. »Aber wenn wir ihn dort errichten, können die Krankenwagen sich in einer Schlange aufreihen und einladen. Alles kann protokolliert und beschriftet werden.«

Ich überließ sie ihrem Gespräch und suchte Officer Sunny Johnson. Sie sollte die Durchsetzung unseres Beschlagnahmebeschlusses überwachen und den erfundenen Anschuldigungen gegen das *Border Crossing* Taten folgen lassen. Sie machte die Bar dicht, wegen einer fehlenden Schanklizenz für das Stadtgebiet.

Es war Sunny, der einfiel, die Frauen aus den Wohnwagen zu vertreiben, weil sie nicht an die städtische Kanalisation angeschlossen waren. Außerdem war es ihre Idee, das Sozialamt anzurufen und gemeinnützige Organisationen, die Frauen halfen, einen Ausweg aus Prostitution und Menschenhandel zu finden. Sie war auch dafür verantwortlich, einige der Handys von Machados Arbeitern zu beschlagnahmen und den Mädchen und ihren Kindern eine Unterkunft zu besorgen. Sunny war eine beeindruckende Polizistin.

An diesem Abend aß ich mein Dinner – Carne Asada und kaltes Bier – zusammen mit Hector und Sunny in *Ernesto's Taqueria*. Ich hatte vorher geduscht, aber der Gestank des Todes ließ sich nicht vollständig vertreiben. Ich war mir nicht sicher, ob es wirklich nur der Geruch des Schweines war, das ich mit in die Wüste genommen hatte.

Nach dem Dinner ging ich für einen frischen Haarschnitt und eine Rasur nach nebenan. Ich bekam denselben Herrenduft verpasst, wie am ersten Abend, als ich in die Stadt gekommen war. Ein Mann sollte einen bestimmten Duft haben, entschied ich.

Sandelholz und Zederndufthalfen, als ich das zweite Schwein bei Tubby abholte. Dieses Mal war ich schlau genug, eine Plastikplane mitzubringen, um die Säfte des toten Schweins von der Kleidung fernzuhalten.

Tubby bot mir ein Bier an. »Ich glaube, Sie brauchen es«, sagte er.

Er hatte recht. Was ich vorhatte, war schwere, aufreibende Arbeit.

Mit der kalten und beschlagenen Bierflasche zwischen den Oberschenkeln fuhr ich zum Big Bend und an dieselbe ebene Stelle, an der ich in der Nacht zuvor gewesen war. Das Schwein des letzten Abends war wenig mehr als zernagte, verstreute Knochen und Fliegen. Doch diese Überreste zogen immer noch ein paar Kojoten an. Sie beäugten wachsam den Pick-up, während sie ein paar Knochen durchbissen, um an das gammelnde Mark im Inneren heranzukommen.

Ich öffnete die Tür und stieg aus. Die Kojoten waren plötzlich unsichtbar. Aber ich konnte spüren, dass sie in der Nähe blieben. Die Blicke jedes einzelnen Tieres schienen auf mich gerichtet. Als wären sie verschwunden und hätten nur die Augen zurückgelassen, wie ein Rudel brutaler, leichenfleddernder Grinsekatzen.

Das Gefühl dauerte an, bis ich das frische Schwein von der Ladefläche gezerrt und in den Staub geworfen hatte.

Ich faltete die Plastikplane und band sie mit einem Stück Schnur zusammen, das ich zu dem Zweck mitgebracht hatte. Das lange Ende knotete ich an denselben Befestigungsring, an den ich Joaquin gekettet hatte. Als alles ordentlich verstaut war, setzte ich den Wagen ein Stück zurück und beleuchtete mit den Scheinwerfen den Schweinekadaver.

Das Licht und der Pick-up hielten die Kojoten ein paar Minuten fern. Nachdem das erste mutige Tier sich herangewagt hatte, um einen Bissen zu nehmen, war ihre Angst verschwunden. Genau das, was ich wollte.

Zwei Stunden hörte ich mir Merle Haggard an und sah zu, wie die Tiere das Schwein bis auf die Knochen abnagten.

Es wurde zur Routine. Den Arbeitstag verbrachte ich damit, Leichen von Männern aufzufinden. Größtenteils Opfer einer Säuberungsaktion in den Reihen von *La Familia*. Ein paar

Mexikaner mit verzierten Gürteln und Stiefeln mit langen Spitzen. Sie waren von Militärwaffen durchlöchert worden. Eine der Leichen war ein Mitglied des DEA-Teams von Stackhouse.

Sobald es dunkel genug war, verbrachte ich die Abende damit, den Kojoten Schweinekadaver zu bringen. Sie gewöhnten sich daran, gefüttert zu werden, und es störte sie nicht, dass ich in der Nähe blieb und zusah.

Diese Routine dauerte drei Tage, während die Kämpfe zwischen *La Familia* und dem SOT, genau wie meine Fütterungen, immer gewalttätiger wurden.

Ich hatte keinen Kontakt zu Milo. Er versuchte es. Paris' Smartphone blieb zerlegt und weggeschlossen. Als er auf dem Revier anrief, ließ ich ihn in der Warteschleife hängen. Während er wartete, ging ich ein Bier trinken.

Am dritten Abend, als die Sonne unterging und die Hitze des Tages sich in den leeren Himmel verflüchtigte, wurde der Konflikt zum offenen Krieg. Auf dem Gelände des Jagdklubs kam es zum Feuergefecht. Die Polizei von Lansdale begab sich an den Rand ihres Zuständigkeitsgebietes und wir sahen zu. Weder die Polizeikräfte des Countys noch des Bundesstaats ließen sich blicken.

Ich hoffte, die beiden Seiten – die eine kriminell, die andere korrupt – würden sich gegenseitig erledigen. Leider war mir das Glück nicht vergönnt. Die Schlacht endete mit einem unspektakulären Rückzug der großen SUVs, die das SOT benutzte. Ich stellte mir vor, dass sie vermutlich ihre Wunden leckten und damit prahlten, welchen Schaden sie angerichtet hatten.

In dieser Nacht warteten die Kojoten nicht einmal, bis ich das Schwein vom Pick-up-Truck geladen hatte und schlichen bereits vorher um mich herum. Ihre Zahl war gestiegen, von einer Handvoll auf mindestens 50 geifernde und knurrende

Bestien. Sie umrundeten mich in kurzem Abstand, während ich mich mit dem Schwein zu schaffen machte, bereit und gefährlich.

Die beiden nächsten Leichen wanderten ins Leichenschauhaus in Houston. Sie wurden nicht von unserem Revier weitergeleitet. Es waren Mitglieder des SOT.

Stackhouse kreuzte auf, als ich gerade im *Ernesto's* mit Sunny und Hector beim Mittagessen saß. Buick begleitete ihn.

»Sie müssen dieses höllische Chaos beenden, das Sie angestoßen haben«, sagte Stackhouse ohne weitere Einleitung.

»Ich habe gar nichts angestoßen«, sagte ich. »Ich bin nur mitten in Ihren Sturm geraten.«

Er schoss nach vorn, als wolle er mir den Kopf abreißen. Buick war derjenige, der ihn aufhielt. Er stellte sich zwischen uns und starrte Stackhouse nieder. Dann drehte er sich um und meinte zu mir: »Wir haben ein Angebot.«

»Ich bin nicht interessiert.«

»Hör erst mal zu. Auf die Art kriegst du, was du willst, und die Regierung kriegt, was sie will.«

»Was will ich denn?«, fragte ich.

»Eine bessere Wahl treffen, als ich es jemals getan habe.« Er sah auf mich herab und wartete auf eine Antwort, die ich ihm nicht gab. »Oder den Job beenden, den du begonnen hast.«

»Das eine stimmt nicht mit dem anderen überein.« Ich schob meinen Teller mit Tamale weg.

»Wollen Sie, dass weitere Leute umgebracht werden?«, polterte Stackhouse.

»Kommt drauf an, wer.«

Buick hielt beschwichtigend die Hände hoch. »Alles, was du tun musst, ist mit den Machados reden. Die wollen mit niemandem von der DEA sprechen.«

»Du willst also, dass ich …?«

»Du dich da oben blicken lässt.« Buick sprach übertrieben betont. »Nur du. Zum Reden.«

Es dauerte eine Sekunde, aber mir wurde die Gelegenheit klar, die er mir bot – entweder eine bessere Wahl zu treffen oder zu beenden, was ich begonnen hatte.

»Um über was zu reden?«

»Einen neuen Deal.«

»Wieso?« Ich sah Stackhouse an. »Sie wären wohl nicht hier, um mich um etwas zu bitten, wenn sich nicht die Bedingungen geändert hätten.«

»Das FBI«, antwortete er. »Ihr Junge, Milo Janssen, hat sie dazugeholt. Wenn wir das nicht klären, dann gehen wir alle auf einmal den Bach runter.«

»Prima.« Ich wandte mich an Buick. »Glaubst du, die reden mit mir?«

»Ja.« Buick zog eine seiner billigen Zigarren aus der Tasche und steckte sie in den Mund. »Ich glaube, die werden dir zuhören.« Er entzündete den stinkenden Stumpen. »Die halten dich zwar für ein Arschloch, aber du hast sie zumindest nicht angelogen.« Er warf Stackhouse einen Blick zu.

»Wann?«, fragte ich hoffnungsvoll.

»Gehen Sie am besten gleich. Sorgen Sie für einen Neuanfang und dafür, dass das Morden aufhört«, sagte Stackhouse. Er hörte sich ein wenig verzweifelt an. »Dann können wir die Dinge in Ordnung bringen. Wir können alle das bekommen, was wir wollen.«

Ich sah Buick an. »Was sollte ich deiner Meinung nach tun?«

»Bittest du mich um Rat.«

»Jepp.«

»Ich glaube, du solltest einfach gehen. Ich hab's schon mal gesagt – hau einfach ab.«

»Die bessere Wahl?«

»Du weißt, dass es so ist.«

»Und wenn ich diese Wahl nicht treffe?«

»Ich bin der Letzte, der dich dafür verurteilen würde.« Er lehnte sich über den Tisch, stützte beide Hände darauf und sah mir dann auf selber Höhe direkt in die Augen. »Aber egal, was du tust, zieh es bis zum Ende durch.«

27

Bevor ich zum Jagdklub fuhr, legte ich einen Zwischenstopp bei *Tubby's* ein. Ich zahlte für ein Schwein, aber sagte, er solle es für mich aufheben. Er reichte mir kommentarlos ein Bier über den Tresen. Ich hielt es in der Hand und betrachtete das perlende Bernstein, das vom infernalischen Rot des geöffneten Smokers beleuchtet wurde. Tubby schob die Kohlen mit einer alten Schaufel an die richtige Stelle.

»Haben Sie noch so eine?«, fragte ich ihn.

Er zeigte mit dem Daumen über die Schulter auf ein Fass an der Wand. Daraus ragten die verkohlten und rostigen Enden von Rechen und Schaufeln hervor. Ich ging zu der kleinen Werkzeugsammlung und nahm mir eine Schaufel.

»Wenn Sie eine brauchen«, sagte er. »Nehmen Sie einfach eine mit. Sie müssen Sie mir nicht zurückbringen.«

Etwas anderes stach mir ins Auge. An einem der Pfosten, die das Dach stützten, hing ein Kleiderbügel an einem Nagel.

»Was dagegen, wenn ich auch den Kleiderbügel mitnehme?«

Niemand hielt mich auf, als ich auf das Gelände des Jagdklubs fuhr. Das war wenig überraschend, denn das Eisentor war verbogen und zur Seite geschoben. Es waren Männer am Haupteingang. Sie führten mich kommentarlos hinein.

An den Glastüren des Allerheiligsten verlangten sie meine Waffe. Ich weigerte mich. Niemand war überrascht oder wütend. Sie hatten auf das alles keine Lust mehr. Ein Mann packte meinen Arm von hinten und ein anderer hielt mir eine Knarre an die Schläfe. Ein dritter zog die Waffe aus dem Holster. Er schien eher gelangweilt von der Prozedur, als wütend. Er öffnete die Tür und ich wurde ohne die 45er hineingeführt.

Simon grinste.

Eladio atmete schwer, aber seine Augen waren lebhaft.

»Wir sind hier, um zu reden«, sagte ich. »Die Typen von der DEA glauben, dass sich wieder eine Art Arbeitsverhältnis herstellen lässt.«

Eladio nickte und grinste, als hätte ich einen Witz erzählt, auf den er höflich reagierte. »Was glauben Sie?«

»Ich glaube, Sie können denen genauso wenig trauen, wie die Ihnen.«

»Wollen Sie einen Drink?« Sobald er die Frage gestellt hatte, sah Eladio zur Seite. Seinen Gesichtsausdruck hätte man in alten Romanen *unergründlich* genannt.

»Sie scheinen sich ja wacker zu halten.«

Er sah mich nicht an. Sein Blick schien irgendetwas über meinem Kopf zu fixieren. Er lächelte jedoch. »Weil ich es muss.«

»Wenn je ein Mann aussah, als wäre er bereit zu gehen, dann sind Sie das.«

Simon sog Luft durch die Zähne ein und schob sein seidenes Jackett ein wenig zur Seite, um den glänzenden Revolver zu zeigen.

»Eine schöne Waffe«, sagte ich.

»Uns allen gefallen verschiedene Dinge«, meinte Eladio. »Das Verlangen nach schönen Dingen ist nicht anders als das Verlangen nach Frauen, glaube ich. Man hält sich daran fest. Ist besessen davon.«

»Glauben Sie, darüber will ich mit Ihnen reden?«

»Ja.«

»Nein.«

»Das ist das Einzige, worüber Sie reden wollen«, beharrte er. »Die hübsche Lenore.« Eladio hob einen zittrigen Finger und zeigte auf einen Punkt an der Wand hoch über meinem Kopf.

Ich sah nach oben und wünschte, ich hätte es nicht getan.

An der Wand, eingerahmt und von einem sanften Spotlight beschienen, war etwas, das aussah wie Pergament. Aber es war keines. Auf dem Stück war die Tätowierung eines Kruzifixes mit einem blutenden Christus daran, in verschiedenen Grauschattierungen ausgeführt. Das Blut war rot und der Strom verwandelte sich in Rosen und Skelette. Unten war eine farbenfrohe Reihe grinsender Schädel. Dazwischen ein Gedicht auf Spanisch.

Eine Zeile stach mir ins Auge: »In meinem Bett lauern die Schatten – vor und hinter meinen Augen.«

Sie glaubte, dass ihr Bett ein Grab war – Tod, vor und hinter ihren Augen. Ich verstand nun, wieso sie sich selbst als Opfer und Werkzeug des Todes betrachtet hatte. Es war kein Pergament. Es war die Haut von Lenores Rücken.

Simon erwartete, ich würde nach meiner Waffe greifen. Darauf war er vorbereitet. Er hatte allerdings nicht damit gerechnet, dass ich seinen Bruder am Kragen packen und von der Couch heben würde.

In meinem Zorn wirkte Eladio Machado auf mich leicht wie eine Feder. Aber er war der perfekte Schutzschild. Ich schob ihn gegen seinen Bruder und als der schicke Revolver unter dem knochigen Arm hervorragte, drückte ich ihn zur Seite und riss Eladio noch höher. Unter dem zerbrechlichen Körper rammte ich Simon mein Knie zwischen die Beine. Als es sein Ziel fand, drehte ich mich mit der Schulter voran und warf mein ganzes Gewicht gegen Eladios Brust.

Der eine Bruder – so fragil, wie die Knochen eines Vogels – stürzte zu Boden. Der andere grinste mich an, bis zu dem Moment, als ich ihm den Lauf seines eigenen Revolvers in den Mund steckte.

Ich spannte den Hahn. »Keine Bewegung«, befahl ich leise, aber unerbittlich.

Aus der Gesäßtasche holte ich den zusammengewickelten Drahtkleiderbügel, den ich von Tubby mitgenommen hatte. Mit dem Mund und der freien Hand bog ich ihn auf und hakte das Ende um mein rechtes Handgelenk. Er war gerade lang genug, ihn um Simons Kopf zu legen, und zurück zur Pistole. Das Ende steckte ich durch den Abzugsbügel und band uns damit zusammen.

Als ich fertig war, fragte ich: »Verstanden?«

Er nickte so sachte wie möglich.

»Gut.« Ich neigte den Kopf in Richtung seines bewegungslosen Bruders. Simon bückte sich gemeinsam mit mir und ich zerrte Eladio vom Boden. Mit der linken Hand hob ich ihn über die Schulter. »Raus zu meinem Pick-up«, befahl ich.

Die Bewaffneten in der Eingangshalle hatten die Situation sofort begriffen. Sie waren schlau genug, ihre Waffen nicht mal zu erheben. Vielleicht interessierte es sie einfach nicht mehr. Solange sie mir aus dem Weg gingen, machte ich mir deswegen keine Sorgen. Ich zeigte auf die 45er, die aus dem Gürtel des Mannes ragte, der sie mir abgenommen hatte. Dann schob ich die Hüfte nach vorn. Er verstand, worauf ich hinauswollte und steckte die Waffe ins Holster. Er sah mich nicht einmal böse an.

Draußen warf ich Eladio unsanft auf den Pick-up. Simon kam mit mir zur Fahrerseite und rutschte vorsichtig über die flache Mittelkonsole. Es war eine kurze Fahrt zu der ebenen Stelle, von der aus man das Tal überblickte. Die Kojoten hatten sich schon erwartungsvoll versammelt.

Ich zwang Simon, sich in den Staub zu legen und nahm den Kleiderbügel von seinem Hals. Als ich mich umdrehte und die Heckklappe öffnete, hatte ich keine Sorge, dass er aufspringen und davonlaufen würde. Er sah genau wie ich die leuchtenden grünen Augen und hörte das Knurren.

»Fang an zu graben«, befahl ich und warf ihm die Schaufel zu.

Ich tätschelte Eladio das Gesicht, damit er aufwachte.

»Großer Mann«, sagte Simon. Er schaufelte ein paar Schweineknochen zur Seite. »Bist du stolz auf das, was du hier tust?« Seine Schaufel grub sich in den trockenen Boden.

»Nein«, antwortete ich. »Das ist größtenteils Sand und lose Erde. Sollte schnell gehen.«

»Wieso sich die Mühe machen, ein Grab zu schaufeln?«

»Weil ich von euch auch eines bekommen habe. Ich revanchiere mich nur für den Gefallen.«

»Wovon redest du?«

»Egal. Ich glaube, dein Bruder kommt zu sich.«

Eladio rührte sich.

»Soll er sich genauso sein eigenes Grab schaufeln?«

»Wir brauchen nur ein Grab.«

»Wieso?«

Ich zog den Revolver aus dem Gürtel und zielte auf ein Grüppchen Kojoten, die nahe herangekommen waren. Sie stieben auseinander, als ich einen Schuss abgab. Der Lärm brachte Eladio vollends zu Bewusstsein. »Ich bin froh, dass du dich uns anschließen konntest«, sagte ich.

Simon bearbeitete desillusioniert den Boden. Das Grab war noch sehr flach, aber hatte etwa die richtige Größe.

»Wieso?«, verlangte Simon erneut zu wissen. »Wer von uns beiden bekommt das Grab?«

Ich hob den Revolver und öffnete die Kammer.

Dann entfernte ich die leeren Patronenhülsen und vier nicht abgefeuerte Patronen.

»Bist du wach, Eladio?« Ich tätschelte sein Gesicht noch ein paar Mal. »Bist du bei uns?«

Simon hörte auf zu graben und hob die Schaufel.

Ich zielte mit dem Revolver auf ihn.

»Willst du mich erschießen? Verdirbt das nicht den Spaß?«

»Ich würde dich nicht töten.« Ich gab ihm einen Moment, das zu verdauen. »Ein Beinschuss wäre in dieser Situation mieser, als dich einfach zu erschießen. Glaubst du nicht?«

Er spuckte auf den Boden.

»Grab weiter.«

»Ich wusste immer, dass ich durch eine Kugel in der Wüste enden würde«, sagte Eladio. Mit seiner rauen Stimme hatte er eine Art irren Singsang angestimmt. »Darauf hab ich gewartet.«

»Glaubst du, du bist was Besseres als wir?« Simon spuckte erneut aus, um zu zeigen, was er von der Idee hielt.

Mit der 45er in der rechten und dem Revolver mit einer Kugel in der Linken half ich Eladio von der Ladefläche. Die Kojoten kamen näher. Ich verscheuchte sie nicht.

»Das genügt«, sagte ich zu Simon. »Schmeiß die Schaufel weg.«

Er warf sie schwungvoll in Richtung der heranschleichenden Kojoten. Sie jaulten und zogen sich mit eingeklemmten Schwänzen zurück.

»Raus aus dem Loch«, befahl ich. Mit der 45er deutete ich auf eine Stelle neben dem Grab. »Auf die Knie.«

»Du musst das nicht tun, Amigo«, sagte Simon. Die Bitte wirkte hoffnungslos und schwach. Er ging auf die Knie.

»Du auch«, sagte ich zu Eladio und half ihm.

Die Brüder sahen einander aus etwa drei Meter Entfernung an.

»Du bist keinen Deut besser als wir«, sagte Simon.

»Ich bin genau wie ihr«, erwiderte ich. »Deswegen passiert das auf diese Weise.«

Ich griff nach Eladios Schulter und legte ihm den Revolver in die Hand. »Eine Kugel«, sagte ich. »Deine Entscheidung.«

Ohne Zögern und anscheinend, ohne weiter nachzudenken, hob er die Waffe und schoss seinem Bruder ins Herz.

»Ich habe entschieden«, sagte er. »Ich darf weiterleben.«

»Nein. Du bekommst das Grab.«

Ich zerrte Eladio am Kragen hoch und warf ihn in das flache Loch. Wenn es Simon gewesen wäre, hätte ich ihm ins Knie geschossen. Ich glaubte nicht, dass Eladio weit käme. Die Kojoten witterten bereits das Blut.

Als ich zum Pick-up zurückging, war es, als würde eine Last von mir abfallen.

Milo tauchte am nächsten Tag auf. Er kam nicht allein. Im Schlepptau hatte er eine Truppe an Anwälten und Ermittlern aus jeder Regierungsbehörde mit drei Buchstaben, die man sich vorstellen konnte.

Ich hatte recht: Milo Janssen war schwarz. Aber wenn ich weiter spekuliert hätte, wäre ich danebengelegen. Er war älter, als ich dachte. Das kurze Haar grau meliert. Tiefe Falten bildeten kleine Dreiecke in den Augenwinkeln. Die Muskeln waren teilweise verborgen unter einer Schicht aus Fett, das er sich durch den Schreibtischjob zugelegt hatte. Das minderte aber nicht die Kraft, die aus den Augen und seiner Haltung sprach. Auch wenn ein ganzer Schwarm an Beamten verschiedener Bundesbehörden herumschwirrte, hatte eindeutig er das Sagen.

Ich gab mich immer noch als Chief of Police der Stadt Lansdale, Texas, aus. Eine Woche später stellte ich überrascht fest, dass mich bisher niemand gefeuert hatte. Ich fragte Milo danach, während wir Tacos aßen und Bier tranken.

»Eine knifflige Frage, oder nicht, Longview?« Seine braunen Augen strahlten. Er wirkte belustigt, aber lachte nicht.

»Sie wissen es?«

»Halten Sie mich für einen Idioten?«

»Nein.«

»Ist doch gut, wenn man auf einer Wellenlänge ist.«

»Seit wann wussten Sie es?«

»Gutiérrez hat sich nie von Ihnen hinters Licht führen lassen.«

»Einen Moment.« Ich hätte fast mein Bier verschüttet. »Sie standen in Kontakt mit ihr?«

Milo nahm einen Schluck und schaffte es, mit dem Bierkrug am Mund den Kopf zu schütteln. Er stellte das Glas ab und sah mir direkt in die Augen. »Der Mann, für den sie gearbeitet hat – arbeitete für mich.«

»Wusste sie das?«

»Ich hatte schon lange kein so leckeres oder so kaltes Bier.« Milo hob wieder den Krug und nahm langsam einen weiteren, tiefen Schluck.

Ich ließ die Neuigkeiten und seine Weigerung, mir mehr zu erzählen, erst einmal wirken. Als er das Bier absetzte, fragte ich: »Was passiert jetzt mit mir? Mit Longview, meine ich.«

»Mit Longview – gar nichts. Und Paris – Sie taten, was notwendig war«, sagte er. »Soweit es das Justizministerium betrifft, gehört der Job Ihnen. Behalten Sie ihn oder lassen Sie es. Wie sieht's aus?«

»Ich habe nicht darüber nachgedacht.«

»Das glaube ich nicht.« Er schob sich den Taco in den Mund und biss ein großes Stück ab. Er kaute andächtig und behielt mich dabei im Auge. Sein Blick wirkte wissend.

»Wieso sind Sie da so sicher?«

Er legte den Taco weg und wischte sich den Mund ab. »Ich habe mit Ihrem alten Herrn geredet.«

»Was hat er gesagt?«

»Er meinte, er will für Sie arbeiten und dieses Department wieder auf Vordermann bringen. Er hat gesagt, Sie hätten ihn darum gebeten.«

»Es hat möglicherweise eine kleine Diskussion deswegen gegeben.«

»Aha.«

»Wie lange bleiben Sie hier?«

»Das tue ich gar nicht. Wozu auch. Ich bin morgen oder übermorgen weg.« Er nahm einen weiteren großen Bissen.

»Wie geht denn das? Was hier passiert ist, war eine Riesensache. Da können Sie die Ermittlungen doch nicht in einer Woche abschließen.«

Milo nickte und grinste, während er kaute. Mit einem Schluck Bier spülte er den Taco herunter. »Es wird keine Ermittlungen geben. Unsere Regierung will sich nicht selbst belasten.« Er wischte sich das Fett von den Fingern und ließ die zerknüllte Serviette fallen. »Was als Geheimoperation angefangen hat, für die niemand verantwortlich sein wollte, entwickelt sich gerade rasant zu einem Regierungsvorhaben, an dem gleich mehrere Behörden beteiligt sind. So versteckt man Dinge in einer Bürokratie. Man heißt sie begeistert willkommen und lässt alle mit vollem retroaktivem Support daran teilhaben.«

»Das kann ich kaum glauben.«

»Oh, glauben Sie es ruhig. In Kürze wird alles, was hier passiert ist, Teil einer völlig autorisierten Übung gewesen sein, bei der es um die Sicherheit unserer Grenze, von Währungen und des Handels ging. Selbst die mexikanische Regierung behauptet bereits, von Anfang an beteiligt gewesen zu sein. Das könnte sogar stimmen.«

»Was ist mit den Leuten? Was ist mit Stackhouse?«

»Es hat sich herausgestellt, dass Darian Stackhouse kein Idiot ist. Seine Vorgesetzten hatten sich gut abgesichert, aber er hat alles dokumentiert. Dinge, die niemals aufgeschrieben wurden, hat Stackhouse sinnigerweise gefilmt oder den Ton aufgenommen. Er kommt nicht gut aus der Sache raus, aber er kommt raus.«

»Was ist mit …?«

»All die ganzen wirklich üblen Typen, abgesehen vielleicht von Stackhouse, sind tot. Das war größtenteils Ihr Verdienst. Was wollen Sie noch?«

»Ich weiß nicht, einfach – mehr.«

»Ist das nicht immer so?« Milo nahm erneut einen Schluck Bier und fragte dann: »Also, glauben Sie, dass Sie das draufhaben?«

»Was?«

»Hier bleiben und den Chief spielen?«

»Machen Sie Witze?«

»Sie sind ein Kämpfer«, sagte er. Dann beschrieb er mit der Hand einen Kreis in der Luft, der wohl uns alle einschließen sollte. »Der Kampf ist vorbei. Strafzettel und Betrunkene am Samstagabend sind auf lange Sicht anstrengender.«

»Das werden wir sehen.«

An diesem Abend kaufte ich ein weiteres Schwein von Tubby. Es gab immer noch eine Menge Geheimnisse, und Geheimnisse muss man füttern oder sie fressen einen auf. Ich fuhr hinaus zu dem kleinen Tal, als der Halbmond aufging. Die Kojoten wussten, dass ich komme. Sie begrüßten mich, umrundeten mich knurrend, warteten. Sie waren bereit.

– E N D E –

LUZIFER
VERLAG